JN201987

ミセス・ポッターとクリスマスの町　上

ラウラ・フェルナンデス　宮崎真紀 訳

早川書房

ミセス・ポッターとクリスマスの町
〔上〕

日本語版翻訳権独占
早　川　書　房

© 2024 Hayakawa Publishing, Inc.

LA SEÑORA POTTER
NO ES EXACTAMENTE SANTA CLAUS
by
Laura Fernández
Copyright © 2021 by
Laura Fernández
Translated by
Maki Miyazaki
First published 2024 in Japan by
Hayakawa Publishing, Inc.
This book is published in Japan by
direct arrangement with
SalmaiaLit, Literary Agency.

装画：小池ふみ
装幀：田中久子

私とともにあらゆるところに一緒に行ってくれる、アルトゥーロとソフィアへ
そして、まさにサンタクロースだったクラウディオへ

子供だった頃、ある日彼女は、自宅の電話でダイヤルをしようとして、キーパッドで「いつも」という言葉が打てることに気づいた。「いつも」とダイヤルして、呼びだし音が鳴るのを聞いてみたくなった。呼びだし音は鳴りつづけるだろう。そしてたぶん、向こう側で誰かが受話器を取ったら、すぐに切るのだ。

ジョイ・ウィリアムズ『チェンジリング』

「ファンクが言ってたのは、このことだったの。あなたが部屋いっぱいのピープルになってしまったって」
「まさに、それがワタクシです」ムーチョが言った。「でも、それを言えば、誰だってそうだよ」

トマス・ピンチョン『競売ナンバー49の叫び』

すべてによく注意を払え。おまえは以前ここに来たことがあるが、物事は今まさに変化しようとしている。

スティーヴン・キング『ニードフル・シングス』

主な登場人物

ルイーズ・キャシディ・フェルドマン……作家。『ミセス・ポッターはじつはサンタクロースではない』著者
スタンピー（スタンプ）・マクファイル……不動産エージェント
ミルティ・ビスクル・マクファイル……有名コラムニスト。スタンピーの母
ビル（ウィリアム）・ベーン・ペルツァー……土産物屋〈ミセス・ポッターはここにいた〉店主
ランダル・ゼーン・ペルツァー……ビルの父。故人
マデリン・ペルツァー（マデリン・フランセス・マッケンジー）……画家。ビルの母
メアリー・マーガレット（マック）・マッケンジー……ビルの母方のおば。故人
サマンサ（サム）・ジェーン・ブリーヴォート……ライフル店の店主。ビルの友人
キャサリン（キャッツ）・マッキスコ……見習い警官
フランシス・ヴァイオレット・マッキスコ……人気ミステリ作家。キャサリンの父
ダニー・コットン……警察署長。キャサリンの上司
エイブ・ジュールズ……キンバリー・クラーク・ウェイマスの町長
ドリス・ピーターソン……ジュールズ町長の妻

バーティ・スマイル・スマイリング……町一番の名探偵。ゲイトリー冷蔵室勤務
バーティ・リックルズ・スマイリング……バーティ・スマイルの母
ハワード（ハウィー）・ハウリング……橇《そり》とスノーシューの店の店主。町の諜報機関の元締め
ミルドウェイ・リーディング……図書館司書
カースティン・ジェームズ……多くのファンを持つ有名女性
ジョンノウ・マクドーキー……詩人。カースティンの恋人
メリアム・コールド……元教師
アイリーン・マッキニー……『スコッティ・ドゥーム・ポスト』紙編集長
ジングル・ベイツ……郵便局の窓口係。記者兼コラムニスト
アーチー・クリコー……樵《きこり》団長
ポリー・チャルマーズ……〈ミセス・ポッターはここにいた〉元店員。殺人事件の被害者
ナサニエル・ウェスト……〈スコッティ・ドゥーム・ドゥーム〉のウェイター
ロージー・グロシュマン……ルイーズ・キャシディ・フェルドマン作品の研究者
ハリエット・ミッチェル・グリックマン……グリックマン雑貨店の一人娘
バーニー・メルドマン……変装ショップの店主
クローデット・マクドゥーガル……ガイド

チャーリー・ルーク・カンピオン……………………模型店店主
アリス・ストランク
（ストランキー・ダークハイム）……不動産エージェント。スタンピーの友人
ハワード・ヨーキー・グラハム………………不動産エージェント。ハワード・ヨーキー・
グラハム賞を主宰
ブランドン・ジェイミー・パーブライト……………不動産エージェント
マーナ・ピケット・バーンサイド………………天才的な不動産エージェント
ジーニー・ジャック・クランストン………………マーナの秘書
ベッキー・アン・ベンソン………………ダーマス・ストーンズに住むホラー作家
フランキー・スコット・ベンソン………………ホラー作家。ベッキーの夫
ロナルド（ロン）・ギャランティア・ホークスビー……ベンソン夫妻の文芸エージェント
ドブソン・リー・ウィシャート………………ベンソン夫妻の不動産エージェント
トレイシー・シーガー・マーニー………………弁護士
ウィルバーフロス・ウィンザー………………『不動産完璧読本』編集者
アーク・エルフィン・スターカダー………………ウィルバーフロス・ウィンザーの弟子
リズナー・スターカダー………………クルーズ船の船長。アークの妻
ブライアン・タピー・ステップワイズ（タップス）……神出鬼没の記者
レイ・リカルド………………………………不動産屋
ウェイン・リカルド…………………………不動産屋
メイヴィス・モットラム…………………………カースティン・ジェームズのファンクラブの

リーダー

ウィクシー・スポット・ビンフィールド……刑事

ジョン＝ジョン・シンシナティ……前の警察署長

フローレンス・カストリナー……葬儀屋の主人

ドン・ゲイトリー……ゲイトリー冷蔵室の主人

ナタリー・エドムンド……『ウェイマス・ニッケル』紙の編集長

ステイシー・ブレイス＝カムウィット……『テレンス・カティモア・ガゼット』紙の事件記者

ニコル・フラタリー・バーキー……ベンソン夫妻の担当編集者

シグスビー・フリッツ・アルヴォーソン……〈臨機応変に幽霊ご用意社〉社長

ウィリアム・バトラー・ジェームズ（本名エディ・オケーン）……プロ幽霊

ヴェラ・ドリー・ウィルソン……『フォレスト姉妹の事件簿』のジョディ・フォレスト役の女優

ジャムズ・コロピー・オドネル……『フォレスト姉妹の事件簿』のユニー・フォレスト役の女優

アン・ジョネット・マクデール……『模型世界』記者

1

スタンピー・マクファイルと、「息子は今人生を棒に振ろうとしている」と考えている母親、そしてもちろん、『ミセス・ポッターはじつはサンタクロースではない』の作者で、変人だが有名作家のルイーズ・キャシディ・フェルドマンが初めて登場する

それは、いつも天気が悪いキンバリー・クラーク・ウェイマスにしては、穏やかな朝だった。スタンピー・マクファイルは濃いコーヒーを淹《い》れ、そこにダブルのミルクとダブルの砂糖、さらにスプーン一杯分のピーチジャムを加えた。内心困ったなと思いながらも、下手くそなピアニストみたいな骨ばった指を鳴らし、入り口のほうに向かってにっこりする。いつも天気が悪くて寒いキンバリー・クラーク・ウェイマスの目抜き通りに面した彼の小さなオフィスには、やや子供っぽい意味で〝魅力的な〟不動産エージェントである彼が座っているその椅子と、スケジュール帳と請求書の束と小さなデスクランプと古びたパソコンとまだくしゃみを誘発するほどでもない埃《ほこり》がのった机と、背後の壁をとりあえず隠すのに充分な棚があるだけだった。その棚には、州内の不動産売買年鑑やら模型雑誌やらがぎっしり詰めこまれている。ああ、そして幸運にも、読み古された『ミセス・ポッターはじつはサンタクロースではない』も一冊。海神《ネプチューン》の名を持ちだして悪態をついているこの夢見がちな男を、その天気の悪い、世界の果てのような場所に連れてきた小説だ。

『ミセス・ポッターはじつはサンタクロースではない』の著者である、変人ではあるが有名作家のルイーズ・キャシディ・フェルドマンは、その唯一の児童小説の舞台を天気が悪く寒くて最悪なここキンバリー・クラーク・ウェイマスに設定した。なぜなら、彼女が同作のひねくれたアイデアを思いついたのがそこだったからだ。どことも知れない場所へ向かういつもの旅の途中のことだった。そうして旅しながら、彼女はポンコツ四輪駆動車のトランクからキャンプ用テーブルを引っぱりだしては適当な場所に置き、その上にタイプライターか、ときにはノートを一冊だけのせ、折り畳み椅子に座って、タンタンタンとキーを叩くか、どこでもいいから白紙のページを開けてただサラサラサラと鉛筆を走らせるかして執筆する。そんなふうにして、寒風が吹きすさぶ、自分に退屈したかのようにただただ白く、ときには真珠のように光る、ふんわりした雲がいつもたちこめている、この不快な場所で車を停め、ミセス・ポッターと避けがたい運命の出会いを果たしたのだ。もちろんそのミセス・ポッターは小説のミセス・ポッターではなく、店のコーヒーとサンドイッチについて説明してくれたウェイトレスで、ジャンルの分類はできないがとにかく有名作家であるルイーズ・キャシディ・フェルドマンの空想の中で、そのウェイトレスはある種の魔女に変身した。なぜか備わっている魔法の力で人の夢を、人の願いをかなえてあげる、いわゆる〝よい〟魔女だ。いろいろなおとぎ話に登場するランプの精がやってみせるように。でもそういったおとぎ話は、変人だけれど有名作家のルイーズ・キャシディ・フェルドマン唯一の児童小説とは何の関係もない。

スタンピー・マクファイルは、ピアニストの指がその濃いコーヒーに軽く沈むほど、ごくありふれたビスケットを一つ、カップの中にどっぷりと浸しながら、作家がカフェ（ルーズ・カフェ）で彼女の唯一の児童小説の、そのときはまだ影も形もなかった主人公とどうやって出会ったのか、思い出した。作家は、〝ジェイク〟と呼んでいるポンコツ四輪駆動車をぼんやりと運転し、あれこれ考え事をしていたというが、スタンピーとしては、地下室で建設中の水中都市のジオラマのことなんかも考えていたのだと思いたかった。そうやって彼は、お気に入りの作家と彼自身を分かちがたく結びつけようとした。というのも、家の地下室で小さな水中都市を建設しているのは、スタンピー自身だからだ。文字どおり雪に閉じこめられた家で。

そう、キンバリー・クラーク・ウェイマスではいつもそうなのだ。空はおのれののっぺりした白さともったりした重さに飽き飽きして、前触れもなくあちこちに一度にどさどさと雪を降らせ、どこに降らせるかはそのときの気まぐれで、住人はそういうものだとわかっているからしっかり準備を整えていて、真冬の雪山の頂上をめざす登山者とときに見紛《みまが》うようなありとあらゆる装備を身にまとうが、いつも無頓着な、それでも有名なルイーズ・キャシディ・フェルドマンは違った。だからいきなりどこからともなく雪が降ってきて、ポンコツ四輪駆動車のフロントガラスにしきりにぶつかりだしたとき、ポンコツ四輪駆動車は「もう勘弁してくれ」と文句をこぼし、彼女も「同感。これにうんざりしてるのはあんただけじゃないのよ、ジェイク」とつぶやいて、ハザードランプをつけ、路肩に車を停めると、（フウウウ）白い息を吐き、「私だってコーヒーブレイクが必要だわ」と言った。コーヒーね（フム）とスタンピーは思い、お気に入りの作家がその小さな村と出くわすことになった物語をいったんストップさせると、ピーチジャム入りの自分のコーヒーを味見した。

そうしながらも、記憶の中の物語は続いていき、ルイーズ・キャシディ・フェルドマンは車内に満ちる白い息（フウウウ）を見透かして、〈ルー《ルーズ》のカフェ〉という店の満杯の駐車場になんとか空きを見つけた。作家はその名を啓示と受け取り「ねえ、あれ見た、ジェイク？」と独り言《ご》ちて、ジェイクに答える暇もあたえず、まあ考えてみれば、そいつはただのポンコツ四輪駆動車なんだから答えが返ってくるわけはないのだが、とにかく心の中で「私より前に別のルイーズがここに来て、カフェを開いたらしいね」とつぶやき、仕方なくそこに駐車した車から降り、ドアを（バン）閉めると、白い息を吐きながら（フウウウ）カフェに向かった。ああ、こんなにたくさんの雪は見たことがない、いいえ、実際のところ、こんなに雪が存在するなんて思いもしなかった、そう訴えるみっともないハイキングブーツの音を、どたどた四方に響かせて。

　スタンピー・マクファイルは、キンバリー・クラーク・ウェイマス郊外に借りた小さなカーペット張りの家の地下室にある水中都市の中に〈ルーズ・カフェ〉を再現した。その模型のキンバリー・クラーク・ウェイマスは、雪の降る水中都市だった。母は電話をかけてよこすたびに、それもしょっちゅうかけてよこすのだが、かの水中都市について尋ねてきた。彼の母ミルティ・ビスクル・マクファイルは、嫌みなほど知的でエリート志向の、お高くとまった雑誌『レディ・メトロランド』の有名コラムニストで、息子は「人生を棒に振っている」と思っていて、四六時中「スタンプ、おまえは人生を棒に振ってるよ」と言った。でもスタンプにとっては、今くらい幸せなことはかつてなかったのだ。まだほんの子供だった頃、誰かが買ってくれる、あるいは誰かが借りてくれるのを想像しながら、紙の家を自分の部屋でこしらえて、不動産エージェントとしての輝かしいキャリアを積みはじめた、あの日と比べたって、はるかに幸せ。だからいつもこう答える。

「ああ、そんなことないよ、ママ」

　そのあと蝶ネクタイの位置を直し、というのもスタンピー・マクファイルは外出するときにはかならず蝶ネクタイを、ツートンカラーの蝶ネクタイをつけると決めているからだが、それからこう続ける。

「ぼくの人生はバラ色だ」

それに対して、『レディ・メトロランド』の有名コラムニスト、ミルティ・ビスクル・マクファイルは、いつだって道理の通った、人々の尊敬を集める母親らしく、毒蛇のような舌を鳴らした。この場合、自分の正しさを説明するために弁護団さえ必要ない。なぜなら、子供のときに大好きだった小説の舞台だというだけで、いつも天気の悪いちっぽけな村に引っ越して、幸せでいられるわけがないからだ。人々の憧れの的であるコラムニストからすれば、幸福とは、子供のままでいることではなく、成長して、大人になったらやりたいと思っていたことを全部すること、つまり車や持ち家、お金を手に入れることであり、キンバリー・クラーク・ウェイマスなんて場所のことは頭からきれいに消し去ることだ。なにしろそんな村の名前は誰も耳にしたことがないし、その手の場所の話をちらりとでも聞けば誰だってそうするように、相手は眉を吊りあげ、異国趣味もたいがいにしましょうよ、と軽くうなずくのが目に見えているからだ。

「どうかな、ママ、いつかさ……」スタンピーは母と電話で話すあいだ、ありとあらゆることをしたものだった。水中都市に増築できそうな新たな地区についてメモし、予定表を確認し（ハワード・ヨーキー・グラハムの家で二十一時十五分に食事会）、受話器を別の耳に移して、コーヒーをひと口飲む。「一度ここに来てみたらどう？　きっと考えが変わるよ」

「ああ、絶対に変わらないわ、スタンプ」

スタンプはにやりとした。彼が初めてキンバリー・クラーク・ウェイマスに足を踏み入れたときどう感じたか、母にはけっしてわかってもらえないだろう。まるで別の惑星に来たような気分だった、ということも。だから、説得して何の意味がある？　スタンプは何度も降参して、こんなふうに言った。

「また今度話さないか、ママ。五分後に人と会う約束があるんだ」

するとと母はこう答える。

「嘘ばっかり。約束なんかないくせに。ただ逃げようとしてるだけよ、おまえは」

しかしその日はそうではなかった。その日は、ハワード・ヨーキー・グラハムの家で食事をすること、あの驚くべき賞のことを話した。なぜなら、なんと彼が賞にノミネートされたからだ。すると母の声の調子が変わった。初めて息子の言葉に興味を持ち、あらま、それはちょっと聞き捨てならないわね、とでも言いたげに。

「ちょっと待って、おまえがノミネートされたの？」母はごろごろ喉を鳴らした。

「うん」スタンプはまた受話器を持ち替え、反対の耳に押し当てながら、ドラゴンの赤ちゃんが住む小さな城に着色し、誇らしげに続けた。「〈向こう見ずな不動産エージェント賞〉」

「へえ、それで、受賞の可能性はあるの、坊や？」

おや、〝坊や〟ときたもんだ、とスタンプは思い、悲しい笑みを浮かべた。とはいえ、その笑みには安堵感も滲《にじ》んでいた。なにしろ、ようやく息子が母の期待に応えて、今度ばかりは母の世界に、パーティーや新聞記事や賞やスピーチの世界に、肩書の世界にしっくりとはまったのだから。

「もちろんだよ、ママ。ルイーズ・キャシディ・フェルドマンが『ミセス・ポッター』の舞台に選んだ村に引っ越してくる不動産屋くらい、向こう見ずなやつがいるかい？　売る家なんてほとんどないこの村に」スタンピーは、着色もできる小さなドラゴンの鼻面に、ちっとも似合わない眼鏡をのせた。

「ママだって、賞をあげるならぼくだと思わない？」

どうかしらねと答えることもせず、そもそもこういう電話が幸せにやっている息子を煩《わずら》わしていることにも気づかないまま、母は満足げに笑いを漏らした。ようやくこの子のことを、私のまわりにいる連中にも理解できそうな言葉で話せそうね、と思って。

「ああ、スタンプ」

「当ててあげようか」息子が言った。

「何？」

「そろそろかけなきゃいけない電話がいくつかあるんじゃない？」

「ああ、スタンプ、よくわかったわね。私のこと、やけにお見通しじゃない」

スタンプはにっこりし、ひと言こう告げた。

「じゃあね、ママ」

切る前に、母がこう言うのが聞こえた。

「おめでとう、坊や」

その後、スタンプはピーチジャムのコーヒーをまたすすり、時計を見ると、否応《いやおう》なく、ルイーズ・キャシディ・フェルドマンが〈ルーズ・カフェ〉の満杯の駐車場にポンコツ四輪駆動車を停めたあの悪天候の日にふたたび想像が向かった。

ルイーズは雪まみれのブーツをカフェのテーブル席へと向け、コーヒーとチョコレート・サンドイッチを注文し、そのあとクリスマス用の絵葉書を買った。

ルイーズ・キャシディ・フェルドマンはクリスマスなど気にかけない。

クリスマスといって思い出すのは、イルミネーションで飾られた鹿の首のことだけ。実家の居間にでんと居座ってあたりを睥睨《へいげい》していた鹿の首、その場所にすっかり飽き飽きしている様子の悲しげな鹿の首は、とにかく忙しいからと言って彼女とは一度として話をしてくれなかった。たぶんだからだろう、彼女がまさにそのクリスマスカードに、クリスマスツリーもプレゼントもにこにこ顔の子供たちもなく、三人のスキーヤーしか描かれていないそのカードに心を惹かれたのは。

ちっちゃな三人のスキーヤーたち。

作家が無意識に心惹かれた、ルーとかいうカフェの店主がレジ脇に置いた回転式の棚にあったその絵葉書には、ちっちゃなニット帽とちっちゃなマフラー、ちっちゃなスキーとちっちゃな手袋を身につけたちっちゃな三人のスキーヤーが、木々に囲まれた真っ白な山腹、つまりゲレンデを滑り下りている姿が描かれていた。奥には居心地のよさそうな山小屋が見える。そのルーとかいう店主がレジで、いくらにしろサンドイッチとコーヒーの料金を計算するあいだ、作家はいつしかその山小屋へと旅し、中でぱちぱちと炎が燃えている暖炉のそばのビロード張りの椅子に頭をもたせかけた。そして目を開けたとき、山小屋の中にいる彼女から、そのスキーヤーたちが山腹を下りてくるのが見え、「わあああああうううう！」「最高だな、ジェイク！」「ちょっとスピード出しすぎじゃないか？」「ジェーンはどこだ？」「ジェエエエエン！」という叫び声が聞こえ、ルイーズはその瞬間、安らかな気持ちで胸が満たされた。それは疲れを知らない旅人がふとしたときに覚えるような安らぎ、わが家にいるくつろぎを一度として感じたことがない人が生まれて初めて感じたくつろぎだった。それからというもの、作家は一度ならずそのビロード張りの椅子にテレポーテーションし、同じ光景を眺め、その居心地のいい山小屋から少なくとも三冊の小説が生まれたが、あのルーのカフェでの出来事が描写されているのは最初の一冊だけだ。一見何の重要性もないように見える段落で、火のついていない煙草を口にくわえ、どう見ても男物に見える財布を手に、うっすらとメイクをほどこした目、乱れたショートヘアの彼女が、コーヒーと、ぱさぱさでたいしておいしくもないチョコレート・サンドイッチの勘定を払うためレジに近づき、そうしながら、回転式の小さな棚にクリスマスカードの絵葉書が、ずいぶんと長い間そこで誰かに手に取ってもらえるのを待ちつづけていたように見えるクリスマスカードがいくつか置かれているのに気づいて、棚を回してあれこれ眺め、とうとうそのうちの一枚にテレポーテーションを果たしたのだ。ウェイトレスのアリス・ポッターがキンバリー・クラーク・ウェイマスのいつもながらの天気の悪さについてカウンターで男とおしゃべりしているその一方で、作家は回転式の棚をあれこれ眺めたすえ、とうとうそのうちの一枚を、どの一枚でもよかったわけではなく、彼女をどこかよその場所へテレポーテーションさせることができた唯一の一枚を選んで、買うことに決めた。

ルイーズがこのシーンでは語らず、あるとき、『小さなベス・ヒングドン』という作品を書いたあと頭がどうかしてしまった作家で親友のジェフ・ボッカにだけ語ったことは、ウェイトレスのアリス・ポッターと目が合ったその瞬間、ルイーズの頭の中で何かが（バン！）爆発し、それには、その絵葉書と、アリス・ポッターと、キンバリー・クラーク・ウェイマスのいつも最悪のお天気と、サンタクロースが関係していて、というのも、ルイーズの目と、とにかく夢見がちでぼんやりしたアリス・ポッターの目がばちっと合った瞬間、作家は間違いなく、子供だった頃のクリスマスの朝、自宅のクリスマスツリーの下で、電飾を施《ほどこ》された鹿の首にじっと見つめられながら、サンタクロースはクリスマス以外の日はいったい何をしてるんだろう、と考えたことを思い出していたからだ。もし本当にサンタクロースにこれしか仕事がないとしたら、毎年同じ日に一日だけ働けば暮らしていけるのだとしたら。

ジェフには話したのだが、店主に「六ドル五十セントです」と言われたとき、ルイーズがつい口ごもったのはそのせいだった。彼女は口ごもり（あ、う、あ、はい？）、あやうく代金を払わず、そのまますたすた店を出て駐車場で腰を据え、いや実際には折り畳み式の椅子とテーブルに腰を据えて、さっそく書きはじめるところだった。なぜならアイデアが、すばらしいアイデア（この町に公式サンタクロースが誕生するけれど、それは正確にはサンタクロースではない）が浮かんだからだ。そのアイデアこそが、スタンピー・マクファイルお気に入りの『ミセス・ポッターはじつはサンタクロースではない』という小説に結実した。いつもは、不動産売買年鑑や模型雑誌と一緒に棚に入っているその本は、今はそこにはない。スタンピーが取りだして、ピーチジャム味のコーヒーを味わいながらぱらぱらとめくっているからだ。そして、まさに例のクリスマスカードの光景が再現されているページで手を止めた。彼は、ゲレンデを滑り下りてくる三人のちっちゃなスキーヤーを見つめていた。結局のところそのときは彼自身が、あの山小屋の中でビロードの椅子に頭をもたせ、そのシーンを眺めていたのだ。たとえどんなに母をがっかりさせるとしても、スタンピーは幸せだった。ルパート・ブルック少年がそうだったように。

ああ、ルパート少年は幸せだったのかって？　もちろんだ。でも、つかのまのことだった。ルパート少年は『ミセス・ポッターはじつはサンタクロースではない』の主人公だ。いや実際は、ひどくへんてこな敵役《かたき》だともいえる。サンタクロースの扮装をした、太鼓腹で白髪頭のミセス・アリス・ポッターと最初に出会ったのが、ルパート少年だった。ミセス・ポッターは、いつも内気なブルック一家の新しい隣人だ。ルパート少年は、ある日裏庭で、彼女が白髪の老婦人ではなくブラッドハウンドみたいに匂いを嗅ぎまわっているところに出くわした。サンタクロースの扮装をした彼女が、泥だらけで四つん這いになっていたのだ。何か探していたのか？　いや、何も。彼女は何も探していなかった。というか、ルパート少年はそう解釈するに至った。彼女は、そんなあまり上品とはいえない状況を小さな子供に見られてぎょっとしていた。彼女には小さな子供に見えたとはいえ、じつはそう小さくもなかったのだが。

三日後、ルパート少年は、裏庭で靴箱ぐらいの大きさの穴を見つけ、あのおばさんがこのあいだ何を探してたのかは知らないけど、どうやら見つけたみたいだ、と両親に話した。でも、両親は、会社の仕事が死ぬほどあるんだと言っていつも忙しく、本当にいつだって仕事仕事で子供にはこれっぽっちもかまわないから、ルパート少年は自分の部屋に行き、親友のチェスターに電話をかけた。そして、あのおばさんが誰にしろ、探し物が見つかったみたいだ、と話すと、チェスターは明日放課後に、そのおばさんちに行くのにつきあうぜ、と申しでた。サンタクロースみたいに見えるけど、サンタであるはずがないそのおばさんの家に。だって、女なんだからさ、とルパートは言った。でも、サンタクロースは男とは限らないんじゃないか、と今朝学校でチェスター・ヴァーノンが言いだしたのだ。

二人はいつも食堂で座り、ランチを分けっこする。チェスターのパパが作るサンドイッチは格別なのだ。考えてもみろよ、と親友は言った。サンタの扮装の下に誰が隠れているかわかんないだろ？ルパートはにやりと笑って首を振った。うん、そうだな。だけどサンタには髭《ひげ》がある。白くて長い髭が。女のわけがないじゃないか。へえ、とチェスターがにこにこして答える。髭女のこと、聞いたことないのか？

「ないね。サーカスに髭女がいるけど、あれは偽物だ」

「そうかな、ルパ」チェスターは眼鏡をいじくっている。じつはそれは眼鏡じゃなくて、何かわからないけれど何か（世界？）の光をつけたり消したりするスイッチみたいに、四六時中かけたりはずしたりしている。「そうでもしなきゃ、サンタクロースが人に気づかれずに移動することなんて、できないんじゃないか？　もし髭もじゃ女なら、髭さえ剃っちまえば人に気づかれない」

「どうかしたんじゃないか、チェスター」ルパートは、そう遠くないいつか、金色の口髭が生えてくる（もちろん小説の読者がそれを見る日はけっして来ない）あたりを覆う産毛《うぶげ》を思わず撫でた。「どうしてサンタクロースが人に気づかれないようにする必要があるんだよ？　そもそもサンタなんて存在しないんだ！」

　チェスターは、児童小説ではなくスパイ小説の登場人物みたいに、あたりをきょろきょろうかがってから言った。

「どうしてそうわかる？　つまり、もし存在するとしたら？」少年は眼鏡をはずし、ルパートをじっと見据えた。まず片方の目を、そのあともう一方の目を。「だって、そのおばさんはサンタの衣装なんて着る理由なんてなかったんだし、犬みたいにおまえんちの庭で匂いを嗅ぎまわる理由だってなかった。もしも」チェスターは咳ばらいをし、いよいよ声を低くして、まず相手の片方の目を、次にもう一方の目をじっと見た。「もしも何かの動物だったら？」

「何かの動物？」

　チェスターはうなずき、また眼鏡をかけて左右をうかがい、言った。

「もしサンタが何かの魔女だったとしたら？」

　そのとおりだ、とスタンピーは思う。今手にしている、すっかり読み古されたお気に入りの小説の開いたページでは、ルパートとチェスターのあいだで交わされるその魅力的な会話が展開している。このチェスターという少年には探偵の才能があって、そのことはまもなくはっきりとわかる。というのも、ミセス・ポッターはじつはサンタクロースではないが、サンタクロース同様、願いをかなえることができる、というか、願いをかなえてくれる小さな箱を持っていることを彼が発見するからだ。ああ、そこはどんな箱でも願いをかなえてくれる世界というわけではなくて、彼女が手にしているまさにその箱が願いをかなえるのだ。なぜなら、その中には魔法の絵葉書の束が入っているから。もちろん、クリスマスの絵葉書だ。

スタンピーはにっこりして本を棚に戻したが、その前に匂いを嗅ぐようなことはしなかった。ミセス・ポッターその人なら、やってみせたかもしれないけど、と思う。そして、その絵葉書が一枚でも手に入ったらな、とつぶやく。もしそうなったらこんなことを書くだろう。〝栄光ある海神よ！　クライアントを一人でいいからよこしてはもらえませんか？　今ほしいのはたった一人のクライアント、それだけなんです〟でもそんなことをしたら、また母をがっかりさせるだろう。客なんていくらでも引き寄せられると思っているからだ。その忌まわしい賞さえ手に入れれば客はどんどん降ってくる、と母なら言うだろう。ハワード・ヨーキー・グラハムとかいう男による〈向こう見ずな不動産エージェント賞〉っていうへんてこな賞でしかないのに。でも母なら、とにかく例のカードにこう書いてほしがっただろう。〝拝啓　ミセス・ポッター様――ハワード・ヨーキー・グラハムの〈向こう見ずな不動産エージェント賞〉を受賞できたら、これほどの喜びはありません。どうか獲得できますように。敬具　スタンピー・マクファイル〟

いずれにしても、スタンピーの手元にその絵葉書はないし、もし手に入っていたら何を書いたかなんて考えても意味はない。考えるとしたら、もっと意味のあることを考えよう。たとえば、ルイーズ・キャシディ・フェルドマンのこととか、この退屈で天気の悪いキンバリー・クラーク・ウェイマス村に引っ越すきっかけとなったお気に入りの小説のこととか、そして、そう、さっきから店の入り口に立っている男は、ひょっとして最初のクライアントなのでは？

2

この物語の主人公、ビリー・ベーン・ペルツァーが土産物店なんかをやっている自分の運命を呪い、さらには、寒くて天候不順のキンバリー・クラーク・ウェイマスにつきまとう呪いの話と、『フォレスト姉妹の事件簿』というテレビドラマに夢中になっている村人たちの話をする

これから〈不動産のことなら何でもご相談ください　マクファイル社〉の入り口に立つことになる人物は、いつも天候不順のキンバリー・クラーク・ウェイマスでは図らずもちょっとした有名人であるビリーだった。そして、このくそ寒い町のことを、彼の母親がどこにいようとありとあらゆる場所から描いては送ってくる絵と同じくらい憎んでいるとはいえ、町のちょっとした有名人になるのは必然だった。それもこれも、うっかり命を落としてしまった父ランダル・ペルツァー、ランダル・ゼーン・ペルツァーが、あのルイーズなにがしとかいう作家の小説に取り憑かれていたせいだ。いつもむっつりと考えこんでいるビリー、ビリー・ベーン・ペルツァーの頭には、今はまだぼんやりした存在でしかないおかしな不動産エージェントと同じように。父はあの小説にのめりこみすぎて、忌まわしきミセス・ポッターにまつわるありとあらゆる商品ばかりをあつかう唯一の専門店まで開いたのだ。ありとあらゆる場所から家族連れが訪れた。家族総出で小さな車に詰めこまれて、小さな隊列を組んで、文無しなのに子供だけは大勢いる家族、あのくそったれな小説を読んですっかり夢中になった子供たち、そう、読んだときにはすでに子供でも何でもなかったのにすっかり夢中になった彼の父親と同じように、そして、そう見えるけれどじつはサンタクロースではないあの女の家に行ってみたいとせがむ子供たち、ミセス・ポッターの本物の絵葉書のほか、ビリー・ベーンの店にある『ミセス・ポッターはじつはサンタクロースではない』の世界に関わるあらゆるものを買い漁っていく家族。

子供たちという子供たちは、そして一部の大人たち、一人旅をするたぐいの大人、旅行鞄に例の小説を一冊忍ばせ、虚ろな目をして、いつも喉に何かがつかえ、悲しみでどんどん頭が麻痺していくそんな大人たちは、例の女が避暑していた家はどこなのか、雪がけっして消えず、この寒い町には突然思いもよらないときに、それも日常的に雪が降るというのは本当なのか、知りたがる。そして、恐ろしく汚いサンタクロースの格好をしていたそのミセス・ポッターとかいう女が忽然と姿を消したとき、キンバリー・クラーク・ウェイマスに呪いをかけ、その呪いというのが、「ずっと天気が悪くて」「ずっと雪が降りつづける」みたいな内容だったというのは、本当なのかと。そのたびに、夢見がちな子供や鬱気質の大人たちからそう質問されるたびに、ビリーはもさっともつれた巻き毛を振り振り、「まさか」と答え、この町の天気が悪いのは最初からで、ミセス・ポッターはそれに耐えていただけですよ、と告げる。

「なら、どうしてここに避暑しに来たの？　ママはいつも、人は暑いところに避暑に行くって言う。そういうものじゃないの？」しつこい洟たれ小僧にときどきそう訊かれ、ビリー・ベーンはかならずこう答える。たぶん君のママは海水浴なんかしたくてもできないこの町にもうほとほとうんざりしていて、誰だって夏は冬にできないことをしに行くものだと思ってるんじゃないかな、だけど洟たれ小僧くん（というひと言は口にするまいとビリー・ベーンは心がけている）、ミセス・ポッターは海水浴ぐらいしかすることがない場所の出身で、だから彼女にとっては凍《こご》えるような吹雪こそもの珍しくて、魅力的だと思えたんじゃないかな？　かつて孤独で淋しい子供だったことがある孤独で淋しいあなた、ミセス・ポッターが橇《そり》に乗ることを夢見ていたのだとしたらどうでしょう？　だって出身地では橇なんて乗れなかったから。だって彼女の出身地では、いつも天気が悪いキンバリー・クラーク・ウェイマスとは反対に、ここをいつも覆い隠している、あの空からひらひら舞い落ちる雪なんてものを誰も見たことがないから。けっしてやまないおかげで、町の隅々まで忌まわしき純白に染めるあの雪、永遠の雪の町キンバリー・クラーク・ウェイマス。へえ、と男たちも女たちも子供たちもみなそのとき思う。何かは知らないがわけのわからない馬鹿げた理由で、リュックサックに、ちっぽけな旅行鞄に、ポンコツ小型車のグローブボックスにルイーズ・キャシディ・フェルドマンの小説を一冊忍ばせて、わざわざこの町まで巡礼してくる連中。中には眉根を寄せてこちらを上から下までじろじろ眺めまわし、「嘘だ」と言う者もいて、それに対しビリー・ベーンは「もちろん嘘ですよ」と答えて「まだわからないかな」と続け、最高の笑みを浮かべて「ミセス・ポッターは実在しないんだ！」と告げる。すると、男たちも女たちも子供たちもみなにっこりし、荷物をまとめてそそくさと立ち去るが、立ち去らない子供たちは、寒さというものが存在しないので橇が存在しない場所とはどこなのか、ミセス・ポッターの出身地である謎の灼熱の土地とはどこか、と尋ねてくる。そこでビリー・ベーンは声をひそめて答える。

「ショーン・ロビン・ペックノルド」

　するとそうした子供たちはみな「ショーン・ロビン・ペックノルド」と小声で復唱し、その言葉はみんなの耳におまじないのように響いた。彼らが願い事を書くことになる例の絵葉書にかかっているおまじないのように。願い事が書かれた絵葉書はやがてみるみる小さくなり、あのミセス・ポッターの箱の中に消える。箱の中には小さな郵便局があり、そこではあちこちでミニサイズの職員がせっせと働いている。彼らはミニサイズの魔法使いの職員で、一日の仕事を終えると家に帰り、夕食をとり、ベッドに入り、ミニサイズの魔術書を読んで、何か覚えておこうと思うことがあったら、誰もがナイトテーブルのいちばん上の抽斗《ひきだし》にしまってあるミニサイズのノートに書き留める。

そしてその晩、帰宅する道すがら、そうした子供たちの両親は、車のハンドルを握り、中には〈フウウウ〉煙草を吸う者もいて、ほんの少し音楽のボリュームを上げると、そんな場所は、ショーン・ロビン・ペックノルドなんて場所は存在しないよ、と告げる。そんな場所に避暑に行くことなんてできない、だって実在しない場所には誰も避暑には行けないんだから。すると子供たちはみな絵葉書に目を落とす。あのくそったれな児童小説のキャラクター商品だけを売っている唯一の店、〈ミセス・ポッターはここにいた〉という名前の店で買った、大事な大事な絵葉書。そして、今度ばかりはパパもママも間違ってる、ミセス・ポッターは本当にいるし、ショーン・ロビン・ペックノルドっていう場所も本当にある、と思う。

ポケットに手をつっこみ、ひどく乱れてもつれたふわふわの巻き毛を揺らしながら、ビリー・ベーン・ペルツァーは大股で歩き、革の剥がれたおんぼろミリタリーブーツで、いつも天候不順なキンバリー・クラーク・ウェイマスの目抜き通りの凍ったアスファルトを確実にとらえながら、何も知らない、できればビリー自身のことも知らないでいてくれればありがたい、あのマクファイルとかいう男のオフィスをめざした。ビリーの前髪は額のそこここで弾み、そんなことが可能ならの話だが、自信満々の額、しっかりした意志のあるその額は、元空中ブランコ乗りで元ライオン使い、晩年はイルカにありとあらゆる芸を仕込んだおばのメアリー・マーガレット・マッケンジー、すなわちかの有名なマック・マッケンジーから受け継いだものと言われているが、とにかくビリーはずんずんと進みながら、この土地に来てまだ間もないからビリーのことを知る暇はなく、だから彼のことをまったく知らないはずの男に、言うべきことを考えていた。なぜならビリー・ベーン・ペルツァーはキンバリー・クラーク・ウェイマスではちょっとした有名人で、だがここに来たばかりのよそ者であるあの男はまだ〈スコッティ・ドゥーム・ドゥーム〉には足を踏み入れていないはずだし、それならあの男はたぶん、忌まわしきルイーズ・キャシディ・フェルドマンとその馬鹿げた小説のことを聞いたことがないたった一人の人間だろうからだ。

本当にそうなら、ビリーに運が向いてきたということだ。

「いいですか」ビリーはこう言うだろう。「あなたがどこから来たか知らないし興味もないが、ここキンバリー・クラーク・ウェイマスでは壁は耳を持つだけでなく記録さえするし、けっして口にしてはいけないことがあるんです。その一つについてこれからお話ししたいと思います、いいですか、ええと……マクファイルさん」

ときどきビリーの頭の中に、相手が目を丸くする顔が浮かぶ。相手は髭を掻き、思わず「ああ」とつぶやくだろう。その「ああ」には、この頭のおかしい男はいったい何を言うつもりだろうと興味をそそられると同時に、どうして自分が何かの標的になるはめになったのか、と怯える気持ちが含まれている。

あるいは、こんな想像をするときもある。相手がじつに都会的な感じに眉をひそめ、こんなようなことを言うのだ。

「あなたの秘密はお守りしますよ、ええと……ペルツァーさん」

そういうとき、ビリーの想像ではこう続けることになる。

「それこそ僕が聞きたかった言葉です」

なぜならそのとおりだからだ。ビリーがその男に、いつも天候不順のキンバリー・クラーク・ウェイマスの住人のため、不動産について解決すべきお悩みを何でも解決できると考えて目抜き通りに店を構えたその男に頼るとするなら、それはこの息苦しい町にほかに頼れる者が誰もいないからだった。もちろん、ほかにも不動産エージェントはいた。レイ・リカルドは、町でただ一人の不動産屋だった。だがそれも姪のウェイン・リカルドが、引っ越ししようなんて誰も思いもしないその土地で、ほんのわずかな客をおじと取り合いしようと考えるまでのことだった。

だが、レイ・リカルドの店にしろ、ウェイン・リカルドの店にしろ、いずれかに頼れば、せっかくのビリーの企みもそれで終了するだろう。なぜなら、ビリーが生まれ育ったその家、母が父を置いて出ていき、夢見がちな父ランダルが息を引き取ったその家、今も母が描いた絵が、母だけが行くことができたよその世界の絵葉書みたいな絵が、なぜなら母が一人で、たった一人でここから逃げだしたからだが、とにかくその絵がありとあらゆる場所から届くその家を、売却するのを手伝うこと、そんなことはレイもウェインも絶対にしないからだ。キンバリー・クラーク・ウェイマスは天気が悪いだけでなくいじけた場所でもあり、さらには、人の注目を集める必要がある場所だった。孤独で淋しく、ときどき腹を立て、いや、じつは年がら年じゅう腹を立てていて、わめき散らし、皿を割り、テーブルを、この町じゅうの人々全部が座れるくらいのテーブルを殴りつけ、ほんの少しの注目を求めているこの町。その注目をこの町にあたえられるのはあの身の毛のよだつ彼の店〈ミセス・ポッターはここにいた〉だけであり、だから誰もそれを町から消し去るなんて考えもしないのだ。

「ああ、だめだよ、ビル。あそこを売るだって？」レイかウェインのところに行ったらどうなるか、何百回、何千回と想像し、それは決まってこんなふうに終わった。「無理だね」

ああ、「無理だね」ときたもんだ。

毎回想像するたび、ビリーはレイかウェインがほほ笑んで頭を振るのが目に見えるようだった。なぜなら彼らがするのはそれだけだし、結局のところ連中は「ああ、だめだよ、ビル」「無理だね」と彼に言う不動産屋であり、ときには続けて「もしかして、私を破滅させたいの？」という声が聞こえることもある。最後のは、町がそう言いそうだというビリーの想像だった。なぜなら、この町は捨てられて錯乱した恋人みたいなやつなのだ。道理を説いても耳を貸さない。一つしか持っていない宝物をけっして手放そうとしない。たとえそれがくだらない土産物屋であっても。

ビリーは通りを渡り、メリアム・コールドに挨拶した。言うことを聞かないマスチフ犬を引きずって、郵便局に向かっているようだ。彼は足を速めた。〈ミセス・ポッターが願いをかなえるのにかかる時間ほどもかからず戻ります〉という小さな札を店のドアにかけてきたが、ハウリングの橇とスノーシューの店の主人ハウリングさんがビリーが出かけるところをじつは見かけていて、彼がなかなか帰ってこないのを不思議に思い、そのうち、そもそもどこに行ったんだと疑いだすおそれがある。たぶんレイシー・ブリーヴォートの娘、サムのところじゃないか、と誰かが言うかもしれない。サムことサマンサ・ジェーンはビリーのたった一人の友だちだからだ。それでもハウリングさんの疑いは収まらず、いよいよ捜査に乗りだすかもしれない。

キンバリー・クラーク・ウェイマスの住人が揃いも揃って優秀な探偵だということは周知の事実だ。フォレスト姉妹という二人の姉妹探偵が活躍するTVドラマシリーズを観て、学んできたからだ。二人が住んでいる村が世界一危険な場所だということは明らかだった。なにしろ毎日のように、おもちゃ屋や、村に一軒しかない歯医者の待合室や、村にあまりにもたくさんある武器販売店の一つの控室

で遺体が発見されるのだ。村に武器販売店が多いのは、その山あいの村がライフル造りで有名だから
だった。
いやまったく、双子のジョディとコニーのフォレスト姉妹が暮らし探偵稼業をしているおかしな村、リトル・バセット・フォールズはライフル製造で有名で、だからこそ姉妹にこんなに仕事が舞いこむのだろう。ときには、有名なライフルを買いにわざわざあんなところまで車で行って、それが主人のトラックの後部座席の柔らかな座席に収まりもしないうちに、使用されてしまうことさえあった。だから、もしそこが実在していたら、そこがTVドラマシリーズに登場するただの作り物の村にとどまらなかったら、世界一危険な村とみなされるかもしれない。だって、世界広しといえども、この村ほど犯罪率の高い場所がほかにあるだろうか？　もちろん、ありえない。地元で幅をきかせている高飛車な司書ミルドウェイ・リーディングの記憶どおり、村の人口は五千三百二十六人を超えず、千四百八十九回放送された中でフォレスト姉妹が地元以外の土地で殺人事件の捜査をしたのはたった三回しかないことを考慮すれば、そこは、まともな神経の持ち主ならすぐさま逃げだすたぐいの場所だ。たぶんだからこそ、キンバリー・クラーク・ウェイマスの住人たちはフォレスト姉妹をこよなく愛しているのだ。かの姉妹もまた最悪の場所に住んでいる。ただ、同じ最悪の場所でも、あちらではけっして雪が降らない。あちらでは何が最悪かといって、それは人がずっと死につづけることで、とはいえ、姉妹の仕事のことを考えれば、むしろ渡りに船だ。キンバリー・クラーク・ウェイマスでは、ずっと雪が降りつづけることが、やはり渡りに船であるのと同じように。結局、村人たちに仕事があるのは、ミセス・ポッターと、彼女がたとえ本当はそうでなくてもサンタクロースに見えるおかげだし、はたしてサンタクロースに似た人間が陽の燦々《さんさん》と降り注ぐ町に似つかわしいかといえば、もちろん、そんなことはけっしてありえない。

いずれにしても、リトル・バセット・フォールズの住人が未来の被害者と未来の殺人者のいずれかに分かれるように、キンバリー・クラーク・ウェイマスの住人も、完璧なジョディ・フォレスト大好き派と、あまり人好きのしない明らかに欠点だらけのコニー・フォレストをあえて好む派に分かれる。実際、姉妹は両極端の探偵像をそれぞれ象徴していて、だから、世界じゅうの人々の大部分がそうであるように、キンバリー・クラーク・ウェイマスの大部分の人々も、勤勉で心配性でとことん几帳面で退屈、だが間違いなく捜査の才能はないジョディを好むことに安住しているが、ビリー・ベーンや親友のサムのように、だらしなくて残忍な一面もあるコニー・フォレストの鋭い直感を称賛する者もいた。何の面白みもないテニス・プレーヤーの恋人、ライフル職人の息子だが、家族はみなそうなのにライフル職人にならずテニス・プレーヤーなんかになった一家のはみだし者であるジェームズ・シルヴァー・ジェームズをときどきほっぽらかしにするけれど、それも気にならない。コニーにはそうするれっきとした理由がある。つまり事件の捜査だ。すべての事件を解決するのは、ほかならぬ彼女なのだ。たしかにせっせと情報を入手し、入念に整理するのはジョディだが、謎を解くのはコニーだった。とはいえ、毎回その後始末にはまるで無頓着なので、褒められるのはいつもジョディのほうだ。いったん解かれたパズルを回収し、それを上司である、やはりきわめて注意深いエッタ・マーストンに報告するのは彼女だからだ。エッタはかつて今のジョディとまったく同じタイプの探偵で、姉妹のあいだの関係性もよくわかっていた。というのも、偶然にしてはあまりにも珍しいとはいえ、エッタにも双子の妹がいて、その後、成功はしていないが才能ある作家になったその妹も以前は探偵で、しかも現場や容疑者リストをちらりと見るだけでかならず犯人を当ててしまうたぐいの天才だったのだ。これは秘密だが、エッタは内心妹を憎んでいたし、今も憎んでいる。そして、『フォレスト姉妹の事件簿』を観ている視聴者は誰もが気づいている秘密として、一見非の打ちどころがないジョディ・フォレストもやはり妹を憎んでいるのだ。

でもコニーは、姉のことなど眼中になかった。

彼女の頭には、パズルのピースをはめることしかないからだ。

ビリーとサムはときどき、泡のたったビールジョッキをかならず前にして、コニーのことを話した。たとえば、フォレスト姉妹がまだ十四歳の中学生だった当時の、化学教師だったデヴォイス先生とのあいだのかなり病的な関係について。そのころ姉妹はどちらも彼にぞっこんで、それが一時的に二人を結束させたが、その後当然ながら決裂した。それぞれがそれぞれのやり方で先生の気を引こうとしたからだ。結局二人とも失敗した。何度やっても毎回うまくいかなかった。デヴォイス先生は彼女たちのことなど目に入らなかった。デヴォイス先生のすることといえば、元素周期表をひたすら眺めて気づいたことをメモする、ただそれだけだった。彼を知る人々に言わせると、地球の回転を反転させるにはどうしたらいいか、みたいなわけのわからない謎解きをしようとしているらしい。ビリーもサムも、フォレスト姉妹を夢中にさせたその教師の人物像に興味津々で、姉妹はどちらも結局想いに応えてもらえなかったわけではあるけれど、パパやママのお気に入りになろうとするより、地球上のどんな人間にも興味がないその教師のお気に入りにこそなってやろうとしたその恋の成否で、姉妹の関係が変わっていた可能性はあったか、二人はときどき議論した。

いずれにせよ、『フォレスト姉妹の事件簿』は毎晩だいたい真夜中ごろに決まって放映され、キンバリー・クラーク・ウェイマスの全住民がそれまで眠らずにいる。彼らにとって、あのTVシリーズは何よりの好物だからだ。そうやって訓練され、いや、実際のところ住人たちみんなが訓練されて、どんな異常でも察知する技術を身につけ、みずから探偵になったかのように誰が何を知っているのかありとあらゆることに目を光らせて、何も起こらないように、何も変化しないように、事前に阻止した。だって、たとえちっぽけなことでもハリケーンの種になるかもと思っただけで、ぞっとするじゃないか。

　だからビリーは、もし戻るのが遅くなったとき、ハウリングさんがどう思うか心配なのだ。結局のところあの人は、ビリーが例の手紙を受け取ったことを知っているに違いない。いつも天気がいいショーン・ロビン・ペックノルドの遺言課からの手紙、その町の不動産部より、おばのミセス・マッケンジー、メアリー・マーガレット・マッケンジーの死去に伴い、彼ビリー・ベーン・ペルツァーが彼女の自宅の唯一の「受託者」となる旨を知らせる手紙。おばの自宅には、忌まわしい絵画が、いろいろな意味でビリー自身の家の壁に掛けられているのと同じ絵画コレクションがあるのに加えて、野生動物を調教するためのみごとな道具の数々も山のように貯めこまれている。おばは生涯、野生動物の調教にその身を捧げてきた。マック・マッケンジーは、どんな動物でも手なずけてしまう伝説の調教師として、世界にその名を馳せていたのだ。

　いつも傷つき悩み多かった幼きビリー・ベーン・ペルツァーがおばの自宅で過ごしたことは、たった三回しかない。そしてそのたびに、どこかしら隅っこのほうに身を隠した。マックおばさんがアザラシやイルカを調教していた巨大プールにある小屋や、手違いで預かってしまったトラの赤ん坊一群れが一晩過ごした檻《おり》や、おばさんが飼っていた、彼女に言わせると一緒に暮らしたことがあるどんな男どもよりはるかに私のことをわかってくれるというピグミーゾウ、ちびのコーヴェットの玩具を入れていた洋服簞笥。幼いビリーはそうして隠れながら、このままママが僕を見つけられず、例の山のような絵と一緒に息子も連れてきたことを忘れてしまえばいい、と祈った。

　しかしもちろん、そんなことにはならなかった。

　そしてそれは母が息子のことをとても気にかけていたからではなく、おばこそがとても気にかけてくれていたからだ。ビリーの姿が見えないことに最初に気づいたのも、そのあと彼を見つけたのも、毎回おばだった。

「いったい何を考えてたの、ビルちゃん」毎回おばは尋ねた。

「マックおばさん、僕おばさんとここに残りたい」幼いビルはそう答えた。「ママなんか嫌いだ」

「どうしてママを嫌うの、ビルちゃん」

「マックおばさんみたいじゃないからさ」

「まあ、ビルちゃん」

「ほんとだよ」幼いビルはそう言ったものだし、毎回、まさにそれ（ほんとだよ）をつぶやいた直後、涙を拭い、それから急に大真面目になって、「マックおばさん」と言ったあとこう続けた。「ここに残っておばさんと暮らせない？」

「ああ、ビルちゃん」マックおばさんはそうつぶやいたが、たいていそれ以上何も言わなかった。というのも、マックおばさんが客を迎えるのに当時利用していた離れ、具体的には姉のマデリン、つまり彼の母のマデリン・フランセス・マッケンジーその人だけを迎えるための離れだったのだが、その母が離れでじっと待つのに嫌気がさして、「マック、いったいどこにいるの？」とわめき、もう二度と家に帰りたくないという息子の願いをこなごなにしたからだ。

「ビル？」

ビルはわれに返った。例の〈不動産のことなら何でもご相談ください　マクファイル社〉に続く通りを一心に歩き、凍ったアスファルトを古いブーツでしっかりととらえ、スキー用の古いマフラーを、時とともに彼の呪われた店、ああ、〈ミセス・ポッターはここにいた〉の目玉商品となったマフラーを首に巻き、サムのプレゼントの耳覆い付きハンターキャップをかぶって、角を曲がるたびに吹きつけてくる雪まじりの強風に立ち向かっていたのだが、警官のキャサリン・クロッカー、大きな青い目をした小柄なケイティ・クロックスと今しも出会ったところだった。やけにぎこちない、その子供っぽい笑い声が、間の悪いバカみたいな笑い声がはっきりと先に聞こえて、そのあと今の「ビル？」が続いたのだ。

「キャッツ？」これは、とりとめのない考え事をしていたビルの言葉だ。

「すばらしい天気だと思わない？」

「ああ」ビルはあたりを見まわした。強風がもともとくしゃくしゃの彼の髪をさらにくしゃくしゃにし、それはキャサリンにしても同じだった。でも彼女は、乳歯をずらりと集めたみたいに見える、なぜならちっちゃなキャッツの歯はまるで乳歯みたいだからだが、そんな歯を見せてにっこりとほほ笑んだ。

「ええと（ヒーフーヒー）、どこか行くの？」

「うん、まあ」ビルは両手をポケットにつっこみ、ほほ笑んだ。

ああ。ちっちゃなキャッツはため息をついた。

ため息をついて、（うう）こう言わずにいられなかった。

「お供してもいいかしら？」

「僕にお供？」

「ああ、違うの、ごめんなさいビル、ええと、ときどき思うの、いえ思ってたの、コーヒーでもどうかなって。コーヒーぐらい飲む時間があるのよ、私、ええと、コットン署長がしばらく留守にしてるから、それで、どうかなって、わからないけど」

ビルは眉をひそめた。

ビルの眉はずっとつらい思いをさせられてきた眉だ。

具体的には、彼のつらい少年時代にずっと。

「悪いけど、今はコーヒーにつきあう時間はないな、キャッツ」

ビルはまたほほ笑んだ。じつはビルの笑顔はすばらしい。でも、誰もそう言ってくれたことはない。大親友のサムでさえ。研修中の警官キャサリン・クロッカー、ちっちゃなケイティ・クロックスだって夢中にさせてしまうたぐいの最高の笑顔なのに。

「ああ、じゃあビル、あとで会えないかしら？　二人でおしゃべりなんてしばらくないわよね、だから、あとで〈スコッティ・ドゥーム・ドゥーム〉で会えたらどうかな、って」

ビリーはまた眉をひそめた。

彼の眉は少年時代とちっとも変わらなかった。なぜなら、つらい少年時代を送っていたとき、彼の眉はいつもそんなふうだったからだ。

「何かあったのか、キャッツ？」

「いえいえいえ」彼女は笑い声をあげ（ヒーフーヒー）、それから続けた。「ただ」（さあ、勇気を出して、キャッツ、勇気を）「思っただけ」ああ、ケイティ・クロックスの心臓は今にも爆発しそうだった。（ドキ、ドキ、ドキ）もう破裂する。「あなたと一杯」（あと一息よ、キャッツ）「飲みたいなって」

「僕は、ええと……」ビルは、自分がすでに通りをかなり進んでいて、遠く通りの反対側に見えているのは、そう、あの期待しかない看板〈不動産のことなら何でもご相談ください　マクファイル社〉だと気づいたところだったから、こう言った。「キャッツ」そのとき彼女が期待に満ちた目で彼を見たのだが、それは、そんなことが可能ならの話だが、あのおかしな看板にも同じような期待がこもっているような気がしたし、彼のおば、マックおばさんがちびのコーヴェットのことを話すときに、一度ならずそんな期待が顔に浮かぶのを見た記憶があった。今コーヴェットは当然ながら檻に入れられているると、ちょうど一週間前にショーン・ロビン・ペックノルドの遺言課から送られてきた手紙に署名があった弁護士、トレイシー・シーガー・マーニーが話していた。だからとにかくビリーはエヘンと咳ばらいをして続けた。「もちろん、いいとも」

ちっちゃなキャッツは顔を赤らめた。彼女はしばしば顔を赤らめる。証人から事情聴取をするときはとくに。警察に入ってまだ間もない見習いだし、何か起きそうだと思うとびくびくして、つまり、いつ何か恐ろしいことが起きても不思議ではないと確信したとたん、ためらわずにミニサイズの銃〈ベアトリス・ジョンソン〉を抜くので、そのたびにまわりが大慌てでした。コットン署長からするとあまりに大げさだと思え、ちっちゃなキャッツに軽い反感を覚えずにいられなかった。ジュールズ町長が、いわゆる〝警官候補者〟をごり押ししてきたのも気に食わなかった。あの死んだ少女の事件、今も未解決のチャルマーズ山殺人事件からしばらくして、ジョン＝ジョン・シンシナティが、警察を離れたとき、キャッツの父親であるミステリ作家、あのどこか虫の好かないフランシス・ヴァイオレット・マッキスコがある日みずから警察署に押しかけてきて、ジュールズ町長と話をしろと命令した。もちろん、ジョン＝ジョンの後釜に娘を据えろと言ってきたわけではなかった。そのポストが空いているかどうかさえ、彼は知らなかった。ただ、とにかく何かのポストにつけてやってほしい、それだけだったのだ。コットン署長は、無礼なやつねと思い、腹が立ったが、そういう前代未聞の無遠慮さになんとなく引きこまれてもいた。それが彼の作品への興味に変わった。だから、見習い警官として警察署にマッキスコの娘が実際に配属されたあと、コットン署長は例の尊大な作家の小説を何冊か手に入れ、そして意外にも、ある意味少々後ろめたさを感じながらものめりこんでしまった。いや、ちっちゃなキャッツはそれについては何も知らない。なにしろ、父フランシス・マッキスコがコットン署長その人に異常なほど執着するのに、断固反対していたくらいだ。どうやらその時点では、おたがい同じくらい相手に興味があったらしい。父のほうの執着は間違いなくどんどん強くなっていて、もしかすると、ミステリ界のご意見番で、本物のあらゆる刑事たちと面識があることを鼻にかけている別の作家ケイティ・シモンズに匹敵するかもしれない。このことを今夜ビルに話そうか、とキャッツは思う。彼といったい何を話そう？　あの土産物屋について？

「じゃあ、あとでスコッティの店で会えるのね」キャッツは言った。

「ああ、もちろん」ビルは言い、サムからプレゼントされた耳覆いつきのハンターキャップに手をやって、「じゃあね、キャッツ」と言った。

キャッツも「じゃあね、ビル」と言う。

それから彼女は〈スコッティ・ドゥーム・ドゥーム〉がどうのと何か続けたが、ビルは通りの向こう側で手を上げ、足を止めて、彼女が立ち去り角を曲がるのを見届けると、ようやく左右を確かめてから足を速め、うつむいてエヘンと咳ばらいをした。咳ばらいが耳に入るようなところには（エヘン）誰もいないとわかっていながら、〈マクファイル社〉の玄関についに近づいたものの、まだドアは押さなかった。まずはそこに立って振り返り、左右をうかがった。誰も、絶対に誰も彼がそこに入っていくのを見ていないことを確認する、ただそれだけのために。

3

ああ海神を讃えたまえ、スタンピー・マクファイルの前についにクライアントが現れる！　だがその面倒なクライアントは自分の家が売りに出されていることを誰にも知られたくないという、そう、もうおわかりだろう、そのクライアントとはビリー・ペルツァーだ

ベルの鳴る音（カランコロン）がした。そのベルからは三人のミニチュアのスキーヤーが吊り下がっていて、スタンピー・マクファイルとしては、お気に入りの小説が生まれるきっかけとなったあの有名な絵葉書の、当然ながら雪に覆われた愛おしき山を滑り下りてくる三人のスキーヤーを思い出すのだが、その音がスタンピーを馬鹿げた夢想から現実に引き戻した。その夢想の中で彼は、アン・ジョネット・マクデールとかいう模型雑誌記者が、ニューオリンズ屋敷のそばにハクチョウのいる小さな湖を作るための適切な方法を記した、署名記事をじっくり読んでいた。とくにその記事に目が留まったのは、スタンピー自身ヴィクトリア様式のニューオリンズ屋敷を一軒手に入れ、今もまだ、どんどん巨大化する一方の水中都市のどの部分に、いや、どの地区にそれを建てるか迷っていたからで、そのアン・ジョネットという記者が《お手持ちのニューオリンズ屋敷にハクチョウをいくつか置きましょう》という記事をスタンプのために、スタンプだけのために特別に書いたのではないかという気がして、つい空想が別次元へとさまよいだしたのだった。その別次元では、かのアン・ジョネットという記者を夕食に招待し、そのあと自宅で一杯いかがですかと誘うが、本当の目的は彼女に水中都市を見せて助言を仰ぐことで、「水中都市にハクチョウの湖を作れるでしょうか?」、「このハクチョウの湖を、非水棲動物の小さな自然保護区にまでする必要はないですよね?」と尋ねると、彼女はひたすら水中都市を褒めたたえ、記事にするためにメモを取り、その記事をいつか母が読み、たぶん少しは誇りに感じて、しばらくのあいだ、「息子は人生を棒に振ろうとしている」とは思わないだろう。というのも、記事のテーマは、彼の人生、あるいはその一部そのものだからだ。

いずれにしても、ベルが鳴り(カランコロン)、顔を上げたスタンプの目に最初に飛びこんできたのはマフラー、スキー用のマフラーで、その次が、不動産エージェントとしての控えめに言ってもかなりの経験の中で、かつて見たことがないほどぎこちない笑顔だった。

「マク……ファイルさんですか?」笑顔の主が言った。

あわてて手袋をはずしている。まず片方を取り、次にもう片方を取り、そのあいだにスタンプは立ち上がってツートンカラーの蝶ネクタイを直し、(ゴホン、ゴホン)咳ばらいをして、下手くそなピアニストみたいな繊細な手を差しだしてにっこりした。「ええ、私です」と言い、「外は寒かったでしょう」と続けた。

「ええ、そうですね」見知らぬ男は答えた。「でも、まあ、いつものことです」

「ハハハ」スタンピーは笑った。「じゃあ私も慣れなきゃな」

二人は握手をした。見知らぬ男の手は力強かったが、どこかなよっとした印象もあった。重労働の何たるかを知りつつも、自分は守られているんだといつも感じている手。

「ええ、残念ながら」見知らぬ男は言った。

「おかけください、ええと……」

「ペルツァーです」

「ペルツァーさん」にこにこしながら言う。ビリーは正面にあるビロード張りの心地よい椅子に座った。「コーヒーをいかがですか？」

「ああ」ビリーはほほ笑んだ。そのとき彼の下唇がうっすら震えているのにスタンピーは気づいた。

「ぜひ」

スタンピーは彼に背を向けてコーヒーの用意を始めたが、そのあいだもしゃべりつづけた。不順な天候について、それでもこの町は魅力的だということについて、でもまだ外食する暇もなかったので、もしよければどこかいいレストランを推薦していただけないですかね、自分の出身地には、この世界の小さな片隅が持つようなカリスマ性などこれっぽっちもなかった、などなど。デスクに戻って、最初のクライアントになるかもしれない相手と対面する前に、彼は手ごろなスキーが買えるところはないか、この村にスキーを教えてくれる人はいないか、と尋ねた。そう、彼は何の気なしに〝村〟と言ってしまった。なぜなら彼にはキンバリー・クラーク・ウェイマスがやはりそう見えるからだった。

「ああ、それならハウリングさんのところがいい。彼のスキーショップはすばらしいですよ」ビリー・ペルツァーは帽子を脱いだ。「息子さんは全員スキーヤーで、ありとあらゆる競技会で賞を獲っているはずです。なにしろ店内はトロフィーだらけですから。通りに出て、ハウリングさんの店はどこかと人に尋ねればすぐにわかります。もしよければ、僕がお連れしてもいい」

「ああ、それはとてもご親切に、ペルツァーさん」スタンピーはそう言って、席についた。「でも、わざわざここにいらしたのは、スキー教室について私の質問に答えてくださるためではないでしょう」スタンピーはにっこりした。「違いますか？」

「ええ、もちろんです」ビリーは、じつのところとても快適なその小さな事務用椅子に深々と腰かけて言った。「ええと、じつはですね」ビリーは咳ばらいをした。さてどうやって切りだしたものか。もし奥に誰かいたら？　もし誰か聞き耳をたてていたら？　ここキンバリー・クラーク・ウェイマスでは、壁が耳をそばだてている可能性だってある。聞いた話を全部記録しているんじゃないのか？　彼が、ビリー・ベーン・ペルツァーがこれから言おうとしているようなことに、特別注意しているのでは？　「家を売りたいんです」

「ほう」スタンピーはそう言い、目を輝かせた。彼のツートンカラーの蝶ネクタイが一瞬きらりと光ったように見えた。「よくよく考えたうえでのご決断でしょうね、ペルツァーさん」

「ええ、まあ、もちろん」

スタンピーはほほ笑んだ。ボールペンのキャップをはずし、真っ白な紙を一枚取りだして、ビリーに目を向けると尋ねた。

「メモをとってもよろしいですか？」

「ええ、ええ」ビリーは口ごもった。

「とても大きな決断ですよね、ペルツァーさん」

「はい」

「今お住まいの家ですか？」

「はい」

スタンピーが白い紙に何か書きつけた。

「なるほど。それで、ええと、ご住所は？」

「その……」ビリーは声を低めた。「ミルドレッド・ボンク通りです」

「ミルドレッド・ボンク通り？」スタンピーとしてはとても信じられなかった。いったいどういうことだ？　今日はラッキー・デーなのか？　自分でも知らないうちに例の絵葉書をミセス・ポッターに送っていて、ミセス・ポッターがそれを読み、彼女の小さな〈お願いかなえ隊〉が出発して、彼の願いがおおむねかなってしまったのだろうか？　というのも、スタンピー自身はまだその通りに足を踏み入れたことはないとはいえ、そここそはいつも内気なブルック一家や、人間嫌いの謎めいたミセス・ポッターが住んでいた通りで、忌まわしき町の郊外に位置するとはいえ、とても重要な通り、スタンピー自身のようにルイーズ・キャシディ・フェルドマンの児童文学の古典を読んだことがあれば誰だって住みたいと願う通りなのだ。

「ええ、そうです」

「ほう」スタンプは、まったくもって気のないそぶりを心がけた。「ミルドレッド・ボンクですね」とメモする。「すばらしい。この町のことはまだよく知りませんが、そこが、ええと、よい場所だということは存じております。そうですよね？」

「ええ、まあ、よい場所です」

「平屋ですか？」

「二階建てです」

「ほう」

「裏庭があります」

「けっこう」

スタンプはルパート・ブルック少年のことを、彼が裏庭でミセス・ポッターを見かけたことを考え、これはおおいに可能性があると思った。

「それでいつ（エヘン）、いつ拝見できますか、ペルツァーさん」

「いつでもどうぞ」

「古い家ですか？」

ビリーは肩をすくめた。

「たぶん」

「リフォームされてますか？」

「いいえ」

ビリーの回答は簡潔だった。あまりあれこれしゃべりたくないようだった。耳覆い付きのハンターキャップはデスクの上に置かれている。

「なるほど」

「何か問題でも？」

「いいえ、何も。ただ、お客さまによっては重要視する方もいらっしゃるので」

「リフォームの必要性を感じたことは一度もありません」

スタンプはうなずき、それから言った。

「そこがあなたの生家ですか？」

ビリーは眉をひそめた。

「ええ、そうです。それがマイナスになりますか？」

「ああ、もちろんなりません。ただ、そこで生まれ育った人にとっては、リフォームの必要性を感じづらくなる傾向があるもので」

「なるほど。もしかすると、その必要があるかもしれません」ビリーは認めた。

「いえ、まあ、たいしたことじゃない」スタンプはまた何か書き留めた。書き留めることが何かあったただろうか、とビリーは思う。「それで、いつ拝見できそうですかね」

「うーん、どうでしょう」ビリーはハウリングさんのことが、レイ・リカルドのことが、アーチー・クリコーのことが、ミセス・マクドゥーガルのことが、ロージー・グロシュマンのことが、ドン・ゲイトリーのことが、とにかく、彼が何を考えているかけっして気づかせてはならないこの界隈に住むすべての人々のことが、いやでも頭に浮かんだ。なぜなら彼は家を売ってここを出ていこうと考えていて、もし気づかれたらそれができなくなってしまうからだ。もし彼がそうしたら、この天候不順の穴ぐらの原動力である、あのくだらない土産物屋は永遠に閉店し、そうなったら彼らはどうなってしまうのか？　住人たちみんなは？　「明日はいかがですか？」

「ああ、明日ですか。ちょっと予定表を確認してみますが、たぶん問題ないと思います」スタンピーはデスクの一番上の抽斗を開け、巨大なスケジュール帳を取りだし、もちろんまったくの白紙だとわかっていながら、中身をちらりと見た。「ああ、ちょっとした用事はありますが、後回しにできます」そう嘘をついてから顔を上げ、初めてのクライアントを見た。「十時で大丈夫ですか？」

「もちろん、ええと、あなたがそうおっしゃるなら」

「けっこう」不動産屋は言った。「住所を教えていただければ、十時にうかがいます。迅速な売却をお約束しますよ。それで、少々差しでがましいようですが、これまでにも売却を試みたことはおありですか？」

　ビリーは首を横に振った。

「いいえ」

「承知しました」

「一つお願いしたいことがあるのですが、マクファイルさん」ビリーが言った。

スタンピーは齧歯類《げっしるい》を思わせる小さな目を、初めてのクライアントの冷淡な目に合わせ、〝何でも来いだ、ペルツァー〟と思った。

「このことを誰にも言わないでほしいんです」

「何ですって？」

スタンピーは眉をひそめた。スタンピーの眉は、ミニチュアの家コレクターの眉だ。そして、それ以上にちっこいハクチョウのコレクターの眉でもある。

「キンバリー・クラーク・ウェイマスの住人たちにはこの家が売りに出されているといっさい知らせないでほしいんですよ、マクファイルさん。明日、あなたが家を見に行くときに私が付き添うこともできません。合鍵を預けますから、一人でご覧になってください。入るときには裏口を使って、誰にも姿を見られないようにしてください」

「付き添っていただけないんですか？」

「はいそうです、マクファイルさん。そう言いましたよね。わが家が売りに出されているってこと、誰にも知られたくないんです」

「ハハハ、じゃあ、どうやって売れというんです？　もし誰にも知らせなかったら、売るのは不可能なのでは？」

スタンピーはにっこりした。

この初めてのクライアントもまぼろしだった。

チェック柄のハンターキャップをかぶったまぼろし。

チェック柄の耳覆い付きハンターキャップ。

彼の前の最初のクライアントがやはりまぼろしだったように。

ただし、チェック柄の耳覆い付きハンターキャップのかわりに、『お嬢さん、なぜやってみないんですか？　そんなに難しくないのに』という題名の本を持っていた。ラス・カーマックという有名な奇術師《マジシャン》のサインがしてあった。

「さあね。ただ、もし家が売りに出されていると人に知れたら、あなたはけっしてあの家を売ることはできない、それだけは確かです」

あの手紙、いつも天気がいいショーン・ロビン・ペックノルドの遺言課からの手紙、その町の不動産部より、ミセス・マッケンジーの死去に伴い、彼ビリー・ベーン・ペルツァーが彼女の自宅の唯一の〝受託者〟となる旨を知らせるあの手紙を受け取って以来、ランダル・ゼーン・ペルツァーの息子たるビリーは、全然眠れなくなった。ときにはうとうとしたし、そういうときよく悪夢を見た。彼の家に、店に、そしてマックおばさんの家にも、絵が、母マデリン・フランセス・マッケンジーが世界じゅうの何百、何千という場所からまるで絵葉書みたいに送ってくる絵が、このうすら寒い凍りついた穴ぐらみたいな最悪の場所に釘付けにされているせいで彼自身は一度だって行ったことがない場所から来る絵が、ただただひたすら届く悪夢。でもときには、めったにあることではなかったが、別の夢も見た。あのハンターキャップをかぶって、車の窓からさよならと告げると、即座にエンジンをかけ、（ああ、そうとも）ぐんぐんそこから遠ざかっていくのだ。車は埃だらけの小型の四駆車だ。後部座席には犬が、むくむくした大型犬が乗っている。サムが飼っている大型犬で、珍しく嬉しそうな顔をしている。

「なるほど」スタンピーは言った。「少々考えさせてください」彼はにこにこして言った。あえてにこにこしていた。これは気に入らない。そう、まったくもって。《売家》という看板を出さずに、いったいどうやって家を売れと？　（考えろ、スタンプ、考えるんだ）しかし、そうたいして考える必要はなかった。何を書いたにしろ、とにかくさっきまでメモを取っていたその紙をちらりと見るだけで充分だった。そこには、通りの名前、あの〝ミルドレッド・ボンク〟のほかに、小さな家が、彼のお気に入りの小説に登場する家族、ブルック一家が暮らしていた小さな家が描かれていた。そう、そうしてちらりと見ただけで、そこに、彼の最初のクライアント（海神を讃えたまえ！）のすぐ前に、解決策はあると気づいたのだ。あとはたっぷり脚色すればいいだけだ。たとえば、「ああ」と独り言を言い、続けて何か、何か本当に大事なことにふと気づいたかのようにペシッと額を叩いて、（そうとも！）こう言うのだ、「さて、ルイーズ・キャシディ・フェルドマンの読者ならどう言うかな」するとたんにビリーは、店に入ったときには気づかなかった幸運を呼ぶ棚から、読み古された『ミセス・ポッターはじつはサンタクロースではない』がしゃべりかけてきたかのように、目の前にいるのが例の〈ルパーツ〉の一人、つまりあのくそったれな小説のファンの一人だと気づいたのだ。そういえばこの男、店で見かけなかったっけ？　あの隙間がないほどいっぱいの棚の一つにぼんやり見えるのは、避暑妖精の人形コレクションでは？　あのたくさんの本の奥に、陳腐な巨大ミセス・ポッター人形がいくつも鎮座しているのではないのか？　「彼女の名前、聞いたことがありますよね？」

4

ジェームズ・シルヴァー・ジェームズと同じくはみだし者で、ライフルを売っている女の子、サム・ブリーヴォートについて、さらには、キンバリー・クラーク・ウェイマスで最も尊敬される女性であるもう一人のジェームズ、カースティン・ジェームズのように、金鉱掘りの脳みそを持ちラバーダックを狩ることの難しさについて

キンバリー・クラーク・ウェイマスの住人で今朝ビリー・ベーン・ペルツァーが〈不動産のことなら何でもご相談ください　マクファイル社〉に行ったことを知っているのは、親友のサムだけだった。サムは、頭は切れるがだらしない探偵コニー・フォレストの退屈な恋人ジェームズ・シルヴァー・ジェームズと同じく、はみだし者だ。それは、けっしてスカートをはかないことや、ミリタリーブーツ風の靴以外履かないことや、髪を整えるという概念がすっぽり欠けていることや、女友だちが一人もいないことや、毎晩あまりにも酒を飲みすぎることだけが原因ではない。というより、その小さくて淋しい、とても寒い町に一軒しかない武器販売店を経営しているせいだ。ジェームズ・シルヴァー・

ジェームズとは反対に、サムは、名ハンターだった父が定年後に開業した小さなライフル店を継いだ。いや、祖母ビーキー・ブリーヴォートの後に続いたと言ったほうがいいかもしれない。ビーキーは一家で初めて、いや州内全部を見渡しても初めて猟銃を握った女だった。どんな品評会にもつねにぴったりの格好で参加し、ミス・ライフルの名をほしいままにした。首にスカーフを巻き、透かし模様の入ったカウボーイハット、ジーンズと上着という姿で馬に乗り、背中にライフルを斜め掛けにして現れた。ビーキー・スコット・ブリーヴォートは生まれてくる時代を間違えたと思っていた。

「あたしの頭の中身は金鉱掘りなんだよ。この世界では、何をしていいかわからない」よくそう愚痴をこぼしていた。とはいえ、いつも金鉱掘りというわけではなかった。ときには保安官になり、ときには賞金稼ぎになり、そうでなければ馬に乗ってやってきたよそ者になった。

サムは今も祖母のスカーフを一枚持っている。赤いスカーフだ。ときどきそれをポケットに入れ、そっと触れては、あたしはけっして一人じゃないと自分に言い聞かせた。

「もっと小さいのはないの、お嬢さん?」

ミセス・ラッセル、グレンダ・キャロウェイ・ラッセルさんはその週末カモ猟に出かけることに決め、それで猟銃が必要になったのだ。問題はラッセルさんが、おしゃれで愛らしいと思えないものはとても自分向きじゃないと考えていることだった。そして、サムが並べてみせた猟銃はどれもおしゃれで愛らしいとはまるで思えなかった。

ひどいのはそれだけじゃなかった。

最悪なのは、持ちあげることさえできなかったことだ。

「どれも重すぎない?」ミセス・ラッセルはサムに言ったのだ。

「そんなことないっすよ、ミセス・ラッセル。プラスチックじゃないんだから」

「なんですって？」

「変装ショップなら通りのつきあたりですよ。バーニー・メルドマンを知ってます？」

ラッセルさんは眉をひそめた。めったに利用されない彼女の眉は、すっかり埃が積もり、飽き飽きしていた。この武器商が今言ったたぐいの冗談を口にするような人には慣れていない眉だ。

「バーニー・メルドマンならもちろん知ってますよ、お嬢さん、でもいったい何の関係があるのかしら？」

サムはにやりと笑った。サムは人好きのする笑顔はできなかった。もっとも、ビリー・ベーンの目には好ましく思えた。はっきり言えば、サムはラッセルさんみたいなタイプの人が好む笑顔はできなかったのだ。なぜか？ 犬歯の一つが少しだけ前に飛びだしていて、口がにっと横に広がるとどうしても突きでてしまうのだ。ラッセルさんにはどう見てもおしゃれで愛らしい笑顔とは思えなかったが、それはサムがかぶっている無様なハンターキャップも、顔じゅうに散らばるそばかすも同じだった。ラッセルさんは、なぜかそばかすが大嫌いなのだ。

「いいえ、何も、ラッセルさん」

ラッセルさんは、サムがテーブルに置いた三丁の猟銃を眺めるあいだ、ずっと眉をひそめていた。店にはカウンターはなく、テーブルがあるだけだった。古くて巨大なテーブルだ。猟銃がのっていないときには、サムがコーヒーを飲み、本を読むあいだ、火のついていない煙草を口にくわえながらそこに組んだ足をのせた。時間があるときには、ノートを出して絵を描いた。描くのはクマだ。あるとき、ずっとずっと前に、あんまり昔なので本当にそんなことがあったのかサム自身ときどきわからなくなるのだが、クマに夢中になったことがあった。ああ、正確にはクマではない。クマみたいな格好をした、実際にクマの皮をかぶっていた男だ。サムが彼のことを考えて眠れない夜を何週間も過ごしたのを知っているのは、親友のビリー・ペルツァーだけだ。

「ねえどうかしら、あまりにも大きすぎない？」

「ええ、まあ少々」サムは言った。

そのときだ、ミセス・ラッセルがこう言ったのは。

「もっと小さいのはないの、お嬢さん？」

サムは客という客が嫌いだった。客ってやつはおしなべて、このラッセルさんみたいに理不尽にいばっている。おしなべて客たちは、わざわざこの店に寄ってやったんだと恩着せがましい。そして、世の中は彼らの要求にかならずしも応えてくれるわけではない、ってことを理解できない。実際のところ、彼らは、いろいろな意味で忌まわしきライフルの世界に恩情をかけていると思っている。なにしろ、いつもは気にも留めていないけれど、彼女のような明らかに上級の立場の者がこうして目をかけ、目的は何にしろ、下々まで下りてきてやっているのだから。ああ、こういうラッセルさんみたいな連中は全員が全員、本当にむかつく。サムは毎朝指を交差させて祈る。例のフェルドマンとかいう作家ファンの巡礼隊はたしかにあたしの親友を追いつめているとはいえ、その中にせめて一人ぐらいはライフル愛好家がいて、いや愛好家とまではいかなくても興味を持つ人がいて、この店に来てくれればいいのに、と。もしそうなったら、まあそう頻繁ではないのだが、サムは二人分のコーヒーを用意し、サンプルを全部見せて、もし相手と馬が合えば、森に試し撃ちに誘う。

そう、サムは客と一緒に試し撃ちをするのだ。

そして、ときには別のことまでするに至る場合もある。

でもそういうことをする前に、といってもその年はそれぞれ別の男とたった二回しかしていないし、一人は今でもノッカ・マルーンとかいう場所から絵葉書を、毎回同じ絵葉書を送ってくるのだが、とにかくそういうことをする前に、まずは試し撃ちをする。何を試し撃ちするかって？　もちろん空き瓶だ。

　サムは彼らあるいは彼女らにハンターキャップを貸し、古いトラック〝ポートベイン・ラノアール〟に一緒に乗りこんで、雪深い森の中の適当なところで車を停め、試し撃ちをした。試し撃ちをする前に、サムは老シープドッグを森に放してから、いつもの倒木の幹に空き瓶をいくつか並べる。それからコーヒーを二人分用意する。そう、サムがライフル店を出るときには、へこみのある赤い真鍮の魔法瓶をかならず持っていく。それから老シープドッグのジャック・ラレーンに古い棒きれを、いつもの棒きれを投げてやっては犬がくわえて戻ってくる、をくり返し、そのあいだに未来の客になるかもしれない相手が試し撃ちをして、空き瓶を倒したり（パン）破裂させたりし、サムはというとぼんやりしたり、ノートに何かメモしたり、ジャックが戻ってくるのを待ったり、温め直したコーヒーを飲んだりしていた。いつも天気が悪いキンバリー・クラーク・ウェイマスで、コーヒーのフィルター、煙草、コーヒー粉、そしてビールを消費するのはサムこと、レイシー・ブリーヴォートの娘だけだと言う者もいる。そのビールは、毎晩〈ストワー・グレンジ〉で友人のビルと一緒に飲む。〈グレンジ〉でサムがビルとビールを飲むとき、ジャック・ラレーンはもうすやすや眠っている。ジャック・ラレーンというのはたしか『フォレスト姉妹の事件簿』の登場人物の名前で、姉妹が買い物をしに行く弾薬や戦闘服の店の迷える店員としてサムは認識している。ドラマの中のジャック・ラレーンはひそかにコニーに恋をしているのだが、本人とサム以外そのことを誰も知らない。というのも、ジャックは客に何かを売ろうとする台詞以外いっさい口にしないからで、でもサムにはその視線だけで、台本にそう指示されているのか、本物の愛のこもった視線なのかはわからないが、とにかく、その視線を見れば、ジャック・ラレーンが夜に灯りを消しておやすみと言うときに頭の中はコニー・フォレストのことでいっぱいなのだとわかった。

「ラッセルさん、これ以上小さいライフルは存在しませんよ」サムはそう言った。

ラッセルさんの眉が、その埃まみれの退屈した眉が、またぎゅっとすくんだ。世界が自分の望みどおりにならないなんてとても信じられないという人ならではのすくめられ方で。

「それなら、カースティン・ジェームズはいったいどうやってカモ猟をしてるのよ？」

カースティン・ジェームズは、あらゆる意味で、キンバリー・クラーク・ウェイマスで最も称賛された女性だ。ファンもけっこういるが、サムの知るかぎり、ラッセルさんが今までその一員だったためしはない。カースティン・ジェームズは十六回もミス・キンバリー・クラーク・ウェイマスに選ばれ、そのうち九回は全国大会に進出して三回優勝し、最初のときは『話題の女性』みたいな全国放送の番組で取りあげられ、二度目はさまざまな新聞で報道され、ダンジー・ドロシー・スミスとかいう有名俳優と結婚し、三度目では一瞬政治の世界に足を踏み入れた。そのときある国会議員とアバンチュールに発展し、三度目のデートのときに相手が彼の秘書に変わった。そのうえ、そうこうするあいだずっと、カースティンは到来したチャンスには何でも挑戦し、たとえば潜水艦で世界一周するみたいな冒険さえした。

いずれにしても、レニー・モーガンとかいう、国会議員の秘書とのアバンチュールが、ペルーの悲しいほど粗野な町アレキパを見下ろす休火山、ミスティ山の麓で幕を下ろすと、カースティン・ジェームズはキンバリー・クラーク・ウェイマスに戻り、サムがいつも試し撃ちをしている人里離れた森の真ん中に小屋を作って、ジョンノウ、ジョンノウ・マクドーキーという詩人と暮らしはじめ、以来彼らは年じゅう〝カモ〟猟をおこなった。ただ、カモといっても普通のカモではなく、かつてはテニスボールの球出しをしていた機械から発射されるラバーダックだ。

というのも、カースティン・ジェームズも「やればできる」思想に染まり、プロのテニス選手になってワールドランキングを駆けのぼろうとしたのだが、結局のところ、甘く見すぎていた。そのころにはすでに例のジョンノウという男と付き合いはじめていて、彼女の生活は肉体より脳みそを使う方向に傾いてしまっていたのだ。ジョンノウもかつては水泳選手だったとはいえ、その当時はもう完全に詩作に全力を注ぐようになっていた。実際、ジョンノウが普段することといったら、ほほ笑み、読書し、書き、ウールのぶかぶかのセーターを着てパイプをくゆらすことだけだった。ああ、もちろん食事をしたり眠ったり、ときにはカースティン・ジェームズと、サムがその年二人の男としたようなたぐいのこともするが、それは生きていれば当然のことだ。

「カースティン・ジェームズはプロですから」サムはラッセルさんにそう言っただけだった。

ラッセルさんはうなずき、同意したが、そのあと首を横に振り、ほかの人たちができるなら私だって、と思いながら、置かれているライフルの一つを手に取ろうとして、両手でつかみ、持ち上げ、ああ、最悪の結果に終わらないよう、床に落としたりしないように、胸に抱いた。

「これをいただくわ」

「無理っすよ、ラッセルさん」

「無理なものですか、お嬢さん」

このばあさんはライフルを買って、いったいどうするつもりだろう？　退屈な夫をあの詩人みたいに変身させられるとでも？　パイプをくゆらせ、古新聞を読み、ときには、この天気の悪い町のありとあらゆる場所を支配している冬の寒さにもかかわらず、川ですっ裸で泳ぐあの詩人に？　ひょっとして、あの詩人なら毎晩彼女を抱いて魅惑の夜を過ごし、そのあと何百篇という（そう、何百も！）詩を書くとでも思っているのか？　一緒に狩ってきたカモについての詩を、荒れ果ててしまった二人の暮らしのすばらしさについての詩を。

その可能性はある。

そのとおりでなくても、似たようなことを考えているのかも。

たぶん、夫がいつも家にいてくれるようになり、詩とパイプ煙草に興味を持ちはじめ、体を鍛えてスマートになり、そう、とてもスマートになり、毎晩（それこそ毎晩）パチパチと炎が燃える暖炉の前で、すっ裸になって彼女を待つようになるだろう、と。

そんなことぐらいしか、ラッセルさんがライフルをむやみにほしがる理由を説明できない。

サムは肩をすくめ、ラッセルさんがその〈ジェイコブ・ホーナー〉ライフルをまだ抱きながら、バッグをごそごそしてお金を取りだすのを待った。きっと永遠に使われないんだろうな、とサムは思う。ただし、心地よく家に鎮座し、場合によってはちやほやされることにさえなるのかもしれない。自分ならカースティン・ジェームズの真似をする資格があると自負するラッセルさんのような人がむざむざライフルを捨てるわけがなく、自宅の壁に、おそらくは居間の壁に飾って、家にやってきた客人たちに鼻高々で見せびらかすのだろう。

「操作の仕方を説明しますけど？」

「ああ、いいのよ。メイヴィスに訊くから」

メイヴィスというのは、メイヴィス・モットラム、カースティン・ジェームズ本人はほとんど目もくれない、彼女のファン集団のリーダーである。

「了解です」サムは言い、その〈ジェイコブ・ホーナー〉ライフルの値段をラッセルさんに、まだそのむかつくバッグをごそごそしつづけているミセス・ラッセルに告げたそのとき、電話が（リイイイン）鳴った。

「やだ、もしドナルドだったら、もう帰ったと言って」ミセス・ラッセルが言った。

「ドナルド？」

「夫よ」

サムは眉をひそめた。サムの眉は、ジェーンと呼んでほしいときもあれば、サムと呼んでほしいときもあるけれど、いつだってそこではないどこかに行きたいと思っている人間の眉だった。

受話器を取る。

「〈ブリーヴォート・ライフル〉です」

「やあサム」

「ビル」

「何の話か当ててみな」

「何よ」

「あの男に会いにいった」

「あの男？」

「不動産屋の男だよ」

サムはラッセルさんのほうを見てにっこりした。ようやくライフルをテーブルに戻して、バッグの中を探りだしたからだ。最初からそうするべきだったのだ。

「今夜〈グレンジ〉で話さない？」

受話器の向こう側がしんとした。

「ビル？」

「今夜はだめだ」

「どうしてだめなのさ？　いつも暇じゃん」

ビリー・ベーン・ペルツァーを誘って断られたことってあったっけ？　一度もないんじゃない？　ビリー・ベーンに予定があるなんて、ありえる？　たった一人の友だちサマンサ・ジェーンを仲間に入れてくれない予定が？

「うん、だけど今夜はだめなんだ」

サムは眉を、ときにはジェーンと呼んでほしい眉をひそめた。

「なんで？」

また、むかつく沈黙。

サムは最悪の可能性を考えてぞっとした。

彼女はもうビルに手紙を書いたのだろうか？　こんなに急いで？　サムは愛犬のジャック・ラレーンを相手に、リハーサルをくり返してきたのだ。〝ビル、話があるんだ。大事な話が〟そのあと、もう少しで話せそうだった夜もあった。言わなくちゃ。でも、もう二度とあたしに話しかけてくれなくなったら？

「ビル？」

「人と約束があるんだよ、サム」

ふいに、ミニチュアサイズになったサムが背負い投げで宙に投げ飛ばされ、ありもしない奈落へ落ちていく眩暈《めまい》みたいなものを感じた。ありもしないと言ったのは、実際のサムの肩越しに奈落を落ちていくミニチュアサイズのサムなど（けっして）存在しないからだ。とにかく、そのときサムの胃は、いきなり上空へ吹っ飛ばされて、成り行きまかせになったかのようにむかむかした。

「そっか」サムは言い、すぐに「ちょっと待って、ビル」か「少し待ってて、ビル」かそんなような言葉を続けた。なぜならラッセルさんが小切手をこちらに差しだしていて、もう心を決めたんだし、なんで待たなきゃならないのかわからない、と言わんばかりにもどかしげな顔でこちらを見ていたからで、だからサムは受話器をテーブルに置き、小切手を受け取ると、ありがとうございます、ラッセルさん、車まで運ぶのに手を貸しましょうか、とかなんとか言い、ミセス・ラッセルはそれにうなずいた。その小道具を彼女の小型の〈ロブ・ジョーンズ〉まで一人で運ぶのはとても無理そうだったからだ。だからサムは車までそれをラッセルさんと一緒にかついでいき、アドバイスをした。カモにはくれぐれも気をつけてくださいたとえどんなにささいなことでも、少しでも疑問を感じたら、ためらわずに訊きにきてください、たとえメイヴィス・モットラムがライフルの扱いにかけては知らないことはないとしても、ただ知っていることと、実際に行動に移すことのあいだにはちょっとした距離があって、奥さんが（ちゃんと武装せずに）その距離を縮めるのはかなり危険だからです。

「ああ、お嬢さん、どうもありがとう。でもご心配には及ばないわ」ラッセルさんはすでに運転席に腰かけ、ひどく上品ぶった手袋をした手をハンドルに置いていた。

「なら、いいっすけど」サムは言い、小型の〈ロブ・ジョーンズ〉が走りだすと、さよなら、と告げたが、それはじつはミセス・ラッセルではなく、彼女の〈ジェイコブ・ホーナー〉ライフルへの別れの挨拶で、サムが思うに、たぶんそのライフルが発砲される機会は今後一度としてなく、ラッセル家の壁に飾られて、けっしてありえない架空の人生について訪問客に自慢するための品になるのだ。でも、そのありえない人生について勝手に自慢することはできて、客を前にして、ラッセルさんは（カースティン・ジェームズみたいに）カモ狩りに行ったときのことを話し、ええ、危険でしたけどすばらしい経験だったわ、と言い、それを裏づけるためにカモの首の剝製か、あるいはそこまで気味が悪くない、トロフィーか賞状か何かを手に入れて、披露することもできるだろうが、でも、もしかするといつの日かやっぱり使ってみようという気になるかもしれない。もっとも、それにはまた〈ブリーヴォート・ライフル〉店に戻ってこなければならないだろう。なにしろラッセルさんは弾丸を買っていくのを忘れたのだから。

「ビル？　まだそこにいる？」

サムはもうしばらく戸口にいて、煙草に火をつけ、三服するあいだ指がかじかむにまかせ、あれは何だったんだろうと自問自答した。ビルがただのビルでしかないとしたら、ミニサイズのサムが奈落の底に落ちていったのは、いったい何だったのか。彼とキスしたいと思ったのはほんの数回で、それも、ひとりぼっちの淋しさが急につらくなってつい飲みすぎて、彼が、あの静かさと悲しみと子供っぽい怒りを抱えた彼だけが、この天候不順で寒すぎるキンバリー・クラーク・ウェイマスでたった一つの安心できる場所のように思えたからだ。

「いや」と彼が言った。声がいつもと違って聞こえた。あまりにも違う。何これ、鳥肌が立ってる？　ちょっとやめてよ、サム・ブリーヴォート。ビリー・ベーンの声で鳥肌が立ってるの？　次は何？　言葉に詰まるわけ？　おどおどする？　ビリー・ベーンを前にして？

「ごめんよ、ビル。あたし……ええと、ラッセルさんがライフルを買いに来たんだ」

「ドナルド・ラッセルの奥さんが？」

「そう。どうしてだと思う、ベーン？」サムはときどきビルをセカンドネームで呼ぶことがある。でもビルが彼女をジェーンと呼んだことは一度もない。サムとしては、そうしてくれたらまんざらでもないのだけれど。「〈クラブ・カースティン〉に入会したいらしい」

「まさか」

「そのまさかだよ」

「もう一つ驚きのニュースがある。カースティンが付き合ってる例の詩人がここに住みたいんだってさ」

「え？　あのジョンノウ・マクドーキー御大が？」

「うん」そこでビルが少し口をつぐむ。サムは、ビルが電話をもう一方の手に持ち替えているところを想像する。ちょっと楽しくて、にっこりほほ笑む。「その〝なんとかかんとか御大〟が、ミセス・ポッターについて書こうとしていて、しかもそれをここでやろうとしてるらしい」

「信じられない」

「おかしな話だよ。つまりさ、〈ルーズ・カフェ〉のテーブルで、あの頭のおかしい物書き女がくだらない小説を書いたその場所で、書くつもりらしい。そこで馬鹿みたいににやにや笑って、ショートコートのポケットに両手をつっこんで、あたりをきょろきょろ見まわしてさ。あいつの着てるコート、見たか？　何だと思ってるんだろうな？　ここがテレンス・カティモアだとでも？」

「まさか今夜あんたが約束した相手って、そのジョンノウじゃないよね？」

「違うよ」今の〝違うよ〟は信じられないほど深い、深ーい場所から聞こえてこなかった？　「相手はケイティ・クロックスだ」

　ケイティ・クロックス？

　あのちっちゃなマッキスコ？

「嘘でしょ、ビル。まじで？」

「それだけじゃないんだ、最悪なのは」

「へえ、ちっちゃなマッキスコより最悪なものなんて、あるのかね？」

　そしてビルは、例の不動産エージェントのマクファイルとかいう男が本物のマニアだったことを打ち明けた。「あの家をルイーズ・キャシディ・フェルドマンの読者に売るつもりなんだよ、サム。あいつ、〈ルパーツ〉の一人なんだ」でもサムが考えていたのは別のことだった。愛犬ジャック・ラレーンのこと、（ビル、話があるんだ。大事な話が）だけどそれはちっちゃなマッキスコとのデートより、あの不動産屋が〈ルパーツ〉だったことより、はるかに最悪な話で、マデリン・フランセスがどこにいるか、大親友の失踪した母親が実際にどこにいるかということで、それを打ち明けるか否かということだ。ビルの母親の行方がわからなくなって、いったいどれくらい経つだろう？　いったいなぜ、サムはそのことを打ち明けないのだろう？　だって、もしビルが知りたくないと思ってるとしたら？　だって母親のこと、ちっとも話さないじゃない。知りたくないから話さないのでは？　彼にとっては、まさに地獄から絵が送りつけられているみたいなものだから？　だから、もしサムが打ち明けて、この町の住人たちみんながそうであるように、あたしもフォレスト姉妹に馬鹿みたいに憧れて、どうしても調べずにいられなかったんだよ、と言ったら、嫌われちゃうかも？

ああ、そうに決まってる。

だからサムがぼそりとつぶやいたのは、これだけだった。

「〈ルパーツ〉なんて、死ねばいいのに」

5

人気ミステリ作家フランシス・ヴァイオレット・マッキスコが、唯一のファンから、彼をあの〝甘ったるいチューインガムみたいなTVドラマ〟こと『フォレスト姉妹の事件簿』と引き比べた裏切りの手紙を受け取って激怒し、おかげで娘の見習い警官キャサリン・クロッカーは今夜デートに出かけると父に話さずに済む

残念なことにフランシス・ヴァイオレット・マッキスコが生まれ育ったその天候不順な町では、せっかく探偵小説を書いているなら、どうして『フォレスト姉妹の事件簿』の話を一つでも書いて、有名になろうとしないんですか、と訊かれない日は一日としてなかった。そして、そういう馬鹿げた質問をされるたび、彼はかならずにっこり笑いながら首を振っては、「ああ、私はもう有名だからね」とか、稀《まれ》ではあるが「必要な名声はもう手に入れたからね」みたいな返事をしたが、住民たちとしてもべつに気にかけなかった。結局、誰にしろそんな質問をした人は、今度は彼あるいは彼女のほうが首を振り「処置なしだな」と独り言を言うか、もっとひどい場合は「有名だって？　笑わせるなよ、マッキスコさん」とつぶやくかし、すると作家のほうは、たしかにすぐれた作家ではあるのだが、「くそったれ姉妹め」と小声でささやいて、私の人生はいつこんなふうになってしまったのかと自問自答しながら立ち去った。そう、かつてはフランシス・マッキスコも、あれこれやるべきことの多いボヘミアンで、たしかにとても魅力的な都市テレンス・カティモアでの暮らしをあっぷあっぷしながらも続けようとし、しばらくはうまくいっていたのだ。だがそれも、やはり魅力的なタバコ屋の売り子ミナ・キッシュ・マスティアンスキーと知り合うまでの話で、それから結婚生活はこじれだし、しまいに完全にこじれて、フランシスは故郷に帰るしかなくなり、そのあいだ元妻は離婚後の自分の人生をまさに制作中のアート作品に変身させることを決め、ちょっとした財産を築き、かならずキッツキが登場する奇妙な絵を描く若い愉快な画家と結婚を前提に付き合いはじめて、娘のちっちゃなキャッツがそれまで使っていた部屋を彼にあてがった。キャッツが父にくっついてキンバリー・クラーク・ウェイマスに移ったのは、世の中に嫌気がさしたからだ。実際、見習い警官に逮捕されたすえにたがい憎からず思うようになっていずれは結婚、などともくろんで、犯罪に走るような連中のいる町で暮らすのは楽ではなかった。連中というか、じつはマーティン・ワイズ・カニンガムという一人の男のことなのだが。

「キャサリン?」

フランシス・ヴァイオレット・マッキスコは、いい加減にしてほしいと思うくらい足しげくやってくる町長のいつもの訪問をやっと切り抜けたあと、郵便物を確認していた、というか実際には、妙に心惹かれる謎めいた読者の不可解な手紙を再読していたのだ。ミルリーン・ビーヴァーズは何かと口うるさいくせに、今も彼が書く二人の探偵スタンリー・ローズとラニアー・トーマスのシリーズをおおいに楽しんでいる。この探偵カップルは天候不順の町の郊外に住んでいて、毎日わざわざ電車に乗って町にある事務所に通っているのだが、通勤中ずっとわあわあ口論を続け、事務所に着くとそれぞれ担当する別々の事件に携《たずさ》わる。とにかく、そうして手紙を読んでいたとき、彼の書斎の開けっぱなしだったドアの前を、見習い警官の制服姿のままキャッツがそそくさと通りすぎたのだ。

「もうそんな時間なのか」すでに二階に行ってしまった娘に聞こえるように、大きな声で尋ねた。

「ジュールズが来ていて、知ってのとおり、こちらも時間が経つのを忘れてしまった。あの男、しゃべりだすと止まらないんだ」

ジュールズ、エイブ・ジュールズ・ピーターソンはキンバリー・クラーク・ウェイマスの町長で、少なくとも月に一回はマッキスコの小さな邸宅を訪れた。その理由は、自分はヴァイオレット・マッキスコの創作プロセスにとって必須要素だと自負しているからだ。マッキスコみたいな作家に湯水のようにアイデアが湧いてくるなんてありえないとジュールズは信じていて、彼が筆を折るようなことになるのではと心配し、毎晩髭を軽くひねりながら、カフェオレのカップとともにテレビの前に座った。実際にはカップというより小さな〝池〟で、というのも、子供の頃に自分で手びねりしたスープ鉢で飲むからだ。ソファー用のミニテーブルの下に脚を引っこめ、いつもかならず小さな動物の模様がちりばめられた前ボタンのパジャマを着て、もちろん目の前にはマッキスコ用助言ノートが置かれ、町でいちばん有名な市民作家が執筆をやめてしまわないよう、ただそれだけの目的で、彼に役立ちそうなことをすべてメモした。ジュールズは図書館から借りてきた本を読み、名前や人物造形、会話について、プロット、サブプロットについて、家族問題、思いがけないロマンスについて書き留め、ときどき顔を上げると、そこではジョディ・フォレストとコニー・フォレスト姉妹が事件を解決していた。

「ねえエイブ、信じられる？　殺人犯がジョディに電話して一杯飲まないかと誘うんだけど、彼女は、今度こそ妹を出し抜きたい、ただそれだけのために誘いを受けるの。だけど賭けてもいい、コニーのほうはとっくに犯人と寝てる」

「ドリス、私は忙しいってことが、見てわからないか？」

「絶対に寝てるのに、このジェームズ・シルヴァー・ジェームズとかいう男ときたら、全然気づかないの。それにしても、銀河系じゅう探しても、ジェームズ・シルヴァー・ジェームズなんて名前の人、見つかると思う？」

遠方にあるガソリンスタンドをめざして車を運転してさえいなければ、ジュールズの妻ドリス・ピーターソンはいつも『フォレスト姉妹の事件簿』を観ている。だからたとえ無意識だったとしても、エイブ・ジュールズが一度ならずそのエピソードについてノートに丸々書き留めてしまっていたのは確かだった。だから、『フォレスト姉妹の事件簿』なんて一度として観ていないと言い張るヴァイオレット・マッキスコ自身は知る由もないとはいえ、彼の小説には、少なくともジュールズ町長の訪問を受けるようになったあとに書かれたものには、キンバリー・クラーク・ウェイマスじゅうを夢中にさせてきたあのシリーズのエピソードにもとづいたアイデアが散見されるのである。それゆえ彼には、例の謎のミルリーン・ビーヴァーズから寄せられた最新の手紙で、「一見これは期待が持てると思えた」最新作『ライフルの貴婦人』の構成には、あの「甘ったるいチューインガムみたいなTVドラマ」、つまりもちろん『フォレスト姉妹の事件簿』のことだが、その一篇が利用されている、と非難される理由が理解できないのだった。じつは、まさに彼の娘が郊外にある彼の小さな邸宅の玄関に足を踏み入れたそのとき、作家はミルリーン・ビーヴァーズの手紙に向かって、「一篇？　どんな一篇だよ、ミルリーン？」とわめいていたのだ。

「パパ？」

「まったく、信じられんよ、キャッツ」

キャッツは自室に上がって制服を脱ぎ、ワンピースを身に着けていた。そのあとウールのセーターを頭からかぶった。そのワンピースはテレンス・カティモア時代のものなので、そのまま外に出たらどうしたって凍え死んでしまうからだ。それに、警察署に行くときには一度も履いたことがない、ハイヒールのブーツを選んだ。口紅を塗り、髪をアップにした。父フランシスが娘を見て最初にしたのは眉をひそめることで、それは今もときどきゴムのペンギンとおしゃべりする作家の眉だった。ゴムのペンギンは彼のお気に入りの人形で、しゃべらせたらほかの人形たちをすっかり圧倒してしまう。そのときにはすでに「まったく、信じられんよ、キャッツ」と言ったところだった。

「おまえいったい……何かあったのか、キャッツ」

「べつに、ちょっと人と約束があるの」

「人と？　誰だ、その人って？」

ビリー・ペルツァーは、図らずもこの町ではちょっとした有名人だから、さすがのヴァイオレット・マッキスコでもたぶん知っているだろう。父はいつもオフィス内をうろうろしたり、何千何百とある本をめくったり、ときには擦り切れた手帳に、ときにはタイプライターで、そしてときには何千何百とある本の各章の最後のページに何か書きこんだりしているだけとはいえ。その最後のほうのページに、小説の登場人物をわざわざ連れてきては、決まってチャーリー・ストップラーという男に殺させるのだ。それに、ビリーは名高い探偵でもないし、見習い探偵でもないし、かといって警官でもなく、もちろん殺人事件を一度だって解決したためしはないということを思えば、やはり真実を告げるのは考えものだった。だからキャッツは父親にショックをあたえないよう、こう告げた。

「ダニーよ、パパ」

「ダニー？」

「ちょっと待て、ええと、どういうことなんだ、キャッツ？」

「ああ、もうやめてよ、パパ」

「答えなさい、キャッツ、ちゃんと答えるんだ」

娘が上司と恋愛関係になることを禁止しようというわけではない。実際、娘がそんなたいした手柄をたてるとは、有名ミステリ作家である自分にも思いもよらなかった。むしろ、かつてのように署長との仲を取りもってほしいと娘に頼みこんでいたのは、自分のほうだったからだ。〝ミステリ界〟最大の権威、本物の刑事と渡りをつけるエキスパートである作家ケイティ・シモンズの鼻を明かすことができる、そう思っただけで、とても魅力的なアイデアだと感じていた。キャッツが今まで手をこまねいていたとすれば、コットン署長が彼女の父親を毛嫌いしているからだ。警察署では、何かというと彼の小説のキャラクターが冗談のタネにされた。部下が尻込みしたり、やけに臆病な真似をしたりすると「まったく、スタンリー・ローズじゃないんだから」と言ったり、「あんたのかわりにラニー・トーマスにやらせてもいいけど、間違いなく失敗するね」とからかったり。だがそこからわかるのは、コットン署長が彼の小説を読むには読んでいるということだ。もっとも、父親のたっての希望で娘を見習い警官として受け入れるようにジュールズ町長に無理強いされたあと、しぶしぶ読みはじめたことを考えると、ひょっとして署長はじつは何らかの形で父に意趣返しをするために本を読んでいるのではないか、弱点をつきとめてここぞというタイミングで（さっと）足を引っぱろうとしているのではないか、とキャッツに疑わせることになった。とはいえ、ヴァイオレットの足を引っぱるならむしろ自分とデートをする必要があるのでは？　そもそもキャッツは大胆にも彼女を誘ったのか？

まさか。どうせ署長からは「あたしをからかってるの、スタンリー」とか「ラニアー・トーマスを呼んで、あんたを調べさせるよ。そしたらあんたはここにはいられなくなる」とか、そんな冗談まじりの返事が返ってくるだけなのに。

「だって、警察署では署長と話せないもん」

「話せない？」

「そう」

「つまり、ええと、今夜彼女と会うのは、約束を取りつけるためってことか？　私と会わせるための約束を？」

キャッツはうなずいた。うなずくしかないではないか。父はぎこちなくポンと手を叩き、「すばらしい、ああ、娘よ。私にとって、これほど嬉しいことはない」と言って鼻歌をうたいだし、うたいながら本がぎっしり詰まった室内をうろうろしはじめた。本がぎっしり詰まっているとはいえ、几帳面すぎるほど整理整頓され、本の背表紙を追って視線を上げていくと、しまいに見えなくなっていく摩天楼の小さな窓のようだった。父親は鼻歌をうたいながら室内を行ったり来たりし、何を着ていこうか、ブリーフケースにノートや本を詰めこんでいき、今まで自分が何をしてきたか、今何をしているか見せるべきだろうか、と考えた。彼自身、これまで実際には誰かを刑務所にぶちこんだことは一度もないかもしれないが、想像のうえでは、ありとあらゆる殺人犯を刑務所にぶちこんできたからだ。そして、彼女自身は間違いなく実際の経験があるはずだ。

だからおたがい話すことがたっぷりあるだろう。

「もちろんよ、パパ」キャッツは言った。

「すばらしい女性なんだろうな」父親が言った。

ダニー・コットンはたしかにすばらしい女性だが、ヴァイオレット・マッキスコが思うようなたぐいのすばらしさではない。彼女の魅力は身繕《みづくろ》いにかまわない魅力であり、身繕いにいちいち手をかけるようなことはせず、そんなことは彼女には二の次で、それでもキンバリー・クラーク・ウェイマスでいちばん魅力的な女性だった。そして、完璧な紳士としてふるまう唯一の女性でもある。

「そのとおりよ、パパ」

「ミルリーン・ビーヴァーズとは大違いだ」

本当ならキャッツには、そのファンから最近来た手紙について父の愚痴を聞き、へとへとになるような時間はなかった。かのミルリーン・ビーヴァーズは父の本を取り憑かれたように読んだあと、登場人物の最後の議論に至る理由を分析する、長々とした知的な手紙を書くことにとにかく熱中していた。とはいえ、上司と一杯飲みに行くだけならどうしてそんなドレスを着ていくのか、と眉をひそめた父に疑われては面倒なので、耳を傾けるほかなさそうだった。

「彼女と話し合ったの？」キャッツは尋ねた。

「いや、まだだ」父が言った。「これから話そうと思ってる。ああ、そのつもりだよ、キャッツ。信じられるか？」ヴァイオレット・マッキスコは激怒していた。ふんっと鼻息を荒くする。それから白髪まじりの濃い髭を引っぱり、襟巻を緩めた。ヴァイオレット・マッキスコは襟巻をして執筆するのだ。「あの女、『ライフルの貴婦人』は唾棄すべき作品と言ったんだ。唾棄すべきだと。どうしてだ、キャッツ？　あんまりだろう？」

ヴァイオレット・マッキスコにとって『ライフルの貴婦人』は特別な自信作だった。批評家たちは揃いも揃って無関心だったが、そもそもヴァイオレット・マッキスコがどんな作品を出版しても、連中はたいてい無関心だ。ヴァイオレットはたいした作家ではなく、これからも、たとえば地球が太陽に呑みこまれるとか、今までどこにいたのか知らないがとにかく恐竜が地上に戻ってくるとか、そんなようなことをくどくど議論し合う探偵たちについて書きつづけるのだろう、と彼らは高をくくってきた。だから新作が出るたび、心の中で、あるいは世間に向けて、「ああ、またファン向けの小説が出た。気が向いたら読めばいい。きっと悪くはないと思うよ」とつぶやき、結局のところ「われわれはみんなスタンリー・ローズだが、ラニアー・トーマスは一人しかいない。そうだろう？」と言う。だからヴァイオレットとしては、自分が失態を演じたかどうか知るすべがないのだ。

そして、ミルリーン・ビーヴァーズが間違っていないのだとしたら、そして今まで間違いを犯したためしがないのだが、どうやら今回にかぎってヴァイオレットは失態を演じたらしい。なぜならミルリーンによれば、彼は「甘ったるいチューインガムみたいなTVドラマ」（『フォレスト姉妹の事件簿』）への「病的な愛」を「濫用」して、『ライフルの貴婦人』を、あのむかつく代物から「たいして意味もなく」抜きだした「一篇」（一篇！）の「かけら」（かけら！）からこしらえた「唾棄すべき作品」に変えてしまったという。本当なのか？　もちろん！　だが、ヴァイオレットにそれを知るすべはあったのか？　もちろんない！　なぜならヴァイオレットはあの「甘ったるいチューインガムみたいなTVドラマ」を一話も観たことがなく、でもジュールズ町長は観ていて、それも全話観ていて、そうでないふりをしているが、つまり自分自身のアイデアのようなふりをしているが、大部分はフォレスト姉妹が言ったことなのだ。

「そんなことありえないよ、パパ」キャッツは父親の怒号をさんざん聞いたあと言った。「彼女に手紙を書いて、それは誤解だし、パパはその忌々しいTVドラマシリーズを一度も観たことがないとはっきり言えばいい」

キャッツ自身はフォレスト姉妹のドラマが好きだったが、父の前ではそれは「忌々しいTVドラマシリーズ」であり「あのむかつく代物」だった。

「ああ、それはいい考えだ。名案だよ、おまえ」ヴァイオレットはほほ笑んだ。「彼女に手紙を書いて、君の誤解だ、君の解釈が間違ってると言ってやろう」作家の毛むくじゃらの顔の緊張が緩んだ。襟巻を巻き直す。デスクをまわって腰を下ろし、タイプライターに紙をセットする。「このままじゃ今夜は眠れないと思っていたよ、キャッツ。まったくあの女は、あの見上げた女は、『ライフルの貴婦人』が例の代物のかけらからこしらえられたと考えてるんだ。電報を送ってやる。今すぐに」そう言って、自分で電報の内容を口述しながらタイプライターで打っていき、（タンタン）不吉な音が響いた。「拝啓（空き）誤解あり（空き）マッキスコ（空き）フォレスト（空き）姉妹には（空き）耐えられぬ」

キャッツにはよくわからないながら、（空き）が多すぎるような気がした。でも口論を始めたくなかった。とにかく早く出かけたかった。

「パパ」

「（空き）」

「私、もう行かないと」

「もちろんだとも、あああ」（マッキスコ　空き　謝罪を求む　空き）父は続け、やがて何か思い出したかのように目を上げると、続けた。「キャッツ？」

「何、パパ？」

「コットン署長に、明日ぜひ夕食にご招待したいと伝えてくれ。それから……」立ち上がって、打ったばかりの電報の原稿を引っぱりだすと、娘に差しだした。「ジングルのオフィスに持っていってくれないか？」ジングルというのはジングル・ベイツのことで、キンバリー・クラーク・ウェイマスの一軒しかない郵便局のたった一人の局員だ。

「できるだけ早く送らないと」

6

町一番の名探偵が登場し、また、橇を売っているふうを装っているがじつは町のすべてを取り仕切っているハウリングさんを落ち着かせるために、新顔つまりスタンピー・マクファイルについて町じゅうが調べあげようとする

バーティ・スマイル・スマイリングは、ボウルの牛乳を、シリアルの入ったボウルの牛乳を飲み干そうとしていた。そのシリアルはディキシー・ヴーム・フレークスというランダル・ゼーン・ペルツァーを殺した呪われたシリアルなのだが、とにかくそれをさっさと飲み干したあと家を出て、恐ろしい吹雪のなか、仕事先であるミスター・ゲイトリー冷蔵室に向かいたかった。バーティ・スマイルは青いコートを、ほとんど目に見えない黄色い縞があり、縞はコートのあちこちで交差し、どれもどこかに続いていくようだが、実際にはどこにも続かない、そんな黄色い縞がある青いコートを着こんで歩いていき、ハウリングの橇とスノーシューの店の前を通りかかったら足を速めるだろう。なぜならバーティ・スマイルは、店内でハウリングさんが何をしているか知っているからだ。コートで交差している事実上目に見えないその縞と同じように、ハウリングさんはふりをしている。いや、その縞みたいにどこかに続いていくふりではなく、仕事をしているふりをしている。帳簿を眺めたり、橇の修理をする、ナイフを研ぐといった作業をしたりしているように見えるが、じつはスパイ活動にいそしんでいる。

ハウリングさんは、どこからどう見ても優秀なスパイ活動家で、キンバリー・クラーク・ウェイマスのぎくしゃくしてはいるが、エージェントたちがつねに手にメモ帳を持って周囲に目を光らせている、一種の組織されていない組織である諜報機関のリーダーだ。この天気の悪い町の住民の大部分は、高貴にしてじつに馬鹿げた情報員の技術、つまり無差別に周囲を監視することに従事しながら暮らしている。そこではアバンチュールらしいアバンチュールさえ起きない、言い換えれば、いわゆる婚外関係さえあまり起きない。というのも、ファミリーのように張り巡らされたたくさんの情報網による調査の対象にされるのを誰もが恐れているからだ。そしてたしかに、ハウリングさんを代表とするその〝ファミリー〟はすぐれたスパイだが、ただしそれはバーティ・スマイル・スマイリングが、かつて彼女の人形たちが住んでいた薄暗い家、つまり子供の頃からずっと使っている自室に今もある古い木製のトランクに、何を隠しているか知らなければ、の話だ。では、そのトランクに何が隠されているのか？　キンバリー・クラーク・ウェイマスの全住民である。

もちろん、住民自身が隠されているわけではない。彼らのミニチュア人形でもない。そこに隠されているのは、一人ひとりの名前がつけられたノートだ。つまりノート一冊一冊が、メリアム・コールドとかハリエット・グリックマンとかサマンサ・ブリーヴォートとかハウィー・ハウリングとか名付けられている。どれも外見は同じだ。黒いノートで、各個人の名前が背表紙に印刷されている。だからそのトランクを開けたとき、そこでいくつもの人生が展開していて、〝語り手〟が先を続けさせてくれるのを今か今かと待っている、そんな印象を受ける。でも、人生は続いていないのか？　もちろん続いている。刻々と。でもトランクの中でではない。そこではノートたちが待っている。そしてバーティだけがそのことを知っている。不動産部門の賞が存在するように、もしハワード・ヨーキー・グラハムによる〈キンバリー・クラーク・ウェイマス情報機関の最優秀エージェント〉賞、あるいはもっと単純に〈町の最優秀探偵〉賞があったとしたら、その貴重な栄誉は毎年バーティの少女みたいに小さな手に渡っていただろう。今も住んでいる快適な地獄さながらのあの屋敷を出ないかぎり、けっして成長できないその手に。

スマイリング屋敷。

スマイリング屋敷は、実際には屋敷と呼べるようなものではない。ヴィクトリア様式の壊れかけた古い家にすぎず、バーティは母親のバーティ・ママと一緒に住んでいる。バーティ・ママは、かつてはバーティ・リックルズ・ケラウェイだったが、その後バーティ・リックルズ・スマイリングと名前を変え、それはノリスとかいう男と知り合って熱烈な恋に落ち、頭がぶっ飛んだからだ。でも実際にはバーティ・ママの頭はどこにぶっ飛んだわけでもなく、とはいえバーティ・スマイルとしては、ノリスとかいう名前の父と過ごした時間は、恐ろしく破壊的かつおかしな母の脳みそにとっては、ちょっとした休息になったのではないかと思う。バーティ・ママは場末の古典的な双頭の怪物のようなものので、つまり、午後じゅうかけてミルドウェイ・リーディングのためにおいしいケーキを焼くような女ということだ。無礼な司書であるミルドウェイ・リーディングとは、たがいに非難めいたうなり声を交わすような仲でしかないというのに。しかもあの司書ときたら、バーティ・ママの一人娘を「まったく役立たずで不格好でくだらない、見られた顔じゃないうえ性格もひどい。一生みじめに独り身を通すはめになるよ」と激しく攻撃するようなやつなのだ。

バーティ・ママがいつも憎々しげな態度をとるのは、ママ自身のせいじゃないと、バーティ・スマイルは思う。あの憎悪はどこか別のところから来る。単なる憶測ではあるけれど、たぶん、ママが妊娠した日に父が家を出ていくと決めたからではないか。とはいえバーティ・スマイルは、父がその日家を出ようと決めたのは、まさにあの憎悪のせいではないかと勘ぐっていた。でもそれについてはもう知りようがない。なぜなら父はもうこの世にいないからだ。少なくともバーティ・ママはそう言っている。あいつはどこかで死んだんだ、だからあいつの幽霊と同居するはめになった、とバーティ・ママは言い張る。バーティ・ママはパパの幽霊と話をするが、実際には自分自身と話しているのだと思う。だってバーティ・スマイルは、父が死んではいないと知っている。あるとき、絵葉書が送られてきたからだ。

母と住んでいるこの壊れかけた家をスマイリング屋敷と呼んだのは父だ。その絵葉書にそう書いてあったのだ。「おまえがスマイリング屋敷で無事に暮らしていることを祈っています」バーティはこの表現が気に入った。古いお屋敷に住んでいると想像するのは楽しかった。なんだか昔のおとぎ話の登場人物みたいだ。

ずっと昔からそこにいて、これからもずっとそこにいる。ルパート少年みたいに。

「ジョッド、あたしの娘が昨夜何をしたか、もう話したっけ？」

バーティ・ママは、今はバーティにつきまとっている。バーティはディキシー・ヴーム・フレークスを早く食べ終えて、いつもと同じひどい吹雪のなか、急いでミスター・ゲイトリー冷蔵室に向かいたかった。途中、ハウリングの橇とスノーシューの店の前では足を速める。ミスター・ハウリングにつかまって、あのスタンピー・マクファイルとかいう新顔についてあれこれ訊かれたくないからだ。

「ママ」

「なあに、小鳥ちゃん？　あなたもうジョディにそのこと話したの？」

バーティ・スマイルは首を横に振った。

バーティ・ママがしゃべる相手は、死んだとされる父だけではなかった。母はジョディ・フォレストともしゃべった。この凍りついた町を誇りにしている隣人たちと同様、バーティ・ママも『フォレスト姉妹の事件簿』を延々と観つづけ、明らかにコニー・フォレストを毛嫌いしていた。コニーの才能はけっして特別ではなく、才能なんてものは（うへっ）不快だし、容疑者リストを作るしか能がない姉の真価がまるで認められていないからだ。

「バーティは調査に行ったのよ、ジョッド」バーティ・ママは楽しそうに言い、バーティのところで立ち止まると、髪を編みはじめた。「あたしのバーティはいい子なのよ、ジョッド。ものすごく寒かったのに、それでも頑張って出かけたの」

バーティ・ママがジョディ・〝ジョッド〟・フォレストとしゃべりだしたのは父がいなくなるずっと前のことだが、二人の関係は、〝関係〟と言っていいのかわからないけれど、とにかく二人の関係は父がいなくなってからますます深まった。父が家を出る前は、かの女優の写真は家に一枚しかなく、バーティ・ママは夕食のときにだけそれに話しかけ、今食べているのと同じものを、TVシリーズのあるエピソードの夕食であなたたちも食べていたのよ、と告げたりするのがせいぜいだったが、父が失踪するとすぐ、家の中は、例のヴェラ・ドリー・ウィルソンとかいう女優の馬鹿げたポートレートだらけになった。

「あたしの小鳥ちゃんはどんな情報を持って帰ってきたと思う、ジョッド？」

バーティ・スマイルとしては、ジョディ・フォレストの声色を使って、こう言いたいところだ。

「ぜんぜんわからないわ、バート」

でももしそんなことをすれば母はぶち切れてバーティを平手打ちし、くそったれこんちくしょうノリスと呼んで、父の幽霊と思しきものと喧嘩を始める。バーティ・ママは彼をとっちめるチャンスを無駄にしない。そのチャンスさえあれば、変なことを頭に吹きこむのはもうやめてと責める。母に言わせると、母の頭に変なことを吹きこむのは父らしい。どうやら母は、父が自分の寝室のベッドのそばの床で毎晩眠り、母について恐ろしいことをあれこれささやきつづけると信じているようだった。

「あの新顔だけどね、ジョッド、お人形遊びをしてるんだって」バーティ・ママは、いちばん近くにあったジョディ・フォレストの写真にささやいた。「お人形遊びをするなんて変だと思わない、ジョッド？　ああ、もしあなたがここに立ち寄ることができたら、あなたが自分で調べられるのにね。だって、そういうことするのって連続殺人鬼じゃない？　人形遊びなんて、普通はずっと前に卒業しているはずでしょ？」

違うわママ、とバーティ・スマイルは言いたかったが、母は彼女の言葉になど耳を貸さないとわかっていたし、今は急いでいるし、大事なのはあのノート、新顔のよそ者スタンピー・マクファイルのノートが、彼の〈水中都市〉を見つけて以来、俄然個性的なものに変化したと思えることだった。かなり時間をかけてあの不動産エージェントを観察したのに、たいしたことは見つけられずにいたのだ。何の動物の人工毛皮かはわからないけれど、とにかく毛皮のコートのポケットに両手をつっこんで、店からロビン・チャフェカーとディビック・ブロックトンの家の角までのあいだを歩き、そこで手をかじかませながら待っている姿をバーティは見た。その角には、レイ・リカルドの店と姪のウェインが営む店、キンバリー・クラーク・ウェイマスにスタンピーの店のほかに二軒しかない不動産屋があり、クライアントになりそうな人が現れるのを待ちかまえている。どうやら、商売がたきの店に入りそうな人を途中で引き留めようという考えらしかった。もちろんバーティはこれをノートに書き留めた。新顔が辛抱強く待つのをバーティは眺めた。一日、二日、三日。十六日。手をこすり合わせ、強風に乗って急降下してきた小鳥に驚き、「人生を棒に振ってはいないぞ、スタンプ。時間の問題だぞ、スタンプ。そうとも時間の問題だ、スタンプ」とつぶやき、テイクアウトのコーヒーを注文し、その角の道の真ん中でコーヒーを飲んだ。

あの新顔は、幸運の女神が、そう、向こう見ずな不動産エージェントを好む幸運の女神が、彼に最初のクライアントを連れてきてくれるのを待っていた。それがほかでもない、マジシャン志望のエリザベス・メイヌース・リー、元は多忙な主婦で、夫がある古生物学者のもとに走って彼女のもとを去ったのと同時に、マジシャンになるために夫のもとを去った女性だ。方々の小さな会場で信じられない公演回数の契約を結び、すべての場所を時間どおりにまわるなら一刻も早くその天候不順の町を出発しなければならない彼女は、リカルドたちの不動産屋に向かう途中、ロビン・チャフェカーとディビック・ブロックトンの家の角でスタンピーと衝突し、謝罪してから、悪いのはこちらです、ちょっと「ぴりぴりしていて」、たぶん「脇目も降らず大急ぎで歩いてた」からだわ、でも全国ツアーが「永遠に」終わらないかもなんて事態にならなきゃ、こんなことはしませんよ、と言った。全国ツアーが「永遠に」終わらないかもしれないから、「アパートを貸しに出す」のだとしたら、ここは彼の出番なのでは?

こうしてあの新顔は、担当する最初の不動産と出会ったのだ。

バーティ・スマイルが調べたかぎりでは、新顔がそのアパートを貸そうと考えた相手は、その土地にある複数の小型店舗で帳簿係をしている、背がひょろっと高い不格好な男だった。そのうち三軒は、よそと違ってここキンバリー・クラーク・ウェイマスではけっして季節商品ではない、クリスマスグッズを扱う小規模なチェーン店だった。そこでは日常的にクリスマスグッズが売られている。実際、この町では『ミセス・ポッターはじつはサンタクロースではない』に関連するものはすべて客の大事な呼び水になるのだ。ルイーズ・キャシディ・フェルドマンのあの小説は、ファンをたくさん乗せた観光バスをこの凍《い》てついた穴ぐらに呼び寄せ、いざここに来れば誰もが例外なくありとあらゆるクリスマスグッズを買うことになる、いわば〝餌〟であり、呼び水だと言える。〈私もこの凍てついたキンバリー・クラーク・ウェイマスを生き延びた〉という標語がプリントされた、避暑妖精たちが作ったことになっているクリスマスグッズを。

バーティ・スマイルは、あの新顔も、〈水中都市〉のためにそういうグッズを作っているのかな、と思った。〈私もこの凍てついたキンバリー・クラーク・ウェイマスを生き延びた〉という標語がちまちまと彫りこまれたミニチュアの樅《もみ》の木を想像する。そしてそれが売られる体《てい》で、不動産エージェントの家の地下室にある巨大水槽に建ち並ぶミニチュアの店に置かれる様子を想像する。夜になって、雪でびちょびちょになった青いコートを着て地面にうつぶせになり、町郊外のその家の地面すれすれにある唯一の隠し小窓に双眼鏡を向け、バーティ・スマイルは、新顔が、小さくてすべすべしたアパートの一室のように見えるものを作っている様子を眺めていた。作り終わったら、それなりの場所に設置される、小さくてすべすべしたアパートの一室。キンバリー・クラーク・ウェイマスを丸ごと縮小して水に沈めたかのように見える、なんとも異様な〈水中都市〉のどこかに、それが置かれる場所があるのだ。今も建設中のもう一つのキンバリー・クラーク・ウェイマス。何より魅力的なのは、降る雪の効果だ。巨大水槽の上には取りはずしのできるドーム屋根があり、そこに何かの仕掛けが施されていて、ドームを閉じると雪のように見える気まぐれな白い粉が町に降り注ぐのだ。

「バーティ？」頭上から誰かの声がした。

「ああ、いいえ、違うんです」バーティは慌てて立ち上がり、双眼鏡をポケットにしまった。「いいえ、そうじゃないんです、ええと、メリアム？」

「こんなところで何しているの？」

「べ、べつに、何も」

ジョージ・メイソンだかメイソン・ジョージだか、とにかく偉そうなマスチフ犬がバーティの匂いを嗅いでいて、時間も遅いし、たぶん寒いこともあって、まあ、この偉そうなマスチフ犬が何を感じているか知ったことではないが、ワンワン吠えたて、飼い主のメリアム・コールドが「静かにおし、このアホ犬」とささやき、背後で誰かがほじくり返していたゴミ箱の蓋を無頓着に閉め、それでちょっとした轟音が響き、ふいにあの家の地下室の灯りが消え、メリアム・コールドが訳知り顔のマスチフ犬をうわの空で引っぱって遠ざかっていこうとしたので、バーティは走って逃げるしかなくなった。本当はそんなことはしたくなかった。その場に残って、新顔が何をするのか見ていたかった。あのすべすべしたアパートの部屋をどこに置くのか、確かめたかった。もう一つのキンバリー・クラーク・ウェイマスのエリザベス・メイヌース・リーのものに違いないあの部屋を。彼女のノートに暮らしている人々と同じように、ハウリングさんの監視から逃れたエリザベス・メイヌース。バーティはたとえどんなときでも、もしハウリングさんの鋭い視線に気づいたら、キンバリー・クラーク・ウェイマスの住人一人ひとりについて書かれたノートすべてをしまった古いトランクのある部屋に灯りをつけていたとしても、すぐに消そうとするだろう。今新顔がそうしたように。バーティの姿を見るといつも詮索するハウリングさんに、ノートを見られたらと思うと怖かった。ハウリングさんなら、その気になれば見られるとわかっているからだ。バーティが店の前を通るとかならず、外に出る仕事があるふりをして、何か新しい発見はないか聞きだそうとする。どうやらバーティのことを〝奇跡の〟コニー・フォレストと同類とみなしているらしいのだ。だから今のまま、あらゆる意味で呪われた、このおぞましい町そのものとなった噂話システムとは、いっさい無縁に暮らさなければならなかった。この町がこんなふうになったのは、みんなが望んだ結果にすぎないのだが。

その朝も例外ではなかった。まあ、それも仕方がない。ハウリングさんが店の外に出てくるまっとうな理由が見つかったのだから。

いつものように、ミセス・ポッター・ファンを乗せた観光バスがペルツァーの土産物店の前に止まった。大勢の乗客たちはまず、品物が所狭しと並ぶちっぽけな聖地のショーウィンドーを見て、信じられないという思いで自分の頬をつねり、次に、何もかも現実だったんだ、ここがそうなんだ、自分はまさにそこにいるんだ、と気づき、はっとわれに返って店の入口に突進して、一人ひとり、さまざまな大きさの手袋をした手で自分の幸運を確かめようと（ガチャガチャ）ドアノブをひねるが（ガチャガチャ）、ドアは開かない（ガチャガチャガチャガチャ！）。というのも、あろうことか、店が閉まっていたからだ。もしかして彼女、バーティ・スマイルが、俺の知らないことを知っているのでは、とハウリングさんは思う。マクドゥーガルさんに電話しないとな、彼女に電話して、急げと、今何をしているにしろ途中でやめて土産物屋に行き、あのお客さんたちを楽しませてくれと言わないと。そのあいだにペルツァー坊主を見つけるんだ、だってキンバリー・クラーク・ウェイマスではこんなこと許されない、そうだろう？　最後に店が休みになったのはいつだ？　あそこは、あの娘が死んだときでさえ開いてた、だよな？　まったくもう、と言ってハウリングさんはまた店内に引き返した。バーティ・スマイルは、単なる小説の舞台だと想像していけれどどうやら違うらしいその場所に、白い髭をはやした情け容赦のない女に永遠に縛られているこの町に、今到着したばかりのうずうずしている大勢の読者たちを眺めながら、あの男、あの新顔が、どうやってか、あらゆる物事の方向を変化させようとしているのかも、と思った。彼が〝地下の〟ペルツァー坊やの店をもし閉めたとしたら？　だから

〝地上で〟ペルツァー坊やが店を閉めたとか？　ああ、親愛なるキンバリーの町よ、とバーティ・スマイルは思った。（ペルツァー坊や、たぶんここから脱出できるね）ここの住人みんなの毎日が、今までとは一変するかも。

そしてその〝みんな〟の中にはもちろんアイリーン・マッキニーや、このキンバリー・クラーク・ウェイマスという町の馬鹿げた噂話が収納された『スコッティ・ドゥーム・ポスト』紙も含まれた。

7

この物語の主役の一人が登場するが、それは『スコッティ・ドゥーム・ポスト』紙にほかならず、現在内部でいざこざが起きているのだが、編集長で、花形編集者で、じつはこの新聞唯一の編集者であるアイリーン・マッキニー自身も同じように葛藤中だということがわかる

単に『ドゥーム・ポスト』としても知られる『スコッティ・ドゥーム・ポスト』紙がそう呼ばれるのは、この新聞が完全に〈スコッティ・ドゥーム・ドゥーム〉内で編集されているからだ。〈スコッティ・ドゥーム・ドゥーム〉はキンバリー・クラーク・ウェイマスの神経の中枢で、一種の宿屋なのだが、そこにいたらまず眠れない。無数のテーブルと無数の椅子、予約席がいくつかあるだけだからだ。予約席では、たとえば新聞の編集長で、花形編集者で、じつは唯一の編集者であるアイリーン・マッキニーがあの紙くずみたいな代物を、つまりそのドゥーム・ポスト紙を作っている。それはほかの新聞をつぎはぎしたようなもので、その意味でフランケンシュタインの怪物っぽく、町の郵便局の倉庫で、一見無害に見える郵便局員ジングル・ベイツにじっと見守られながらコピーをとるのだ。

ジングル・ベイツはジングル・ベイツで、ドゥーム・ポスト紙のトップ記者であり、唯一のコラムニストでもある。そしてもちろん、小さくて居心地のいいキンバリー・クラーク・ウェイマス郵便局の窓口係だ。郵便局は本当に居心地がよく、暖炉まで備えていて、そこで赤々と燃えている薪《まき》は、週に一度、樵《きこり》団の長《おさ》である、無口で気のいいアーチー・クリコーがみずから供給している。クリコーはジュールズ町長と仲がよく、かの有名作家フランシス・ヴァイオレット・マッキスコや同じく町の有名人カースティン・ジェームズにも薪を供給していて、二人は奇《く》しくも、無口で人のいいアーチー・クリコーが週に一度運んでくる薪が燃えるのを眺めるのが異様なほど好き、という共通の趣味を持っている。しかしジングル・ベイツは暖炉の火を見ることにたいして関心はなく、関心ということでいえば、この寒い町で起きる出来事も、何でもかんでも知りたいわけではない。だから、アイリーン・マッキニーが編集長を務める一見無害な新聞を定期購読してきた。そう、ボヘミアンでお高くとまった町テレンス・カティモア出身の良心的なジャーナリストたるマッキニーが、ドゥーム・ポスト紙の前身である有名紙、やはり手作業で作られていた別の新聞『ウェイマス・ニッケル』の編集長で、じつは唯一の編集者だったナタリー・エドムンドから引き継いだのがこの新聞だ。

ウェイマス・ニッケル紙の歴史には紆余曲折があり、今も未解決のポリー・チャルマーズ殺人事件の数週間後に終幕を迎えた。それはこの町で起きた唯一の殺人事件で、熱心な探偵が山ほどいるというのに、あまりにも難事件だったため、誰もが捜査を敬遠した。それを買って出たのがナタリー・エドムンドその人だった。彼女は、ある意味自分の記事のせいであの娘があんなことになったと思いこんでいたのだ。前任者がそうしていたようにちまちまと馬鹿げた噂話を集めるより、その凍てつく町の情報網を抜け目なく挑発しようとするなど、オーソドックスとはとても言えないジャーナリストだったナタリーは、新聞の仕事を辞めるとき、アイリーンにコピー機と、その大変な仕事を続けていくために必要だと思われる書類がすべて入った箱をいくつか寄贈した。当時アイリーンは、〈凍結湖ダン・アイス・レナード〉スケートリンクの経営者であるダン・レナードのもとで働いているスケーターたちと、煙だらけのアパートメントをシェアしていたが、自分のオフィスを、編集室を設立しようと決め、そこで彼女のややおせっかいな新聞『スコッティ・ドゥーム・ポスト』を発行することにしたのだ。

〈スコッティ・ドゥーム・ドゥーム〉はあまりにも広く、まるで町の中にある町のようだった。気まぐれにいつでもどこにでも姿を現す、店にたった一人しかいない謎のウェイター、ナサニエル・ウェストが、一度だって脱いだことがないローラースケートでゆうゆうとテーブルのあいだを動きまわっている。ドゥーム・ポスト紙そのものの情報によると、勤務時間以外には、架空の検死医サイモン・レイモンドの尋問の様子や遺体安置所での出来事について執筆しているという。ナサニエルと同じく、レイモンドもどこへ行くにもローラースケートで向かう。そしてやはりナサニエルと同じく、物語を語ることが何より好きだ。ただし彼の場合は古いテープレコーダーに語る。遺体の心臓の重量、被害者が夕食に何を食べたか、爪を噛んでいたか否かなどについて述べたあと、話をでっちあげて遺体に人格をあたえ、たびたび空振りに終わる自分のデートのときに空想した不幸な出来事が、その被害者の身に起きたことにする。そう、サイモン・レイモンドは、ナサニエルと同じく、現実と空想をごっちゃにする傾向がある、いやむしろ、ドゥーム・ポスト紙に掲載された記事からすると、事実をおあつらえ向きにして物語にはめこんでいると言える。

週に一度発行されるこの流浪の新聞はページ数が決まっておらず、毎日頭を悩ませいつも必死になっている、編集者アイリーンがどれだけ噂話を狩り集められたかに左右された。彼女は午後じゅう〈スコッティ〉のテーブルで肘をつき、電話に応答し、住人たちを詮索できることは何でも詮索し、どんどん増えるばかりの購読者が町でそんなことが起きているとはまだ知らない、ありとあらゆる記事を書いた。事件など、その町ではたいして起きなかった。あるいは起きていても、アイリーンには手が届かず、だからつねに読者はすなわち記事の登場人物でもある。彼らは、自分の得になるとわかっているから人との密な関係を求めはするが、自分から手を伸ばすことはせず、つまり密な関係はけっしてできない。まわりで詮索する人たちの餌食になりたくないからだ。そんなわけでアイリーンは一部の記事を、はっきり言うとキンバリー・クラーク・ウェイマスの過去の出来事を当たるしかなくなり、そういうケースはどんどん増えていて、オリジナルの記事とは別物になるように細心の注意を払った。頭にあるのは、とにかくどんなことにでも瞬時に気づく読者たち、探偵志望者たち、自分で溜めこんだ記録庫に自信満々の探偵たち、記事一つひとつを分類し、それを比較しようとするご近所探偵たちのことだった。そう、生徒にテストをした教師が、見つかったら恥ずかしい類似回答を探して、カンニングをしていないかどうか確かめようとするように。

そういうドゥーム・ポスト紙定期購読者には、たとえば探偵志望者グループの影のフィクサー、ミスター・ハウリングや、その日の午後サムから〈ジェイコブ・ホーナー〉ライフルを買ったミセス・ラッセル、さらにはもちろん、アーチー・クリコーやロージー・グロシュマン、メリアム・コールド、一筋縄ではいかないミルドウェイ・リーディング、この町の突然変異〈グリックマン雑貨店〉のオーナーであるグリックマン一家、ミスター・メルドマンらがいる。ビルの父親のランダルもかつては定期購読者だったが、それはアイリーンがあのくそったれな新聞を通じて、彼の妻はもう戻らない、実際、最初から戻るつもりはなかった、バスに乗ってキンバリー・クラーク・ウェイマスから去ったあの日、文字どおり永遠にここをおさらばした、と世間に吹聴するまでのことだった。その日、ランダル・ペルツァーは傷つき、打ちのめされて、姿を消した。それまでは町の住人たちとてもなごやかに付き合っていたのに、以降は関係がすっかり冷えきり、ほとんど没交渉となった。

そしてランダルは誰も、何事も、どうでもよくなった。

ありとあらゆる方法でおのれから逃げようと必死になっているように見えるこの町も、自分たちが住んでいる町そのものよりフォレスト姉妹が謎解きをするテレビの世界のほうに夢中になっている住人たちのことも、どうでもよかった。ランダルにとって何より大事なのは、みずから経営する土産物店の魅力いっぱいの入口を毎朝かならず開けて、場合によっては世界じゅうからやってくる例の読者たちを迎えることだけだった。そして、ミニサイズの絵葉書をミセス・ポッターに送れます、と嘘でも訴えるのだ。アイリーン・マッキニーは、少なくとも週に一人は観光客にインタビューした。

実際、ドゥーム・ポスト紙には、例の小説のファンのためのコーナーが確保されている。購読者にとっては、読者がいつあの古典ファンタジーに出合ったのかとか、それがその人の人生をどう変えたかなんてまるで関心がないかもしれないが、キンバリー・クラーク・ウェイマスのほかの部分がどう見えたのかということには間違いなく関心があった。町がクリスマス飾りを施された樅の木だらけなのはすてきだと思えたか、何か足りないものはなかったか、つまり、こういうものがなかったけどあったほうがよかった、と思うものは何か、それに、ここみたいな場所で、たとえば凍結湖があるような場所で避暑をしたミセス・ポッターは運がいいと思ったか。こうした質問の数々を無理やり押しつけてアイリーンが少しずつ構築していったルイーズ・キャシディ・フェルドマンの小説の読者像によって、町の商店のあいだに、そして商店ほどではないにしろ、観光スポットのあいだにも、非公式の競争が引き起こされた。〈ルーズ・カフェ〉がいつも人気スポット・リストの筆頭にのぼるのは言わずもがなだが、いつも、ということで言えば、作家がこの町とこれほど強く結びついているにもかかわらず一度として町を再訪しようとしないことについては、誰もがいつも無視する。どうして一度も戻ろうとしないのか。どうやら、小説がこんなことになって、最初に耐えられなくなったのは作家本人らしい。あの小説のせいで自分のほかの小説が無に帰した、と彼女は言った。あれ以降私が書いた作品は一冊も存在しないかのような現状、最悪でしょう？　大勢のスケーターとシェアしているアパートのソファーで眠っていたアイリーンは、作家がそう言ったのを聞いた。ラジオがついていたのだ。それは夜で、たぶん真夜中だったと思う。ルイーズ・キャシディ・フェルドマンが、ラジオの中で誰かとおしゃべりしていた。本当に彼女？　そう、彼女だ。パーソナリティは、彼女を名前で、ルイーズという名前で呼んでいた。彼女のほうは相手をユージーンと呼んだ。とても遅い時間だ。何の話をしているのか？　アイリーンにはよくわからなかった。まるでよその惑星の出来事のようだ。ミセス・ポッターは存在せず、でもルイーズ・キャシディ・フェルドマンのほかの小説は存在している惑星。そんなことありうる？　もちろん。あの人は作家だ。作家なら、一作しか本を書かないなんてわけはない。でも、あんな本を何冊も書くということも、やはりない。だってあの本はまるで、ユージーンとかいう人も話しているが、人が書いたものではなく、最初からそこにあったもののように思えるからだ。その言葉でほっぺたでも張られたように感じたのか、ルイーズのビロードみたいに滑らかな肉声が急に怒りを帯びた。「まったくもう！」と吠える。「あんな呪われた町に行かなきゃよかったわ、ユージーン！」

その呪われた町というのは、もちろんキンバリー・クラーク・ウェイマスのことだ。

その週、アイリーンはそれを記事にした。作家の言葉を引用し、もし彼女がいなかったらこの町はどうなっていたか、と問いかけた。《キンバリー・クラーク・ウェイマスはもしかすると存在しなかったかも？》と題したその記事に、もちろん町の情報組織は激怒し、そんなことはありえない、過去にタイムトラベルして事実を消すことなどできない、ルイーズ・キャシディ・フェルドマンが消えることはないし、それはミセス・ポッターにしても同じだ、だから何も恐れることはないし、どうしてそんな侮辱を恥ずかしげもなく吐くのかわからない、と訴えた。作家のことは、いけ好かないやつだとみんなが思っていた。あるときジュールズ町長が町を代表して、彼女に電話をかけたことがあった。通話はちょうど六分間続き、その六分間に、作家は「あれ」についてみなさんが何をしても私には関係ないと断言し、この場合、「あれ」とはもちろんミセス・ポッターのことだった。キンバリー・クラーク・ウェイマスの住人たちの誰もが本当のところあの小説にちっとも興味がない、という事実がなかったら、彼女への敵意が、いやむしろ、冷ややかな軽蔑が生まれたのはあの瞬間だったと言っていいだろう。でもその手の嫌悪感は太古からのものだ。実際、彼らがコニー・フォレストに対して、あるいは、平凡な彼らが長いあいだ観察してもちっとも見えてこないのに、まったく違うものを見ることができるすべての人に対して、じつは覚えている嫌悪感と同じものだった。

それでも、彼女がまた町に戻ってくるのを待ちつづけているふりをした。ときには、作家がこの町に来たときにしたこと、しなかったことについて嘘までついた。そこにやってきた読者たちに、その凍てついた、いろいろな意味で〝失われた〟場所が提供できるものすべてに興味を持ってほしい、ただそれだけのために。作家はちょくちょく帰ってきているんですよ、と話す者もいた。ただお忍びなので、絶対に人に姿を見せないんです。残していくのは足跡だけ。その足跡というのは、決まってスキーヤーのミニチュア絵葉書なんです。たとえばあるずる賢いバーテンダーは、よその読者カップルをレストランの特定のテーブルに案内して、こうささやく。「あのキャシディ・フェルドマンその人がこちらの席に座ってまだ一週間も経っていないと言ったら、どうします？」そしてこう続けるだろう。「そんな話、聞いたことないって？　じつは彼女、ちょくちょくこの町に来るんですよ。でも誰にも言わない。だけどそこに小さな絵葉書を残していくんです。ミニチュアの絵葉書を。ご覧になります？」このミニチュアの絵葉書というのは、ミスター・ハウリングの要望で、ジュールズ町長が町じゅうに配ったものだ。キンバリー・クラーク・ウェイマスの店という店のカウンターに、それが詰まった箱が少なくとも一つは置かれている。

ただしランダル・ペルツァーの店は除いて。

ランダル・ペルツァーの店のカウンターにはその箱は一つもない。

ランダル・ペルツァーは嘘をつくのが嫌いなのだ。

彼の店にいつもあふれ返る客の一人から、ほんの一週間前、ルイーズがこの町にいたなんてことがありますか、幸運の〈ポッター・スノーシュー〉を一組買った、あのスノーシュー店の店主からそう聞かされたんですが、と問われたときも、絶対にありえませんね、なにしろルイーズはキンバリー・クラーク・ウェイマスを毛嫌いしていますから、とランダルは答えた。

そういう態度が、町のほかの商店主たちには面白くなかった。

ドゥーム・ポスト紙を通じて、そのことがはっきり表明された。

あるときかの新聞に、キンバリー・クラーク・ウェイマスという町そのものが署名した、《私が消えてもいいのかしら？》という見出しの記事が掲載された。それを書いたのはミスター・ハウリングで、ひどく拙《つたな》い悲惨な文章だったが、〝町〟が書くならそうなるのが当然だろう、と彼は豪語した。内容は、ミスター・ペルツァーの「何でもかんでも台無しにする」狂気を怒濤のごとく批判するもので、単にその狂気のせいなのか、それとも、「いつも」何でも台無しにして、ミセス・ポッターをとにかく喜ばせたいのか、と問いかけている。なぜなら、じつはサンタクロースではないあのご婦人はある種の魔女で、何か悪さをする子供や子供とも言えない者の望みをかなえるのだから。あの子供向けの馬鹿げた小説のファンを乗せたバスを店に呼び寄せることでずっと頭がいっぱいで、結婚生活さえ台無しにした男だから、あいつにとっての望みはビジネスの成功しかないはずだ。ミスター・ハウリングの言葉はじつに残酷だったし、その新聞を一部、土産物店の郵便受けにこっそり忍びこませたのだから、いよいよ人が悪い。しかも最初にあの記事が目に飛びこんでくるようにわざわざ二つ折りにして。

そして読んだ。

ただし読んだのはランダルではなく、息子のビルだった。

当時ビルはまだ退屈で悲しいティーンエイジャーでしかなく、伝記を読むのが、あらゆるタイプの助手の伝記を、生涯助手でしかなかった人の伝記を読むのが何より好きという、そんな若者だったから、こんな不躾《ぶしつけ》な個人攻撃の記事を読むと、まだ子供用だった自分のスノーシューを履いて、父の店から〈スコッティ・ドゥーム・ドゥーム〉に向かい、こういう侮辱を受けたとき、伝記に出てくる助手たちならどうするか、ただそれだけを考えて（気に入らない、まったく気に入らないとはっきり言ってやるんだ）、燃える新聞を手に店に入ると、アイリーン・マッキニーと店主のスコッティを交互に見て、新聞を床に落として踏みつけてから言った。

「みんな消えちまえ。消えるのは町じゃない。おまえたち全員だ。今すぐ」

とたんに町じゅうで電話が鳴りだし、あちこちで「ペルツァー坊や」が「呪い」を、町全体に呪いをかけ、記事の内容が本当なら、たぶん町はおかしなことに、たぶん住人みんながおかしなことになるだろう、という声が聞かれた。

しかし、実際におかしなことになったのはランダル・ペルツァーその人だけだった。何もかもが攻撃的なほど真っ白なその町ではいつもそうだが、やはり天気の悪い、なんていうことのない朝、ランダル・ペルツァーはベッドから起き上がり、いつもどおりボウル一杯のシリアルを用意し、直後に死んだ。何も変わったことはなかったし、実際、何もかもいつもどおりだった。べつにそれで悪いことが起きるわけもないので、毎日何の気なしにしているように、シリアルをスプーンで口に運び、それで死んだのだから。彼のお気に入りの砂糖をまぶしたカラフルなシリアル、ディキシー・ヴーム・フレークスを（カリコリ）咀嚼していたと思ったら（カリコリ）、次の瞬間（カリコリ）キッチンのテーブルに（どさり）突っ伏し、死んだのだ。

アイリーン・マッキニーは大急ぎで号外を出した。そのことにビルは憤慨したが、号外が出るのも仕方がないことだろう。ランダル・ゼーン・ペルツァーは、このいつも天気の悪いキンバリー・クラーク・ウェイマスでは図らずもちょっとした有名人だったし、スコッティ・ドゥーム・ポスト紙の記事の題材としていつも歓迎されたからだ。結局、彼があの作家にあれだけ執着したおかげでここは有名になり、地元ガイドまで誕生したのだ。その地元ガイドで、うぬぼれ屋のミセス・マクドゥーガルは、ルイーズ・キャシディ・フェルドマンの作品の〝世界的〟専門家である、病的に内気なロージー・グロシュマンの助言のもと、こんなたいして見どころもない町で見どころ満載のツアーを企画した。こんなふうに有名になったおかげで、人々はその町で暮らし、いろいろな仕事を続け、そこそこ生計を立て、凍てついた地獄となんとか折り合ってきたのだ。だが、そんな彼らが、当のランダルについて何を知っているというのか？　知っているのは、あの小説に対する彼の執着のことだけだ。その執着によって、彼は完璧で理想的な手法で店を営んだ。自分と同じようにほかの人々も彼女を愛し、その愛は永遠に続き、みな同じようにここにやってきて、小説の世界に浸り、じつはサンタクロースではないあのミセス・ポッターの幽霊を追い求めずにいられない気持ちになると信じて。

それ以外に何も、彼のことはみな何も知らなかった。

ランダル・ゼーン・ペルツァーは謎だった。

そして、『フォレスト姉妹の事件簿』をあれほど愛するキンバリー・クラーク・ウェイマスの住人たちが、謎を放っておくわけがなかった。

号外は爆発的に売れた。

新聞がますますセンセーショナルになっていったせいできわどい話ばかりコレクションしているような住人たちの興味がどんどんふくらんで、アイリーンももう手いっぱいになってしまい、一見無害な郵便局職員であるジングル・ベイツに手綱《たづな》を譲るしかなくなった。ベイツはまず、シンプルに〈通信欄〉と呼ばれるいわゆるお知らせの欄をまかせてほしいと提案した。やがてはそれを通じ、自分の快適な仕事場で采配を振るいはじめたのだ。そこには安楽椅子が置かれ、わたしが仕切りますからそこでゆったり休んでいてください（フフフ）とアイリーンに冗談めかして言い、でもそれは冗談でも何でもなく、というのもしばらくすると、アイリーンではなくベイツが新聞編集を思いのままにし、アイリーンではなくベイツが、〈通信欄〉で購読者に、〝マデリン・フランセス・マッケンジー〟なる人物からペルツァー家にひっきりなしに届く荷物の中身について伝えたからだ。そのマデリン・フランセス・マッケンジーなる人物は、じつはマデリン・ペルツァーなのでは？　そう、そのとおり、とジングル・ベイツは述べた。ただ、そう名乗りたくないだけ。この最低な町でずっと仮面をかぶっていたように、ペルツァー家とは相容れないということを示すため今も仮面をかぶっている。マデリンにとって、毎晩ルイーズ・キャシディ・フェルドマンにファンレターを書くような頭のおかしな男は夫ではないし、ペルツァー坊や、つまりビルは、ときどき学校に送っていき、天気がいいときだけはよそに連れだす、一人の子供にすぎなかった。何かはわからないけれど絵を描いているときだけは、幸せそうに見えたマデリン。つまりそれは怒りが爆発した、ということなのか？　ああ違いますよ、とジングル・ベイツは語る。彼女は単に家庭を持つ準備ができていなかった、実際、とうとう準備ができなかった、ってことです。で、アイリーンとしては、なぜとうとう準備ができなかったのか調べたいのか？　やろうと思えばできるだろう、そう、やろうと思えば、でも調べようと思えば調べられることはほかにもたくさんある。なにしろ、毎日どれだけの情報が手元に寄せられるか？　それもこれも、いつもにこにこしている、でもときどきちょっと妙な、郵便局のたった一人の局員のおかげだった。毎朝髪を編み、夜になると解き、いざ髪を解くと、日記を書きはじめる。たとえば「とくに驚きのない一日。ジョンノウには何も届かなかった。ジョンノウはあの山の上にカースティンといて執筆ができるのかしら。ときどき、ベッドの中で二人のことを考えている自分に驚く。なぜベッドの中で二人のことを考えずにいられないのか。ねえジャック、いつか別の誰かとベッドに入れるといいな。ここでは何もかも退屈。どうしてここでは何もかも退屈なの、ジャック？」彼女はドゥーム・ポスト紙にとって誰より貴重な記者だ。

ペルツァー家のことだけにかかずらっているわけにいかないのは、あらゆる情報を選別するからだ。たとえば読者たちは、ミルリーン・ビーヴァーズとかいう読者とフランシス・ヴァイオレット・マッキスコの関係についてよく知っていたし、それがどんな関係か推測さえしていた。そのミルリーンとかいう人物は、ジングル・ベイツが内容を情報収集したあれやこれやの手紙から考えると、マッキスコの作品を真摯に読むことに人生を費やしている老中学教師かもしれないし、いや、じつは本物のフォレスト姉妹の一人、具体的には本物のジョディ・フォレストで、取り返しのつかない最悪の失敗の解決策を彼の小説の中に探そうとしているのかもしれない。へえ、本当に？　フォレスト姉妹の一人がマッキスコのファンかも、だって？　ええ、そうかもしれません、とジングル・ベイツは述べた。彼女は、フォレスト姉妹を演じている二人の女優、ヴェラ・ドリー・ウィルソンとジャムズ・コロピー・オドネルがどういう暮らしをしているかよく知っていた。そう、二人は双子ではなく、尋常でないほどよく似た、それぞれ無関係の女優なのだ。どうやら、少なくとも一度は、二人のうち一人が、フランシス・ヴァイオレット・マッキスコの喧嘩ばかりしている二人の探偵の一人、スタンリー・ローズのことをおどけて話題にしたことがあったらしい。いや、何かに書いてたんだっけ？　『フォレスト姉妹の事件簿』を撮影しているスタジオから、あるときキンバリー・クラーク・ウェイマスに少なくとも一通手紙が来て、それはマッキスコに宛てたものだったが、意図は不明ながら、（賢明にも）地元当局が途中でその手紙に横やりを入れた、というのは本当なのか？

ああ、アイリーンはもううんざりしていた。

偏執的なベイツがべらべらしゃべることを書き写すのは、もううんざり。

気持ちのコップをあふれさせた最後の一滴は、一本の電話だった。毎日ジングルは数えきれないほど電話をかけてきて、もちろん受ける相手はただ一人、いつも忙しい、その忙しさの原因はジングルの電話にほかならないのだが、とにかくいつも忙しいアイリーン・マッキニーであり、二日前の午後にその電話が鳴ったとき、アイリーンはちょうど〈スコッティ・ドゥーム・ドゥーム〉にいた。当然ながらジングル・ベイツからの電話で、アイリーンさん、今ちゃんと座ってますかと尋ね、じつはこれから話すのは「一大事」、「ものすごい一大事」なので、と言い、アイリーンは「くだらないこと」を言うなと、「くだらないことは言わないで、ベイツ」と告げた。というのも、もう嫌気がさしていたし、少し前から、いや、じつはもうずいぶん前から自分の新聞にうんざりだったし、馬鹿げた作り話にときどき意味が見いだせなくなったし、でもそれを書いているのは誰かさんで、でもその誰かさんはじつは一人の郵便局員に、明らかに頭がどうかしてしまっている孤独な女に頼っていて、アイリーンはしばしばこれは〝彼女自身〟のことだと、一日の報告を装う彼女の日記の要約だと、何も起きない興味深い人生の断片だと気づいていたからだ。だから、躊躇なく電話を切り、電話はまた鳴かった。

りだしたけれど、アイリーンはナサニエルに取らないでと手振りで伝え、だからナサニエルは取らなかった。

「あの子はね、ナサニエル」やがてアイリーンは言い、（フウウ）煙を吐きだした。「この現実世界にすらいないの」（フウウ）「思うに……わからないけど、私が自分の仕事にうんざりしているのはベイツのせいだと思う、ナサニエル？　いったいどうして彼女に頼ったりしたんだろう？」アイリーンは爪を見た。左手の人差し指のマニキュアは歴史だし、ほとんどすべてのものは、じつは歴史だった。「彼女は、私が電話を取らなければ、存在すらしない。ほかに電話をしてくる人間なんていると？」（フウウ）「ときどき思うの」（フウウ）「彼女、郵便局から出ることさえないんじゃないかって」（ハハハ）「郵便局を閉める時間になったら立ち上がり、灯りを消し、席に戻って、そこに座り、待つの」（フウウ）「朝が来るのを。ときどき思うのよ、ナサニエル」（フウウ）「ジングル・ベイツは幽霊なんじゃないかって」

アイリーンはそう告げると、視線を落とし、何かはわからないが何か考え、しまいに持ち物を片づけだした。タイプライター、次号のレイアウト、鉛筆、七時間四十五分のあいだ予約席となっているそのべとべとした小さなテーブルの上にあるものすべてを。ちなみに予約席がそう設定されたのは、秘書や経理係のように、何にせよそこでおこなわれることを一人でコントロールする職種さながら、その時間は利用者に仕事に没頭してもらうためだ。とにかくアイリーンはそれでそこを立ち去ることにした。「じゃあまたね、ナサニエル」と言い（フウウ）立ち去ったのだった。

ドゥーム・ポスト紙の購読者が、その週ビルが受け取った遺言課からの手紙のことをまだ知らないのは、それが理由だった。しかし、ハウリングさんだけでなく、じつはひそかにあれこれ立ちまわっているパーティ・スマイルも、ミルドレッド・ボンク通りで何か画策されていると気づくのは時間の問題だった。というのも、町に一つしかない下宿屋の女主人ラドルさんが、アイリーン・マッキニーがずっと身を隠している部屋のドアを今しも（コンコン）叩いたからだ。アイリーンは、〈スコッティ・ドゥーム・ドゥーム〉を、タイプライターを、たっぷりの細い紙束を、本来言葉で埋め尽くされるはずの紙束を、重要人物によって書かれたわけでもなければ、いずれ世界を変えるわけでもないわけでもないから、ちっとも重要じゃない言葉で埋め尽くされることになる、柱状にカットされた紙束を、全部放りだしてからというもの、ずっとその部屋に隠れていたのだが、ラドルさんが部屋のドアを叩いて言った。

「あの店でちょっとした騒動が起きてるのよ、アイリーン。あなた、ちょっと見てきたほうがいいと思うの。どうやら、ファンたちを乗せたバスが到着したのに、店が閉まってるらしいのよ」

誰かが窓台に置いた瀕死のゼラニウムにとまって日焼けしている巨大バッタを眺めていたアイリーンは、少ししてやっとそれが「ペルツァー坊や」の店のことだと気づき、今度ばかりは、事実かどうかわからないことを読者に話して聞かせるくそったれな〝電話オペレーター〟ではなく、〝彼女自身〟に、本来のアイリーン・マッキニーに戻り、これは心してかからなければ、と思った。あの店が今まで一度でも閉まったことがある？　一時的に店で雇われていたポリー・チャルマーズが死んだあとでさえ、臨時休業すらしなかったのでは？

8

ビリー・ベーンが見習い警官のキャッツ・マッキスコとデートし、運命を、さまざまな大きさの手袋をした手の持ち主を呪い、キャッツはときどき、彼、ビリーはあの山のような絵をどうするつもりだろうと思うが、それも当然だろう

ビリー・ベーンは運命みたいなものを一度も信じたことがないが、その晩、無数の雪片模様があるひどいデザインの緑の手袋をつけて、永遠に探偵助手のままのコリソン・バレット・カインドの伝記を読みつつ、吹きすさぶ恐ろしい吹雪に、彼の体を文字どおり真っ二つにちょん切るナイフさながらの吹雪に立ち向かいつつ、〈スコッティ・ドゥーム・ドゥーム〉をめざしながら、まあ結局、ちっちゃなキャッツとのデートはある意味、神の思し召しだったなと思った。例の噂話の狩人たち、捕食者たちみんなをスタンピー・マクファイルとそのオフィス〈不動産のことなら何でもご相談くださいマクファイル社〉にしばらく接近させないようにするネタを、あの忌まわしい新聞屋アイリーンに提供することになっただけでなく、バスの到来をストップさせることができそうなのだから。ほんの少しのあいだでも、ファンたちが詰めこまれたバスがやってこない日が来るなんて、誰が考えただろう？　いやはや、ビルがどれだけ用心していたことか。あのスタンピー・マクファイルに、誰にも気づかれずに家に来てもらうため、人も外に出てこなさそうなタイミングを辛抱強く待っていたのだ。だが、ミセス・ポッターにおおいに味方したに違いない悪運のせいで、まずタイヤが一つ、次にもう一つ、さらにもう一つもパンクし、それでびっくりするほど大勢の客を乗せたバスの到着が遅れた、とビルは聞かされた。客たちの中には子供や教師たちのほか、ハネムーン中のなんと剥製職人のカップルや、エグゼクティブ向けオンライン読書会として知られているがじつは秘密デート会でもある集まりに参加するエグゼクティブが数人いた。その秘密デート会はその晩〈ダン・マーシャル〉モーテルで開かれる予定だったが、一部のカップルはそこで一夜を過ごさなければならなくなった。というのも、大きさの違う手袋をしたいくつもの手が運試しに土産物屋〈ミセス・ポッターはここにいた〉のドアノブを（ガチャガチャ）ひねってみたが（ガチャガチャ）なぜか閉まっていることがわかったとき、すでに夕闇が迫っていたからだ。ビルがこんなに長い時間留守にするなんて、ありえない。実際にはそれほど長い時間ではなかったのだが、期待どおりに物事が運ばないと時間というのは長く感じられるものだ。ビルが戻ってきたとき、最初に声をかけたのはハウリングさんで、「今までいったいどこにいたんだ、ペルツァー？　昼間っから店を閉めるなんてどういうことだ」と尋ねられ、ビルはどう答えていいかわからずに、おかしな雪模様のある手袋を脱ぐと手をポケットにつっこみ、年じゅう受け取る郵便局の不在票の一枚を取りだした。《小包、発送人　マデリン・フランセス・マッケンジー》とある。その不在票を前にすれば、さすがのハウリングさんも二の句が継げないとわかっているからだ。彼の母親の奇妙な失踪はモンスター級の事件で、村でいちばん卑しい知りたがり屋でさえ尻込みさせた。だからこそ、ビルはただこうつぶやいた。たぶん「あまりいいタイミングではなかったですね」、郵便局のほうに歩きながら自分でもそう気づいて、だから戻ってきたんです。もちろん申し訳ないと思っていますが、店に一人でいてこれらの不在票を見ていると、ときどきそういうことがあるんです、もしかして今度こそ、それはただの小包じゃなく、中に「手紙」が入っているんじゃないか、そんな気がすることが。すると、もう居ても立ってもいられなくなり、店を閉めて〈ミセス・ポッターが願いをかなえるのにかかる時間ほどもかからず戻ります〉という札を吊るして出かけるんですが、どうせ絵しか入ってないさ、と途中で思い直してすぐに戻ることもあるし、でも今回のように、郵便局の玄関まで行き、ようやくそこで、いや、手紙なんかあるわけがない、今回もただの小包だ、今までだって一度も手紙なんてくれたことがないんだから、と考えて引き返すこともある。それで、思った以上に留守にしてしまうんです。今まで誰も注意しに来なかったということは、運よくそのほんのわずかな時間のあいだにキンバリー・クラーク・ウェイマスに到着したバスは一台もなかったということですね。だが、ああ、ビルはぶるぶる震えていた。そう話すあいだビルが震えていたのは、ハウリングさんが眉をひそめ、首を振りながら「坊主」と言って彼の肩に手を置き、ぎゅっとつかんだからで、このあと「わかってるぞ」とハウリングさんは言うだろうとビルは予想し、母親から手紙なんて来るはずがないとハウリングさんにもわかっていて、届いた手紙はといえば、ほかでもない、ショーン・ロビン・ペックノルドの遺言課からのものだけであり、あの新顔の店を、〈不動産のことなら何でもご相談ください　マクファイル社〉を訪ねたのは、やはりその手紙と関係があるのでは？　「まさかわれわれを置いてきぼりにしようなんて、考えてないよな、坊主？」と続けるに違いない、ビルはそう思った。ビルは覚悟を決めていた。店の入り口のドアを開けると、手袋をしたたくさんの手の持ち主が店にどっと入ってきて、店に入ると彼らがわめくいつもの馬鹿げた歓喜の声が響く。「見て、これ、マージ」「うっそ！」「チェスター人形ある？」「わたし、チェスター坊やのファンなの！」「あの子だけが正気だって気がしない、カーティ？」ビルの肩には今もまだハウリングさんの手がのっていて、何をぐずぐずしてるんだ、俺に話すことがあるだろう、違うか、とその手は言う。ビルはぎょっとして顔を上げ、目を大きく見開いて、「あ、ありがとう。心配にはおよびません。おわかりでしょう？」となんとか口にする。するとハウリングさんは答える。「もちろんさ、坊主。ちゃんとわかってる」そしてビルの肩をぽんと叩き、続ける。「われわれみんな、ランダルのことが恋しいよ」

もちろん、そんなことはなかった。

いや、あの娘が死んだあと、そう、誰かに殺されたあと、ルイーズ・キャシディ・フェルドマンのことについてランダル・ペルツァーが認めてからは、みんなも彼を認めるようになった。つまりあの作家がお忍びでたびたび町にやってくるという話は本当だと、住人たちみんなが口裏を合わせるのに、彼も加わったのだ。ランダル・ペルツァーは、あの小さな絵葉書が店で見つかったのは、かの作家がそこに立ち寄ったしるしなのだと客たちに言いふらしだした。つまり、かの作家がそこに立ち寄ってまだそう時間が経っていないということです。もしかすると、すぐにでもまた戻ってくるかも！　彼女にばったり会ったときのために、『ミセス・ポッターはじつはサンタクロースではない』を一冊、買っていかれてはいかがですか？　まわりによくよく注意を払ってください。雪の積もった通りの角を曲がったら、ほらそこに。ええ、そんな簡単なことです。お友だちにも教えてあげますか？　帰宅したとき、キンバリー・クラーク・ウェイマスに行ったら、あなたたちもルイーズ・キャシディ・フェルドマンに会えるかも、と。ええ、私があなただったら、そうしますね。

ビルはそれを終わりにした。

ほかのすべてのことと一緒に。

毎朝彼がその馬鹿げた店を開けるのは、そうするしかないから、ただそれだけが理由だ。助手が助手でなくなることなど、金輪際あるのだろうか？　父は死んだかもしれないが、仕事は死ななかった。だから習慣で、彼は今も父の助手でありつづける。

幽霊になった父。

そうだったら、もっと簡単なのに。

父が幽霊だったら、もっと簡単なのに。

そうすれば、考えていることを父に話せただろう。キャッツ・マッキスコとのデートに出かける途中、きっと町じゅうのみんなに監視されることになる、神の思し召しによる約束に出かける途中、あの家が売りに出されることが世間に知れ渡るのは時間の問題で、そうなれば結末は目に見えている、と父に話す。でも、こうも言うだろう。あのことが世間に漏れる瞬間がもし少しでも遅れるなら、彼女をものにするつもりだ、と。「たぶん彼女だったんだよ、パパ」、たぶんミセス・ポッターなんだ、キャッツを僕のもとにつかわしたのは。バスがあんなことになると知っていて、僕に手を貸そうとした、そういうことじゃないかな。

だがビルは信じきれなかった。

それでも、全力でシナリオに従うつもりだった。

なぜなら、その晩、彼がキャッツ・マッキスコと会うことを町じゅうが知っていると承知しているからだ。アイリーン・マッキニーさえ知っている。そう本人が言ったのだ。子供たちやエグゼクティブたちが居心地のいい店の中をまだうろうろしていたときに、アイリーンがドアを開けて入ってきた。よくもまあ、堂々と。今までそんなことがあっただろうか。いや、ない。それが初めてだった。だが、どうして？　ビルは彼女を信用できなかった。「出てけ」とビルは言った。するとアイリーンは、みんなが話していることが事実かどうか確かめに来た、と言った。あんたはここじゃ招かれざる客だ、マッキニー、とビルは言い、ドアを示した。すると彼女は、事情が変わったのよ、「私はジングルと手を切ったの。噂話とは縁を切ったのよ」と言い返してきた。ビルはにやりと笑った。「だろうな、だからここにいるんだろう。町で連中が話していることが事実かどうか確かめるために。じゃあ、町で連中が話してることとって何だ、マッキニー？　それこそ噂話じゃないのか？」

「かならずしも噂話じゃないわ、ビル」アイリーンが言い、にんまりした。

アイリーンはとくに美人とは言えない。目は小さく、頬骨がやや目立ち、額は、その必要があるなら、作り物のミニチュア飛行機を飛ばすミニチュア空港を設置できるくらいの広さがある。でも、そうしてにんまりすると、何でもやってのけそうに見えた。

「あなたについて書くつもりはないのよ、ビル。ここの住人について書こうと思ってる。今のこの町の状況について書く、そう言ったらどうかしら？」

「今のこの町の状況？」

「連中があらゆることに異様に執着すること」

「へえ、そんなことしたら、新聞は一部も売れないだろうな」

「連中の思いどおりになりたくないのよ」

「あんたはもう連中の思いどおりになってるよ、マッキニー」

「まだなってない」アイリーンはシガレットケースから煙草を取りだし、口にくわえると、くり返した。「ジングルとは手を切ったの」ジングルと手を切れば、この呪われた土地とも手が切れるとでもいうように。ジングルと手を切れば、あれから起きたことを全部取り消せるとでもいうように。そのあとこう言ったのだ。「今晩、あなたがキャッツ・マッキスコと会うことは知ってる」だからビルは安堵のため息をついた。スタンピーのことには触れなかったから。さっきまであの新顔の店で何してたの、ビル、とは訊いてこなかったから。それでも、絶対に知られていないとは言いきれなかった。だってそうだろう、ここはどこもかしこも『フォレスト姉妹の事件簿』を観ている連中だらけで、目に入るものは何でもチェックするのだから。

「この土地にはうんざりなのよ、ビル」アイリーンは言い、煙を吐く（フウウ）ふりをしたが、煙草はもちろん火がついていなかった。「この土地も自分自身にうんざりしてるんだと思う。毎日吹き荒れる吹雪、日増しにひどくなってると思わない？」

「さあね」

「ときどき」（フウウ）「この場所は」（フウウ）「ここの住人、全員地獄行きだって言いたがってる、そんな気がするわ」

「あんたのこと、嫌いだ」

「ああ、知ってる。でも心配しないで」アイリーンは火のついていない煙草を宙で振った。「私、あの頭のおかしい女とは手を切ったから。それに、《ペルツァー坊やとマッキスコ捜査官が密会！》みたいな馬鹿げた見出しもやめるし、ここの連中がどうして誰もかれもを追いまわさずにいられないのか、その理由について書こうと思ってる」（フウウ）「面白いと思わない？　面白い記事になると思うのよね、私は」

ビルにはちっとも面白そうに思えなかった。

ビルとしては、とにかくここからおさらばしたい、ただそれだけだった。

そしてここからおさらばするには、実際にここから（ふっと）姿を消すまで、人に絶対に気づかれないよう、とことんうまくやるしかない。

だからシナリオに従って、ビルは町じゅうに観察される覚悟を決めて、すでにまどろんでいる土産物屋から忌まわしき〈スコッティ・ドゥーム・ドゥーム〉に向かって歩いていた。目的地に到着するとドアを開け、マフラーをポケットにつっこんで、例のローラースケートのウェイターをかわし、いつもアイリーン・マッキニーが占領している予約席からいちばん遠いテーブルに座ったが、驚いたことにその予約席にアイリーンの姿はなかった。

そして待った。

それほど待たないだろうと思っていた。

しかし予想以上に待つことになった。というのも、ジングル・ベイツが、まるで待合室のような状況を呈している郵便局で、キャッツ・マッキスコを引き留めていたからだ。

〈スコッティ・ドゥーム・ドゥーム〉に行く途中、キャッツは父から頼まれた電報を郵便局に渡さなければならなかった。ジングル・ベイツは、受け付けた電報を、キャッツの要請で〈最速〉と書かれた郵袋に入れた。キャッツはどこからどう見ても制服姿ではなかった。体にやけにぴったりしたニットのワンピースの上に、やはり体にやけにぴったりした赤いコートを羽織っている。ジングル・ベイツはそういう細かいところをけっしてないがしろにしないが、かといって今はどうすることもできなかった。キャッツは、ジングルや呪われた町のほかの電話好きな人々が何を知っているのか、つまり「ペルツァー坊や」とのデートのことだが、それをかなり心配している様子ではあったが、そのキャッツが今話してくれたことについても、ジングルには今はどうすることもできなかった。キャッツが話したことというのは、キャッツの父親とのあいだの誤解についてだ。つかの間ジングルは、ドゥーム・ポスト紙のミルリーンとキャッツの人気コラムの内容が頭に浮かんだ。見出しは《フランシス・マッキスコ、ファンの文通相手と決裂》がいいだろう。

それから、コラムは書けないのだと思い出した。腹が立ち、ついふくれっ面になる。アイリーン・マッキニーは相変わらず電話に出ようとしなかった。

「マッキニーがいないのよ」そこでちっちゃなキャッツにそう話した。

「何ですって？　つまり、行方不明ってこと？」見習い警官は、この町で何か恐ろしい事件が起こったかもと人がほのめかすといつもそうするように、丘で見つかったポリー・チャルマーズの遺体のことを想像した。あれ以来あの丘は、ポリー・チャルマーズ山と呼ばれるようになったのだ。「死亡した可能性があるんですか？」想像するとき、毎回その遺体には首がなかった。

「まさか！　死ぬわけない。マッキニーはありとあらゆる場所に出没する。ただ、何が気に入らないか見当がつかないの。いくら電話しても出ないのよ」

「ああ（フウ）それはお気の毒に。たぶんそれも原因は誤解ですね」

「そうですとも」ジングルは言い、それから、何かの石の珠のような小さな目で、純真な警官を見据えた。「あなた、バスの一件のこと知ってるわよね。だってある意味、あなたも関係者だもの」

「私が？」

「ビリー・ペルツァーは今日の午後店を閉めたの。そしてあなたが、どこかからやってきた彼とばったり出くわしたこともわかってる。この町の誰もがね。すぐにメイヴィスから電話があったから。バーニー・メルドマンの変装ショップの前でしゃべっていたあなたたちの姿が目撃されている。彼、どこに行っていたか、言わなかった？　ここからそこに行ったと言われてるんだけど、そんなわけないのよ。ほとんど回収したことのない小包を回収するために、真っ昼間にわざわざ店を閉める？」

「ほとんど回収しにきたことがないんですか？」

その絵の小包について、この町のどの住人も知っているように、キャッツももちろんよく知っていた。マデリン・フランセス・マッケンジーが夫と息子を置いて家を出るとすぐに、郵便局に小包が届きだした。絵葉書みたいな絵が入っている小包で、世界じゅうのありとあらゆる場所から送られてきた。それを受け取ったときランダル・ペルツァーがどう感じたのか、誰もが想像せずにいられなかった。彼女は勝手に家を出ていっただけでなく、自由を心から楽しんでいて、それが当然だろうと誰もが思う夫と息子を捨てた罪悪感を持つどころか、自分の人生は、夫や息子のそれのように停滞しているわけではなく、むしろ日ごと動きつづけ、どんどん遠くへ広がっていて、いくらでも変化できるということをわざわざ見せつけてくる、呆れた図々しさだった。母親のほうは一度に何千何百という人生を生きてきたし、今も生きているというのに、息子ビルと夫ランダルはこの情け容赦なく凍りついた場所に永遠にとどまり、人生がただ行き過ぎるのを見守るだけで、そうして行き過ぎる人生をただ眺める人生しか望めず、なぜ母（妻）は彼らを一緒に連れていかなかったのか、なぜ彼らを捨てたのか、だからこそ彼女の人生はほかの誰とも違うものになったのか、創造するために破壊しなければならなかったのか、彼女が夢をかなえるために彼らが犠牲になるのはこの世の摂理だったのか、彼女の夢は世界をめぐることとなのか、それとも、どことも知れない場所から送られてくる絵葉書のような絵を描いて世界めぐりをしているふりをすることとなのか、と彼らは自問自答した。

「ないわね、ほとんど」ジングルは言った。「だからビリーはどこかほかの場所に行っていたんじゃないかと思うのよ。このあいだ、彼に妙な手紙が届いたの。光を通さなかったのよね。だから透かせなかった……まあ、わかるでしょ？　たぶん、あなたからそれについて彼に訊けるんじゃないかしら。彼、何か企んでいるのかも。今度こそお母さんからの手紙かと思ったんだけど、やっぱり違うわね。手紙はショーン・ロビン・ペックノルドから来たものだった。ほら、あのいつもお天気の町。でも例の絵がショーン・ロビン・ペックノルドから来たことはない。じつは、どれもどこから来たのかわからないの。差出人の住所は書かれてるけど、本当にそこから来たものかどうかわからない。消印がないのよ」

「消印なしに小包が送れるものなんですか？　つまり、消印って義務じゃないの？」

「住人なら送付元を省略してもいい場所があるのよ。ラートン・サンズって聞いたことない？」

「ラートン・サンズ？」

「そういう場所があるところ」

「何の場所ですか？」

「ウィラマンティックよ」

「ああ、そこ」

「そう」ジングル・ベイツは舌なめずりした。マデリン・フランセスがけっしてあらゆる場所にいるわけではなく、その一か所にいると絞れるとすれば、これはおいしい話だ。

「まさか」キャッツは言った。「ビルのお母さんは世界じゅうを旅してるんです。例の絵はありとあらゆる場所から届いてる。誰もがそう知ってます」

「ああ、ここでは誰もがすべてをいつでも把握しているし、それはつまり、知っている内容が変化する可能性があるってことよ。すべては流転する、そうじゃない？」

　キャッツはぼそぼそと別れの挨拶をしたあと立ち去った。この忌まわしい町ではいつもそうだが、何も観察などしていないふりをしながら観察する何百という視線を感じながら、キャッツは〈スコッティ・ドゥーム・ドゥーム〉に向かって走った。走りながら、私は本当は不安じゃない、と自分に言った。テレンス・カティモア警察学校で習ったことだった。私は不安じゃない、と自分に言い聞かせるのだ。やり方はこうだ。〝不安〟という言葉を思い浮かべ、線を引いて消す。

そんなに役に立つわけではないけれど、役に立っていると思いたかった。

〈スコッティ・ドゥーム・ドゥーム〉に到着すると、あちこちのテーブルの住民たちに挨拶した。そう、そこは町の中にある町のようなところであり、彼女は見習い警官マッキスコだからだ。どのテーブルの上にもメモ帳が置かれていた。さあ、何がメモしてあるか？ 〝ちっちゃなキャッツが店に入ってきた〟 〝時間は夜の九時〟 〝ペルツァー坊やは三〇三テーブルで彼女を待っていた〟 〝二人が挨拶を交わす〟。どうして他人をほっといてくれないの？ キャッツは席についた。ビルがビールをひと口飲んで言った。

「やあ、マッキスコ捜査官」

彼女は顔を赤らめてほほ笑み、それから言った。

「こんにちは、市民ペルツァー」

ビルが合図をすると、ナサニエルが近づいてきた。

「ビール？」

「もちろん」

「じゃあ、二つ」

ナサニエルが戻っていった。

「僕ら、みんなにずっと見られてる」ビルが言った。

キャッツは肩越しに背後を見た。

「知ってる」

彼女は鼻をこすった。ビルが何を言っているかよく聞こえない。聞こえるのは自分の鼓動だけ。なんだか鼓動じゃないみたい。しだいに近づいてきていた巨大な獣が（ドン）（ドン）（ドン）ずいぶん前から足を止め、そこに居座って、足踏みしているみたいだ（ドン）（ドン）（ドン）。『『フォレスト姉妹の事件簿』をいまだに観つづけているのって、この町だけだって知ってる？　あのシリーズ、そろそろ打ち切りになるって噂だ」

「誰がそう噂してるの？」

「ああ、じつはサムがどこかでそんな記事を読んだらしい。サムはよそから届く新聞やら何やらを読んでるから。サムの父親はいろんな雑誌を定期購読してるんだ」

キャッツは大きく息を吸いこんで吐いた。

「ああなるほど。サムね」

ナサニエルが戻ってきて、べたべたした予約席にビールを二つ置いた。ビルがすでにあったほうを飲み干す。キャッツは来たばかりのほうをぐいっとあおった（プハッ）。

「この店、嫌いだ」ナサニエルが立ち去ると、ビルが言った。

本当は、ビルが嫌っているのはナサニエルだった。

何に対しても関心がないという、その態度が嫌いだった。何に対しても関心がないのは、自分がすべての中心で、自分自身より重要な物も人もほかにないと考えるたぐいの人間だからだ。

だがキャッツにはそんな話はしない。

キャッツにどんな話をするっていうんだ？

幸い、先に口を開いたのはキャッツだった。コートを脱いでいなかったことに気づいて立ち上がり、それを脱いで言った。

「最後に出かけてからずいぶん経つから、何を着ていいかわからなかったわ」

「ああ、ここじゃ何を着ていようと関係ないよ。どうやったってアイリーンの新聞に載ることになるんだから」

「だからここが嫌いなの？」

「いや、実際、この町ではどこにいたって無事には済まない」

「そうね。私もそう思う」

二人のあいだに沈黙が下りた。

ぎこちない沈黙だった。

それを破ったのはビルだった。

ビルが言った。

「君は噂話、耳にする？　僕はぜんぜん聞かないから。たとえばあの新顔について、みんな何て言ってる？　あの不動産屋のことだけど」

「ああ、昨日電話を受けたわ」

「君に電話を？」

「彼がかけてきたんじゃない。マクドゥーガルさんから電話をもらったの。あの人、接着剤の容器でゴミ箱がいっぱいだ、って」

「接着剤？」

「そう、接着剤」

「それで何をすると、みんなは思ってるんだろう？」

キャッツは肩をすくめた。

キャッツはデートが苦手だった。それはビルも同じだ。ある意味二人は、ずっと大人ごっこをしている子供にすぎなかった。では、ずっと大人ごっこをしている子供はいったい何をするのか。どうしていいか、一度としてわからなかった。ビルの場合、家に帰って部屋に閉じこもり、生涯助手として生きた人の伝記を読み、キャッツの場合、取り調べの練習をした。銃をテーブルに置き、制服を着て、容疑者がいるほうに灯りを向ける。毎回相手は違っていて、じつを言うと、セレブ雑誌から切り抜いた誰かの写真だった。キャッツはそのたびに警察署の玄関で起きる騒ぎを想像した。取り調べが終わるのを待っているカメラや記者たち。視聴率の高い何かの番組の魅力的な司会者にインタビューを受ける自分。それは、刑事が有名になる可能性のある世界であり、警察の仕事が重要視される世界だ。

「さあ、知らない」

「まったく！」ビルは宙をぼんやり眺めて、ひっきりなしにビールを飲み、そしてひと口飲むごとにあの笑みを浮かべた。キャッツは（ドン）（ドン）（ドン）その笑みが好きだったが、理由はわからなかったし、ときどきその笑みが好きな自分がいやになった。「接着剤の容器を集めた罪で、逮捕できるのか？」

まるで友だち同士みたいな態度ね、とキャッツは思った。まるで私がそのサムとかいう女であるかのような態度。どうして？　これをデートだと思ってないわけ？

「できないわよ、もちろん」キャッツは言った。

「僕のことも逮捕なんてできないよな？　もし僕が、町の連中みんなが気に食わないことをしたとしたら？　たとえば、そうだな、店を閉めるとか」

ビルはもう一杯ビールを頼んだ。少々飲みすぎていた。

でも、シナリオには従うつもりだった。

だが、シナリオには具体的にどう書いてあるのか？

彼女にキスをする？

いや、まさかね。

そんなことをしたら何か別の展開につながるだろうし、ビルとしては今そうなるわけにはいかなかった。あの不動産屋に、本来の形で家を訪問させることさえできないこの町で、キスなんてもってのほかだ。ここでさよならしたほうがいい？　そもそも、僕は誰を騙そうとしているのか？　今はとにかく早く家に帰って、サムに電話したい。サムに電話して、「フォレスト姉妹たち」が、僕の不動産エージェントが接着剤の容器を集めていることを発見したと話したかった。ビルとサムは、キンバリー・クラーク・ウェイマスの探偵団のことを、面白がって「フォレスト姉妹たち」と呼んでいた。

「それじゃ、逮捕できない」キャッツは言い（ドン）（ドン）（ドン）誘うようにビルを見た。ビルは相変わらずビールを飲みつづけてほほ笑んでいる。キャッツも飲み（プハア）、（ヒック）本当はこんなふうになるべきじゃないけれど、でも少しだけ羽目をはずすことにした。羽目をはずして言ってみる。「でも、小包を受け取らないままだと、逮捕されるかもよ」

「小包を、ハハハ、受け取らないままだと？」

キャッツは両手でジョッキを抱えるように持ち、口に運んで、縁を舐めた。妙にみだらなしぐさだと思えた。なんだかいろんなことがどうでもよくなってきた。キャッツは酒に慣れていなかった。いや、じつは一度も酒を飲んだことがなかった。だからビールのジョッキをほとんど空にしてしまったいま、本来の自分からふわふわ漂いだして、どんなことでもできそうな、いいえ、実際にできてしまう、よその場所にいる気分だった。

「うん、そう」

「ジングルからそう聞いたのか」

「うん、そう」キャッツはくり返し、ジョッキを（ドン）（ドン）テーブルに（ドン）戻した。「どうかしらね」ふいに、場所はどこにせよ、二人がこれからかならずするあらゆることについて、とめどなく考えずにいられなくなった。「たぶんできるでしょうね。たぶん（ヒック）あなたを逮捕できる。考えてもみて、あなたが小包を受け取らないと、郵便局はあなたの小包であふれて、ほかに何も置けなくなる。逮捕してほしいの、ビル？」

彼は首を横に振った。

「ときどき、あなたはあの絵をどうするんだろう、と思うの」

「どうもしないよ」

「何もしないなんて！　お母さんはあなたとそういう形で話をしようとしてる、そうは思わない？

つまり、まあ、複雑だけど」

「じつはね、これはまだサムにも話してないんだけど、何て言うんだっけ、画商？　そう、美術展を、〝回顧展〟とやらを企画したいっていう画商がいるんだ。カースティン・ジェームズがすでにその画商と契約した。信じられるか？」

「カースティン・ジェームズが？」

「うん。僕自身はあのくそったれな絵に関わる話は聞きたくないから、ノーと言ったんだ。ときどき、あんなものなくなっちまえばいい、と思う。なくなっちまえば何もかも簡単になる。知らないけど、君にあげてもいい。ほしいかい、キャッツ？」

キャッツ。彼は今、〝キャッツ〟と言った。これは何かのサイン？　手を伸ばして彼の手に触れるべき？　映画の中のデートみたいに、私の小さな手を彼の手に重ねる？　彼はそのおかしな手袋をはずしてもいないのに？

どうしてその忌々しい手袋をはずしてないんだろう？

「なぜ手袋をはずさないの、ビル？」

急にキャッツの顔にいらだたしげな表情が浮かんだ。手を伸ばし、手袋をはめたままの手にそれを重ねた。自分でも信じられなかった。

「わからないのよ、ビル。私たち、何をしてるように見えるのかな。私はワンピースなんて着こんで、あいかわらず、ありとあらゆる展開を想像してる。なのにあなたは手袋さえとってないのよ？」

「手袋？」

ビルは手を見た。たしかに。手袋をまだつけている。

「ああ、じつはね、すぐに出ることになると思ってたんだ」

「すぐに出ることになる？」

「さっき言っただろう、ここが嫌いだって」

「ああ、信じられない」

「何が？」

「私、酔っぱらってるわ、ビル。今まで一度も酔っぱらったことがないのよ。悪いことは一度もしたことがない。ミセス・ポッターとはまるで無縁な人間なの。ここは最悪よ。そして、連中は私たちのことを何て言うんでしょうね？　ビルのほうはあのへんてこ手袋を取ることさえしなかった、とか」

キャッツは立ち上がった。少しよろめき、ビルが支えようとする。

「やめて」

「キャッツ」

「〝マッキスコの娘、ばつの悪い思いをする〟ってやつらは言うわ。メモ帳にそう書いているのが想像できる。今まさにメモしているはず。ああ、なんて馬鹿な娘だろう、と彼らは言う。ねえ、ビル、ジングルはね、あなたが受け取ったあの光を通さない封筒に何が書いてあったのか、聞きだせって言ってきたのよ。気をつけて、とあなたに言うつもりだった。私たち、友だちになれると思ってたのよ。いいえほんとは、もっと別の関係にだってなれるかも、と。でも、やっぱりそんなふうに考えるべきじゃなかった。いったい何を考えてたのかな。いいえ、ほんとはちゃんとわかってるけどね」

「待ってくれ、キャッツ。誰もがそのことをもう知ってるってことか?」

「何をよ? これはデートなんかじゃない、ってことを?」

「その光を通さない封筒のことだよ。みんなもう知ってるってことなのか?」

キャッツは今にも泣きだしそうに見えた。

「自分で訊けばいいでしょ、ここにいるみんなに(ヒック)」だだっぴろいその宿を埋め尽くすテーブルを示した。「みんなあたしよりよっぽど知ってる。みんな私みたいに馬鹿じゃないから(ヒック)あなたとデートなんてできやしないってとっくに知ってる」

「いったいどういうことなんだ、キャッツ」

「あなたのことが好きなのよ、ビル」キャッツは言ったが、自分の耳にもその言葉はほとんど聞こえなかった。心臓が激しく自己主張していたから(ドン)(ドン)(ドン)。

嘘だろ、とビルは思った。

僕は馬鹿だ。

馬鹿だ、馬鹿だ、馬鹿だ。

9

誰だってできればハワード・ヨーキー・グラハム賞を受賞したいが、スタンピー・マクファイルさえ受賞できないのに、いったい誰ができるというのか？　お楽しみは続くが、途中、驚くべき頭脳の持ち主であるマーナ・ピケット・バーンサイドに挨拶しよう

かの有名なハワード・ヨーキー・グラハムぐらい才能ある不動産エージェントなら、少なくとも庭付きのお屋敷に、それも一つではなくたくさんの庭に囲まれたお屋敷に住んでいると、誰だって思うだろう。だって、お屋敷を囲んでいる庭がたった一つじゃ足りるはずがないのだ、賞の授与式を開催するぐらいの有名不動産エージェントなのだから。そして、それらの庭にはあちこちに噴水があり、ありとあらゆる世にも珍しい花や木が植えられ、授与式の夜には、ウェイターや、飲み物やカナッペをのせたカートが用意され、静かで優美な何かの音楽が流され、もしかするとかの有名なハワード・ヨーキー・グラハムなら、パーティーをことのほか特別なものにするため、ジャズバンドさえ呼んでくるのではないか、と誰だって思うだろう。だとすれば、その日、メインの庭のいちばん目立つ場所にステージが、少なくとも説教壇のようなものが設置され、そこで受賞者たちがスピーチをするのでは、と誰だって思うだろう。何しろ彼らは賞を受賞したのであり、敬意をもって迎えられ、いつだって歓迎すべき、つかの間の栄光を味わうに値するのだから。

〈向こう見ずな不動産エージェント賞〉の候補者の母であることを誇る、人を寄せつけない雑誌『レディ・メトロランド』の有名コラムニスト、偉大なミルティ・ビスクル・マクファイルは、うぬぼれ屋のコラムニストの典型として、そういうものがそこで展開されると思いこみ、権威ある不動産業の授賞式の一大スクープという名目で記者を送りこんだ。しかし、チャールズ・マスター・シリンダーというその気取った記者はすぐにぜんぜん事情が違うと気づいた。有名不動産エージェントもどきの絨毯敷きのアパートに一歩足を踏み入れただけで、そこがただのみじめな巣穴にすぎないとわかった。

「あの女狐《めぎつね》め」チャールズは吐き捨てた。

ぶつぶつ文句を垂れ、誰かに渡されたグラスの酒をひと口だけすすり、玄関口に向かうあいだにネクタイをはずし、メモ帳を捨て、左足の靴を置き去りにして、通りに出ると走りだした。カールした金髪をはためかせ、片足だけ裸足で自宅アパートに急ぎながら、恐ろしく華々しいシーンを書いてやると心に決めた。今まで書いたことがないほどすばらしい情景を、あのエージェントたちが詰めこまれた負け犬どもの巣をもとにした、みごとなパーティー・シーンを。なぜなら自分はあの「くそったれの女狐」にありとあらゆる最悪の場所に送りこまれるただの記者ではなく、偉大な作家であり、チャンスはけっして逃さないからだ。

そこを脱出するあいだに、彼はやはりまごついた様子のスタンプと出くわした。スタンプは、こういうパーティーの夜にはいつもそうなのだが、あたりに充満した煙になかなか慣れなかった。なぜならハワード・ヨーキー・グラハムの家は喫煙可だったからだ。

それも制限なく。

お屋敷ではなく、広々としたテラスもないようなちっぽけな部屋がいくつかあるだけのアパートに、制限なく煙草を吸う不動産エージェントたちが詰めこまれていたら、どうなるか？　あたりは分厚い真っ白な壁だ。

「あれ見た、スタンプ？」

スタンプはあたりを見まわした。目に見えるのはもくもくとたちのぼる煙ばかりだ。そして、その煙の壁の中にパジャマが現れた。ストランキー・ダークハイムのパジャマだ。

ストランキー・ダークハイムという二つ名で知られるアリス・ストランクは、この毒々しいカラスの巣の中で、スタンプにとっては唯一友人と呼べそうな存在だ。

でも彼女は本物の疫病神でもある。

アリスは毎年、めざしているわけではないとはいえ、決まってハワード・ヨーキー・グラハムの年間〈最低エージェント賞〉を獲得している。どんな不動産取引においても、とにかく失敗できることは何でも失敗するエキスパートだ。ほかにも、身なりにいっさいかまわないこと、髪を週に一度しか梳《と》かさないこと、約束をすっぽかすこと、契約書をなくすこと、しゃべりすぎること、客のバッグやブリーフケースから何か失敬すること、そのすべてのエキスパートでもある。失敬したものは、大昔から住んでいる車庫の片隅に山積みにされている。あんまり大昔から住んでいるので、ときどき自分がかつて子供で、誰かに世話してもらっていたことがあるなんて思い出せなくなる。

「いや。何のこと？」

「あの男だよ」

「あの男って？」

「靴を片方忘れていった男。見て、あそこにある。拾っておいたほうがいいと思う?」

「やめろよ」

「どうしてよ。あたしが彼のプリンセスかもよ? ていうか、彼があたしのシンデレラかも。あの靴を持ってこのあたりを探してみてもいい。男たちみんなに、靴を脱いでこれを試してみてって頼むの。面白いと思わない? でもさ、すっごい屈辱でもあるのよね。ああ、こんな屈辱、想像もつかなかったよ! わかる? だって、あのくそったれなおとぎ話、女の子たちの頭に何を叩きこんでるか考えてもみて。女の子たちに、あんたが向こうに合わせるんだよ、って叩きこんでる。だって靴は世界なの。王子様の世界。で、彼女のほうが合わせなきゃならない。こんな屈辱、今まで聞いたことがないでしょ?」

「いったい何の話だよ、アリス?」

「あの靴のおとぎ話だよ、スタンプ」

スタンプはため息をつき、蝶ネクタイをいじくった。目をごしごしこする。なんとか見分けられるものは影だけだった。煙のエクトプラズムの中をうろうろ動きまわる影。

「緊張してるんだね」

「してないよ」

「目をこすってる」

「目がちくちく痛むんだ」

「あんたも煙草を吸いはじめたほうがいいよ」

「煙草なんか吸いたくない」

「モーリーンを見た?」

「いや」

「今はミスター・ソロモンって呼ばれるようになってる」

「ミスター・ソロモン？」

「髭をはやしてるから」

「モーリーン・キャンベルが？」

「今はミスター・ソロモンだよ」

「どうして？」

アリスは肩をすくめた。

「あの靴を拾ってくる」

「やめろよ、アリス」

「拾っておかないと、レンジが踏んじゃう。見て。彼のすぐ後ろにある。一歩後ずさりしたら彼が踏んで、誰かが靴を片方なくしたってことにみんなが気づいて、あたしのものにできなくなる」

「アリス、あれがどうして君のものになるんだよ」

「いいでしょ、あたしのものにしたって。待ってて。すぐ戻るから」

アリスは行ってしまった。スタンプは蝶ネクタイを撫で、まわりを見まわした。ブランドン・ジェイミー・パーブライトがカップルと熱く語り合っているように見える。スタンプと同じカテゴリーにノミネートされているブランドンにも同伴者がいる。ほっそりした金髪女性で、ロシア人形みたいにグラマーだ。ブランドンも同じ年に開業したが、彼の会社はクロヴィス・ディグビー・フォックスが設計した組み立て式の家だけを専門に売買および賃貸の仲介をしている。〈ディグビー・フォックス式〉として広く知られるその家はとても簡単に建てられるので、資材を郵便で送れるくらいだ。どの家もよく似ていて、実際どれもまったく同じ設計だ。屋根裏部屋つきの二階建てで、上げ下げ窓と金色の数字がついた玄関ドアが特徴的な、クロヴィスが幼少時に住んでいたヴィクトリア様式の家を模している。実際、客が選べるのは、完成したときの色だけだ。もちろん木造で、分解された資材を、あるいは、もし客のほうでそうしてほしい場合はすでに組み立てたものをまわりに見せびらかすようにして、トラックに乗せて運ぶ。そうやって完成品を運ぶ場合、まるで家が勝手に歩きまわっているみたいに、物見遊山をするために家が脱走したみたいに見えた。そのときはまだ知己を得ていなかったブランドンが身に着けている巨大な金の腕時計からすると、おかげでかなり儲かっているようだった。

スタンプは首を振った。

処置なし、という感じだった。

スタンプは心の中でつぶやく。ママ、やっぱりぼくは人生を棒に振ってしまったみたいだ。

「あんたが今何を考えてるかわかるよ」モーリーンが彼の耳元でささやいた。

「なんとまあ、モーリーンなのか？」

「今はミスター・ソロモンだ」

「ああ、もちろんそうだ、はじめまして」スタンプは握手の手を差しだした。モーリーンがそれを握る。モーリーンの手は小さくて繊細で、短く切った爪は手入れが行き届いていた。「ミスター、ええと、ソロモン、お会いできて光栄です」

「ジョージと呼んでくれ」

「ああ、じゃあ、ジョージ・ソロモンか」

「うん。最初はイモージェンと名乗ろうかと思ったんだが、ちょっとやりすぎかなと思い直した。だろ?」

モーリーンは離婚したばかりだった。夫はイモージェンという名前だった。イモージェン・エルメス・ゴウアー。イモージェンは、自分をただの不動産エージェントではなく、ある意味〝住居の神〟と見なそうとした。何百何千というクライアントを手中にし、それとともに不動産所有者や借家人の何百何千という人生をも手中にしているのだから。

はっきり言って、むかつくやつだった。

「たしかにやりすぎだっただろうね」

「俺の髭、どう思う?」

「ああ、ずいぶん濃いな?」

ハハハ、とモーリーンは笑った。

「あんたとはほんと、すっごく馬が合うんだよな、いつも」モーリーンが言った。「あんたの賞がパーブライトのものになりそうで、残念だよ」モーリーンはグラスの酒を飲んだ。いつのまにか手にグラスを持っている。もしかしてポケットから出したのか? 一秒前にはそこになかったみたいなのに。

「あんまりだ」

「ぼ、ぼくの賞が彼のものになる?」小柄なスタンプがつっかえながら言う。

「いや、違うんだ、くそ、ちょっと飲みすぎちまったみたいだ」モーリーンはグラスをスタンプに差しだした。「これ、どっかやってくれ」バッグから何か取りだしそうなしぐさをしたが、何かを取りだすバッグなど持ってないことに気づいた。「残念だよ」

「ってことは、ぼくは……何も賞を……くそ」

「ああ残念だ。髭がなんだかしっくりこないな。事前にハワードと話をしなきゃならなくてね。ひどい話だよ。男を相手に偉そうにするやり方は、女に対するやり方より醜いんだな、マクファイル。よくわからないが、もっと単純なことだと思ってたのに、実際には男だってやっぱり複雑で、やり方が違うだけだ」

「わかってる」

「あいつ、ずっと偉そうにしてた。あんたたち、よく我慢できるな。俺が言いたいのは、男になるってことは、すなわち、ああいうことに我慢しなきゃならないってことなのか？」

スタンプはうなずいた。ここにいても、もうどうしていいかわからなかった。家に帰って母からの怒りの電話を待とうか。なぜその呪われた賞を獲れなかったのか、どうしてその馬鹿げた村に相変わらずとどまって、そうして「人生を棒に振る」のか、母は追及しようとするだろう。

「そうだと思うよ」

「一つ言わせてくれ、マクファイル」

モーリーンはこちらに身を寄せた。あんまり近いので、しゃべりはじめたとき、唇がスタンプのそれに触れたほどだった。いったい何を考えているんだ。

「連中がどんな賞を獲ったって、何の価値もないよ」

「ああ……そうだな」

モーリーンの髭が鼻をくすぐる。

「あの賞はあんたがもらうべきだ」

「そんなことはないさ、ええと、モーリーン」

「ほんとだよ、スタンプ。ここでは、向こう見ずと成功が混同されている。向こう見ずっていうのは」モーリーンはスタンプの手にあったグラスを奪い取り、ごくりと中身を飲んでからまた戻した。

「成功とは無関係だ。いや、ときには、向こう見ずと成功はまったく関係ないってことだ」

「そうなのか?」

「そうとも。スタンプ・マクファイル、あんたは向、こ、う、見、ず、だ。あんたはあの町に行き」（ヒック）「世間の言うことなんか歯牙にもかけなかった。つまり、世の中の道理としては、あんたはあんな場所に行くべきじゃなかったのに、あんたは平気で行った。それこそが」（ヒック）「向こう見ずだっていうんだ。あのブランドンとかいうやつは、ただクロヴィス・フォックス式の尻馬に乗っただけさ」

「ディグビー・フォックス式だよ」スタンプは訂正した。

「何でもいいさ。とにかく、そんなの向こう見ずでも何でもない。ただの運だ」

「いや、彼だって、何というか、賭けをしたと思うよ」

「まったくもう。それ飲んで、マクファイル。そしてこんなところ出ていくことだ。ここにいる連中と付き合う価値なんかない。俺にとってもね。だが、出ていく前にハワードに声をかけて」（ヒック）「赤んぼみたいなやり方はよせと」（ヒック）「頼むから次回は、あんたの大胆さとほかのやつの思わぬ幸運をごっちゃにするなと言ってやれ」

「だめだよ、モーリーン、ぼくは……」

「言うんだ、マクファイル」

スタンプはほほ笑み、手を見た。それは彼の手だ。母が作った手だ。その手は彼のことが耐えられない。彼が人生を棒に振っていることにも耐えられない。だから出ていきたがっていた。そこから出ていきたがっていた。手はグラスなど持っていたくなかった。いなくなりたがっていた。

モーリーンが濃い髭を掻いた。

「戻ったよ」アリスが言った。バッグからチャールズ・マスター・シリンダーの靴の先っぽが見えている。「もう全員集まったのかな」

「そのようだな」モーリーンが言い、たった一か所しかない、飲み物を配っている場所に目を向けた。

「ちょうど三分前に全員集まった」

全員というのは、本当の意味では全員ではなく、マーナ・ピケット・バーンサイドのことを、ハワード・ヨーキー・グラハム賞全州最優秀不動産エージェント賞を今までに数えきれないほど獲得している彼女のことを意味していた。マーナの脳みそには、未来のクライアントが大勢存在していると言われている。彼女の脳みそには不動産売買の才能があるのだ。ただの脳みそではなく完璧なアシスタントとして、それは機能した。家を処分したがっている相手を見つけだすことができるアシスタント。

スタンプもそんな脳みそができればほしかった。

もしスタンプがそういう脳みそを持っていれば、不動産の広告なんて見ても誰も関心を示さないと思われる、文芸誌に広告を出したりはしないだろう。だって、引っ越したがっている人が文芸誌を買うか？　いや、買うわけがない。そういう雑誌を買うような人が頻繁に引っ越すか？　物を集めすぎる人、本を買いすぎる人、というか、溜めこみすぎる人たちであり、それを苦労してわざわざあちこちに運ぼうなんて、考えもしないのでは？　文芸誌を、ルイーズ・キャシディ・フェルドマンについての文芸誌を、家を買おうと思って読む人がいるだろうか？　いるわけがない。いったい何を考えているんだか。

売り家だと知らせもせずに家を売らなきゃならないとスタンプが話したとき、そんなの、なんだかんだ言って簡単だよ、とアリスは言った。

「マーナに相談してみな」

だが、そもそもマーナと話ができるだろうか？

会ってどう話す？

「こんにちは、マーナ。ぼくは芥子粒《けしつぶ》みたいな人間で、スタンプと申します。でも、マクファイルと呼んでください。ぼくはとんでもないところに移住したうえ、売り家と知らせずに家を売らなきゃならないんです。あなたの髪型、いつもいいなと思ってます。いえ、本当は、あなたの脳みそがいいなと思ってるんですけど。でも、もらうわけにいかないですよね。もらうにはあなたを殺さなきゃならないし、実際そんなことしても無駄です。だって脳みそを移植することなんてできないですから。いずれにしても、こうしてようやくお会いできたので、ぜひうかがいたいのは、ぼくがもしあの家を自分のものにしたら、あなたがどう思うか、いえ本当は彼がどう思うかってことで、だってそんなのあまりに突拍子もない馬鹿げた話なんで、わけがわからない」

何考えてるんだ、マクファイル。

冗談もたいがいにしろ。

「どんな手札を切るつもり、スタンプ？」

「どんな手札を切ればいいいと思う、アリス？」

二人は人混みを縫って進んだ。スタンプはハンカチを出し、涙を拭った。咳をする（コン、コン）。

このくそったれな煙で死にそうだ。

「さあね。具体的には何がしたいの？　マーナは、まあ、神様みたいなものだから、何か捧げものをしないと近づけないよ」

「捧げもの？　捧げられるものなんて何もないよ、アリス。彼女が模型ファンで、ぼくのおもちゃの町の家をさしあげます、って言えるなら別だけど」

「ああ、スタンプ。泣かないで。いつだって誘えるよ、デートに。彼女、ずっとデートなんてしてないと思う。ええと、ちょっと待って」アリスはドラマチックな演出をした。「そうだよ、一度もしてない」

「デート？　マーナ・バーンサイドとデート？　ミスター・誰でもない男とどんなパーティーでも〝一番人気の彼女〟がデート？　からかってるの？」

「そんなつもりはないよ、スタンプ。マーナが仕事人間だってこと、誰もが知ってる。このパーティーの勝者は誰かと言えば、マーナの横にはべることができた、まだおむつの取れてない赤ちゃんだけだよ。だから、誰も彼女をデートに誘ったりしないんだ」（ああ、それあたしの！）アリスはグラスをやっと手に入れた。「例のイモージェンが、ほら、モーリーンとののいざこざの直後、彼女に接近してドジを踏んだんだよ。大失敗に終わったの」アリスは声を低くした。グラスに入ったシャンプーみたいに見えるものをすする。「嚙みつき合いになったらしいよ」

「嚙みつき合い？」

「ああ、おたがい相手が我慢ならなくなったみたい。きっと、それぞれ自分語りばっかりしているうちにいらいらが募って、相手を黙らせようとしてたがいに飛びかかったんだよ」

スタンプはマーナのことを好ましく思ったためしがなかった。必要以上に自分の話をするだけでなく、世界に彼女一人しかいないみたいな、自分の思いどおりにするために世界があるみたいな、そんな言いぐさなのだ。自分の思いどおりにするとは、つまり家でも、アパートでも、会社でも、スタジアムでも、何でも建設されたもの、あるいは建設中のもので、人が一人だろうと何万人だろうと住んだり泊まったりできる場所を売買する、あるいは貸し借りさせることだ。虫も殺さない顔をして、その裏に隠れているのは最強の鷹、それがマーナだ。なんとも不穏な男物のぶかぶかのシャツ、それにやっぱりぶかぶかの、ときどきまるで似合わないフリンジがついていたりするカーディガンを羽織り、いつもあの眼鏡を、子供のころにかけていた、その後ティーンエイジャーになってからもかけていた、あの眼鏡をいまだにかけていて、本人曰く、自分の来し方を思い出させてくれるから捨てられないという。ではマーナ・ピケット・バーンサイドの来し方とは？　間違いなく、クラスのいちばん隅っこの机、とにかく人気者とは程遠い場所だ。そう、マーナは特別な脳みその持ち主で、オタクであることを誇りにしているベテランのオタクで、いじめに遭う運命をなんとか逃れたインテリで、ヒロイン役に選ばれることだってできたというのに、なぜかまわりが折に触れ臆病な村人を演じさせるせいで、否応なくつらい毎日を送ることになった。スタンピーの目には、マーナはシャボン玉のようにとても美しく、同時に脆《もろ》く見えた。

「ぼくは賞を獲れないんだ、アリス」

「え？　なんで知ってるのよ？」

「モーリーンから教わった」

「モーリーンに何がわかるんだよ！」

「今はあのお偉方の一人だ」

「それとこれと、どういう関係があるの？」

「ぼくは賞を獲れないんだよ、アリス」

「ああ、スタンプ」

「母さんがかんかんになる。おまえは人生を棒に振ってると言うだろうし、ぼくもそんな気がしてきた。そのことがずっと頭から離れないんだ。ぼくは人生を棒に振ってると思う、アリス？」

「そんなことないよ、スタンプ。あんたはルイーズ・キャシディ・フェルドマンの足跡をたどってるんだ」

「それは違う。ルイーズ・キャシディ・フェルドマンはキンバリー・クラーク・ウェイマスに住んでたわけじゃない」

「でもあんたはそれを実行した。彼女のためにやってのけたんだ。彼女はあんたのこと、誇りにすると思わない？　あたしはあんたのことが誇りだよ、スタンプ」

「知り合いでもない作家に誇りに思ってもらって喜ぶ人間がいるか？　実家に帰るべきなのかもな。さっさと荷物をまとめて」

「やめてよ、スタンプ、こんなくそったれの賞のせいでそんなこと言うの」

「ぼくは賞を獲れないよ、アリス」

「そんなの信じられない。だいたい受賞者がどうやって決まるかわかんないじゃん」

スタンプは首を振った。母の肩のことを考える。「ここにおいで、坊や」と言ってくれる母の肩が昔から好きだった。でも、母の肩は本当はしゃべったりしない。もししゃべったとしても、「もう負け犬になるのはこりごりだろう？」と言うだろう。

「あ、マーナが来た」

「ああ、やめてくれ、アリス」

「マーナ！」

マーナは、頭や目、脳みそをかつては持っていたように見えるものを、むしゃむしゃ食べていた。その脳みその中では、それがもし史上初のごく小さな知的生物なら、ごく小さな詩が作られたりしたのかもしれなかった。

「ああ、カークハイム、元気？」

「ダークハイムだよ、マーナ」

「わかってるわ、カークハイム。この車庫の中の様子、どう？」

「はっきり言って最悪だけど、どうでもいい」

「マーナ・バーンサイドよ」マーナはスタンピーに握手の手を差しだした。スタンピーがその手を握る。彼の手は、かのミルティ・ビスクル・マクファイルが作ったその手は、彼女の手を握ったとたんビリッと軽く電流が流れたのに気づいた。さすが、無限のタイトルをほしいままにする人間の手だ。

「スタンプ・マクファイルです」

「ああ、ノミネートされている人ね？」マーナが言った。

「祝うふりはやめて、マーナ。スタンプは受賞できないって、あたしたちもう知ってるよ」アリスが割って入った。「どうせ、誰も彼に票を入れなかったんでしょ」

「それについては、私にはわからないわ、カーク」

「ダークだよ、マーナ。あたしはアリス・ダークハイム」

「ああ、ごめんごめん、アリス。じつはね、ブランドンを候補にしたのは、ちょっとしたボンボン菓子だったのよ。わかってもらえるかしら」

「わかんないよ、マーナ」

　スタンプは究極の選択を迫られていた。このまま一目散に玄関に走って逃げることもできるし、ここに残って、本当は何が企まれているのかまるで知らないが知っているふりを続けることもできる。彼は後者を選んだ。

「いつだって、賞を獲ったふりをすることはできますよ」

「ふりをする？」マーナが興味を示した。

そのあとの出来事は、さっきモーリーン・キャンベルが言っていた、思わぬ幸運だった。受賞者選定のときに〝向こう見ず〟に勝ったあの〝幸運〟であり、平たく言うと何も考えていなかったおかげだ。

「ああ、スタンプは偽物の町を持ってるんだ」アリスが告げた。

マーナの顔がぱっと明るくなった。

「模型ってこと?」

スタンプはうなずき、自分の「水中都市」のこと、チャーリー・ルーク・カンピオンが経営している、〈チャーリー・ルーク・カンピオン模型店〉というそのままの名前の店について、もごもごと話した。それは、いうなれば「別世界」の専門店だ。

「ああ、チャーリー・ルークね! 彼がいなかったら何もできないわよね?」マーナが言った。

なんとマーナ・バーンサイドもスタンピーと同じようなミニサイズの町を持っていたのだ。ただし、スタンプと違って〝水中〟ではないけれど。

スタンプは信じられなかった。

アリスはバッグから靴を取りだして匂いを嗅ぎ、変なしかめっ面をした。ちっとも興味がないような顔をしてあたりを見まわし、しばらく靴をいじっていたが、とうとうまたバッグに戻した。そのあいだずっとマーナは自分のジオラマについてとめどなくしゃべり、スタンプは、打たれたテニスボールをすべて打ち返すかのようにどのコメントも拾って、しかもどの返球も的確だった。それは、常識を超えた、じつに突飛な異世界を共有する者ならではの知識に裏づけられたおしゃべりだった。満ち足りた子供時代を過ごせなかったせいでお人形遊びを今でもやめられない、不動産エージェントたちが創造した異世界。

「もうけっこう。その話は充分。スタンプ、あのつまらない物件のこと、話さないつもり？　そのためにここにいるんじゃないの？　じつはね、スタンプはつまらない物件を担当してるんだ、マーナ」

かの有名なハワード・ヨーキー・グラハムの間違いなく期待はずれのアパートに一度でも足を踏み入れたことがある不動産エージェントたちの使う語彙の中でも、〝つまらない物件〟というのは、本当に深刻な問題がある物件ということを意味した。

「つまらない物件を売るのは難しいし、つまらないものよ」マーナが言った。

「しかもこの場合、売却がまず不可能なんだ」アリスが言った。

「あら、不可能な物件なんてないわ、アリス」

「じゃあ、笑っちゃうことを言おうか？　この家、庭に看板を出すことさえできないんだ」

マーナは眉をひそめた。マーナの眉は、間違いなく並はずれた眉だ。テナントのいないどんな場所にでもかならず未来のテナントを見つけてしまう脳みそに従う眉なのだから。

「そうなんです。ぼくのクライアントが、ええと、そう望んでる。ご近所さんとのあいだに問題があるんです」

「親愛なるダン、」マーナの手がスタンプの肩に置かれた。

「ダンじゃなくてスタンプです」

「親愛なるダン、」マーナの手はまだスタンプの肩に置かれている。「あなたは看板を出すし、その家を売る。だってあなたは不動産エージェントで、不動産エージェントは家を売るものよ。クライアントが誰にせよ、いい結果を求めるわけだし、そのいい結果を出すために、何をして何をしないか決めるのはあなたでしょう？　違う？」

スタンプはうなずいた。

「そう。だから、仕事をどうやってするか決めるのは誰でもない、あなた。一緒にくり返して。ダン、誰でもない、あなた。クライアントは関係ない」

「は、はい」

「くり返して」

「ええと、ハハ、クライアントは関係ない」

「そのとおり」

「それはそれでいい。でもねマーナ、スタンプにはあなたの脳みそがない。あなたの脳みそに、本にまつわる最悪の場所について話してみて、どんな答えを出すか試してほしい」

「そんなに最悪の場所なの？」

「ぼくはそうは思わない」スタンプは言った。

「ああ、この人は好きでしょうよ。でも私たちは違う。そうよね、マーナ」

「どこが最悪なの？」マーナはアリスを無視してスタンプに尋ねた。

「寒いんだ」

「ずっと雪が降ってるんでしょ、スタンプ」

「じゃあ、スキーヤーね」マーナが言った。

彼女は今、自分の脳みそと対話している。

あらぬかたをぼんやり見ている。

意識がどこかに飛んでいるようだ。

「そうだね、スキーをする人にとっては最悪とは言えないかも。スキーの店もあるよね、スタンプ？でも、近くに駅がないんだよ。だけど、湖はある」

「じゃあ、スケーターも！」

「だめだめ。そこにわざわざ引っ越そうと思うほど立派な湖じゃないんだよ。でも、もしかしたらね。スケーターはどう、スタンプ？」

「それに本。今、本って言ったわよね。ちょっと前に。本って言ったわよね、アリス？」

「うん。スタンプ、あの作家について話してあげなよ」

「ああ、そこはある意味、〝伝説の土地〟みたいなもので」スタンプが言った。

「誰にとって伝説の土地なの？」マーナが尋ねた。すでにトランス状態は脱していた。質問をしたのは明らかに本人だった。脳みそは待機中らしい。

「ええと、ルイーズ・キャシディ・フェルドマンの読者にとって」

「『ミセス・ポッターはじつはサンタクロースではない』の作者の？」

「ご存じですか？」スタンプはびっくりして尋ねた。

「もちろんよ！〝私の町〟にも彼女のミニチュア人形がいるくらい。家を買ってあげたこともあるわ。気難しい女性よね、ダン。いつも外で執筆するって知ってた？閉じこもって書くなんて無理、と言って。彼女、自分の車と話をするの。ウェインって呼んでるのよ」

「ウェインじゃなくてジェイクです」スタンプは訂正した。

「そう言ったでしょ、ウェインって」

「マーナ、そんな女のことはどうでもいいよ。スタンプは家を売りたがってるの。あなたの脳みそに何かヒントはないか、訊いてみてくれない？あたしたちに必要なのはとにかくヒントなの」

一瞬スタンプは、自分が時間を急にひとっ飛びしたことに気づいた。遠い未来が見えたのだ。彼は同じアパートメントにいて、煙草を吸っていた。髪が真っ白で、黒い蝶ネクタイをしていた。ジャケットさえ着ていなかった。蝶ネクタイをしているが、シャツが点々と汚れていた。何の汚れか見当もつかない。血のようにも見えた。スタンプは煙草を吸い、咳をした。髭は伸びっぱなしだ。その髭、そう、髭も白かった。ハワード・ヨーキー・グラハムのおかしなアパートの部屋の真ん中で、一人きりだった。まわりでは、ほかのディーラーたちがおしゃべりをしている。スタンプだが、スタンプに見えなかった。すでに一度地獄へ行き戻ってきたが、そこで目にしたものを話そうとは少しも思わない、そんな人間に見えた。彼の父親だった。右目の横に、同じほくろさえあった。それをぽりぽり掻く。未来のスタンプはほくろを掻き、周囲の世界からほんの一瞬だけ切り離されて、その一瞬、いつだかはっきりしない未来にひとっ飛びして、また現在に戻ってきたスタンプは、やはり顔の右脇に手をやり、あの別の顔に、自分ではなく父だったあの顔にあったほくろの場所をぽりぽり掻いた。

「ベンソン夫妻」マーナが言ったのが聞こえた。

「嘘でしょ。あの変人夫婦、まだ家を探してるの？」アリスの声だ。

「あの変人夫婦はね、いつだって家を探してるの」マーナの声。

「興味を持つと思う？」アリスの声。

スタンプはその場にいたが、場面に触れることができなかった。そこに加わることができない。彼はただの傍観者だった。自分に何が起きているのかわからなかった。彼自身の世界から、なんというか、彼が作った水中世界から、その場面を経験していた。アリス・ストランキーとマーナ・バーンサイドで成り立っているその世界と、ガラスの壁で隔てられているかのようだった。彼は何も言わず、ただ聞いていた。マーナが言った。

「ダン、必要なものはただ一つ、幽霊よ」

10

幽霊屋敷で執筆するおかしなホラー作家夫婦、ベンソン夫妻と、文芸と不動産、それぞれを担当する二人のエージェント、そして、喧嘩ばかりしている神経質な赤ん坊のように夫婦をあつかう使用人団を紹介する

世にも恐ろしいホラー小説を書く作家夫婦、気まぐれな無礼者ベッキー・アンとおかしなくらい尊大なフランキー・スコット・ベンソンは、じつは二人とも、つやつやと顔の血色のよい、やたらと甘やかされた、コンプレックスを抱える気難しい赤ん坊だった。赤ん坊夫婦はある町の郊外にあるお屋敷に住んでいる。町の天候はいつも理想的だった。彼らがすばらしいアイデアを練りながら散歩をしたいと思うと、陽が燦々と降り注いだ。彼らのアイデアはまさに貴重な鉱物さながらだが、それが採掘される鉱山のほうも同じように貴重だった。つまり、知ったかぶりで血色のよい赤ん坊である、ベンソン夫あるいはベンソン妻の脳みそである。そして、それぞれ屋敷の反対側の棟にある書斎に引きこもって執筆しているときには、かの脳みそに必要なのは窓の向こうでひたすら降りしきる退屈な雨だけで、ときどき雷でも鳴って刺激をあたえてくれると鮮烈な恐怖シーンが解き放たれるのだが、そういうときにはむくむくと雲が現れて大嵐になる。当然ながら、彼らが住んでいるのはヴィクトリア様式の城塞風の屋敷で、子供だけでなく、いや、むしろ大人を震えあがらせた。というのも、誰もが例外なく、そこに住むたった二人しかいない住人がどれだけ気難しい人間か、よく知っているからだ。たとえば、運悪く最悪のタイミングでその屋敷の前を通りかかると、つまり、二人のうちどちらかがめちゃくちゃ怖い、ものすごいアイデアを思いついたときということだが、というのも、いつだって考え事をしている二人の並はずれた脳みそにアイデアが浮かんだ次の瞬間、馬鹿げた話だが、ついうっかりしてそれがふっと消えてしまうことがときどきあって、すると、二人のうちどちらにせよ、アイデアをうっかりなくしてしまったほうが自分の書斎の窓から顔を出して、誰でもいいからそのタイミングで前をたまたま通りかかった人に、あの天才的アイデアが消えたのはあんたのせいだ、といきなり無実の罪をかぶせてくるらしく、実際その憂き目に遭った人もいた。そのあとは喧嘩になるわけだが、この町にかつてなかった、幽霊屋敷にも似た屋敷にうかうか近づいた軽率な大人にとっては、こんなはずじゃなかった、というところだろう。もちろん村自体は、ダーマス・ストーンズという名のいたって無害な場所だ。ある意味、そこが無害に思えるのは、何にせよ、ベンソン夫妻の住まいを置く場所に甘んじていること、ただそれだけが理由だという気もするが。

いずれにしても、その夜夫妻は、二人を担当する優秀な文芸エージェント、ロナルド・ギャランティア・ホークスビーを夕食に招き、執筆作業をおこなうときその屋敷とベンソン夫妻が依存し合うように、人にはかならず相棒が必要なものなので、同じように優秀な不動産エージェント、ドブソン・リリー・ウィシャートもそこに呼んだ。ベンソン夫妻が二人のホラー小説にはそれが似つかわしいと考えたらしく、外壁を黒く塗られたその巨大で醜い屋敷には、執事や家政婦が群がり、あちこち走りまわって、その宴がつつがなく済むように最後の仕上げをしていた。とはいえ、ベンソン大妻が関われば、つつがなく済まないことは最初から決まっているのだ。なにしろ二人がすることと言えば、喧嘩だけなのだから。

「ああ、だめだめだめ」その瞬間にも、フランキー・スコットが訴えている。

「どうしてだめなのよ」ベッキー・アンが言い返す。

二人とも、大昔の作家のようなみてくれだった。これ以上ないくらい顔が蒼白で血の気がなく、暑くても寒くても、肘あて付きのコーデュロイのブレザーにフランネルのズボンを身につけ、パイプをくゆらせ、犀《サイ》ぐらい馬鹿でかい眼鏡をかけ、あの巨大な希少動物と同じく絶滅の危機にある作家の典型を装い、まわりに散らばるメモ用紙にあれこれメモし、でもときどきそれを見失っては泣きわめいた。聞かん気の強い赤ん坊のように足をバタバタさせ、別のアイデアを狩るために廊下を行ったり来たりした。まるで、アイデアというのは廊下を飛びまわる特別な蝶か何かで、けっして陽の目を見ずに彼らみたいに机に肘をつき、外のどこかにある太陽の光をうっとり空想している存在だとでもいうように。

「だめだ」

「じゃあ、ロナルドに電話してほしいわけ？」

「あのアホにな」

ベッキー・アンが無数にいる執事の一人に合図すると、その執事はすばやく電話を持って馳せ参じた。ベッキーが受話器を持ち上げる。フランクは首を振り、「やめておけ」と言った。

「電話しろって言ったじゃない」

「冗談だ」

「ええと、ベンソン夫妻、私はここにいますが」

「ああ、わかってる」フランクが言った。

「スキー場のことなんて聞きたくもないでしょ、ロナルド」ベッキー・アンが告げる。

「スキー場が必要なんですか？」ドブソン・リーが口を挟んだ。

「何も必要なものなどない」フランクが言う。

「やめてよ、スコット。どうして必要ないの？　いったいいつまでわけのわからないこと言ってるわけ？　このあいだダンカン・ウォルターが、雪深い場所が舞台のホラーってあんまりないなって言ってた、そう話しただけ。それがどうしてスキー場ってことになるのよ？」

「落ち着け、どうどう、ベッキー」

「何ですって？」

「ウォルター・ダンカンはおまえをからかったんだよ、ベッキー」

「ちょっといいですか、ベンソンさん、確かなのは、ジェームズ・イネスは気に入りそうだってことです」

「私の前でジェームズ・イネスを持ちださないで、ロナルド」

「ベッキー・アン、フランク、最初から始めたほうがいいんじゃないかしら？」ドブソンは左のこめかみを揉んだ。「つまり、アイデアはあるんですか？　話しておきたいアイデアがあるなら、ロナルドと私でそれを先に進めます」

「そのとおり」ロナルドが言った。

「ああ、話したいアイデアなんて、金輪際わからないわね」ベッキー・アンが言った。

「君から話せよ、ベッキー」フランクが言った。

「嘘、信じられない！　それじゃあ、アイデアがあるのにわざと話そうとしないみたいじゃない。あんた、いったい何様？」

「私はスキー場を買おうとは思わない」フランクが言い返す。

「あら、フランク、誰がスキー場なんてほしがるのよ？」

「おまえだろ！」フランクが吠えた。

「私はそんなものほしくないわよ、薄らバカ」

「私を薄らバカと呼ぶな！」

ベッキーは首を振った。グラスの酒をひと口飲み、結局飲み干す。すぐに新しい酒が注がれた。彼女は料理をまだひと口も食べていない。テーブルを囲んでいる大勢の執事の一人が身をかがめ、フォークで仔羊のカツレツをひとかけら取ると、彼女の口に運んだ。ベッキーはおとなしくそれを噛み、呑みこむ。そのあと言った。

「次回作は何か肩の凝らないものにしようということでは意見が一致していて、ウォルターからスキー場のことを聞かされてから、何か雪と関係がある作品がいいかもって考えてたのよ。ただそれだけよ、フランク。もしあんまりピンとこないなら、あんまりピンとこないんだろうけど、おまえにはスキー場なんて必要ないってわざわざ言う必要はない。そもそもそんなもの、私は必要としてないから」

「ベッキー、二階のトイレを使わせてほしいんですが」ドブソンが言った。

「ああ、私も」ロナルドも言う。

ベッキーがしばらくのあいだ、少々奇妙にも聞こえるモノローグを口にするあいだ、ドブソンはロナルドに、あんたと私で今すぐ二階へ、と視線で告げ、それは正しく伝わっていた。

「どうぞ」ベッキーが言った。

フランクは何も言わない。

二人のエージェントは席を立った。執事たちはベッキーに、そして、ほかに誰もいなくなった隙にフランクにも、料理を食べさせつづけた。フランクは人前で食べさせられるのが好きではないのだ。

「だから、ええと、雪？」

不思議なのだが、ベンソン夫妻のあいだにはたいてい、大嵐のあとに凪《なぎ》が訪れる。するとお行儀よく冷静に話ができるのだ。だがその凪は二人きりのときにしか訪れない。もし二人のエージェントのどちらかでもそこにいたら、嵐は延々と続く。それについては、そこにいるどの執事も、そこにいる家政婦相手に、全財産賭けてもいいと思うだろう。

「悪くないアイデアね」ベッキー・アンが言った。「考えてもみて。スキーヤーの幽霊について書くの。スキーヤーの幽霊が登場する小説って、今まであった？」

「どうかな。笑える作品にするんじゃなかったのか？」

「そうよ。でも、雪の中ではそうはいかないかも」

「どうかな」

「スキーヤーの幽霊なんて、面白いと思わない？　滑走中に転んで頭が割れたりするんじゃないかと思ってる幽霊、すでに死んでいることに気づかず、死ぬのを怖がってる幽霊。すごい！　最高のアイデアじゃない？　メモしておきましょうよ」

「どうかな、ベッキー」

「ビル！」彼女は大声で呼んだ。「私のノートを！」と続ける。すると執事の一人が姿を消し、また現れたときにはノートを手にしていた。もちろん、その執事の名前はビルではない。ビルというのは、ベンソン夫人が誰でもいいから呼ぶときに使う合言葉なのだ。「ありがとう」ノートが前に置かれると、そう言った。「頭が割れるかもと怖がっているスキーヤーの幽霊」口に出しながらメモする。「あとは、その幽霊が誰か確かめるだけ」

フランクは差しだされた肉片をしぐさで拒んだ。今口に運びたいのはワイングラスだ。彼は物思いにふけりながらワインを飲んだ。

「姉妹だ」彼は言った。「シャム双生児の」

「ああ、フランキー・ベンソン！」ベッキーは笑った。それは、誰かが正しいボタンを押したと認めたときの笑いだった。「面白い！　ああ、あなた、それぞっとする！」〝ぞっとする〟というのは、どんなドアでも開けてしまう魔法の言葉で、ベンソン家の語彙の中に同意語があるとすれば、それは間違いなく〝最高〟だろう。これで、ベッキーはそのあとに続く出来事を省くことができたかもしれない。でももしそれが省かれていたら、おそらくその晩フランクは頭が痛いと言いだし、以前、まるで別の時代みたいに遠い昔にはよくベッドの中で一緒におこなっていた行為は、今回も結局のところおこなわれなかっただろう。「あなた天才！」

フランクはにっこりした。

彼の笑みは、〝もちろんさ、私は天才以外の何者でもない〟と訴えていた。フランキー・ベンソンの笑みは思いあがった笑みだ。大真面目に考えることと言えば自分のことばかりなので、恥ずかしいくらい嫌みに見えた。

「シャム双生児の幽霊！」ベッキーはうっとり言った。

「うん」フランキーの口に肉片が運ばれた。「頭が二つある幽霊というアイデアさえ浮かんだ」

「頭が二つ？」

「シャム双生児というのは、実際には一人の人間だとも言える」

「ああダーリン、シャム双生児はいつだって一人の人間よ」

「うん、でも……ええと、この場合、体は一つで頭が二つあるんだ」

「なるほど！」

「ジョニーとコディと名づけよう」

「ジョニーとコディ」ベッキーはノートに書きつけた。そのあと眼鏡をずり上げた。ベッキーの眼鏡はすぐに鼻をずり落ちてしまう。古い眼鏡で、もう役割に飽き飽きしていた。それはフランクの眼鏡も同じだ。あるいは、べつに飽き飽きしてはおらず、とにかく二人にもう耐えられなくて逃げようとし、だからたびたび鼻をずり落ちるのかもしれない。「それで、二人はそこで何をしているのか」

「そこって？」

「雪景色の場所よ」

「二人は探偵なんだ」

「それは違うな」

「どうして？」

妻は執事の一人に合図した。それはとても小柄な男だったが、彼女にかがみこみ、皿の上の肉を丁寧に切ると、彼女の口に入れた。夫人はそれを咀嚼し、呑みこむ前に言った。

「考えてもみて」ただしそれはこんなふうに聞こえた。「まんまえれもみれ」

「考えることなんてないさ」夫は言った。「シャム双生児でスキーヤーで幽霊だぞ。雪の、、フォレスト姉妹さ」

妻は水を少し飲んで言った。

「フォレスト姉妹に首は二つない」

「もちろん」夫が言う。

「でも私たちのキャラクターには首が二つある」

「そのとおり」

「私、好きになれないかも」

「これ、完璧だよ」

「一人？　それとも二人？」

「何だって？」

「二人の姉妹に首が二つずつあるの？　それとも姉妹の一人に対して首が二つ？」

「まったく、君ってやつは」

「何よ」

「知らないよ」

「知らない？」

「二人にそれぞれじゃ多すぎやしないか？」

「わからない。あの男に訊いてみるべきかも」

「あの男？」

「おかしな名前の男。ギャ－ラン－ティア」

フランクはぎくりとしてあたりを見まわした。

「いないのか、ここに」

「ええ。二階の浴室にいる。あのおかしな名前の女と何してるか当ててごらんなさいよ」

「べつにおかしな名前じゃない」

「おかしいわよ。ドブ－ソンっていうのよ？」

「ベッキー」

「ドブソンなんて、いったいどういう種類の名前よ」

ドブソン自身も、どういう種類の名前だろうとときどき自問自答した。考えても仕方がなかったとはいえ。だからある日、もう考えるのをやめた。そして、別の種類のことを自問自答しはじめた。たとえば、このよく日に焼けた、筋肉質すぎるくそったれ文芸エージェントは、二人がなかなか戻ってこないことにベンソン夫妻が気づく前に、はたしてセックスを終えるのだろうか、とか。

「あああ、ロナルド、（うう）そろそろ（ああ）やめない？　それとも（あああ）永遠に（うう）ヤりつづけるの？」

「おおおお、おお、おおおお……」

「ロナルド？」

「おおおお、ふう、ふう、ふう……」

「ロナルド！」

二人は浴室の壁にもたれかかって事におよんでいた。ドブソンのほうはとっくに終わっていたのだが、この男はいっこうに終わろうとしないのだ。

「しいいい」ふう、ふう、ふう。

「もう戻りたいわ、ロナルド。私たちがいないことにあの人たちが気づいてしまう。そうなったら、ここに上がってきて、二人とも叩きだされる」

「しいいい」ふう、ふう、ふう。

「二人とも頭がどうかしてる。家を見つけるのがどんどん難しくなってる。どうしてここで書けないのかしら」（ふう、ふう、ふう）「最悪なのは幽霊のことよ。あいつのこと、話したっけ？　ウィリアム・バトラー・ジェームズと名乗ってる。でも本名はもっとつまらない名前なの。エディなんとか。私たちの新しいプロ幽霊よ」

「しいいい」ふう、ふう、ふう。

それはしばらく続いた。ドブソンは二人に叩きだされることを覚悟した。ところがふいにロナルドが（おおおおお、はあああ、そうだ、おおおおお、あああああ、そう、いく、いく、あああああ！）終わり、二人は一階に戻った。

ベンソン夫妻はまだ議論を続けていた。

二人のエージェントは、あたふたと席についた。ドブソンは顔にかかった髪を払いのけた。ロナルドは息をつき、注意深く整えた前髪をかき上げて、美しくブロンズ色に焼けた額を（ポン）叩いた。フランクがグラスの中でワインを躍らせる。ベッキー・アンが〝ビル〟の一人に合図すると、一団がそそくさと動きだした。皿が片づけられ、別の皿が配られた。そこには、ベッキー・アンの母親が毎年夏に学年が終わると決まって作ってくれたおいしいリンゴケーキと、フランクがまだフランキー・スコットと呼ばれる子供でしかなかったときにボーミーおじさんがよく買ってくれたキイチゴのアイスクリームのかけ合わせのようなデザートがのっていた。

「フランク、わからないけど、たぶんあなたの言うとおりなんでしょう。でも、スキーヤーの幽霊が一人しかいないっていうアイデアは不安だわ」妻が言った。「だって、考えてもみてよ。そりゃ、もう一つの頭と話はできるだろうけど。ほかは？」

「ああ、問題ないよ、ダーリン。幽霊は、何人か一そろい用意すればいい。過去にそのスキー場で死んだスキーヤーで、今もそこにとどまっていることにするんだ」

「すてき。ただ、スキー場で人が死ぬの？　ドブソン・リー、誰かスキー場で死んだ人知ってる？」

「知りませんけど、毎年大勢の人がスキー場で死んでいると思いますよ。かならずしもスキーをしている最中でなくても。人間はいつでもどこでも死ぬものですから」

「でも、あの世ではどうなの、フランク？　あちら全体でもそうなの？」

「そりゃそうだろう」フランクは肩をすくめた。執事の一人がケーキのかけらを彼の口に運ぼうとしたが、フランクはそのスプーンを奪い、執事をしっしっと追い払った。「恐ろしい殺人が起きて、われらが探偵たちがあの世から捜査するんだ。そうしながら彼女たちは、長い間誰も死ななかったらしい鬱陶しいくらい退屈なスキー場で、馬鹿げた毎日を耐え忍ばなきゃならない」

「悪くないわね」ベッキーが言った。「実際殺人犯は、あんまり退屈だから殺人でも犯すしかなくなった。犯人は誰、フランク？　死者の一人？　もちろんそうよ、そうでなきゃ。人間だったら無意味だわ。その死者は、スキー場のすべてにもう飽き飽きだった。おしゃべりする相手が必要だった。気持ちを分かち合える相手が誰もいないの」

「ヴァイオレットって名前にしよう」フランクが言った。

「ヴァイオレット？　あいつ？」

「フランシス・ヴァイオレット」とフランク。

「だめよ、そんなの。あんなやつ、私たちの本に入れられない！」

「どこでも入れやしないさ！」

「マージェリーは？」

「マージェリー？」

「マージェリー・スチュアート。マージェリー・スチュアート・ローレンス」

「とにかく大事なのは、雪深い場所にヒュッテを見つけることです。違いますか？」ドブソンが口を挟んだ。「どこかとくに当てはありますか？」

「うん。考えてたのは、ほらあそこ、いつも雪が降ってるところ。近くにスキー場もあるんじゃないかな。聞いたことないか？　キンバリー・クラーク。キンバリー・クラーク・ウェイマスだ」

「ああ、フランキー・ベンソン。あなたとあのおバカとの〝情事〟の場所」ベッキーが言った。

ドブソンは眉を思いきり吊り上げた。あんまりすごいジャンプだったので、それが眉ではなく、かなりお年を召した脚のある別の何かだったら、翌日動けなくなっていただろう。今、〝情事〟って言った？

「あそこで幽霊の出るヒュッテを探したい、ということですか？」

「だめよ、まさかそんなの、ドブソン！」ベッキー・アンがわめいた。

「どうして？　次の小説を書くのにキンバリー・クラーク・ウェイマスほどぴったりの場所はほかにないだろう。あそこにあるのは雪だけなんだから」

「ちょっと、フランキー・ベンソン！」ベッキー・アンは大騒ぎした。「私たちに必要なのは死者よ？　必要なのは幽霊、忘れたの？　キンバリー・クラーク・ウェイマスにどんな幽霊がいるっていうのよ？　あの男みたいにおバカな幽霊？」

あの男？

ベンソン氏はあそこで男と情事を？

でも、ベンソン氏はどうやってあそこへ？

無数にいる執事の誰かに連れていってもらったの？

彼が、ええと、終わるまで、戸口で待っててもらったわけ？　ドブソン・リーの頭の中をそんな疑問があれこれ駆けめぐり、そうしながら彼女は立ち上がると、もう充分だ、お暇《いとま》しようと心に決め、「そろそろ失礼します、よろしいですか？　すぐにいいお知らせをお届けできると思います」と言い、さらに「どうかご心配なく、たぶんほかにもどこか見つかると思いますが、もちろん例の場所もちらりと見てみます」と告げ、ロナルドもほほ笑んで立ち上がると、「またお会いしましょう。いつもながらお招きいただき、ありがとうございました、ベンソン夫妻」と言って、夫に、それから妻に握手の手を差しだし、ドブソンに続いて部屋を出たが、玄関口にあった背の高い小テーブルの上の手紙に気づき、凝視せずにいられなかった。じつはそれは手紙ではなく、電報だったのだが。

〝ミルリーン・ビーヴァーズ様〟と宛名が書かれていた。

〝大至急〟。

11

スタンピー・マクファイルが電話をとるのを恐れていたのは、『レディ・メトロランド』誌から（意地悪く）鼻で笑われている、怒り心頭の母親かもしれないからだが、それにしてもチャールズ・マスター・シリンダーがくだらない小説を書いていたって、誰も気にしやしないのでは？

そう簡単じゃない、とスタンプは思い、頭上では、チャーリー・ルークが〈チャーリー・ルーク・カンピオン模型店〉の入口に取りつけた〝金属の家〟がチリンチリンと音をたてた。クライアントの依頼に従わないのはそう簡単じゃない、しかもあの人はぼくのたった一人のクライアントなのに、と小柄な不動産エージェントは考える。自分がマーナ・ピケット・バーンサイドで、ああいう並はずれた脳みその持ち主なら違っただろうが、スタンピー・マクファイルではそういうわけにもいかず、彼の脳みそが提供してくれるものといえば、絶え間なく鳴る電話のせいでがんがん響く頭痛だけだった。そう、というのも、あの最悪の事態が起きてから、スタンプの電話はずっと鳴りつづけているのだ。そう、スタンプがハワード・ヨーキー・グラハム賞を受賞できなかったときから、母は夜も昼もなくひたすら電話をかけてきて、さっさと荷造りして、そこから今すぐ立ち退きなさいと言い、いや命じ、もう耐えられない、とも言った。もちろんそれはスタンプとは何の関係もなく、むしろ彼女自身に関わることで、というのもその晩、ハワード・ヨーキー・グラハムの授賞式の晩、不動産にまつわる記事など今まで一度だって載せたことがない、彼女の雑誌『レディ・メトロランド』一ページを、そう丸々一ページ分を特別に授賞式の記事のために予約していたのだ。そんなことをしたのは、あらゆるリスクを覚悟のうえで、息子がようやく自分と同じ語彙で話し、上司のペリックがチビのペニーについてするみたいに、仕事で結果を出したと自慢できると信じたからだった。結局のところ、息子の成功は母親が立派に子育てした直接の結果だからだ。母ミルティ・ビスクルはあまりにも長いあいだ、息子など存在しないし、実際息子のことなど何も知らないふうを装ってきたが、きっと何かやろうとしている、それも何かでっかいことをやろうと準備をしているのだと、まわりには言っていたのだ。

ミルティはリスクを承知で賭けに出て、そして負けた。女性水泳選手たちが書いた、まったくもってどうでもいい詩について記事を急ごしらえしなければならなかったばかりか、最悪の上司であるペネロペ・ポステル・ペリックに頭ごなしに怒鳴りつけられるのに耐えなければならなくなった。ペリックは気も狂わんばかりだった。ミルティが〝犯罪〟まがいの失敗をしたことだけでなく、それ以上に、お気に入りの記者チャールズ・マスター・シリンダー、あのパーティーで靴を片方なくしたうぬぼれ屋が、当分社に戻らないと決めたからだ。彼が言うには、ついに扉を見つけ（扉が見つかったんですよ、ペネロペ）、そこから中に入り、初めての小説を書きはじめた（今書いてるんですよ、ペネロペ）らしい。チャールズは、何百年にも思える長いあいだ、小説を書こうとしてきた。そしてそれは屈辱の年月だった。インスピレーションというものについてしばしば噂を耳にしたが、一度もお目にかかったことがなかった。チャールズにとってインスピレーションとは、伝説の珍獣のことを、あんなのは従順なボーダーコリーみたいにいくらでもそのへんにいるさ、と聞かされるようなものだった。何百年とも思える長いあいだ、風通しの悪いアパートの部屋でそれを待ちつづけるなんて、考えるだけでぞっとするだろう。

とりあえず〝ウォルサー〟と名づけられた、その作品の主人公は、毎年自分の風通しの悪い小さなアパートで同業者のための賞のむかむかするような授賞式をおこなう不動産エージェントだ。彼は大嵐のような人生を送ってきた。一か所にじっとしていたことがなく、犬を飼い、クライアントを募り、折を見てそのクライアントたちに、写真を撮るのでポーズをとってもらえないかと頼み、誰もが妙な頼みだなとか、面白いことを言うなと思ったりしたが、結局応じてくれて、できあがった写真は彼自身が保管し、それを使って家族を作るごっこ遊びをして、不貞や倦怠期を理由に壊してはまた作り直し、運よく郊外に家を買うことができる家族も生まれた。プール付きの家で、そうすると子供や犬も登場しはじめる。なぜならその不動産ディーラーは犬の写真もコレクションしているからだ。子供の写真は、普通は子役の子供の写真だった。まともな神経の持ち主なら、必要以上ににこにこしてお子さんの写真を撮らせてくれませんかと近づいてくる見知らぬ男にそれを許可するわけがないからだ。興奮したチャールズは、何もかも一変しますよ、と肩に電話を挟んで話しながらキーボードを叩き、州内のどの不動産エージェント相手にもそうしてきたようにウォルサーにもコンタクトを取ろうとする、いつだって借りる家を探しているダリー・ランドルフ・ハンターを登場させようとしていた。

「ああペネロペ、ずっと想像していた以上ですよ」

「どうかしらね」

「あなたも一度試してみるべきです」

「今後二世紀は、そんな暇ないわ」

「ペネロペ？」

「何？」

「そろそろ切らないと。クライアントがウォルサーのことを不安に感じてる」

ウォルサーというのは主人公の不動産エージェントだ。

ハワード・ウォルサー・グラハム。

「もう勝手にして、チャールズ」

「そのうち戻りますよ、ペネロペ」

「いいえ、あなたは戻らないわ、チャールズ。誰も戻ってこないのよ。ああ、せっかく私のものだったのに。一杯飲む時間もないの？　今夜一杯。一度飲んだわよね、覚えてる？」

「ペネロペ」

「何？」期待をこめて。

「切らないと」にべもない。

「待って、チャールズ」がっかりしている。

プツン。

この、どこから見ても恋人同士の他愛のない会話のあと、ペネロペはミルティに襲いかかった。最初はわめき、怒鳴りつづけて、しまいに泣きだした。ありとあらゆるものを殴り、なかには投げつけたものもある。ミルティはなんとかかわした。そのあとペネロペはいったん立ち去ったが、結局戻ってきた。ミルティが上司の許可なくチャールズをあの負け犬たちの巣へ送りこんだ理由を知ったからだ。

とたんに地獄の蓋が開いた。

ミルティ・ビスクル・マクファイルはその後きっかり三日間、地獄から出られなかった。

その地獄とは、四六時中、誰もかれもがスタンピーについて尋ねてくるというものだった。今も失敗続きなのかと尋ねられる地獄。みんながこう尋ねてくる。

「あの子、まだ失敗しつづけてるの、ミルティ？」

そして笑った（ハハハ）。

だからミルティはもう耐えきれず、だから息子に電話しては、その「賞」と関係しているすべてのもの、また「失敗」しそうなすべてのものから離れなさいと命じたのだ。スタンプは決まって首を振り、言った。

「話はまた今度。五分後に約束があるんだ」

「やめてよ、スタンプ。おまえには五分後に約束なんてない」

「ごめんよ、ママ。でももう切らないと」

そして切った。でもまた電話が鳴る。

電話は鳴りつづけた（リン、リン、リーーーーーーン）。

スタンプは頭がどうかしそうだった。

そんなに簡単なこと？

いや、そんなに簡単じゃない。

唯一のクライアントが自分の地所に《このすばらしい家、売家》という看板を出したくないと言っているのに、無視して看板を出そうとするなんて、ちっとも簡単じゃない。スタンピーの脳みそはマーナ・ピケット・バーンサイドの脳みそではないので、単純にクライアントの要望に従わず、くそったれな看板を出すなんて、とてもできない。スタンピーの脳みそは十人並みだから、できることと言えば逃げることぐらいだった。

それが十人並みの悩みそのすることだからだ。

逃げること。

十人並みの悩みそは、チャーリー・ルーク・カンピオンの模型店のような場所に逃避した。そうだ、小さなカフェテリアを買って、そこにもっと小さなアン・ジョネット・マクデールを置くのだ。

「チャーリー？」スタンプは、あの金属製の家の、というかじつは金属製の小さなヒュッテなのだが、その音がまだ背後で響くのを聞きながら、声をかけた。

「おや、マクファイルさん。もう戻ってきたんですね」

「頼んでおいたハーバー・モテッラは入荷したかな？」

ハーバー・モテッラというのは建物の種類の名前で、カフェテリアを模した建物である。少し前にアン・ジョネットがそれについて記事を書いていたのだ。スタンプは、自分の〈水中都市〉にそれを設置して、そこにアン・ジョネットその人の模型を置こうと考えた。いつか勇気をかき集めることができたら、彼女が記事を書いている『模型世界』という雑誌編集部に電話をして、お見せしたいものがあるのですが、と言いたい。ああ、彼女は、そしてすべての人々が、きっと驚愕するだろう。なぜなら、あの雑誌の誌面でも、いや世界じゅうどこを探しても、彼が地下で建設しているような都市を今まで一度だって目にしたことがないだろうから。

「残念ながらまだですよ、マクファイルさん」

「まだ？」

「あなたがこちらにいらっしゃったのは昨日です」

「昨日？」

あのブランドン・ジェイミー・パーブライトとかいう男に賞を横取りされてからというもの、スタンピーの脳みそはゴミ捨て場と化していた。あれから三日が経過していた。延々と続くかに思われたその悪夢の三日間、スタンピーの脳みそにあったのは逃げることだけだった。スタンピーの脳みそは彼を毎日オフィスへ向かわせはしたが、コーヒーを用意するのはやめ、もちろん電話も取らず、またキンバリー・クラーク・ウェイマスの冷えきった通りに逆戻りさせると、車に乗りこませ、チャーリー・ルークが模型好きのための小さな聖域を作った同じように小さな町、ジェレミー・グリーンへ向かわせた。

そう簡単じゃない、とスタンピーは思いながら、ありとあらゆるミニチュアの家、集合住宅、ガソリンスタンド、プール付きのモーテルなどが入った箱をいじった。ミニチュアのシートで覆われたプールもあれば、水の澱《よど》んだプール、トランポリン付きのプールもある。あの呪われた夜、スタンプはブランドン・ジェイミーがくそったれな賞を受け取るのを眺め、それから挨拶もせずに会場を出て帰宅し、何杯か酒を飲み、〈水中都市〉で作業を始めた。カタログを何冊かぱらぱらめくってカフェテリアを探し、ハーバー・モテッラの記事のことを思い出して翌日電話で注文したのだが、至急頼むと指示するのをうっかり忘れてしまったせいで、待つ時間がちょっとした拷問と化した。そんなことを考えても仕方がないのに、チャーリーを急かすために店に出向こうかと考えはじめ、とうとう、やっぱり行かなきゃと自分に言い訳して、オフィスに出勤するかわりにそちらへ車を向けたのだ。

さて、そのウィリアム・ベーン・ペルツァーの家を売るために彼は文芸誌に広告を出したのか？ いや、スタンピーは、とりあえずその家を見に行っただけだった。

「このたくさんの絵は？」家の壁という壁に絵が飾ってあり、そればかりか床にも、キッチンにも、棚の上にも、箱にも、玄関口にも絵があるのを見て、彼はそのときビルに尋ねた。「画家でいらっしゃるんですか？」結局ビルは付き添うことになり、スタンプは奇跡的に約束の時間に間に合って、クライアントの指示に従った。いわく、家に入るときには裏口から、かならず背後を肩越しにちらりと見て、誰にも見られていないことを確認し、できるだけ何気ないふうを装うこと。「将来性のある職業ですよね」

「将来性？」

「だってそうでしょう？　家や建物はそこらじゅうにあるんです。つまり壁もそこらじゅうにある。家がなくなるなんてことはない。人はどこかに住まなければならないし、壁にはかならず何かを掛けたいと思うものです」

何の変哲もない、例のつまらない物件だった。裏庭のある、二階建てのファミリー向けの家。家具は、古い時代のバーゲン品カタログから抜きだしてきたかのようだ。絵の隙間からわずかに見える壁は古びていて、あちこち剝げており、スタンプなら思わず逆上しそうなほどどこもかしこも無秩序で、湿気と汚れた靴下とフライドポテトの匂いがした。浴室は二つ。どちらも古く、片方は何百年も使われていないように見えた。もう一方のほうには、シャンプーの空ボトル・コレクションがずらりと並んでいる。部屋は三室あり、うち一つは夫婦用の寝室で、ナイトテーブルにフォトスタンドに入ったその家唯一の写真が置かれていた。スタンプの判断では、ビルという男の父親と母親、そして子供時代のビルと思われる人々が写っており、三人は町にたった一つしかない観光スポットの玄関先に立っていた。つまり、『ミセス・ポッターはじつはサンタクロースではない』ゆかりのあの店である。

「なるほど、一理ありますね。ただ、母が他人の家の壁のことを考えているとはとても思えませんが」ビルという男は言った。

「お母上が描いたものなんですか？」

「はい」

「へえ」スタンプは周囲を見まわし、基本的なことを忘れていたと気づいた。当の母親の姿がどこにも見えない。「同居なさってはいない？」

「はい」と男は言った。

「もしかして、お亡くなりに？」うっすら期待をこめて、スタンプは尋ねた。

そのときはまだマーナ・ピケット・バーンサイドとの会話も、幽霊のことも記憶に新しかった。しかし三日もすると、だんだん忘れはじめた。三日後には、ハーバー・モテッラ型カフェテリアのことを確認しに、ついにジェレミー・グリーンに車で向かっていた。

「ああ、いえ、健在です。ただ、亡くなっていたほうが何もかも楽なんでしょうけど」

「なるほど」スタンピーは言った。

自分と母親だってまるでうまくいっていないのに、クライアントとその親の関係をどうこう言える立場ではない。ああ、神よ、サンタクロースよ、彼をこの同じ地獄から解放したまえ。

「それで、売れると思いますか？」

「ああ、ハハ、ペルツァーさん、じつは、あなたのつけた唯一の条件が事を少々難しくしています。でも、なんとかしましょう。結局のところ、ここはミセス・ポッター通りですからね。それがどういう意味か、あなたはもちろんご存じでしょう」

「ええもう、知りすぎるほど。じつは、家が売りに出されていると人に知られたくないのは、それこそが理由なんです」ビルが言った。

「どういうことですか？」

「僕は〈ミセス・ポッターはここにいた〉の店主なんです」

「あなたが？」

スタンプは眉を吊り上げた。彼の眉には、今の言葉がとても信じられなかったのだ。おたがいあのルイーズ・キャシディ・フェルドマンの小説を愛する者同士だったのに、今までずっとそれを知らずにいたということなのか？　だが知りようがないではないか。まず握手をして、自己紹介したあと、「私はルイーズ・キャシディ・フェルドマンのファンです。あなたは？」と尋ねるなんて、普通じゃない。

だから誰に責められようか。

「ご存じかと思ってました」

言えるわけがない、ぼくはただ〈ルーズ・カフェ〉のそばで暮らしたくて、いや、はっきり言うと、あなたのような人のそばで暮らしたくて、ここに引っ越してきたんです、なんて。本当は『ミセス・ポッターはじつはサンタクロースではない』の物語の中に住みたいけれど、小説の登場人物じゃないからそんなことは不可能で、その一員にはけっしてなれないんだ、そんなふうに思っている人のそばで暮らしたくて。ああ、ペルツァーさん、どうしてルイーズ・キャシディ・フェルドマンの小説の中のキンバリー・クラーク・ウェイマスみたいに、事がもっと簡単に運ばないんでしょうね？　あの絵葉書に願いを書いて小説の中のミニサイズの郵便局員に渡して、その願いがかなうように彼らがしかるべく処置をしてくれたら、どんなにいいか。どうしてこんな場所で寒い思いをしつづけて、自分の不運を嘆かなきゃならないのか。まともな神経の持ち主なら、「人生を棒に振り」たくないなら、誰も引っ越そうなんて思わないこんな場所で。

「失礼とは思いますが、ひょっとして商売がうまくいっていないんですか、ペルツァーさん？　私の理解では、あなたのお店は、ええと……」どうしよう？　ぼくもあの小説を愛してるんですと打ち明ける？　この世の何より愛していると？　自分にとっては、あそこはよその星のようだと？　「この土地最大の観光スポットですよね？」

「文句は言えませんが、ここだけの話、もうたくさんなんです」

「もうたくさん？」

「あの店を開いたのは父なんです」

「ああ」今の〝ああ〟は驚きの〝ああ〟だ。

「僕には、あのくだらない小説の何がそんなに面白いのか、さっぱりわからない」

「ああ」一方、今の〝ああ〟は苦悶の〝ああ〟だ。思いもかけないときに向こう脛《ずね》を蹴られて飛び上がったときの声。

「で、どうですかね？」あの男はそう尋ねた。

スタンプはそれからあたりをうろうろし、「これは立派な財産ですよ、ペルツァーさん。少々リフォームの必要はあるでしょうが、心配いりません。きっと売却できるでしょう」と言った。

「本当ですか？」そのビルという男は言ったものだった。

「ええ、おまかせください」スタンプは請け合い、それからオフィスに、〈不動産のことなら何でもご相談ください　マクファイル社〉に戻った。誰にも尾行されていないことを確かめ、一歩歩くごとに文句を言っているように聞こえるあの古びた家の合鍵と、トランクに入った《このすばらしい家、売家》の看板を持って。その看板を玄関先に掛けるために、ビルとかいうあの男が家を出るのを待つこともしなかった。そんなことをしても、どうせ彼が夜またここに戻ったら、看板を目にすることになる。それでたぶんスタンプはお払い箱だ。たった一人のクライアントもいなくなり、はい、おしまい。いや、そんな簡単なことじゃない。マーナ・バーンサイドにとっては簡単かもしれないが、彼にとってはそうはいかない。あなたがスタンピー・マクファイルで、いつもあんまり天気が悪いので住人たちさえフォレスト姉妹の住むちっぽけな村に毎日引っ越したがるようなちっぽけな村に居を構えたとしたら、ちっとも簡単なことじゃない。

「ええ、昨日です、マクファイルさん」

「ああ、それは申し訳なかったね、チャーリー。キンバリー・クラーク・ウェイマスでは時間が進むのがあまりにも遅いからさ」

チャーリー・ルークはほほ笑んだ。模型の箱に値札をつけつづけている。小さな、とても小さな箱たち。中に入っているのは、やはり小さなものたちだ。ミニサイズのトースト、トースター、パラソル、タオル、フォークやナイフ類、折り畳み式テーブル、チェックのテーブルクロス、絵。スタンプは思う。どうして自分はこっちを選ばなかったんだろう。けっして豪華ではないが愛おしい、ペンギンのぬいぐるみみたいにおかしくて楽しい、小さくて無害なものに値札をつける、こういう仕事を。どうしてだ？　ああ、自分は家を売らなければならない。売家だって知らないから誰もほしがらない大きな家を。

それでスタンプは思い出した。その日の午後、『不動産完璧読本』の編集を一手に引き受けている、いつも勤勉なウィルバーフロス・ウィンザーと会う約束があるのだ。不動産エージェント向けのかの雑誌には励ましの言葉があふれている。「チャンスを逃すな！」、「何を待っている？　どんどん先を読め！」、「成り行きをうかがえ！」、「誰より先に気づけ！」、「このページを読んだらすぐ、知人全員に電話をかけろ！」。それは月に一度、何かの儀式のように、彼の以前のオフィスに送られてきた。

スタンプは移転したことを知らせておらず、彼が賞を獲れなかったあの最悪の晩、ハワード・ヨーキーのアパートメントに行ったあと、ウィルバーフロスは初めて、雑誌送付先としてスタンプが登録している住所がキンバリー・クラーク・ウェイマスではないことに気づいた。あの男が賞の候補になったのは、それまで道がなかったところに道を拓こうとした、その勇気が理由だったのでは？　ジャーナリストはいたく興味をかきたてられ、スタンプがまだかろうじて正気を保っていたその翌日、すぐに彼の不動産屋に電話をして、住所が変わっていたことに気づかずご不便をかけた旨について謝罪し、次号で一ページを使って（丸々一ページ！）おたくの記事を書きたいと伝えたのだった。

「いやはや、今日はほんとにいろいろあった一日でね」スタンプはチャーリーに言い、このあとの成り行きを想像して身震いした。車に乗りこみ、唯一長居したい場所に別れを告げ、マーナ・バーンサイドの並はずれた脳みそはなぜ彼に幽霊なんて面倒ごとを放り投げてきたのかとうじうじ考え、首を振り、店の前を通りすぎ、中で鳴り響いているに違いない電話のことを考えてまた首を振り、帰宅し、サンドイッチを用意し、文芸誌に電話をしてみようかと考える。それで？　広告を出してほしいと言ったとたん、相手の編集長はとまどい、やがて大笑いして、「家を売りたい？　ハハハ！　家を？　本気ですか？　どうかしてますよ。文芸誌の読者が、当の文芸誌の広告を読んで家を探すと思いますか？　常識はずれです」と言い、「頭がおかしい」というひと言のあと、プツリと電話は切れるだろう。どうすりゃいいんだ。マーナに電話する？　そうとも、マーナに電話して、例の幽霊について尋ねようと思えば尋ねられるが、それには電話を取って、通話口の向こうにいるのが誰か確かめなきゃならない。「最近はいつも難しいことばかりだよ、そうじゃないか、チャーリー？」

チャーリー・ルークは一瞬目を上げてうなずき、にこりと笑った。スタンピーは店を出るため回れ右をし、うつむき、うなだれて、帰路につこうとした。頭の中にあるのは、避暑中のミセス・ポッターの魔法がかかった、願い事をかなえるあのありがたい絵葉書に、こういう模型店がほしい、そして、あのくそったれウィルバーフロス・ウィンザーのインタビューなど受けずに済む世界に行きたい、と書くことだけだったが、突然チャーリー・ルークに呼びとめられた。

「ああ、忘れるところでしたよ、マクファイルさん」

「はい？」スタンプは振り返った。胸にふと希望の灯がともる。

「マクローザンさんからこれを預かったんです」

「マクローザン？　誰だろう、いったい？」

ショーケースの上には紙切れがあった。そんなに重要そうには見えない。真ん中で二つ折りにされたメモ用紙だ。何かの手紙だろうか。誰がぼくに手紙なんか？

「マーナ・マクローザンさんです」チャーリー・ルークがたたみかける。

スタンプはほほ笑んだが、それはある意味反射的な笑みだった。本当は驚いていた。空耳じゃないよな？　今チャーリーはマーナって言ったのか？　たしかに言っただろう、バカ、だが、姓をピケット・バーンサイドじゃなくて、マクローザンと言った。マクローザン？

「お得意さんの一人なんですよ、マクファイルさん。お二人がお知り合いだったとは知りませんでした。気が利かず、すみません」

「いや、かまわないよ、チャールズ。最近はみんながみんな、なんだかぼうっとしてる」

「ええ」

スタンプは慎重にメモを手に取り、チャーリーから目をそらさずににこにこしながらそれを開いた。そして読んだ。

〝ダンへ

まさか死んでないわよね？　ただ忙しいだけよね？　秘書があなたと連絡がとれなくて困ってるの。いったいどこにいるの？　とにかく電話をとりなさい。伝えたいことがあるの。

マーナ〃

12

ビルが象を飼おうとしていることが発覚するが、ではそれを見つけたのは誰か？　それから、バーティ・スマイルを覚えているだろうか？　彼女は今も穏やかにお屋敷で過ごしていて、そこでは母親がジョディ・フォレストと会話をしている。で、ドラマシリーズが打ち切りになるって本当？

スタンピー・マクファイルがコレクションしているらしい接着剤の容器の件については、バーティ・スマイル・スマイリングが例の新顔用に作った《よそ者スタンピー・マクファイル》のノートに、一般的な説明として載せた。もちろん、かの不動産エージェントは、模型製作者としての仕事用に接着剤が必要なのだ。だが、あれが彼の仕事なのだろうか？　ああ、バーティ・スマイル・スマイリングとしては、あの〈水中都市〉で起きることはすべて、現実のキンバリー・クラーク・ウェイマスでも起きる、あるいはその可能性があると考えたかった。だから、それこそが彼の本当の仕事なのだ、不動産エージェントのほうはただの隠れ蓑だろう、と思いたかったのだ。じゃあ、誰が彼をここに送りこんだのか？　そして、ミニチュアの町のレプリカを作るだけですべてを一変してしまうような強力なパワーを持つ人物が、なぜこんな寒くてとんでもなく天気が悪い、世界の片隅のような場所を変化させたがるのか？

「ああ、ジョッド、あなたの発言、聞き捨てならないわ」

バーティ・スマイル・スマイリングはキッチンのテーブルで、毎朝そうするように、牛乳をかけたシリアルをボウル一杯分、食べ終えようとしていた。母親は、サム・ブリーヴォートの父親がしていたように定期購読しているテレビ雑誌を振りまわしている。家じゅうにべたべた貼ってある、ジョディ・フォレスト役を演じている女優、ヴェラ・ドリー・ウィルソンの写真は、そこから切り取られたものだ。母はもう何週間も、もしかすると何か月も、どう考えてももう避けられないと思われる、ある事実に関するあらゆる噂を無視しつづけてきた。『フォレスト姉妹の事件簿』打ち切りの噂である。そんなのありえない、噂の内容はわかっている、たぶんこの雑誌の編集者はフォレスト姉妹を毛嫌いしていて、抹殺したがっているんだと母は言う。「いいこと、まだレイアウトの決まってない真っ白な紙が目の前にあれば、何だってできるのよ」そしてそう言うとき、母は自分の学校で発行していた雑誌では、編集部の気に入らない人物の評判にいつも泥を塗っていたことを思い出している。でも今や問題はその雑誌の編集長ではなく、ヴェラ・ドリー・ウィルソン自身だった。彼女は例の雑誌でインタビューを受け、「ジョディ・フォレスト役」にはもううんざりしていて、これ以上続ける気になれないから、さっさと「契約を終わらせて、あの役とおさらばしたい」と話していたのだ。バーティ・ママは言った。あんな話、全否定する記事をアイリーン・マッキニー宛てに大急ぎで書いてやるわ。風向きを変えられる手段が手元にあれば、気に入らないことはひっくり返してしまえる。ドゥーム・ポスト紙こそ、その、風向きを変えられる手段でしょ？

「信じられる、バーティ、小鳥ちゃん？ ドロシア・アチソンとかいう役がやりたいんですって。誰よ、ドロシア・アチソンって？　じゃあねと言って、片割れと一緒に何事もなかったかのように退場できるとでも思ってるのかしら」バーティ・ママは、あの朝のようにバーティのまわりをうろうろし、ふいに何か思い出したかのように、バーティの肩に大きな両手を置くと、慌てて言った。「ああ、ごめんんね、小鳥ちゃん！　あなた出かけるところだったのよね。なのにあなたが昨日発見したこと、ジョッドにまだ言ってないわ。どこの馬の骨とも知れないくそったれドロシアめ！　信じられない！　今度はたいしたことじゃないのよ、ジョッド」

だが、じつはたいしたことだった。たいしたことでなかったら、バーティは自分のコレクションの《ウィリアム・ベーン・ペルツァー》のノートと、レイシー・ブリーヴォートの娘《サマンサ・ジェーン》のノートに書きこむだけで、はい終わり、とばかりに済ませたはずだ。だが実際には、発見したことではなく、そのあと起きた出来事のほうが重要だった。なぜなら、その出来事のせいで、今まで一度もしたことがないことをするはめになったからだ。つまり、彼女のノートの登場人物の一人とコンタクトを取り、この凍りついた村がその人物に間違いなく危害を加えようとしていると警告すること。なぜならバーティは、ミステリではなく、通俗的な喜劇あるいは雪にまみれた悲劇を書くもう一人のヴァイオレット・マッキスコとして、空想はせず、書き留めてそれにある種の物語としての意味をあたえることしか考えていないヴァイオレット・マッキスコとして、たとえ書き留めたとしても、それらはまとまりのないただの人生の断片にすぎず、でもまとまれば一つの人生を、ノートの外にはけっして出ることはない別の人生を作りあげると考えているヴァイオレット・マッキスコとして、その天気の悪い土地から生まれいずる物語の一種の管理人だと自認してきたからだ。まるで土地が彼女自身の脳みそであるかのように。そして、そこの住人たち、バーティ自身が創造した者たちは、とても複雑な自分という存在にすっかり没頭しているので、じつは誰かが空想し、みな同じようなノートに書き留められたキャラクターにすぎないなんて、思いもよらない。のちにそのノートは、その誰かが、かつては人形しか入っていなかった古いトランクにしまいこむのだ。

じつはそのトランクに入っていた人形の一つが着ていたウールのワンピースで、バーティ・スマイルはボールペンの最初の保温材をこしらえた。呪われた町に調査に出かけるには、ボールペンをウール素材で包まないわけにはいかない。何でもいいからきちんと保温していないボールペンを持って、吹雪の夜に調査に出かけるのは、最初から無駄足も同然だ。それでは見つけたことをメモしたくてもできない。インクが役に立ってくれなくなるのだ。べつにインクがその調査員に反抗するわけではなく、凍ってしまうのである。ときどきバーティは想像する。ウールのコートを着こんだボールペンが家に、暖炉と客間のある二階建てのペンケースに帰り、有名なボールペン作家である自分の写真に話しかけるところを。

「友よ、毎度のことながら、外はくそ寒い」

そのたびに、バーティはにっこりする。バーティは小柄で、暗褐色の髪をショートカットにしていて、目は小さく、鼻は帆船のような形だ。そしてバーティは急いでもいた。とはいえ、ゲイトリー冷蔵室に時間どおりに出勤できなかった言い訳ができるように、じっくり待つ必要もあった。人に疑われずにビリー・ペルツァーの店に寄る口実を見つけておかなければならず、それには母とジョッドの馬鹿げた会話が使えるかもしれない。バーティはボウルにもう少しシリアルを足した。バーティ・ママはジョッドにさらに何か話している。例のドロシアを殺してやるとか何とか。彼女を、例のドロシアとかいう女を殺しちゃえば、ウィルソンがその役をすることもないんじゃない？

昨夜は本当に寒かったけれど、バーティ・スマイルはなんとか調査に出かけた。で、どこへ向かったか？　ポリー・チャルマーズ山だ。じつは、観光バスの一件とビルとキャッツのなんともどかしいデート、新顔が残念ながら地下の町に、水中都市に何ら変更を加えなかったことがわかったあとは、とくに何も起こらなかったので、そちらに向かったのだ。なぜならポリー・チャルマーズ山からは、サムとビルがよくつるんでいる、あまりお勧めはできない古ぼけたパブ〈ストワー・グレンジ〉がいちばんよく見えるからだ。バーティは、ビルが受け取った手紙のことを知っていた。不透明な封筒に入っていたので中身をまだ誰も知らないが、ビルがそれについてサムに話すのは時間の問題だと考えられた。とはいえ、最近サムはあまりしゃべらない。少し前からライフルを売ることに、正直疑問を感じていた。樵団の団長であるアーチー・クリコーとずいぶんよく会うようになっているようだった。それはつまりビルと別れるということなのか？　もちろん二人はけっして付き合っているわけはないが、キンバリー・クラーク・ウェイマスじゅうの人々がいつかは当然そうなると考えていた。たぶんサムはビルに気持ちを伝えるのを恐れているのでは？　バーティ・スマイルとしては、その夜が告白にはうってつけのタイミングだと、少なくとも、ビルが不透明な手紙の中身を親友に打ち明けるのではないかと思い、そうしてクリスマスの飾りだらけの樅の老木の下、最悪の吹雪の中で、双眼鏡と保温されたボールペンとメモ帳を手に凍えながら立っていたのだ。メモ帳の紙はびゅうびゅうと吹きつける雪のせいで濡れてしまっていた。遅い時間だったので、背後にそろそろと近づいてきた誰かに、ポリー・チャルマーズのようにナイフで刺されるのではないかとつい考えてしまう（ああバーティ、そんなぞっとするようなこと考えるのはやめなさい）。

バーティのいる場所からはビリーとサムがいるテーブルがよく見え、さらには読唇術のおかげで経過は上々で、バーティは二人が話していることをノートに書き留めていった。あたりは耳がきーんとなるほど静まり返っていて、二人の声がバーティの頭の中に響くかのようだった。サムとビリーは、薄汚れた〈ストワー・グレンジ〉のあまり人にお勧めできない暗い隅っこのテーブルにいて、そこは昔一度、バーティ自身が、ゲイトリー冷蔵室がまだ小鳥屋だった頃によくやってきたリチャード・フォグ・ニッカーズという鳥の飼料の行商人と一緒に座ったテーブルだった。だからついその男のことを、彼と最初はテーブルの下で、そのあとトイレでしたことを思い出した。

リチャードに食事に誘われ、その後〈ストワー・グレンジ〉で一杯飲もうということになり、二人はその木製のべたべたしたテーブルの下でたがいに相手の局部を刺激し合い、それは〝結婚して、マーティ〟だとか〝フィルのやつ、絶対許さない〟みたいな落書きだらけのテーブルで、バーティもそれに薄い字でいい加減に〝スマイルはニッカーズとセックス寸前〟というひと言を加え、ニッカーズが手を洗いにトイレに行ったとき、言葉にできないほど欲情していた彼女はニッカーズを追わずにいられず、トイレの一室でされるにまかせた。立ったまま両手を便器につき、脚を軽く曲げ、後ろから。もちろんバーティは、セックスする相手がそんな行商人だとは想像していなかった。じつは彼とは少なくとももう一度そういう機会があった。バーティがバスで出かけなければならなくなり、たまたまそこに彼も乗り合わせていて、同じことが起きたのだ。同様に食事をしてから一杯飲みに行き、同じように最初はテーブルの下でたがいを刺激し合い、そのあとトイレで仕上げをした。そうではなく、彼女が想像していた相手はお気に入りの作家、迷えるホラー小説家マットソン・マキシックで、彼はひと晩だけキンバリー・クラーク・ウェイマスで過ごしたことがあり、たぶん本人は記憶にも残っていないはずだが、それは〈ダン・マーシャル〉というモーテルで、とにかくそこに自撮り写真だけは残していったのだ。バーティ・スマイルはその写真とよく一緒に食事をした。モーテルと通りを挟んだ反対側に陣取り、双眼鏡、インゲン豆やエンドウ豆、スイートコーンの缶詰などなどを取りだして、地面に腰を下ろし、一緒に食事をしているつもりで食べる。

バーティ・スマイルがその晩、かの作家の自撮り写真と食事をした夜ではなく、あの行商人のことを思い出したのは、今しも〈ストワー・グレンジ〉で起きていることが原因だった。ビルとサムはついに、ある意味触れ合っていたのだ。いや、あのニッカーズという男とバーティ自身がしたようなことをしているわけではない。二人の場合、もっと他愛がなく、少々馬鹿げて見える。初め二人は「象」のことを話していた。バーティのメモには「ビルは象を飼おうと計画しているらしい」と書いてあり、その後二人は「家」について話しだし、それはビル自身の家、つまりペルツァー家の家のことだとバーティは理解した。というのも、サムが「淋しくなるよ」とか何とか言っていて、キンバリー・クラーク・ウェイマスでサム・ブリーヴォートがいなくなって淋しいと思う相手はペルツァー以外にいないからだ。実際、続いてああいうことが引き起こされたのだとすれば、おそらくは例の告白かそれに類したものがおこなわれたのではないか。二人は抱き合い、でも妙に子供っぽい抱擁だったのだが、それがたがいに手を行ったり来たりさせてそれぞれの髪を後ろに払いのける行為にいたり、その後、やけに遠慮がちなキスが始まり、たがいを尊重しつつも、徐々にもっと激しい、あちらこちらへのキスに変化していったのだ。

「バーティ?」

バーティは観察にすっかり夢中になっていて、雪を踏む足音にまったく気づかなかった。双眼鏡から目を上げる。誰かに刺されても不思議じゃない、馬鹿ノリスこんちくしょう。

「ええと、コールドさん?」

お人好しのメリアム・コールドが、正確にはどこまで『スコッティ・ドゥーム・ポスト』紙に一枚噛んでいるのか誰も知らないが、貴重な情報源の一人だろうと誰もが疑っていた。というのも、目も鼻も毛並みまでも彼女から受け継いだように見えるわがままでおバカなマスチフ犬を引きずって、年がら年じゅう町を嗅ぎまわっているからだ。ジョージ・メイソンだかメイソン・ジョージだか、名前ははっきりしないが、とにかくそのマスチフ犬はエレガントな元知識人の飼い主そっくりで、足りないのは肘あて付きのウールのブレザーだけだった。というのも、彼は寒さなどものともしない一方で、不快なボヘミアンな町テレンス・カティモアで古代史か何かの教師をしていた女主人は、決まってそういうブレザーを着ていたからだ。

「ここで何してらっしゃるの？」

「べ、べつに」バーティは急いでメモ帳をポケットに隠そうとしたが、慌てたせいでうまくポケットにつっこめなかった。「ときどき、ええと……見張りをするのが好きなだけで」

コールドさんはマスチフ犬を引っぱった。バーティの匂いを嗅いだが面白くもなんともないと判断し、なぜか知らないが急いで家に帰りたがっているようだった。安楽椅子に座って中世史の論文にでも目を通したいのだろうか。とにかくコールドさんは犬を叱り（ジョージ・メイソン！　止まりなさいよ、このアホ犬！）、バーティの首にまだ掛かっている緑の双眼鏡を撫で、通りの向こうに目を向けて言った。

「ペルツァー坊や？」（ふむ）「ちょっと見せて」

「コールドさん、これは母の双眼鏡なんです」

「あらやだ、私が壊すとでも？」コールドさんはまたメイソン・ジョージをぐいっと引っぱり、「静かにおし、お座り、お座りったら！　わからず屋め！」と怒鳴って、双眼鏡をぐいっと引っぱると、バーティの横で身を乗りだして眺めた。「何が見えるの？　あらあら！　ペルツァー坊やとブリーヴォート お嬢ちゃんじゃない。これはスクープよ」コールドさんは舌なめずりした。「二人を追いかけなきゃ」コールドさんは緑色の双眼鏡から顔を上げてバーティを見た。「二人がどんなふうにナニするか」

「コールドさん！」

「何？」

「サムとビリーは何もしませんよ」

「あらやだ、もちろんするわよ。しないわけないでしょ」

コールドさんはまた双眼鏡に目を戻し、首を振って言った。

「お嬢さん、下品なことは言いたくないけれど、ペルツァー坊やが今どんなふうか、全財産賭けてもいい」

「コールドさん！」

「頭がパアになってるはず」

「双眼鏡を返してください」

「はいはい、ちょっと待って」

「今すぐ返して！」

メリアム・コールドは「おお、こわ」みたいなことをつぶやいて双眼鏡から手を放し、それはバーティの胸の上に落ちた。そのとき初めてバーティは、ズボンの尻ポケットがやけに軽いことに気づいた。同時に、あのバカ犬の姿が見えないことにも。

「何持ってるの、ジョージ？」

ああ、嘘でしょう？

「あら」犬みたいな鼻を持ち、マスチフ犬みたいなつやつやした毛並みをした老教師が、ノートの中身を注意深く眺めているように見える犬の横にしゃがみこんだ。バーティはノートの前にすばやく立ちはだかって、メリアムの目に入るとしてもせいぜい〝スマイリング屋敷で今も無事に暮らしています〟というひと言だけになるようにしようとした。書いていたのはじつはまだ死んでいない父への手紙だと装うため、どのページも冒頭がそう始まっているのだ。でも間に合わず、メリアムはノートを犬から取りあげた。「まったくバカ犬なんだから」と彼女は言った。ジョージは歯を剝いた（グルル）が、コールドさんのほうもマフラーを下ろして自分の歯を犬に見せ、「ワンワン！」と吠えた。そのあと、もったいぶってノートの最後の記入ページを開くと言った。「何なの、これ？」

「な、何でもありませんよ、コールドさん」

メリアム・コールドはそのノートの冒頭部分はよく見なかった。じつはそのノートは編集済みのノートではなく、調査用のノート、つまりフィールドノートにすぎず、バーティ自身でなければ見てもあまり意味がない。そこにあるのはアイデアだけで、あとで形になる素材の断片だからだ。メリアムが奇妙な出だし〝スマイリング屋敷で今も無事に暮らしています〟を見損ねたのは、その知性を持った忌々しい犬が涎《よだれ》で文字どおり読めなくしてしまったせいもあるが、ほかの部分に意識が集中したせいもある。メリアムの目に入ったのは〝売家〟、〝象〟、〝ミセス・ポッターなんかくそくらえ〟、〝ラスティ・マクネイル〟だった。

「ラスティ・マクネイル？」

「ええと、もう行かないと。すみません、コールドさん」

バーティは荷物を集めはじめた。

コールドさんがその手に手を重ねる。

「あらだめよ。ここで何しているのか教えてくれるまで、行かせないわ。もしかしてあのバカ息子、家を売りに出したってこと？」

バーティ・スマイルは、手袋をした、指先が切ってあるあのたぐいの手袋をしたコールドさんの手から逃れ、「すみません。もう行かないと」とぶつぶつぶやきながら、ノートはもうあきらめて、すでに歩きだした。

「嘘でしょ、バーティ、今のは〝イエス〟ってこと？」バーティは足を速めたが、コールドさんはその場を動かない。「ねえ、イエスってことなの、バーティ？」そうわめく。「バ、バ、バーティ？」

そのときバーティ・スマイルは、ジョージ・メイソンだかメイソン・ジョージだか、あの賢い犬の吠え声を耳にし、あの狂人が犬を放すか、あるいはノートを手に「バーティ！」と叫びながら走って追いかけてくるんじゃないか、そして突然ポリー・チャルマーズの殺人犯が現れて彼女をナイフでぐさりと刺すのではないか、そんな気がして怖くなった。なぜなら、ほんの一瞬前までは世界は安全な場所で、彼女がすべてをコントロールしていたのに、次の瞬間、日々の見回りが悪夢と化してしまったからだ。だからバーティは駆けだし、双眼鏡が胸でバウンドし、吹雪が周囲で吹き荒れ、コールドさんの叫び声とあのバカ犬の吠え声はどんどん遠ざかっていき、しだいに煙のようにぼやけて彼方で現実感を失っていった。

「ああ、ジョッド、バーティ・スマイルのことは気にしないで」バーティ・ママはまだしゃべっている。「これからいよいよ話すわよ！」バーティ・スマイルはシリアルの最後のひと口を口に入れ、首を振った。母が彼女のノートを見つけるその日のことを考えずにいられない。こんなにたくさんの秘密が隠されていたと知ったら、もう大興奮するだろう。母の声が聞こえた。「赤ちゃんが生まれるの！」

バーティ・スマイルは立ち上がり、ボウルを流しに置いて、いったい何の赤ん坊の話をしてるんだろう、と思う。象のことか、マック・マッケンジーのピグミーゾウ、コーヴェットとかいうあの象のことか。名前はまだメモしていなかったけれど、ちゃんと覚えている。それとも、誰かと誰かが寝ると、自動的に赤ん坊が生まれるかもしれないってことか。

なぜなら、ビルとサムは十中八九、寝ることになったはずだから。バーティには確かめるすべはないが、まず間違いなかった。

結局のところ、彼らだってバーティの物語のキャラクターなのだから。

「今日は私、遅刻だよ、ママ」

「ああそうね、小鳥ちゃん、楽しませすぎちゃったかしら。ごめんね。まったく私ったら。ドンに電話しておきましょうか？　私から電話して、遅れるって言っておく？」

バーティは鞄にリンゴを一つしまった。どこに行くにも持っていく古い革の鞄。あの忌まわしい冷蔵室ではなく、いまだに学校に通っているかのように。

「うんお願い」バーティは言った。「そうしてもらえると助かるよ、ママ」

コートを着て、マフラーと手袋をつけ、家を出る。

「じゃあね、ジョッド」と告げる。

そして出かけた。

13

ビル、ああビルビルビル、彼は何もかも台無しだと思う、なぜならサムにキスをしてしまったからだ（あのサムに！）、それにあの剝製職人の夫婦はいったい何のためにこんな場所に新婚旅行に来たのか？（こんなところからおさらばするんだ、ビル）

どこかは知らないが、ヘイワーズ・ボニー・ハイツというところから来た剝製職人の男が、やはり剝製職人の妻を説得しようとしている。あの絵葉書の入った袋を持ったおかしな陶製のミセス・ポッターのほうが、誰かが、まあ、そういう土産物のデザイナーだろうが、そのデザイナーが当のルイーズ・キャシディ・フェルドマンを中に入れたスノードームよりずっといいよ、と。陶人形のミセス・ポッターはうつろな顔で後ろを見ているところからすると、どこへ行くつもりもないように見え、ビルにはその表情がひどく邪悪に思えた。もちろん二人は今ビル・ペルツァーの店にいる。それは、朝からぞっとするほど寒いいつもどおりの日だった。夫婦は新婚旅行中で、店が閉まっていたあの日に観光バスで町に到着したのだった。どうやら二人は〈ダン・マーシャル〉モーテルに逗留することにし、彼らが大好きな小説の中をひたすらめぐっているようだった。なぜなら二人にとって、町全部が小説そのものだったからだ。どこを見ても、あの本のどこかで触れられているものに出合う、と二人はビルに言った。そんなこと、ありえます？　この町は当時から何も変わってないんですか？　ビルは、ええ、そのとおりですと答えた。剝製職人の夫婦は、それならなぜ〈ダン・マーシャル〉モーテルにはあの作家の肖像写真が一枚もなく、かわりにこの土地とは何の関係もないマットソン・マキシックとかいう作家の写真が飾ってあるんですかね？　やっぱり著者はこの土地に戻ってきたことがないんですか？　噂は本当なんですかね？　なぜそんなことが？

ええ、そうなんですよ、とビルは言った。

彼女は一度も戻ってこなかった。そしてビルはそのせいで彼女を憎んだことを覚えている。キッチンテーブルに肘をつき、彼女に手紙を書いていた父のことも。父ランダルは出版社に手紙を書き、店について、ルイーズ・キャシディ・フェルドマンを讃える小さな聖堂を作ったことについて書き、どうか気にかけていただければ幸いですとひと言添え、住所を伝えた。最初は、一度著者をここにお招きしたいと訴えただけだったが、その後は、彼女一人を招聘するちょっとしたイベントをおこなって、彼女の小説を、とくに『ミセス・ポッターはじつはサンタクロースではない』を、読んだだけでなく崇拝している読者で会場をいっぱいにしてみせます、と約束したりした。しかし時とともに、どうやらもう返事は来そうにないと受け入れ、息子に一人ぼっちでいることのつらさを、子育ての難しさを語りはじめた。なぜママは家を出ていったのか、なぜ無数の絵を次々に送ってくるのか、理解できない子供を育てることがいかに難しいか。どの絵も、「人生はすばらしい」でも「そのすばらしさは村から遠くに、とても遠くにある」と伝えようとしているかのようだった。

作家は父が送ったたくさんの手紙に、一度も返事をくれなかった。

「ほらね？　スノードームはやめにしようよ」男は訴えた。

「あらだめよ。持ち帰るならスノードーム」女がきっぱり言う。

そのスノードームの中で、ルイーズは黒いつなぎの作業服の下に茶色いTシャツを着て、折り畳み椅子に座り、キャンプ用テーブルを前に、古いタイプライターで執筆している。ビルはときどき思うのだ。ほかは同じだが、タイプライターのかわりにあまりぱっとしないノートを使ったバージョンは結局受けなかったのはなぜか、と。父が注文した最初の試作品が入っている箱が三つだけ倉庫に残っていて、コレクターにとっては垂涎のお宝になりそうだ。どうしてあれは受けが悪かったのか？　あの夫婦さえ、目にも留めなかったようだった。ほかのみんなと同じく彼らも、作家というのはタイプライターで執筆するものだと思いこんでいるに違いない。ビルは、スノードームを買って帰った人々のことを、家に迎えた客人たちに話をする彼らのことを想像する。「ああ、これがあの作家よ。あれ、彼女の話、したことなかったっけ？　ボブがあの本の大ファンでね。そう、サンタクロースになる女性の話。だからあのとんでもない町に行ったのよ。そう、すさまじい寒さだった。でもボブには気にもならなかったみたい。とにかく例の土産物屋に行きたがってね。とうとう探し当てて、中に入ったわ。で、それを買ったわけ。そう、そのスノードームを。そうよ、それが例の作家。どうしてわかるのかって？　だってタイプライターがあるでしょ？　雪の降る中で書いてるのよ。うん、そう、実際に彼女、そうやって書いてたの。ボブからそう聞いた。全部ボブからの受け売り。雪が降る中であの小説を書いたんだって、あの呪われた場所で」あの人たちはみな、小説をノートに書こうとすることのおかしさについて議論するせっかくの機会も許さない。訪問客たちに、小さな折り畳み式のテーブルにあったのはじつは小さなノートだった、とあえて説明する気もないのだろう。

ときどき、世の中はまるで思いどおりにいかないものだ。

昨夜がそうだったように。

昨夜、ビルはすべてを台無しにした。

「まだ全然理解できない」昨夜、パブ〈ストワー・グレンジ〉でサムは言った。

「べつに理解する必要はないよ、サム」ビルは言った。

「あんたとケイティ・クロックスのことじゃないよ」サムは彼にウィンクした。ビルのほうは軽く小突く。サムが噴きだす。

「笑うなよ」

「あんた、あの子を傷つけたのよ、ビル」

「そういうこと言うな」

「今朝、あの子を見かけたよ。幽霊みたいにふらふら店の前を通ったんだよ。ブーツを引きずってた。あんなににこにこしてたのに。あのときはキンバリー・クラーク・ウェイマスでいちばんハッピーな女の子だったんだ。それが今は悲しみに暮れている。というか」サムはビールをぐびりと飲んだ。

「怒ってるよ、ビル。通りの向こうで雪の山を踏みつけてた。そして両手をポケットにつっこんだ。帽子だって忘れてった。どこか屋内に入るたびに脱ぐ、あのへんてこな警官の帽子」

「サム」

「何？　あたしが残酷だって言うの、〈人の心を踏みにじっておいてそんなことしてないふりをする〉君？　サムめ、なんで僕に夢中にならないんだと思ったら、ちっちゃなキャッツのことを思い出しなさいよね、〈世の中みんな関係ない、永遠に一人でいたい〉君」

その瞬間だったのかもしれない、と翌朝ビルはカウンターに肘をつき、剝製職人の夫婦が店内をうろうろするのを眺めながら思った。何を探しているのか知らないが、たぶん例のミニチュアの避暑妖精かもしれない。とはいえ、本物の妖精、家で世話をしてやることができ、気づくとテーブルの上を駆けまわっていたり、ミニチュアの魔法の本を読んだりする、本物の妖精ではないだろう。とにかく、あの瞬間、ビルは初めてサムを、かつて一度だけ別の女の子に、ジェシー・ラーソンという名の女の子に向けたあのまなざしで見たのだ。

なんであんなことをしたんだろう？

おいビル、なんであんなことをした？

何もかも台無しだ。

おまえ、何もかも台無しにしたんだ、わかってるのか？

「何も台無しになんかしてない」彼はつぶやいた。髪を撫でつけて、体を後ろに反転させ、また元に戻し、一歩足を踏みだし、また別の方向に一歩、カウンターの背後で、檻に入った無害なライオンさながら落ち着かない。そのあいだも例の夫婦は、家に持ち帰るミセス・ポッターの使い魔たちを探している。「何も台無しになんかしてない」とくり返す。

だが、したのだ。

台無しにしたのだ。

ジェシー・ラーソンにしか向けたことのないまなざしで彼女を見て、こんな感じのことを言った。

「サム、もうわかった」

そして彼女は、樵団の団長アーチー・クリコーをいつも見るようなまなざしをビルに向け、こう答えた。

「わかった」

ビルはそこで咳ばらいをし、ビールをひと口飲んだ。もしくは先にビールをひと口飲み、そのあと咳ばらいをしたのかもしれないが、とにかく今朝また届いた、あのショーン・ロビン・ペックノルドの遺言課の弁護士、トレイシー・マーニーの署名がある別の手紙を読もうとしたのだが、サムにさえぎられた。

「わかんないのはね、ビル、あの男のことだよ」

「あの男って？」

「不動産屋の男」

「今度は不動産屋のことか」

「わかんないんだけどね、ビル、どうして家を売りたいの？」

「言ったよな、トランクにちびのコーヴェットを積んでこっちに向かおうとしてる女のこと。なのに、君が心配するのは不動産屋のことなのか？」

ちびのコーヴェットとは、おばのピグミーゾウのことだ。

ビルがそれをおばの家と一緒に相続した。

そのトレイシーという弁護士は、もしここに出頭しないなら、この脂肪の山をトランクに詰めこんでこっちから出向くと脅してきたのだ。

「わかんないけど、あんたの望みがここから出ていくことなら、あの男に全部まかせればいいじゃない。看板を出すのを許して、あの家が売れてしまえば、あんたはそのぶっ飛び女から来た馬鹿げた手紙のことだけに専念できる」

「べつに馬鹿げてない」

「そう？　じゃあ、その象をここに連れてきてどうすんのよ？」

「わからない」

「じゃあ、あたしが教えたげようか？　あんたはその象を埋葬することになる。寒さで死んじゃうよ。ここはそのおばさんマック・マッケンジーが住んでた場所とは違うんだよ。お日様は出ないし、ものすごく寒い。極寒の地だよ！」

ビルはすでに飲みすぎていた。頭がぐるぐる回っていた。ちびのコーヴェットが家の居間にいるところを想像する。マックおばさんがソファーに座り、野生動物に囲まれてテレビを観ていた光景を思い出す。僕にだって同じことができるんじゃないか？　そんなに難しいことかな。一人じゃないことは、そんなに難しいこと？

「僕の部屋をコーヴェットに貸すよ」

「だめだよ、ビル。あんたはコーヴェットに部屋を貸さない」

「どうして？」

「あの男に全部まかせて、家を売ってもらいな、ビル」

サムは何かもっと言いたかったらしく、実際、口を開いて「その弁護士からお母さんのこと聞かなかったの？」と尋ね、ビルは、なぜあの弁護士が母のことを彼に話さなければならないのかわからず、「なんであの女が母のことを僕に？」と訊き、サムは、わかんないけど、その弁護士なら全部知ってるんじゃないの、お母さんがどこにいるか知りたくないの、と言った。でも、彼女ならお母さんがいそうな場所というより居場所そのものを知っていると思う、とまでは口に出せなかった。というのも、ビルがべつにどうでもいい、「母さんは家を捨てたんだよ、サム」と言ったからで、そんなことかまわないよ、戻ってくるかもしれないじゃんと言おうと思ったけれど、そのときまた二人はそれぞれアーチー・クリコーとジェシー・ラーソンだけに向けるあのまなざしで見つめ合い、ビルは、ああ、手を伸ばして（とうとう）サムのライフルを売るあの小さな手に触れた。そしてつい、ごめんと言いそうになって言えなかったのは、彼女がやけに動物的でやけに子供っぽい空気を発していたからで、ビルは呼吸さえ難しくなり、謝る気がなくなり、かつて別の女の子にしか向けたことがなかったまなざしで彼女を見つづけ、サムがほほ笑み、ビルはそのとき初めていつだってちょこんとつきだしているあの八重歯がすてきに見えて、サムがほほ笑み、ビルは、ああ、ビルは何もかも台無しにしてしまったのだが、いずれにしても時間の問題だったのでは？　時間の問題だよ、とジョンノウ・マクドーキーは言ったものだった。ジェーンって子、そう、ジョンノウはライフル・ジェーンと呼んでいるのだが、あのジェーンとあんたがくっつくのは時間の問題だ、しまいには暖炉の火さえ燃えあがらせるくらいになるさ、あんたたちがそうなるのは時間の問題だ、とジョンノウは言い、ビルは首を振って、サムはそういうたぐいの子じゃないよと言い返し、ジョンノウは、そういうたぐいの娘だよ、もちろん、どんな娘だってそういうたぐいの娘なんだ、ビル、あんたがそういうたぐいの男だってことと同じように、友情をちょっと別の次元に変化させたってかまわないんじゃないのか、わからないが、今まさにそうなりそうな別の次元へ、というのも、ビルは彼女の髪をそっと払おうとしているからで、別次元に変化するのは時間の問題だ、とジョンノウが言い、だって二人が好き合っていることは誰が見たってわかるぞ、だからビルは彼女の髪をそっと払い、キスをして、何もかも台無しにしてしまったのだが、最初はサムが身を引こうとしたのでそうはならないように見えたのだけれど、結局彼女は抵抗せず、そのままキスを受け入れ、ビルは彼女にキスをして、二人はやがてたがいに触れ、ビルが触れるたびに彼女の触れた部分がふいにリアルになっていき、そしてビルには知る由もなかったが、サムが触れるたびに彼のその部分が彼女にとってもリアルになっていき、なぜなら二人はそれぞれ相手のいる場所へ旅することはできるが、地表がないので着陸することはできない惑星のようなもので、そう、ビルとサムは木星と土星、実体のない幻の惑星なのだった。あるいは、それまではそうだった。

だがそのとき、二人は目を閉じ、あの〈ストワー・グレンジ〉の予約席で、座ったまま妙におずおずと、今起きていることがいつ中断してしまうか恐れるかのように、二人はキスを、罪のない繊細で子供っぽい触れ合いを続け、でもそれはじつは野心に満ちた征服の行為、相手を夢から目覚めさせるまいとする行為で、永遠にも思えた三分、六分、七分間、その瞬間をいつまでも閉じこめておける新たな惑星が誕生した。ジェーンとベーンと呼ばれる惑星、バーティ・スマイルとコールドさんがポリー・チャルマーズ山から眺めていた惑星、けっしてなくならないけれど、いずれ二つに分かれてしまう惑星、ビルとサムが夢から目覚めたら見えなくなってしまい、あんなことは起こりえない、実際には起きなかったことだと言い合い、なぜなら彼はここを出ていくが、彼女は残るから、誰も何も台無しになどしない、だってそんなことおたがい望まないから、さあ、今から僕らは別々になるんだ、とおたがいに言い合い、こんなことが、それが何にしろ、こんなことが続いたら何が起きるかわからない、だからけっして続けるわけにはいかない、なぜなら、二人が目覚めるのは時間の問題なのだから。今思い返すと、二人があああしていたとき、サムがわれに返ったのは、彼がサムを、彼女の唇を噛んだからだった。柔らかくてぽってりしていて湿った、彼をやさしく迎えてくれる肉のかけら。そしてそうなった理由の一部は、それまではとてもすてきな時間で、それからもすてきな時間が続きそうで、それはけっして止まりそうもなくて、でも止めなければならなかったから、そして、二人はあまりにも家から、あらゆる家から離れてしまったからで、すてきな時間を続けるには、今していることを続けられる場所に行く必要があり、ついには今自分たちがしていることを認めることなく最後まで行きつくのだろうが、ビルは彼女を噛み、サムははっと目覚めて、最初は身を引いて首を振り、「だめだよ、ビル」と言ったが、またあの行為に浸りそうなそぶりを、彼はまもなく家を売ってここを出ていき、でも彼女はけっしてここを出ていかないことを忘れようとするそぶりを見せた。出ていかないのは、行く場所がないし、ほかの土地に行きたいとも思わないし、いわば今まで一度も試したことがないからしないわけで、それはビルのせいというより、キンバリー・クラーク・ウェイマスそのもののせいで、この凍りついた町が今やどういうわけか彼女の家族となってしまったからで、なぜならこの町は、サムが思うに、彼女同様あまりにもひとりぼっちだからで、彼女同様、誰もがこの町を憎み、単純に毛嫌いし、いったいどうしてこんなに寒いのか、まるで理解できないからだった。ときどきサムはその寒さについて苦笑しながら考え、そうだよ、実際のところ、あたしはキンバリー・クフーク・ウェイマスそのものなんだと思い至り、キンバリー・クラーク・ウェイマスが死ぬほど寒い町ではなく人間であるかのように、自分がこの町とまったく同じようにふるまっているように思えた。そう、出会う人出会う人みんなに決まってうんざりされ、拒絶される人間。だから、今何をしているにせよそれにまた浸ろうとするそぶりは見せたものの、そうしなかったのは、サムはキンバリー・クラーク・ウェイマスで、ビルは今それを捨てようとしているからだった。

「だめ」サムは言い、手を顔に、紅潮した頰に、ビルの髭を感じる頰にやり、その髭は本当は髭とも呼べない、髭みたいに見せようとしているだけの、ただの若者じみた無精の結果だったが、とにかくサムは言った。「もう行って、ごめん、わかんないよ、ビル」そして立ち上がり、持ち物をまとめ、まとめると言ってもたいしたものはなく、赤と白と黒の色味の古びたコートと、マフラーと、母が出ていく前に編んでくれた、白い小さなSと小さなJの文字が入った黒い毛糸帽ぐらいだった。ライフルに関わることすべてにうんざりし、火薬の匂いがする、世界には火薬より大事なことがあるということをとうに忘れてしまった男と同衾することに嫌気がさしてしまった母。「どうでもいい」サムは言い、「あたしも行く」そして「ビル?」と言い、彼はかろうじて上げた頭を左右に振りながら、何もかも台無しにしてしまった、何もかも台無しだ、僕は何もかも台無しにしてしまった、そうだろ、と言った。「あの男に電話して」サム？　ごめん。「いいよ、気にしないで」わからないよ、サム？「気にしないで」愛してる。「違う、あんたはあたしのことなんか愛してないよ、ビル」愛してるよ、サム。「帰って、ビル」行かないでくれ。「おやすみ、ビル」サム？　「……」サム？　「……」サム？

　サムは店のドアを開けて行ってしまったが、さっきそこで起きたことはどこにも行き場がなかった。ビルは何もかも台無しにしてしまい、だから檻の中のライオンさながらカウンターの後ろでうろうろしつづけ、あの剝製職人の夫婦に声をかけて、別のスノードームがあることを教えるべきか迷っていた。本物のルイーズ・キャシディ・フェルドマンが入っている、いや、少なくともコレクター・アイテムになりそうなルイーズ・キャシディ・フェルドマンが入っている、あのスノードーム。なぜならあのスノードームにもチャンスをあたえるべきなのではないかとふいに思えたからで、たしかにデザイナーは間違いを犯したかもしれないが、スノードーム自体には罪はないのだから。ビルは紙片に馬鹿げた値段を殴り書きし、そうでもしなければこの世に居場所がないスノーボールをあの剝製職人の夫婦に持ち帰ってもらおうかと思った。なぜなら、この世に居場所が見つからないものがあるなんて、考えただけで恐ろしいからだ。ビルはそれから荷造りして、ここを出ていこうと思った。あのマクファイルとかいう男に電話をしてから、出ていくのだ。

「考えを改めました」と彼に告げよう。「庭に看板を置いてかまいません。僕がいなくなれば、ここが売られることを誰も止めようとしない、そう思ったんです。つまり、ここの売却を阻ませないために、先に僕がここを出ていくってことです」

　これだ、とビルは思った。

ここから姿を消そう。

すると、（パチパチパチパチ！）カウンターの下に置かれた箱の一つから小さな拍手が聞こえた。

「なんだ、今のは？」ビルは言った。

「失礼ですが、ご主人？」

その声は剝製職人の夫のほうだった。ビルをじっと見ている。手に何か持っている。それはスノーボールではなく、ルパート少年のへんてこスクールバスだった。

「スノーボールをお持ちになると思ってました」ビルは言った。「一つ、申しあげてもいいですか？じつはここにとても貴重な一品があって、半額になっているんです。いかがですか？奥さまは？」

「ああ、でもけっこうです」夫が言った。

「どうしたの、あなた？」妻が言う。

「本当ですか？」

「何でもないよ、君」男は言った。「ああ、けっこう」

「ええと、じつを言いますとね」とビルが話しはじめたとき、店のドアが開き、剝製職人の妻が「あなた、ちょっと来てくれる？」と言い、夫がため息をついて「ちょっと失礼します。すぐに戻りますので」と言ってスクールバスをそこに置き去りにして立ち去り、ビルがその隙にカウンターの下の箱を開けてみると、ありとあらゆる品物が入っており、例の避暑妖精人形も一つ、二つ、三つあって、さっき拍手したのはこいつらだろうか、と思っていると、誰かの声がした。

「ビル？」

「ああ、どうも、バーティ」

バーティ・スマイル・スマイリングが店に来るなんて珍しいことだった。キンバリー・クラーク・ウェイマスの住人はここには来ないのが普通だから。

「ごめんなさい、ビル」バーティは言った。

ビルはほほ笑み、眉をひそめて「何が？」と言うと、彼女がどこに行くにも持っている革袋のようなものから何か取りだした。それは手紙で、封筒の中に入った紙切れだった。バーティはそれをカウンターの上に置き、「ごめんなさい」とくり返して立ち去ろうと、くるりとこちらに背を向けて立ち去ろうとしたので、ビルが止めた。

「何なんだよ、バーティ？」

すると、目が小さくて、帆船みたいな形の鼻をしたバーティが言った。

「もうみんな知ってる」何を？「急いで」

14

ベンソン夫妻に家を売る大混乱が始まった、というのも、言わせてほしいのだが、あの二人の作家たちにまつわることはいつだって込み入っていて、何もかもが本当に大混乱なのだ

スタンピー・マクファイルは、彼の小さな愛車〈ベイビー・ボブス〉が出せるかぎりのスピードを出して、いつも寒くて天候不順なキンバリー・クラーク・ウェイマスに大急ぎで戻ってきた。途中、マーナ・バーンサイドとそのスーパー優秀な脳みそが彼に提供してくれそうなことを、とくに、そのおかげで彼が必然的に変身するもののことを、考えていた。スタンピーと魔法の蝶ネクタイ、その日の蝶ネクタイはグレーとカボチャ色のツートンカラーで、本当はこんなふうにフロントガラス越しに車の往来を眺めるより、遊園地にでも連れていってほしかったと思っていたのだろうが、とにかく両者はマーナが、女の子にも男の子にも仲間はずれにされていた少女時代からかけている黒い鼈甲縁《べっこうぶち》の眼鏡を鼻の上にずり上げてにんまりしているところを想像した。スタンピーと蝶ネクタイは、しょげている蝶ネクタイのほうはとくにその瞬間、まぼろしの観覧車とつまらないフロントガラスについて、願望とその強烈な輝きについて、少しも輝いていないいらだたしい現実について、変なポエムでも書きたかったのかもしれないが、とにかくマクファイルと蝶ネクタイはマーナのほほ笑みを、もちろん空想上のほほ笑みを眺めて、「さあ、これであなたは私のものよ、ダン・マクファイル」とでも言いたげな笑みだと思った。ああ、やめてくれ、とスタンピーと蝶ネクタイは言い合った。ある人が便宜を図ってくれた、ただそれだけで、その人の所有物になるなんてことがあるだろうか？　その便宜が、ミルドレッド・ボンク通りにある家くらいの大きくて貴重なものであれば、ありえる。だが、誰かの所有物になるって、具体的にはどういうことなのか？

小さな不動産エージェントは蝶ネクタイの位置をずらし、ひとけがあまりないのをいいことに、十字路に車を停めて、もこもこした扱いづらいコートと子供サイズのブレザーを脱いだ。汗をびっしょりかいていた。アリスに電話をしなければならない。マーナ・ピケット・バーンサイドのところに一緒に行こうと誘うべきだろうか？　考えただけで怖くなった。そのときスタンプは、ベイビー・ボブス号の小さな助手席でおとなしくしている、もしかして死んでいるのかもしれない子熊みたいに見えるもこもこしたコートを見ながら、急がなければならないことを思い出した。『不動産完璧読本』唯一の編集者、忌々しいウィルバーフロス・ウィンザーがやってくる前にあっちのことを解決しておきたいなら。時計を見て、手首で額を、汗まみれの小さな額をこすり、それから車のドアを開けて、ここまでの運転同様大急ぎで車を降り、凍ったアスファルトのあちらこちらで否応なく足を滑らせて、こちらに向けられる非難の視線や軽蔑の表情を避けながら、〈不動産のことなら何でもご相談ください　マクファイル社〉をめざした。まわりの連中は眉をひそめ、きっといくつもの手がノートにそそくさと考えをメモしているはずだ。〝早くに出かけて夕食前に戻ってきた〟とか〝店から半ブロックほど離れたところに車を停めた〟とか〝途中で滑って頭をかち割りそうになった〟とか〝あいつは何を企んでいるのか？　一介の不動産エージェントがいったい何を？〟、そして最悪の場合は〝おまえは人生を棒に振っていると誰か警告してやるべきでは？〟とか。とにかく、そういうことは全部見て見ぬふりをして、彼はいざ店にたどり着くと、ドアを開けて中に入った。

恐れていたように、とたんに電話の呼び出し音が耳に飛びこんできた。だがそれは今に始まったことではない。電話は、ハワード・ヨーキー・グラハム賞を獲れなかった夜からずっと鳴りつづけていた。リン、リン、リーーーーーン。スタンピーは、野獣か何かでも見るような目で電話を見た。受話器を取り、失望し怒り狂った母親とまた対決しなければならないとわかっていた。リスクは承知の上だ。とにかく電話を取って、もし相手は彼と連絡がつかないと訴えていたマーナの秘書ではなく、切羽詰まった母親だとわかったら、また即座に切ればいいだけだ。応答する必要はない。そうとも、とスタンピーは自分に言い聞かせた。きっとそうする、すぐに切ってやる。スタンピーは息を吸いこんだ。受話器が手の汗で濡れた。これで話そうとしたら、舌足らずな赤ん坊みたいなしゃべり方になってしまうだろう。

「ああ、やっと運が向いてきた」それは低い男の声で、母親の声ではなかった。「いやはや信じられない。どなたか、いるんですよね？」彼が電話を取ったこと、というか、誰かが電話を取ったことを心から喜んでいるようだった。相手はぺちゃくちゃしゃべった。「頭がどうかしそうだったんですよ。マクファイルさんの秘書ですか？　ダン・マクファイル？　バーンサイドさんはダン・マクファイルさんと話がしたいそうなんですが、ええと、もしかして休暇中だったんですか？　ずっと彼をつかまえようとしていて、ええと、いつからだ？　もう思い出せないくらいだ。もしもし？」

スタンプは何と言っていいかわからなかった。だって何が言える？　咳ばらいをして「少々お待ちください」と、秘書を装って女性らしい甲高い声で「少々お待ちください」と言い、すぐに電話を自分自身に渡すか、それともあっさりと、秘書は休暇中で今は留守にしているんですと言い、「妙な」行き違いがあったようで申し訳ありませんと嘆き、ええ、ちょっとした休暇を取っただけなので、ハハハとでも言おうかと思っていると、相手は男の低い声でまたぺらぺらとしゃべりだした。

「もしもし？　ああ、どうかそちらに誰かいると言ってください。これは夢じゃない、と。それともやはり夢なのか？　電話を取った者などいないのか？　もしもし？」

「はい、ええと、はい」

スタンピー・マクファイルはがらがら声だった。

「ああ、やっとだ」男は拍手をした。やけに男っぽい、おかしな拍手だった。「マクファイルさんの秘書の方ですか？」

スタンピーは言葉に詰まった。

「はい、ええと、いいえ」

「は？　すみません、お嬢さん、ちょっとどういうことかよくわからないんですが」

「違うんです、ええと、ハハ」どうした、マクファイル？　蝶ネクタイをいじるのはやめろ。何か言え。さっさと何か言うんだ。「秘書はですね」死にました？　そういうことにしたらどうだ？　死んだってことに。うん、いいんじゃないか？　ミスター・誰か知らない人、じつは私の秘書は昨日の夕方亡くなりまして、ほかに人を雇う暇がなくて、ですからもしよろしければ、もし私に伝えることがおありなら私におっしゃっていただければ、私自身で対処いたします。ええ、なんだか妙な具合ですが、ハハハ、こういうことはままあることですし。まったく、なんと答えればいいか、秘書の方ですか、ときた。

「いいえ、秘書は、ええと、秘書はいません」

「休暇を取られたんですか？　ああ、長期じゃないですよね？　まさかバケーションですか？　なんてこった！　ああ、だからあなたもとてもお忙しいんですね？　どちらに行かれたんですか？　ああ、言わなくてけっこう。私が最後に長期休暇を取ったのは、いったいいつのことか？」秘書は黙りこみ、ドラマチックな沈黙がその場を完璧に支配した。「七歳のときですよ、マクファイルさん」

「ああ、それはお気の毒に、ええと……」

「クランストンです。ジーニー・ジャック・クランストン」

「クランストンさん」

「ジーニー・ジャックと呼んでください。じつはマーナはけっして私をジーニー・ジャックとは呼ばないんです。ずっとクランストンと呼びつづける。子供のとき学校でクランストンと呼ばれてたんですが、それがいやでね。あなたはどう呼ばれてたんですか？」

「できればあまり思い出したくないんです、クランストンさん」

「ジーニー・ジャック」

「ジーニー・ジャック」

「ああ、思い出したくない、なるほど。私もですよ。ええ、私も思い出したくないな、マクファイルさん。あるいは、ダンと呼んだほうがいいですか？」

「いや、マクファイルでけっこうですよ、ジーニー・ジャック」

「よかった。よかったです、マクファイルさん。さて、どうしてジーニー・ジャックはわざわざ電話を、とお思いでしょうね？　もちろん重要な要件ですよ。当然です」

オフィスの前に通りかかった男が歩いていく。何かのパズルに足をはめこんでいるかのようだ。雪の積もったアスファルトの上をぴょんぴょん飛んでいく靴を想像する。といっても、実際には歩いているのは靴底だし、考えてみれば、歩くというのは、一つの靴底から別の靴底へ交互に体重を移すことだ。スタンプは首を振り、いや、靴底じゃなくてスノーシューか、と思う。ハハハ。まだ使ったことはないが、一組買ったのだ。家の玄関先に置いてある。誰もそれを見ていないが、それは今までに誰もスタンプの家に来たことがないからだ。だからある意味、そのスノーシューは存在していないも同然だ。存在しているが、存在していない。そのことをウィルバーフロス・ウィンザーに話そうか、と思う。そうしたら、あの一組のスノーシューは存在するようになる。『不動産完璧読本』の読者が誰にせよ、彼らがあのスノーシューを存在させることになる。

予定表にこのことをメモしようと思う。

スタンプは腰を下ろした。

同時に椅子がきしんだ。

「マクファイルさん?」受話器の向こうで男が言った。

「ああ、ええ、もちろんです。まずは、ジーニー、ひと言言わせてください」スタンプは〝スノーシュー〟とメモした。「ぼくのことは、いいえ、ぼくの秘書のことは残念です、ジャック。いみじくもあなたがおっしゃったように、数日休暇を取っているので、とにかくぼく一人では充分に対応できないんですよ、ジーニーさん。ジーニー・ジャック」

「ええ、ええ、マクファイルさん。よくわかります。じつは私にも臨時の秘書がいるんです。信じられます? 秘書の秘書だなんて。マーナから発生する仕事量は半端ではないんです」

「でしょうね」

「きっとあなたから発生する仕事も相当な量なんでしょうね」

ああ、そうとも、とスタンプは思った。半端ではない仕事量だ!

「言わせていただきますが、マクファイルさん、あなたの秘書が何日か休暇を取ったのはまずかったですね。だって、もしあなたとこのまま連絡がつかなかったら、どうなっていたか。いいですか、マクファイルさん、例の家はずっと売家のままでしょう」

一瞬の間。

何だって？

スタンピー・マクファイルはそのとき何も持っていなかった。もしコーヒーカップでも持っていたら、その瞬間それが床に転がったのは間違いなく、（カラン、カラン、ガチャン）こなごなになっていただろう。

「今なんて？」

「何日も前からあなたと連絡を取って、あなたの担当する家にとても興味を持っている人をバーンサイドさんが見つけた、とお伝えしたかったんですよ」

スタンプは、通りに面したガラス窓に映った自分の顔を想像した。ひどい顔をしているに違いない。きっと幽霊を見たような顔だろう。具体的に言えば、通りの向こう側の路肩に積もった雪の中を突き進もうとしている、水着を着たリスの幽霊だ。

「ジーニー・ジャック、つまり、マーナ・ピケット・バーンサイドさんは、あの家を見てもいないのにもう売ってしまったってことですか？　どんな家か知りもしないで買いたいっていう人を見つけたと？」彼女の驚異的な脳みそは本物の驚異だ、とスタンプは思った。そんな脳みそとどうやって共生できる？　その脳みそ君は、毎日新聞を買ってくれ、と持ち主に頼むのだろうか。そして、読めと命令する？　いったい何を栄養にしているんだ？　「そういうことですか、ジーニー・ジャック？」

「ええ、そのとおりです、マクファイルさん」

スタンプは受話器をデスクに置き、顔を両手でこすった。この両手に何ができるだろう？　ただの二つの手だ。母ミルティ・ビスクル・マクファイルが作ったものだが、幸い、手自身はそれを知らない。ときどきスタンプは、自分の体の各部分にもし意識があって、どうやって作られたか知っていたとしたら、彼に恐ろしいこと（おいおまえ、ここで俺たちを巻きこんで何やってるんだ？　人生を棒に振ってるってこと、わからないのか）を言ってくるような気がする。

「マクファイルさん？」

受話器がしゃべっている。

それはまだデスクにあった。

「マクファイルさん！」

スタンプは咳ばらいをし（エヘン、エヘン）、受話器を耳に押しつけた。

「すみません、ジーニー・ジャック、ちょっとした緊急事態がありまして」スタンプは謝罪した。

「マーナが、ぼくの担当する物件をすでに売ったということなんですね」

「ああ、正確にはまだ売れたわけじゃなく、かなり有望な買い手を見つけたってことです」

スタンプは時計を見て、急に心配になった。あのウィルバーフロスとかいう『不動産完璧読本』のたった一人の編集者はまもなくここに到着するだろう。スタンプは、彼が車体の長い、古びたオープンカーを運転している姿を想像した。山高帽をかぶっている。車には小さなノートが何百冊と詰めこまれている。そして猫もいる。彼がどこへ行くにも猫を連れていくと言うのを聞いたことがあった。白猫のこともあれば、茶トラのこともある。どの猫も毛足が長い。猫というより、ぬいぐるみが動きだしたように見えるという。

「なるほど、いずれにしても、今はあまり時間がないんです。ですから、バーンサイドさんにつないでいただけますか？」

「ええ、もちろん。すぐにミセス・ウィシャートにおつなぎします」

「ミセス誰ですって？」

「ウィシャートさんです。まだ切らないでくださいね。お話しできて光栄でした」

「ちょっと待ってください。ミセス・ウィシャートというのはバーンサイドさんのことですか？」

「違います。ウィシャートさんが買い手なんです」

「あなたはマーナ・バーンサイドさんの秘書だと思っていましたが」

「ええ、そうですよ。ただ、ご存じのように、社長は司令本部みたいなものなんです。今も七件の物件の契約をしようとしています。そして、ええとさらに十件について交渉中です。いや、待ってください」もったいぶった間があく。「十一件だ」

「ええっ、こうして話しているあいだに増えたんですか？」

「つねに増えつづけてますよ」

スタンピーは真っ白な自分の予定表をちらりと見た。書いてあるのは〝スノーシュー〟という文字だけだ。

がっかりして言った。

「すばらしいですね」

「ああ、マクファイルさん、あなたこそとても楽しい方だ。待ってください。ではウィシャートさんにおつなぎしますね」

「お願いします」スタンプは言った。ミセス・ウィシャートか。いったい誰なんだ？　金持ちで独身で、コートのコレクターで、この地球上のどこより天気が悪い、極寒のキンバリー・クラーク・ウェイマスに引っ越せば、好きなだけコレクションを活用できて、こんなに好都合なことはないと思ったのか。あるいは、ルイーズ・キャシディ・フェルドマンの大ファンで、古いタイプライターの埃を払って、『ミセス・ポッターはじつはサンタクロースではない』の待望の続篇を書こうと思いたち、とにかく、この寒さや絵葉書、〈ルーズ・カフェ〉や何やら、親愛なるルイーズ・キャシディ・フェルドマンその人にインスピレーションをあたえたものから自分もインスピレーションをもらおうと考えたのか。かつて、今ではほとんど忘れられたテレビドラマ版でミセス・ポッターその人を演じた退屈した女優が、自分自身でしかないことに飽き飽きして、じつはサンタクロースではない、あのサンタクロースもどきそのものになるふりをするのはどうだろうとでも思ったのか。いやはや、謎だ。そしてスタンピーは謎が好きではなかった。「つないでください」ととにかく言い、話をするあいだにコーヒーを一杯飲もうと思って、電動のコーヒーメーカーのスイッチを入れて待った。

　たいして待たなかった。

「マクファイルさん？　ダン・マクファイルさんですか？」その女性の声はちょっと変わっていた。コート・コレクターの声でも、名前は知らないがミセス・ポッターを演じたあの女優の声でも、もちろんない。それは野性的なだみ声で、人を認めないことに慣れている声だった。もし作家の声だとしたら、ただの作家志望者ではなく、彼女にふさわしいかどうかは別にして、いくつも賞を獲得してきた作家の声だった。家にはトロフィーがずらりと並ぶマントルピースがあり、たぶん大型犬も飼っている。その犬は、執筆中、足元に寝そべっているに違いない。そして本人はひっきりなしに煙草を吸っているだろう。

「ミセス・ウィシャート？」教えてくれ、かなりの喫煙量なのでは？　ぼくにかわって、どうかワンちゃんに挨拶を。ご心配なく、家には裏庭があるよ、と伝えてほしい。

「ドブズと呼んで」相手が言った。

「ドブズ」ドブズ・ウィシャート、職業、作家。ああ、アリス？　君にも信じられないはずだよ。ルイーズ・キャシディ・フェルドマンのライバル登場だ。彼女、煙草を噛むんだ、アリス。大型犬を飼っていて、名前は、そうだな、ミシェル・パークハーストだ。あのつまらない担当物件に引っ越してきて、『ミセス・ポッターはじつはサンタクロースではない』の続篇を書くらしい。

「ええ、ドブズ」

「ああ、わかりました、ミス、いえミセス・ドブズ」

「ちっともわかってないわね、ミスター・マクファイル。ダンと呼んでもいいかしら」

もちろんだとも、ドブズ。あんたは有名な作家だ。たぶんぬり絵なんて一度もやったことがないだろう？

スタンピーが思うに、世の中の人間は、自分のようにぬり絵が大好きな人と、母のようにぬり絵なんて時間の無駄だとして毛嫌いする人の二種類に分かれる。ある意味、母とのあれこれが、あの言葉にできない恐怖が始まったのは、ぬり絵からだった。

子供の頃、スタンプはぬり絵をするのが好きだった。実際、ぬり絵のプロだった。そういうぬり絵の本を考案した落ち目の絵描き自身は知る由もなかったが、ぬり絵はスタンプ少年に目的をあたえ、それればかりか、上手に塗るにはどうしたらいいか教えた。だから新しくぬり絵ができあがるたびに、スタンプ少年はちょっとした達成感に浸った。ところが母に言わせれば、それはマクファイル家にはふさわしくない、とうてい理解できないし耐えがたい、服従傾向の最初のあらわれだった。

母にはそれが不満でいらだたしく、スタンプは一度ならず、母が父にこんなふうに漏らしたのを聞いたような気がした。

「カステアーズ・ポープ・マクファイル、あの子はあのままじゃ人生を棒に振るわ」

母はいつも父を〝カステアーズ・ポープ・マクファイル〟と呼んだ。

スタンピーは、母が父をほかの呼び方で呼ぶのを一度も聞いたことがなかった。

父は母を〈つぼみちゃん〉とか〈ケーキちゃん〉とか〈今絶好調の記者、いや今だけじゃない、いつだってそうだ！〉とかいろいろな呼び方をしたが、母はいつだってカステアーズ・ポープ・マクファイルだった。

塩を取って、カステアーズ・ポープ・マクファイル。

私もあなたを愛してるわ、カステアーズ・ポープ・マクファイル。

（さあ続け、続け、続けー、カステアーズ・ポープ・マクファァーーーイル！）

「ダン？」

ほら、あの作家だよ、マクファイル。

応答しろ。

「はい、ええと、もちろんです」

「怖がらないで。私も不動産エージェントなの」

なんだって、嘘だ、嘘だ、作家じゃないのか、とスタンピーは思う。

本当に？

「ベッキー・アン・ベンソンさんとそのご主人の代理人です」

ああ、つまりあなたは作家ではなく、ルイーズ・キャシディ・フェルドマンの座を奪おうとしているわけではなく、『ミセス・ポッターはじつはサンタクロースではない』の続篇を書こうとしているのでもないわけか。せめて煙草は噛む？

「ダン？」

「ああ、ベッキー・アン・ベンソンですね、ええ、なるほど」

「ベンソン夫妻です」

「ああ、ベンソン夫妻、なるほど」

「ご存じですよね？」

「ええ、もちろん、ええと、存じてます」

「ある意味、二人は有名人なんです。つまり、ただのホラー小説家夫婦にしては、かなりの有名人。どういう意味かわかっていただけるなら。おわかりですよね？」

「ええ、ええ、もちろんです」

「問題ないですか？」

ああ、もちろん、とスタンプは心の中で言う。すばらしい。

ぼくの唯一の担当物件をその目で見てもいない人の驚異の脳みそが、かわりにそれを売ってくれて、しかも相手はほかならぬ作家夫婦だという。あの家の唯一の魅力は文学にまつわるものだから、ぼくが考えついた販売プランはせいぜい文芸誌に広告を出すこと程度だった。驚異の脳みそはそうとも知らずに作家夫婦に家を売ってくれたわけで、だから問題なんてあるわけがなく、むしろ最高だ。

「すばらしい」

「よかった。私としても喜ばしく思います。私のいただいている情報では、その物件はキンバリー・クラーク・ウェイマスという場所にあるんですよね？」

「ええ、ぼくがあつかっています。きれいな家ですよ。二階建てで、裏庭がある」

「けっこう。それで、そこではずっと雪が降っているというのは本当ですか？」

「ええ、まあ、本当です」

「けっこう。すばらしい」その女性は言い、何か質問票に記入でもしているかのような口ぶりだった。

「では、家は古いですか？　つまり、床がきしんだり、ひどい嵐の夜には窓からヒュウヒュウ隙間風が入ったり。とても大事なことなんです、ダン。床がきしみ、窓からヒュウヒュウ隙間風が入る必要がある」

「ああ（フフフ）」スタンピーは笑った。「その可能性はありますが、ぼくとしてはそうでないことを祈っていますよ、ミセス・ウィシャート」

「ミスです。ドブズでお願いします」

「すみません。ミスですね。ドブズ」

「はい。では、床はきしむかもしれないし、窓はヒュウヒュウ隙間風が入るかもしれない。ほかには何かありませんか？　つまり、人を怖がらせるたぐいのことがほかに何か」

「怖がらせる？　（フフフ）ミス・ドブズ、あれはただの家で、連続殺人犯でも何でもありませんよ」

「もしかして、連続殺人犯が住んでいた家かもしれないと？」

「ああ、違います。息子が毛嫌いしている、哀れな男の家にすぎません」

「それで、その哀れな男はもう死んでいる？」

「そう思います」

「すばらしい」

スタンピーは眉をひそめて言った。

「幽霊と関係があることですか？」

「おやおや、回りくどいことはやめろってわけですね」

「申し訳ありませんが、おっしゃる意味がわかりません」

「ああ、ご心配なく、わからなくても大丈夫。一つだけお願いしたいのですが、あなたのクライアントに、お父上がその家で亡くなったことにするのは難しいかどうか、訊いてほしいんです」

「そんなことできませんよ」

「できますとも。その家、売りたいんでしょう?」

「ええ、もちろん」

「すばらしい。では明日お会いしましょう」

「明日?　(グフッ)どこで?」

「ああ、そちらで。それから、忘れないうちにもう一つ。近くのスキー場までどれくらい距離があるか、調べてもらえませんか?　あの狂人夫婦を、しばらくのあいだ毎日スキー場に連れていかなきゃならないので」

「でも、ええと、ミス・ウィシャート、クライアントがあの家にどれくらいの売値を想定しているかも、まだ交渉していませんし……」

「ああ、それについては問題ありません。では、明日お会いしましょう、ダン」

「ああ、はい。では」

受話器の向こう側で、有無を言わさぬ音(カチリ)が聞こえた。

スタンプは満足げにほほ笑みながら時計を見て、席についた。玄関から目を離さないようにしよう。まもなくあの入り口からウィルバーフロス・ウィンザーとかいう男が入ってくるはず。今なら彼に話す、じつにすばらしいニュースがあった。

15

大慌てのウィルバーフロス・ウィンザーの見習いと、彼のテニスボールであるジョセフィン、文法学者の二人の子供、そして、まもなく置いてきぼりにされるとも知らないナイトテーブルが登場する

その男はどう見てもウィルバーフロス・ウィンザーではなく、というのも、ウィルバーフロス・ウィンザーにしては若すぎるし、ブロンドだし、陽気すぎたからだが、といっても、これからインタビューする見知らぬ相手に対して凍った地面から握手の手を伸ばす人間が陽気に見えるかどうかはまた別問題で、とにかくそのアーク・エルフィン・スターカダーという名の男は、〈不動産のことなら何でもご相談ください　マクファイル社〉の玄関に衝突する直前、能天気にその店へと急いで向かっていた。着古されて汚れたブレザーのポケットにはテニスボールが入っていた。そのブレザーは彼の一張羅で、少なくとも二サイズ分は大きかった。アーク・エルフィンがまともな上着を持っていないのは、服になどかまっていられない大家族が原因の一つだった。短髪がちょっと魅力的な感じにはねている、一見若く見えるアークだが、じつは五人の悪魔みたいな子供の親で、出勤のため家を出るたび

にせいせいするのだった。家を出ることは、アーク・エルフィンにとっていつだってちょっとした贅沢だった。一種の執事とも言える使用人で、実際にはベビーシッターであるミスター・スネラーのわめき声を聞きながら、背中でドアが閉まる喜び。どうせ帰ってきたら、すぐにベッドに入って、妻のリズナーの帰宅を待ち、今日一日の話を、いつだって彼のそれよりはるかに面白そうな一日の話を聞くことになるとわかっていた。ウィルバーフロス・ウィンザーの見習いになったのはつい最近のことで、妻より面白い一日になるような要素はまだ何もないからだ。アークは、記事を書こうとすることを除けば、ほかに何をしたか？　神出鬼没のミスター・スネラーにあれこれ頼みこんだり、すでにもう小さくはない二人の子供たち、カシックとラファティが今はやけに文法に熱中しているので、競って勉強したりするぐらいだ。それに引き換え、妻リズナー・スターカダーは？　リズナーは船の船長だが、特定の船で長期間どこかに航海するたぐいの船長ではない。彼女は一団のクルーズ船、つまり、ベティ・ハドラー・ウィントンという土地のキース川と呼ばれる川を航行するクルーズ船を率いているのだ。キースと聞けば、ビリー・ペルツァーならぴんと来ただろう。母から届いた最初の何枚かの絵の一枚がそこを描いたものだったからだ。凍結した川とそれを渡ろうとして途中で足を止めた悲しげなリスがぽつんといるだけの絵で、『キース』と題され、ビリーはまだとても幼かったのでそうは思わなかったが、父はその〝キース〟こそが、魅力的で衝動的な妻マデリン・フランセス・マッケンジーを奪った男だと思いこんだ。

しかし無害で夢想家のアーク・エルフィンは、妻が船長を務めるクルーズ船が航行する川が、マデリン・フランセス・マッケンジーが描いた同じ川だということも、その妻に捨てられた男がそれは川ではなく、自分から妻を奪った男の名前だと思いこんでいたことも、知る由もなかった。アーク・エルフィンが知っているのは、『不動産完璧読本』の創刊者にして唯一の編集者であるウィルバーフロス・ウィンザーの久しぶりの（数か月ぶりだ！）仕事を担っているということで、その仕事とは、ハワード・ヨーキー・グラハム賞を惜しくも逃した男にインタビューすることだった。彼は長時間運転してきた今になって、あることに気づいた。お気に入りの歌手レオン・ターピンのCDを三回もくり返し聴けたほどの長時間運転だ。悲しい曲ばかり集まった、何もうまくいかないかもしれない、実際、何もかもうまくいかない、でも、少なくともどうにかこうにか終わったんだからそれだけですばらしいじゃないかと、どの曲も彼にささやき、とても勇気づけてくれた。とにかく、アーク・エルフィンが気づいたのは、コートを持ってくるのを忘れたということだった。あんまりうきうきしながら家を出たので、ベティ・ハドラー・ウィントンとキンバリー・クラーク・ウェイマスの気候がまったく違うことを忘れていた。だから、車を降りる前にきっと風邪を引くだろうと思った。そして一週間丸々寝こむことになり、ミスター・スネラーが子供たちのことでてんてこ舞いし、彼がどんなに調子が悪くても、スネラーが全員の服を全部脱がせて永遠にベッドに寝かしつけようとしても、子供たちはパパを取り囲み、水をコップ一杯とか、パパにしか見つけられないぬいぐるみの動物とか、文法の辞書とか、面白いお話とかをねだり、「パパ、パパ、パパ！　今夜は面白いお話してくれる？」と一人が叫ぶと、「このスターカダーの悪魔っ子たち、パパは病気なんだ！　そっとしておいてあげなさい。さあ、部屋から出て！　さっさと出て」とスネラーが吠えるのが聞こえ、彼は目を閉じ、熱に浮かされてまどろみながら、小さないくつもの足に踏みつけられたり、ビロードの雲みたいな小さな手にあちこち引っぱられたりすることになるだろう。このスターカダーの悪魔っ子たち、かと思い、ふと笑みを漏らして、車を、というか実際は、チキンのおかゆ《アロス・コン・ポヨ》やベビーコロンの匂いがたちこめた、座席がいくつもあるミニバンなのだが、その車からアーク・エルフィンは降りた。なんだかんだ言ってもアークは子供たちを愛していたし、久しく風邪など引いていなかったし、そのとき通りを歩いているのは彼一人きりで、雪は積もっていたがまわりを取り囲む子供の群れはいなかったし、何もかもが簡単で楽ちんで、とはいえ恐ろしいほど寒く、〈不動産のことなら何でもご相談ください　マクファイル社〉に到着する頃には、顎が霜だらけになっているかもしれなかった。アーク・エルフィンは、自分の靴底が何に出合うか予想していないなんて、知らなかった。靴底を待っていたのは、いざ通りを渡り不動産屋の玄関扉を開けようとしたとたんそれをスリップさせた、道を覆う氷である。こうして避けがたく滑って思いきり転んだせいで、ジャーナリスト志望の金髪の若者が、マクファイルの店の玄関扉に衝突したのだった。

「ああ、大変だ！　大丈夫ですか？」慌ててドアを開けたスタンプは、ブレザーを着た子供みたいな男に気づいた。しかもそのブレザーはやけに大きすぎるように見え、すでにぐっしょり濡れていた。「ちょっと大丈夫ですか？」そうくり返して手を差しだし、男のほうは相当強く体を打ったように見えるのに、ひたすらにこにこして、「ええ、心配しないでください。どうやら足を滑らせたようです。この靴め、役立たずの靴め」と言い、へらへら笑うと、不動産エージェントの手を支えになんとか体を起こした。スタンプはわが目を疑った。ブレザーは染みだらけ、胸ポケットからは目に見えて汚れたチーフが垂れている。ぼろぼろのブリーフケースを持ったまま転倒した若者は「あ、ありがとうございます」と礼を言い、笑みを顔に貼りつけたまま、スタンピーの下手くそで運のないピアニストのような手にすがって立ち上がった。

「まったく平気です」若者は言い、まず右の手首を、そのあと左の手首を回し、濡れたお尻を触ったあと、ブレザーを整え、寒さで歯がカチカチ鳴るのを隠そうとした。「ただ（カチカチカチ）驚いたな、ここにあるのは村じゃなくてスケートリンクですね！　商売にはとても有利でしょう？　天然のすてきなスケートリンクに建った最高の家。そこから山並みや、同じスケートリンクに建設されたほかの家々が見える。魅力的ですね。目を引く要素ばかりだ。一つの階に暖炉が三つとか」スタンピーは笑い（ハハハ）それから言った。「もしかして求職中ですか？」（ハハハ）若者は愉快そうに肩をすくめ、それから手を差しだした。スタンピーがそれを握る。氷のように冷えきっていた。「スターカダーと申します。アーク・エルフィン・スターカダー」

「マクファイルです。スタンピー・マクファイル」不動産エージェントは言った。「初めまして」

「お会いできて光栄です（カチカチカチ）、マクファイルさん」うう、歯がカスタネットみたいだ。中に入らせてもらわないと。「ウィンザーに言われて参りました」

「ウィンザーさんに？」

「私は、ええと、『不動産完璧読本』の記者です」

スタンピーは若者をまじまじと見た。ただの子供じゃないか。髭さえ生えていない。鼻の下に金色の産毛がなんとなく見えるが、それだけだ。

「ウィンザーさんは一人で切り盛りしていると思っていました」

「ええ、そうです。ただ」（カチ、カチカチカチ、カチ）「ときどき仕事が重なったりすると」（カチカチカチ、カチ）「私が呼ばれるんです」

「ふむ」スタンピーは不満げに声を漏らした。

若者の顎をじっと見る。

雪まみれだった。

ミセス・ポッターの避暑妖精たちがああいう場所によじのぼったとしたら、よく滑るスケートリンクを作ったかもしれない。

「（ふう）ご主人」若者は手をこすり合わせた。「そこにあるのはコーヒーですか？」

「ああ、そうです。すみません、気づかずに。どうぞ入ってください」ようやくスタンプは招き入れた。「コーヒーを用意しますよ」若者はドアを閉めた。外は相変わらず激しい吹雪だった。「ジャムを入れますか?」

「ジャム! ええ、もちろんです、マクファイルさん」若者はまだ立ったまま手をこすり合わせ、それを口まで持っていくと(フー、フー)息を吹きかけて、そのあとポケットにつっこみ、また出して顎をこすった。「しかし、すばらしいところですね。ここが仕事場なんですか?」と言ってあちこち眺める。「年鑑も!」アークはぼろぼろのブリーフケースに手を伸ばし、ノートと鉛筆を取りだした。ノートは少なくとも三回はあちこち火事に遭ったかのように見える、とスタンピーは蝶ネクタイを撫でながら思い、架台にのったまま、いつまた鳴りだすかわからない電話のことをつかのま忘れていた。

「いつから年鑑を集めているんですか、マクファイルさん」若者は、クライアント候補者向けのビロード張りの椅子に座り、ゴミ箱に足を置いて、年鑑の一冊を取りだしてぱらぱらめくりながらノートに何やらメモをした。「ご主人?」

「ああ、ええ。いえ、集めてはいません」何言ってんだ、マクファイル、おまえ、集めてるじゃないか。「単なる情報収集の手段です」

「おや、だからこんなものすごく古いのもお持ちなんですね」若者は突然立ち上がり、スタンプが壁を隠すために置いた棚からその〝ものすごく古い〟一冊を取りだした。「こんなものすごく古い年鑑もお持ちだと書き留めていいですか?」こんなものすごく古い年鑑を持っている、とつぶやきながらメモする。「じつを言うと、あなたがこれを集めているわけじゃないという事実のほうがむしろ興味深いです、そう思いませんか?」

「そうですね」スタンプはやっとコーヒーを用意し、それぞれにピーチジャムをスプーン一杯ずつ加えた。「それで」彼は椅子に腰かけた。「あなたはウィルバーフロスさんに派遣されてきた、と」

「ええ、そうです」

「ウィルバーフロスさんは具体的にぼくのどこに興味をお持ちなんですか？」

「次号のためにあなたにインタビューしてほしいと頼まれました。聞くところでは、あなたはハワード・ヨーキー・グラハム賞をもう少しで受賞するところだったそうですね。おめでとうございます」

「おめでとう？　ぼくは賞を獲れなかったんですよ？」

「聞くところでは、あなたは向こう見ずな不動産エージェントなんですよね。賞を獲れなかったことからすると一番ではないかもしれないが、でも、そうであることに変わりはない、ですよね？」

「ええ、まあ」

「すばらしい。では、向こう見ずと言われる理由は何だと思いますか？」

若者は、組んだ足の靴の上にノートを置いている。靴を机がわりにしているのだ。くたびれた靴だった。スタンプは、底に穴が見えたような気がした。

「マクファイルさん？」

「ああ、ええと、この最悪の村に越してきたことが、ハワード・ヨーキー・グラハムには大胆だと思えたんでしょう」

「キンバリー・クラーク・ウェイマスは最悪の村なんですか、マクファイルさん？」

若者は眉をひそめた。この若者の眉は普通のそれではない。ひそめることが習慣となった眉、というか、しょっちゅうひそめられている眉だ。珍しいのは、本来ひそめられてはいない眉である、という点だ。実際のところは知りようがないが、五人の子供の父親として鍛錬された眉だと言える。しかも五人のうち二人、そのうち一人はかなり幼いというのに、文法について議論をするような、本人たち曰く〝うんぽうのものちり〟だった。

「メモしてますか？」

「メモしていいんですか？」

「もちろん」

若者は〝最悪の村〟と書き留め、そのあと顔を上げた。お菓子を待っている子犬のようだ。スタンピーはそのお菓子をあたえてやることにした。『ミセス・ポッターはじつはサンタクロースではない』ファンだということを打ち明けるのだ。

「ルイーズ・キャシディ・フェルドマンをご存じですか？」

「ああ、もちろんですよ！」若者は、何か大事なことに突然気づいたかのように、額を叩いた。「ここがそうか！」

「ここがそう？」

「『フォレスト姉妹の事件簿』が唯一今も視聴率を稼いでいる場所です」

スタンピー・マクファイルはあまりテレビを観ない。余暇には、テレビを観るなら、あの〈水中都市〉で人形遊びをしたほうがいい。たとえば、ピーターソンさんをスーパーマーケットに連れていき、そこで彼と同じ通りに住んでいる、不審なくらいおとなしい、かわいらしい赤ん坊を育てている魅力的なシングルマザー、ニッキ・コーンと缶詰売り場の通路でばったり鉢合わせさせたり。だからスタンピーはこう言った。

「ええ、たぶん」

でも、彼はそんなことは何も知らない。

まったく、何も。

「で、噂は本当なんですか？」

「噂？」

アーク・エルフィンは声を低くした。

「みんながスパイしてるって」

「スパイ？」

「そういう記事を読んだことがあるんですよ。ブライアン・タップス・ステップワイズの記事を」そう、アーク・エルフィンはほかの記者の記事は読まない。神出鬼没のその謎めいた男を崇拝しているのだ。「危険な村だと言ってました」

「こんなに寒いから？」

「いいえ、問題は住民です。どこにいても監視されている気がした、と言います。こちらをじっと見ている双眸に出くわさない場所はなかった、と」

「たしかに、みんな噂好きですね」

スタンプは、夜間に家のゴミ箱をほじくり返す狐の群れに囲まれているような気がすることを思い出した。朝になると、ゴミ箱がひっかきまわされていたように見えるのだ。それに、あのクライアントから言われたこともそうだ。人にあとをつけられないように気をつけて、とはっきり頼まれた。だが、村全体が危険だというのはどういうことだろう？　村全体で寄ってたかって、おまえを殺そうとする、とか？

「私があなたなら、手作りケーキは避けますね」若者はウィンクしてみせた。「まあ、そこはタップスの冗談だと思いますよ。本当に何も気づきませんか？」

「ああ、そう言われれば、もしかするとぼくのクライアントが……」

「クライアントがいらっしゃる？」

「ええ、大事なクライアントです」

「それはそれは」彼は、機銃掃射を受けたかのような例のノートに何か書きつけた。「つまり、この土地に重要なクライアントをお持ちだ、と」

スタンプは昔のことを話そうかと思った。まだこの凍てつく寒さの忌まわしき土地に引っ越して〝人生を棒に振り〟はじめる前の時代、テシー・ローソン・ウィンプルで不動産エージェントをしていた頃のことを。火山が三つあり、地元紙が二紙、名店と言われるレストランが何軒か、すばらしい学校、記念碑、アーティストたち、画廊、小さいけれど人がうらやむような地元商店街、しかも大学まである、神に祝福された魅力的な町。つまり、誰もが暮らしたいと思うような場所、高い理想を掲げ、排他的で、もちろん恐ろしくスノッブな雑誌『レディ・メトロランド』が本社を置くたぐいの土地だ。スタンプは、当時の自分の手の役割についても話そうかと思った。彼は両手で広々とした居間を「こちらです、いかがですか？」と示し、「居間です」と告げ、そうしていると自分が道を切り拓き、すべてを創造したかのように思えた。どの山々も火山も、彼が「見てください、山です、火山です！」と言ったときにそこに現れるような気がした。実際には最初からそこにあったのだけれど。

「どうしてみんなもっと前にぼくに興味を持たなかったんだろう？　つまりね、スターカダーさん、みんなぼくのこと、本当に今まで気に留めたことがなかったのかな？　おたくの雑誌は最初から定期購読していて、おんなじような記事ばかりくり返し掲載されるのを見てきましたけど、本当に今までぼくのこと、気づかなかったんですか？」

「ああ、まあ、ウィンザーさんはほら、おわかりでしょう？」

「何ですか？　ほしいのは失敗や挫折？」

「いえ、つまりほら、とてもお忙しい方なんですよ」

「あんな記事でそんなに仕事がある？」

「ええ、もちろん！」若者は言い、そう言った瞬間は愉快そうに見えたが、すぐに表情を乱した。

「ただ、正確なところはわからないんです、ご主人。私はいつも家で子供たちと一緒にいるので」

「子供たち？　子供たちって？」

「私の子供ですよ、マクファイルさん」

「私の子供？」こんな子供が自分の子供を？　まだ指しゃぶりをしているときに、いったいどうやって？　「お子さんがいるんですか？」

若者は不満げに、しかし同時にどこか誇らしげに、椅子にふんぞり返った。その声は、この小さなオフィスにある唯一確かなもの、唯一ニュースになりそうなものはこれだけだ、と言わんばかりだった。

「五人です、ご主人」

「子供が五人？」

スタンピー・マクファイルは、〈水中都市〉に新たに小さな家を建て、そこに若者と五人の子供を住まわせようかと考えた。古い家だ。階段は木造で、シロアリにやられたのか穴だらけで、今にも崩れ落ちそうだ。五人の子供はみな若者にそっくり。五人の子供というより、若者のクローンみたいに見える。母親はいないが、いつもどの子がどの子か混乱して、発狂しそうだと思っている、苦労の絶えないかわいらしい女性を想像する。彼女にとっては、古びた部屋で次々にずっと同じ人間とぶつかりつづける毎日なのだ。なぜかくり返しひょこひょこ姿を現わす、奇妙な人間たちと共生しているようなものだった。

「ええ、五人です。みんないい子ですが、おわかりのとおり、毎日大変です。ミスター・スネラーがいてくれてよかった。彼がいなかったら、私はここにはいませんよ。でも、欠点もある。ハハハ」若者は笑った。人にはめったに明かさない秘密を打ち明けようとしているかのような様子だ。それはそうだろう、五人も子供がいたとしたら、いったいどんな生活を送るものなのか？　「あれは困る。足を引きずって歩くんです。まるで幽霊みたいに。子供たちも私も、彼の姿は見えなくてもどこにいるかすぐにわかる。わが家はまるで幽霊屋敷です」

初めは、そのミスター・スネラーというのは愛犬か、いやもしかしたらハリネズミかと思っていたのだが、また家の造りを変えることになった。なにしろ、この記者と大勢の子供、さらには死人さながらの使用人までいるのだから。スタンピーは続けて言った。

「五人も子供がいるにしては、お若いですね、スターカダーさん」

「ああ、そうですか？　若すぎますかね？　リズナーから、急がなきゃと言われましてね。キャリアを台無しにしたくない、と」

「リズナーというのは奥さんですか？」

「はい。船の船長なんです」

「へえ！」模型は今や家というより城となり、当然ながらゴシック様式で、その中がいきなり小さな船と小さな船長でいっぱいになった。「びっくり箱みたいな人ですね、あなた」

「そうですかね」若者はうれしそうだった。着ている古びたブレザーまでにこにこしているように見える。「でもびっくりするのはまだ早いですよ、ご主人。子供たちのうち二人は、文法学者として育てました」

「文法学者？」

うわあ、ゴシック風の城と化した彼の家は船や船長でいっぱいであるだけでなく、今では本も、古い文法書もあふれている。文法書の作り方を覚えなきゃな。だが、文法というのは学問なのか？　スタンピーにはわからなかったが、きっと模型屋のチャーリー・ルークなら教えてくれるだろう。

「ハハハ、ええ、文法学者です。ありとあらゆることを次々に尋ねてきます。分厚い本を読み、いつも二人で議論しています」

「失礼ですが、二人はおいくつなんですか、スターカダーさん」

「十二歳と七歳ですよ」

スタンピーはまだとても信じられなかったが、たとえどんなに無意味でもとにかくやってみなければと夢の中で決断するように、まるで何事もなかったかのごとく先を続けることにした。子供たちのことも、文法の入門書や専門書でいっぱいの城のことも忘れて、自分のことを話そうと決めた。目の前にいる男の子はじつは男の子ではなく、取材中で、彼はメモをとっていく。エキセントリックだが『ミセス・ポッターはじつはサンタクロースではない』を書いたことで有名な作家ルイーズ・キャシディ・フェルドマンの村が、スタンピーのような人間にとって、こういう場所に惹かれそうなたぐいのクライアントを知り尽くしている彼のような不動産屋にとって、可能性にあふれていることについて。おそらくフェルドマンが逝去したあかつきには、そこはある種のテシー・ローソン・ウィンプルのような場所になり、大学さえできて、その大学はルイーズ・キャシディ・フェルドマンの名前を冠し、図書館には最後の日記さえ所蔵されるかもしれない。もちろんスタンピーは、唯一の取り扱い物件を売却するに至った作戦についても触れた。例の重要クライアントの家のことで、じつはまだ売りに出してもいなかったが、それでも売れたのだ。そうしてその奇跡について話し、ハワード・ヨーキー・グラハム賞の〈向こう見ずな不動産エージェント〉賞の裁判官たち、いや実際は審査員団がもう少し待ってくれていたら、受賞者が決まる前にあの奇跡が起きていたら、天秤が自分のほうに傾いていたかもしれないと話した。家をたった一軒売ったところで、ブランドン・パーブライトが郵送できるあのノスタルジックな家で築きあげた一大帝国には足元にもおよばないとわかっているとはいえ。

「ところでマクファイルさん」若者はメモではなく落書きをしているように見えた。鉛筆で引く線があまりにも長く、まったく秩序が感じられなかったからだ。「その奇跡の家を買ったのは誰か、教えていただけますか？」

「ああ、もちろん」マクファイルは言い、ミセス・ポッターがよくそうするように、できれば髭をぽりぽり掻きたかったが、髭はないので、そのまま続けた。「幽霊屋敷にしか住まない作家夫婦です」

「ああ、タイプライターの神よ！」若者はメモを書き、ビロード張りの椅子でぴょこんと飛び上がった。「幽霊屋敷を買い漁っている作家夫婦ですって？　彼らについてウィンザーさんが書いた記事を覚えてますよ。代理人へのインタビューだった。ええと、なんて名前だっけ……ボビー・ビー、ボブソン・ビー、トッドソン・ディー、違う、ドブソンだ！　ドブソン・リー。で、彼らは……」

「ベンソン」

「そのとおり！」若者は叫んだ。

そのとき電話（リイイイイン）と、ベルの音（カランコロン）、吊るされた三人のスキーヤーのベルの音が鳴り、二人は、あのおかしな玩具が、じつはとても重要なキャラクターをかたどったあの小さな金属の人形が落ちて壊れたのかと思った。

玄関ドアを押し開けた手を覆う手袋は、ぞっとするようなしろものだった。ぞっとするような緑色。そして、無数の雪片模様が散っていた。

そう、ビリー・ペルツァーの手袋だ。

目下逃亡中のビリー・ペルツァーの手袋。

16

〈不動産のことなら何でもご相談ください　マクファイル社〉では電話が鳴りやまないが、誰も取ろうとせず、ああ、読者のどなたかが可能なら取ってくだされればと思うが、ビルはそんなことは気にも留めず、というのもそのとき彼は、自分をひっとらえようとする連中から逃げることで頭がいっぱいだったからだ

バーティ・スマイルは、ビルの店のカウンターの上にまだ封筒に入ったままの手紙を置いて、いつも一緒の革袋とともにそこを立ち去り、ビルには知る由もなかったが、ゲイトリー冷蔵室に向かう途中で〈ルーズ・カフェ〉の前で立ち止まって、《ウィリアム（ビル）・ベーン・ペルツァー》のノートに今自分がしたこと、彼に告白の手紙を渡したことを書き足した。〝親愛なるビルへ、昨夜私はとんでもないことをしてしまったのですが、たぶんあなたにはおわかりいただけないでしょう。なぜなら物語の登場人物には作者のことは理解できないものですし、それ以上に、登場人物は、まさかどこかに作者なんてものがいるとは、思いもしないからです。とにかく問題は、私がとんでもないことを

してしまったこと、そして、じつは今もそれは継続中だということです。何もかも、メリアム・コールドとその偉そうなマスチフ犬に不意をつかれたせいです。私はポリー・チャルマーズ山にいました。そういえば、ポリー・チャルマーズについても、事件のとき彼らがあなたのお父さんにしたことについても、きちんと話し合ったことがありませんね。まあ、今はそんな話をしている場合じゃない。それについてはまたの機会に。私はあまり人と話をするたちではないので。マットソン・マキシックって作家のこと、聞いたことありますか？　彼は一度、〈ダン・マーシャル〉モーテルに泊まったことがあるんですよ。私はときどき夜、彼と話をするんです。一緒に夕食を食べるふりとか、そういう馬鹿なことをする。変だと思いません？　ああ、そんなことはどうでもいい。問題は、私がとんでもない失敗をしてしまったことです。私、あなたのことを監視してたんですよ。そしたらミセス・コールドに不意をつかれて、あの思いあがった狂犬に、いろいろとメモしていたノートを強奪されてしまって、彼女、わめきだしたんです、もしかしてあのバカ、家を売りに出したの、って、わめき声が聞こえた。私はつい逃げだして、ノートを奪い返そうともせずに、そのまま逃げてしまったんです。そのあと彼女が、そんな権利もないのに、みんなに電話してまわって。ごめんなさい、ビル。どうか許してください。あなたがここから出ていけることをお祈りしています。耐えがたい場所に住みつづけることがどんなにつらいか、人にはわからないでしょう。頑張って、〝ビル〟とにかく、バーティが立ち去ったあと、ビルは明らかに動揺し、不安そうな様子で店のショーウィンドーの向こう側の通りに目をやり、ハウリングさんがそこにいるのではないか、人を有罪と判決するその目がこちらを睨みつけ、その表情は「知ってるぞ」と訴え、いや、それだけでなく、ここを出ていこうとするビルをなんとしても阻止する何らかの作戦がすでに進行中だ、とほのめかしているのではないかと怯えた。

しかし、ショーウィンドーの向こうにハウリングさんはいなかった。

そうとも、電話だ。電話をしてるんだ。そこらじゅうに電話をしてる！　ここを出るんだ、ビル、と自分に言う。早く。

「すみません」ビルは少し声を大きくして、新婚旅行中の例の剝製職人の夫婦に声をかけた。二人はまだ、今ビルが、あの避暑妖精が点々と描かれている包装紙で急いで包んでいるスクールバスに加えて、タイプライターで執筆中のルイーズ・キャシディ・フェルドマンが入ったスノードームか、絵葉書が詰まった袋をかつぎ、なんとなく背後に目をやっているミセス・ポッターの陶人形か、どちらを買うか決めかねていた。「申し訳ないのですが、出かける用事がありまして」

「あら、もうそんな時間？」妻が腕時計をちらりと見た。ビルは首を横に振った。「いいえ、じつは申し訳ないのですが、急に」急に何だ、ビル？　この世の終わりか？　「ハプニングが起きて」とようやく続けた。

「わかりました」夫が言った。「じゃあ、行こうか、君」

「待って、ハワード、まだどっちがいいか」

「もういいよ、両方もらおう」

「あらだめよ、だめだめ」

「いいじゃないか。ご主人は出かける用事があるんだ」

「二つはいらないわ」

この馬鹿げた会話はしばらく続き、いやじつはたいして続かなかったのだが、ビルには永遠にも思え、二人がどちらを買うか決めているあいだに、どこかで文明の一つ二つ誕生しては消滅したのではないかと思い、ビルはとにかく品物を一つ、そのあともう一つ包装し、そのあいだ新聞編集者のアイリーン・マッキニーが、一度も寒さを感じず一度も手袋をしたことのない両手をこすり合わせている様子を想像し、乗るバスのことを、車のことを考えたが、それはサムの車ではありえず、というのも、あの晩ビルはすべてを台無しにしたからで、でも時間がなくて、いや単純にブリーヴォート・ライフル店に寄って、何事もなかったかのように振る舞い、サムにトラックの鍵をねだって、「このあいだの夜、夢を見たんだ。君の犬と一緒にこの町を出て、ショーン・ロビン・ペックノルドへ行く夢を。だから連れていくべきだと思うんだ、できればね。そして数日、ほんの数日だけあそこに行って、ちびのコーヴェットの件を解決しなきゃならない。コーヴェットがどこかの高速道路を今も走っていて、こちらに向かっているとはとても思えない。マックおばさんだったらぞっとしていたはずだ。僕は想像しようとした。助手席に座って窓の外を眺めながら、マックおばさんのことを、あの家のすべてを恋しく思っているコーヴェットの姿を。でも、やっぱりそこじゃない、どこかトレーラーハウスみたいなところに入れられているはずだ。そしてひとりぼっちだ。ちびのコーヴェットはけっしてひとりになったことなどないのに。たぶん、何がどうなっているのか、事情がさっぱりわからないだろう。最高の親友であり母でもある人がどこにいるか、マックおばさんはどうしているのか理解できずにいるコーヴェット。想像してみてくれ。事情が何もわからないことが、どんなに心細いか。ある日目覚めたら母さんの姿がどこにも見えず、帰宅もせず、いつ帰ってくるかどうかもわからない」と話す。するとサムが「ジャック！」と叫んで、四六時中噛んでいるあの絨毯にいた、むくむくした大型犬がびくっとして、サムのところに飛んできて、サムはトラックの鍵を何も言わずにビルに渡し、「ありがとう、すぐ戻るよ」とビルが言う。でも、そんなことは現実には起こらない。なぜならビルは何もかも台無しにしてしまったから。だからまずルパート少年のスクールバスを、そのあとミセス・ポッターの陶人形を、最後に、ルイーズ・キャシディ・フェルドマンがノートに執筆しているほうではなくタイプライターを叩いているほうのスノードームを包んで、そこにあるものすべてに別れを告げ、

「ここでおまえが何かするのはこれが最後だ」と自分に言い、終わったら店の灯りを消し、外に出て鍵をかけ、すべてを残し、それらは誰にしろ誰かが戻ってきて灯りをつけてくれるのを、また新たな命を授けてくれるのを、そう、ビルの父のように待つ。でも父は結局、待っても無駄だった。誰も戻ってこないから、すべてはどうせ終わる運命だったから。

夫婦が店を出たとき、ビルは反射的に、まったく真価を認められていない、ノートに書きものをしているルイーズ・キャシディ・フェルドマンのスノードームを上着のポケットにつっこんだ。なぜなら、土産物店〈ミセス・ポッターはここにいた〉をついに閉めたとき、そこに置き去りにされるあらゆる品物の中で、それだけは居場所がなく、誰にも理解されず、たぶんこれからも理解されないままに終わるたった一つのものだからだ。そのあと店の灯りを消し、外に出ると、ふわふわともつれる巻き毛をサムにもらったハンターキャップにしっかりと押しこみ、両手にあの雪片模様のぞっとするような手袋をはめて、凍ったアスファルトと古びたブーツに目を釘付けにしたまま、大股で一歩、また一歩と足を踏みだして足早に目抜き通りを進んでいくが、村じゅうの人々に見られているような、村じゅうの人々が彼の行先を知っているような、キンバリー・クラーク・ウェイマスじゅうが何をしていたにせよそれを放りだして即席の追跡隊を組織しているかのような感覚に襲われた。その即席の追跡隊は、ビルがこれからしようとしていることを阻むつもりだった。なぜならそんなことは許されないから、阻まなければキンバリー・クラーク・ウェイマスは一巻の終わりだからだ。だから最後の最後まで、ビルは自分の手が〈不動産のことなら何でもご相談ください　マクファイル社〉のドアを押すまで、きっとやり遂げられないだろう、きっと誰かに止められる、誰かの手が肩に置かれて、「そんなことはゆめゆめ考えるな、ペルツァー坊や」と声が聞こえるだろう、と思っていたが、結局そうはならなかった。

「ウィリアムさん！」彼が入ってきたのを見て、不動産エージェントがだしぬけに言い、両手をあげて、その小さなオフィスではべつに何も起きていないし、電話も鳴っていないというふりをした。その電話は、今しもドアを開け、いっこうにやまない外の吹雪から一瞬風を一緒に連れてきた、醜悪な手袋をした男にとっては、朗報も悲報ももたらす可能性があるのだが。「ひどい天気ですね？」

ビルは帽子を脱いだ。すでにびしょびしょだったし、室内はとても暖かかったからだ。彼はアークを、薄汚れた上着を着た男を見た。男というより、ジャケットを無理に着こんだ子供みたいだ。靴の上にノートを置き、何か書いている。この男ももう知っているのか？　どこから来た？　連中に送りこまれたのか？　もしかして探偵？　ちょっと探偵風だ。男はふいにポケットからテニスボールを取りだし、宙に放り投げはじめた。何なんだ、いったい？　脅しか？

「はい」ビルは言った。今の自分の疑問に答えるかのように。

「お二方、スノーシューを使いませんか？」

電話は鳴りつづけている、リン、リン、リーーーーーン！　でもマクファイルはまるで気にしていない。

「スノーシュー？」男はテニスボールをポケットに戻し、ノートに身をかがめて今の問いに対する答えをメモしようとした。「あなたは使わないんですか、マクファイルさん？」

「電話が鳴っていませんか？」いったいどういうことなんだ？　ビルは思いきって通りのほうを見た。キンバリー・クラーク・ウェイマスじゅうの村人がそこにいるような気がしたからだ。本当にいるのか？　いや、通りはまったくの無人だった。雪があちこちに飛びまわっている。ガラスにぶつかるものもあるが、ほかは舞い踊りつづける。いったい何を考えているのやら、いやまあ、ただの雪片なのだから。だが、おいビル、今は雪片のことなんて考えている場合じゃないだろ。急がないと！　おまえはもうバーティ・スマイルの手紙を読んだ。町じゅうの人間がすでに知っているんだ。早く逃げなければ。連中が店に現れるのは時間の問題だ。だが店は閉まっている。次は家に押しかけてきて、何をする？　連中が僕に何ができる？　殺すわけにはいかないだろう。脅すのだって難しい。そもそもどうやって脅す？

サムだ、とビルは思った。

サムに何かするかもしれない。

だが、やつらがサムに何ができる？

おいおい、ポリー・チャルマーズの身に何が起きたか、考えてもみろ。

だが、やつらがポリー・チャルマーズを殺したのか？

いやいや、そんなことありえないし、いずれにしても、サムはポリー・チャルマーズとは違う。なんてったって、彼女はライフル店を経営しているのだ。ライフル店を経営するような人間を相手に、やつらに何ができる？

だんだん頭がおかしくなってきた。

ここにいる二人の男たちのように。

二人とも完全に頭がどうかしてしまっているように見えた。

電話が鳴っているのに気づかないのか？　さっきからずっと鳴りっぱなしじゃないか。なぜ誰も取らない？　なぜスノーシューの話をしてるんだ？　あの男はなぜメモをとる？　なぜテニスボールを宙に投げてる？　なぜ自分が店に入ってきたときに、あんな挑戦的な（そうビルには見えた）目で見たのか？　この子供のような顔をした、私立探偵みたいな雰囲気のこの男は誰なんだ？　もし私立探偵なら、ハウリングさんみずから、あるいはメリアム・コールドみずから、契約したのだろうか。そう、あの晩も、ポリー・チャルマーズ山で事件が起きた直後に、大急ぎで探偵と契約したように。あの家の売却が正確にどこまで進んでいるか確認する、ただそれだけのために。けっして売却させるわけにいかない家だった。なぜならあの家が売られたら、今まで彼らが知っていた世界が、魔法にかけられてぽうっとした観光客でいっぱいだったこの世界が、終わってしまうから。

「ああ、ご心配なく。特別な人じゃない。特別というのは、特別緊急な用事じゃないってことです」スタンプがもったいぶった様子で立ち上がった。「ご紹介します。こちら、スターカダーさんです」スタンプはデスクをまわってきて、男を身振りで示した。「スターカダーさんはウィルバーフロス・ウィンザーさんのもとで働いていらっしゃる。ウィンザーさんをご存じないかもしれませんが、われわれの業界ではちょっとした有名人でね。つまり、もちろん不動産業界ということですが」

男はボールを放るのをやめ、こちらに握手の手を伸ばしてきた。よろよろと立ち上がり、その拍子にノートを床に落として、拾い上げる。ビルは例の醜悪な手袋を取ろうとした。いやでもキャッツ・マッキスコのことが頭に浮かぶ。「どうして手袋をはずさないの、ビル」と言ったキャッツ。

「初めまして」ビルは言い、アークの手を握った。「ビリー・ペルツァーです」

「ビリー・ペルツァーさん、初めまして！」

電話は鳴りつづけている。

「大事な電話じゃないんですか？」ビルは尋ねた。

「ああ、いや、いいんです」マクファイルが言う。

「私は記者なんですよ」男は言い、ビロード張りの椅子にまた慎重に腰を下ろした。「ウィンザーさんの依頼で記事を書く」

「ウィンザーさんは、この分野では重要な雑誌『不動産完璧読本』の編集長です」マクファイルが解説した。

だからメモを取ってたんだよ、ビル。馬鹿だな。おまえ、どうしたっていうんだ。さっさとここから立ち去れ。連中がいつやってくるかわからないだろ？

ここを出ろ。

さっさとずらかれ。

家に帰って、荷物をまとめろ。

立ち去れ。

でも、どうやって？

この男の車だ。

このマクファイルとかいう男の。

その車で町を出ていっても、乗っているのは〝彼〟だと誰もが思うだろう。つまり、このマクファイルとかいう男だと。ペルツァー坊やが人の車を借りるなんて、誰も思わないはず。

だから言ったのだ。

「車を貸してもらえませんか？」

そのあとすぐ、肩越しに通りのほうを見た。今度こそそこには、店のガラス窓の向こう側には、メリアム・コールドとその不機嫌なマスチフ犬がいると思った。ハウリングさんが、その凍りついた町で唯一の不動産エージェントとしてブリーフケースを振りまわすレイ・リカルドとウェイン・リカルドがそこにいると、無礼なミルドウェイ・リーディングが、アーチー・クリコーが、困惑したハリエット・グリックマンが、ミセス・マクドゥーガルが、バーニー・メルドマンが、メイヴィス・モットラムが、カースティン・ジェームズに憧れているファンクラブのアホな連中が、そしてもちろん新聞編集者アイリーン・マッキニーが、手紙を何通かとどうやら絵のように見える小包を抱えたジングル・ベイツが、ドリス・ピーターソンが、そして、つねに妻の腕にぶらさがってメモを取っている、そしてそのメモをあとでフランシス・ヴァイオレット・マッキスコに届ける、町長エイブ・ジュールズその人までが、たぶん町の住人では唯一サムを除いて全員が、ガラス窓の向こうに集まってくると思った。だからその前に、できるだけ早くそこを立ち去らなければ。

「すみません、どういうことですか、ウィリアムさん」

「この町を出る必要があるんです、マクファイルさん」

「ここを出る？　このキンバリー・クラーク・ウェイマスを？　いったいどうして？」

彼は、スタンプ・マクファイルの唯一のクライアントは、今にも壊れそうだった。ハンターキャップを手に、あのぞっとするような手袋を片方つけたまま、うろうろと歩きまわり、髪を、ふわふわした巻き毛を掻きむしり、ぶつぶつと何事かつぶやき、この町は毒蛇の巣だ、ノートを手にありとあらゆる場所に出没し、あなたみたいに、と言って若者を指さし、あなたみたいにメモを取り、それからあの性悪女、アイリーン・マッキニーに電話して、メモしたことが何にしろ全部ぶちまけ、それからさっそく捜査が始まる。それがこの村の道理だからだ。どうにもならない自然の力。あの姉妹探偵みたいなものだ。だけど才能のないほう、ジョディ・フォレストのほうだ。何も建設できるものがないから破壊することしか考えていない。だからすべてを破壊する。そして、この町が今破壊しようとしているのは、僕の人生なんだ。

「なんてこった！　つまり正しかったんですね、マクファイルさん。ブライアン・タップスが書いたことは真実だった。あのコラムの題名を思い出しましたよ。《探偵村》だ」

若者は手をこすり合わせていた。いや、スタンピーに出してもらったコーヒーカップをまだ持っていたので、実際にはこすり合わせていなかったが、間違いなく頭の中では手をこすり合わせていたはずだ。記事が目に見えるようだった。タイトルは《幽霊屋敷と探偵村の幽霊にまつわる驚くべき事件》。あのハワード・ヨーキーも、彼を年間最優秀コラムニストに推薦しないわけにいかないだろう。ウィルバーフロスも、ほとんどいない『不動産完璧読本』の社員を拡充しなければならなくなる。そうしたら、外出できる！　毎日出勤するのだ。あの小うるさい子供たちよ、さようなら。

ああ、アーク・エルフィンはハッピーだった。

こんなにハッピーな気分は久しぶりだ。

編集部から妻に電話をする自分が目に浮かぶ。なぜなら編集部が、ああ、タイプライターの神よ、タイプライターで執筆する場所ができるからだ。そして、妻と待ち合わせをしてランチをとるため、電話して言う。

「ハニー、しばらくは陸《おか》に上がっているのかい？」未来のアークは妻の忙しない仕事環境を茶化すのが好きだった。「一緒にランチでもどうかと思ってね」妻は嬉しそうだった。なぜなら、その一緒にランチする相手は、汚れて皺だらけの一張羅を着てインタビューに出かけるような男ではなく、ハワード・ヨーキー・グラハム賞年間最優秀コラムニスト賞受賞者にふさわしい、隅々まで気を配った完璧な身なりをした男だからだ。彼はさらに続ける。「愛してるよ、ハニー。ああ、どんなに君が恋しかったか」それはあたかも、子供が生まれてからというもの、ずっと自分の居場所だったベッド脇のナイトテーブルからついに脱け出すことができた、という解放宣言のようだった。

スタンプ・マクファイルは心配そうだった。

電話はすでに鳴りやんでいる。

スタンプは言った。

「つまり、明日のせっかくの内覧の約束を連中が台無しにするってことですか？」

「ちょっと待ってください。明日内覧の約束が？」ビルは驚いていた。

「ええ。でも、おっしゃいましたよね、もし気づかれたら、もし家が売りに出されていると人に気づかれたら、もう売れなくなるって。あれはどういうことですか？」

「内覧は無理です。売家の看板も出してもらっては困ります」

「ああ、その必要はありません」スタンプが堂々と言った。「今われらが友人アークが言ったように、私は幸運にも、かの有名なマーナ・バーンサイドと知己を得ましてね」その名前、知ってるよな、アーク？　マーナ・ピケット・バーンサイド。もしよければ、綴《つづ》りを教えようか？　これはとても重要なことだぞ、わがインタビュアー君。「彼女の脳みそ、人一倍切れるすばらしい脳みそが、二人の買い手候補を見つけてくれたんです。作家の夫婦です。ですよね、アーク？」

「はい、作家夫婦です」

「作家？」

スタンプ・マクファイルはにやりと笑った。電話がまた鳴りだす。運悪く、つい頭の中で未来にタイムリープし、ハワード・ヨーキー・グラハム賞年間最優秀向こう見ずのみならず幽霊屋敷まで売ることができた不動産エージェント賞を受賞しているところを想像していたので、うっかり電話をとってしまった。

「不動産のことなら何でもご相談ください、マクファイル社です」

「ああ、マクファイルさんですか？　ウィシャートさんが一つ言い忘れたことがあるそうで」それは男性の声だった。やけに気取った声だ。「ええと、幽霊の件で」

「ジーニー・ジャックさん？」

「そちらは彼女が自分で調達するそうです」

「彼女が自分で？」

「親愛なるダンさん、ドブズはあのご夫婦とは長年の付き合いなんです。この期におよんで、うってつけの幽霊調達会社をまだ知らなかったら、とっくに終わってますよ」

「幽霊調達会社？」

この異常なほどおしゃべりなジーニー・ジャックが幽霊調達会社について事細かに説明するあいだ、そう、どういう意味にしろ、幽霊を調達するある種の会社があるらしいのだが、とにかくそのあいだ、テニスボールを宙に投げては取り、投げては（よいしょ）取りをひたすら続けている一見やけに若く見える記者と、スタンプの唯一のクライアントである、手袋を片方だけ脱いであたりをうろうろしている男は、あたかもたがいに関心があるかのように、おずおずと視線を交わした。いや、それ以上の意味があった。じつは二人はたがいを必要とし、アークがやや声を大きくしてこう言ったとき、初めてそのことに気づいた。

「もしかして私も、これに慣れることができるかも」

ビルは、このオフィスのことを言っているんだろうと思った。でもじつはアークが言いたかったのは、ナイトテーブルの上で、けっして読み終わらない何冊もの本のあいだで縮こまっている、ミニチュア化生活をやめることだった。

「あなたは車をお持ちですか？」

「乗用車ではありませんが」若者は言った。「ミニバンなら」

「貸していただけませんか」

「あなたに貸す？」

アーク・エルフィンは、もし貸したらどうなるか考えた。今まで人に何か貸したことは一度もなかった。だが、人に何か貸すようなはめになったことも一度もなかった。アークは、ここが自宅からかなり遠いという自覚があった。彼にミニバンを貸したら、あの地獄にすぐには帰れない口実になるだろう。

「ちょっとばかりここを離れなきゃならないんです。でも、明日の内覧が成功したら、なるべく早く戻ります。それは約束します」

もちろんビルは、ある意味、家はもう売却済みだなんて知らなかった。ビルにわかっていたのは、家を売りたいなら、キンバリー・クラーク・ウェイマスをできるだけ早く離れなければならない、そそれだけだった。自分が正確には何を恐れているのかわからなかったが、このくそったれな町は、彼をここに釘付けにするためなら何でもするはずだった。だから、手遅れにならないうちにここを出ていかなければならない。ビルはもう二度と戻ってこない、そう思わせる必要がある。あの家はただの家にすぎず、実際、連中の関心の的であるその家にいただけにすぎない人間は、今やはるか遠くに行ってしまったのだ、と。

「もし成功しなかったら?」アーク・エルフィンは、どこか面白そうに、妙に上から目線でそう尋ね、テニスボールをビルのほうにぐいっと向けた。

うまくいくだろうか? ここを出ていくことが、あの弁護士を阻止しちびのコーヴェットを取り返すことが、明日の内覧の成功を保証するとでも、自分は思っているのだろうか? 彼が意味もなくここから姿を消す、ただそれだけで、作家夫婦があの家を買おうと決める決め手になるとでも?

「冗談ですよ」若者が言った。

彼はやけに小声でそう言った。ビロード張りの椅子で体をぴんと起こしている。その椅子に座る様子がずいぶんと快適そうで、まるでロッキングチェアでくつろいでいるかのようだ。

「何ですって？」

「つまり、私にはどうでもいいことだ、という意味です」

ビルが眉をひそめる。

「もしうまくいかなくても、あなたは結局戻ってくる、違いますか？」

みすぼらしい格好の金髪のアーク・エルフィンの頭の中に一つの計画が形作られつつあり、その計画は、彼をその場所の外に運びだす唯一の手段を、座席がたっぷりある悲惨なミニバンを、手放すことから始まるのだった。

「ええ、もちろん」

「それなら、好きなだけ使ってもらってかまいませんよ」アークは、その椅子がビロード張りのそれではなく、そう、居心地のいいロッキングチェアであるかのように、ゆったりと体を預けた。

17

メリアム・コールドは、利口で尊大なマスチフ犬ジョージ・メイソンだかメイソン・ジョージだかに見守られながら、何件か電話をし、大勢の人々についてあれこれたっぷり書き留め、それらが、言語を絶する力を持つハウリングさんの一日を、一年を、（できれば一生を、メリアム！）めちゃくちゃにするかもしれないと思う

メリアム・コールドが最初に電話をかけたのはハウリングさんではなかった。彼こそ、まるで統制されていないキンバリー・クラーク・ウェイマス諜報機関で誰より活発に活動している人物とされているにもかかわらず。いやむしろ、だからこそかもしれない。メリアムはうわの空でジョージ・メイソンの頭を撫でながら、誰に最初に連絡しようか、と電話のそばで悶々としていた。どうしよう。カースティン・ジェームズはどうだろう。どう思う、ジョージ？　カースティン・ジェームズに電話をしたら、何をしていたにせよそれを投げだして、ここに来てくれると思う？　どうかな、来てくれるかしらね、ジョージ？　お茶を用意してもいいわ。お茶を用意してから、メイヴィス・モットラムに電話して、「今誰といると思う、メイヴィス？」と言うの。メイヴィスは悔しくて居ても立ってもいられなくなるわよ、ジョージ。そうよ、とメリアム・コールドはまずつぶやき、受話器を持ち上げて、電話をかけるような時間ではないということも無視して、キンバリー・クラーク・ウェイマスで最も尊敬されている女性の番号に電話をかけようとした。かつて『話題の女性』の一人となり、その後ダンジー・ドロシー・スミスと結婚し、今はカモ猟をし、泳ぎのうまい詩人と山小屋に住んでいる女性。でも次の瞬間、愛犬ジョージが首を横に振り、彼女を軽蔑の目で見たので、メリアムは「おまえが正しいわ。たぶん彼女は受話器を取ろうともしないわね。キンバリー・クラーク・ウェイマスのことなんかどうでもいいのよ」と言った。それは紛れもない事実だが、メリアム・コールドが、あの忌々しいメイヴィス・モットラムが率いる有名なファンクラブのことをこれっぽっちも気にしていないふりをしても、やはり気にしていることは確かで、そうでもなければ、わざわざ悪《あ》しざまに批判して時間を無駄にしたりしないだろう。こちらの存在を認識すらしていない人の〝愛〟を得ようと競うことしかしていない女たちの仲間に、本当は入りたいのに受け入れてもらえない、そこから生まれた憎しみは、不思議なことに、高飛車で厳格な地元司書ミルドウェイ・リーディングと彼女を結びつけることになった。

ああ、ジョージ、ミルドウェイに電話するのはどうかしら。

ミルドウェイはいつも退屈している。

喜ぶんじゃないかな？

（アハハ）とその大型犬は答えたように見えた。（ミルドウェイに電話するのは、なるほど、役に立つんじゃないかな）犬が自分にそう話すのを想像する。（まずは、聞いた話を彼女の唯一無二の親友である本たちに向かって話して聞かせるだろうし、そのあと例のスノーシューと橇の店の店主に、スノーシューみたいな足を引きずって歩くあの男に、僕をよその惑星から来たエイリアンか、人殺しか何かみたいな目で見るあの男に、正直あの男を見るたび殺してやりたくなるんだけど、とにかくあの男に電話して、点数を稼ごうとするかもしれない）

「ミルドウェイは点数の稼ぎ方なんて知らないわよ」メリアムは声に出して言った。

（知ってるさ）ジョージ・メイソンが言ったのが聞こえた。（今までその機会がなかっただけで）

この子の言うとおりだと思った。

それに、ミルドウェイ・リーディングに嫌われるのもいやだった。そしてたぶん、電話をすれば嫌われる。実際、ミルドウェイは人を嫌わないということがなかった。ミルドウェイ・リーディングの頭の中で存在するようになるためには、憎まれる必要があった。ただし、今のメリアムとの関係が珍しくそうであるように、同じ憎しみを共有していれば別だ。だが、今受話器を取って彼女に電話をすればどうなるか？　なぜなら、重要情報を握ったメリアムが人にそれを手渡したくないのは、ことカースティンのファンたちを憎んでいるからではなく、町の人々みんなを憎んでいるからだ。メリアムは、その〝人々みんな〟の一人になりたくなかった。でも、ミルドウェイに電話をすればそうなるとわかっていた。ミルドウェイは、あの晩パーティ・スマイルにたまたま出くわして、ペルツァー坊やに関する貴重な秘密ノートを頂戴したのが自分ではなくメリアムだったことに我慢がならないだろうから。郊外にぽつんとある小さな一軒家から図書館に向かい、夜になったら帰るだけの毎日を過ごしているミルドウェイには、そんなことができた可能性は万に一つもないのだが。

すると、（樵団のアーチーに電話をするべきじゃないか）とジョージが言った。

もちろん、実際にはジョージは何も言っていない。

賢いとはいえ、しかもとても懐いているとはいえ、犬は犬だし、犬はしゃべらないと誰もが知っている。

少なくとも、主人が愛犬にしゃべりかけるようには。

それでもメリアムは気にせずジョージとおしゃべりした。

「アーチー・クリコーはまわりのことなんてまったく関心がないわよ、ジョージ」彼女は答えた。

（新聞屋のアイリーン・マッキニーを除いてね）とジョージが言う。（考えてもごらんよ）と続ける。

（そうすれば、あいつはアイリーンに電話をする口実ができる。あいつは、ありがたくも、ニュースの出どころは君だとちゃんと言ってくれるよ。だってアイリーンは、ペルツァーの家が売りに出されたって話をどこから仕入れたのか知りたがるだろうし、クリコーには嘘がつけない。クリコーは嘘のつき方を知らないんだ。奇特な男だよ。なにしろ、あのライフル店の娘が好きなんだから）

「今も好きかどうかわからない。紆余曲折があったから」

（あいつに電話するんだ、メリアム。この一件では、今度ばかりは君がスターダムにのしあがるぞ。よく考えて。あの忌々しいミスター・ハウリングのことも。あいつの一日を、一年を、できれば一生をめちゃくちゃにしてやるんだ、メリアム）

「悪魔みたいな犬ね！　なんでそんなに賢いの？」

（ホフフフフ、フフフフフ、フフフフフ）メリアムには、ジョージがそう笑ったように聞こえた。

そしてすぐにアーチー・クリコーに電話したのだ。

遅い、とても遅い時間だった。それでもアーチー・クリコーは電話を取った。メリアムは、いつものように薪に囲まれている彼を思い浮かべた。

「今していることの手をちょっと休めて、アーチー」彼が電話を取ると、メリアム・コールドが言った。「いいこと、よく聞いてね。今、手元に爆弾を持ってるの。この通話を終えたらすぐ新聞屋のアイリーンに電話して」

基本的に、今アーチーはただただ退屈しているだけだった。退屈し、サムのことを考えていた。ときどき、アイリーンのことも考えていた。でも、だいたいはずっとサムのことだ。サムは複雑な女で、自分はとくに好かれてはいないとアーチーにはわかっていた。サムが好きなのはペルツァー坊やだけだが、どうやら彼女自身でさえそのことに気づいていないようだった。いずれにせよ、アーチーは退屈し、図書館から借りてきた本を読んでいた。借りてくるのはいつも自分の職業に多少なりとも関係がある悲しい本で、開いたページを下にして電話台に置き去りにしたそのときの本は、『俺は木を殺さない　友人のいない樵の回想録』という題名だった。

気の滅入る本だった。

だから当然こんな答えになった。

「耳の穴かっぽじって聞いてるよ、メリアム」

なぜならその話は間違いなくアイリーンに電話をする口実になりそうだったし、実際そうだった。話を全部聞き終えると、急いでアイリーンに電話し、アイリーンはアイリーンで急いで煙草に火をつけてメリアムに電話して裏づけを取った。このニュースは間違いなく『スコッティ・ドゥーム・ポスト』紙の臨時号外になりそうだった。

その先の情報の足取りがどうなったのかはもうわからない。

キンバリー・クラーク・ウェイマスの電話連絡網は、噂伝達競争が発動するやいなや、まるで神経組織のような様相を呈す。メリアムは、アイリーンとの通話のあと、つまり自分がトップランナーだと、キンバリー・クラーク・ウェイマスを弾薬庫に変える噂の正式な源泉だと認定されたあと、三本の電話をかけた。一本目の相手は、ルイーズ・キャシディ・フェルドマン作品の研究者である、内気なロージー・グロシュマン。ロージーなら知っておきたいだろうと思ったし、彼女自身、まったく無害な女性だからだ。フェルドマンの作品に、いや少なくとも、フェルドマンの熱心なファンには何らかの影響があるだろう、みたいな話題になると予想したが、実際そんな話をした。彼らが巡礼する場所がこの世からなくなってしまい、かつてのように、ここことは縁を切ってしまうだろう、と。それでおしまい。二本目の電話は、気取り屋の地元ガイド、ミセス・マクドゥーガルを怒り狂わせる目的でかけた。彼女の今の暮らしが、そして彼女がこの凍りついた地獄のために考案したツアーが、風前の灯《ともしび》だとほのめかしたのだ。目的は果たされ、ミセス・マクドゥーガルが世の中すべてを、とくにジュールズ町長をこてんぱんにけなし、「あのジジイ、私のツアーを後押しするのに指一本だって動かしたことないのよ？　そんなこと、頭をよぎったことすらないんじゃない？　考えることといったら、あのくだらないアホ作家にアイデアを提供することだけ」とわめくあいだ、メリアムはジョージのほうを見てウィンクした。最後は、パーティ・スマイルとの夜中の偶然の出会いから始まった幸運の環を、ある意味閉じるための電話だった。パーティ・ママにかけたのか？　違う。相手はゲイトリー冷蔵室のドン・ゲイトリーだ。つまり、パーティ・スマイルの上司である。メリアムと彼は、かつてちょっとしたアバンチュールを楽しんだことがあった。ドンが当時経営していた小鳥屋で逢瀬を重ねていたのである。二人が店に入っていくところを目撃した人がおり、〝犬を飼う変人女〟と〝鳥を飼う変人男〟が付き合っていて、店の中でよろしくやっているという噂が広まった。人間サイズの鳥かごの中で、たぶん何らかのコスプレをして、何らかといっても、何かの種類の鳥のコスプレをして、事におよんでいるのだ、と。二人が付き合っていたほんの数週間のあいだ、実際に店の中で何がおこなわれていたのか、本人たちしか知らない。いずれにしても、二人はおたがいのあいだでさえ、それについては今もいっさい話そうとしない。

「メリアムじゃないか！」

「酔っぱらってるの、ドン？」

かわいいエミルと一緒にほんのちょっとだけね」

かわいいエミルというのは鳥だ。種類はわからないが、青い小さなオウムである。

「けっこうね、ドン」

「で、君は？　酔ってるの？」

「いいえ」

「君の犬は？」

「酔ってないわよ」

「けっこうだね、メリアム」

メリアムは、ドンが電話に出たとたん、かけたことを後悔した。でも、かけないわけにいかなかったのだ。環を閉じなければならなかった。だからドン・ゲイトリーは、翌朝バーティ・スマイルがビルの店に妙な様子で現れた頃には、ニュースの正式な源泉その人からじきじきにニュースの真相について、キンバリー・クラーク・ウェイマスじゅうがすでに知っていることについて、とっくに聞かされていたのだ。

メリアムのその最初の三本の電話が、アイリーン・マッキニーに行動を起こさせた一本目の電話はとくに、町の神経細胞に刺激をあたえ、ありとあらゆる場所で電話が鳴るきっかけとなった。

そういうわけで、キンバリー・クラーク・ウェイマスの住民たちみんなが、ビリー・ペルツァーが町を出ようとしていることを知っていても少しも不思議ではないのだ。しかし、そのシステムを使って誰が情報を広めたかは謎で、というのも、町の電話連絡網の情報伝達は大部分が匿名でおこなわれたからだ。普通に電話が鳴り、それに出ると、相手が誰にしろ、ただ「ビリー・ペルツァーは家を売りに出した」と言い、ときにはそれに「そして象を飼おうとしている」と付け加える。

フランシス・ヴァイオレット・マッキスコ自身も、早朝にそうした連絡を受けた。バーティ・スマイルがドン・ゲイトリー冷蔵室に出勤したまさに同じ時刻に、有名推理作家の家の電話が鳴った。マッキスコは書斎で執筆中だった。スタンリーとラニアーは、著者マッキスコが仮に『真価を認められていない探偵事件』と呼ぶ新事件に取りかかっていた。まずラニアーが手紙を受け取る。ファンからの手紙だ。そのファンもやはり探偵で、そうでなくても、ラニアーとしてはそう思いたかった。問題は、そのファンがラニアーのファンをやめたことで、彼にはその理由を計りかねた。彼は悲しむ。スタンリーはべつに悲しくなかったし、ラニアーがなぜそんなに悲しむのかわからない。スタンリーにはファンなどどこにもいなかったし、ラニアーになぜファンがついたのか理解できなかった。こうしてこの町で不自由なく暮らしているだけで充分じゃないの？　妻と子供たちとアホ犬と一緒に。なぜファンが必要なのか。スタンリーにはちっともわからず、首を振る。二人は口論する。馬鹿げた手紙一通で落ちこむなんておかしい、と彼に告げる。ラニアーは、この手紙は馬鹿げてなんかいないと彼女にわからせようとする。「僕のたった一人のファンなんだぞ、スタン！」ラニアーはわめき、大げさにがっかりしてみせる。著者のマッキスコはそこで手を止めた。煙草を指に挟み、子供向けの小さなランプの横に置かれたコーヒーは冷めつつあり、そのランプの笠には、昔ちっちゃなキャッツが、帽子をかぶり書類鞄を持って会社に行こうとしているにこにこ笑うオレンジを描いたことがあったのだが、それはそれとして、机の上にはほかにぼろぼろのノートが三冊開いたまま置かれ、タイプライターが執筆の再開を待っている。彼はタイプライターを叩くのを中断して考えていた。前妻のキャサリン、私のキャサリン、キャサリン・ウィンター・マッキスコがぼやけてかすんでいくなんて、ありえないのだ。口論のシーンを空想するたび、それが閉じていた傷をこじ開ける手となり、かつて血があふれだしたあの瞬間を蘇らせる指になったというのに。だが結局のところ、文学とはそういうものなのでは？　傷をまたこじ開けること、しかし何か別のものであるふりをすること、彼の場合であれば、むしろこれは楽しい作業だというふりをして、すべてが完全に癒えることなどないという受け入れざるをえない事実を受け入れるのを拒むこと。実際どんな傷もずきずきと疼きつづけ、またこじ開けられるのを待っていて、作家の書斎とは基本的にそれをする場所、何かが閉じるのを阻む場所なのだ。

マッキスコはその二本目の煙草を、灰皿にある一本目の横にぞんざいに放り、スタンリー・ローズとしてこう台詞を書いた。「へえ、つまりあなたには私よりその馬鹿げた手紙のほうが大事ってわけね！」そのときだった、電話が（リイイイン）鳴ったのは。

そして、ニュースにはたいして注意を払っていなかったものの、周知のようにキンバリー・クラーク・ウェイマスの人々がありえないくらいそれを目的に生きているということもあって、情報は保管していたので、のちに、まさにその朝、スノーシューを履いていたとはいえ小型のブルドッグにも似た用心深い歩き方で、コーデュロイの襟巻をしっかりと巻いて、恐ろしい吹雪のなか郵便局に向かい、というのも、本来朝一番で机の上にのっているべきミルリーン・ビーヴァーズからの返事が届いておらず、どこかで迷子になっているに違いないと思ったからなのだが、とにかくその途中でやがて〈ミニバンと汚れた上着の男事件〉と名づけられる出来事にも否応なく気づくことになった。その出来事の主人公であるビリー・ペルツァーが、娘が今あんなに無気力で、目を真っ赤に泣き腫らし、食欲を失い、何に対しても「いいよ、パパ」、「好きにして、パパ」とびっくりするほど従順で、希望をなくし、まるでこの世の終わりみたいな様相を呈しているその原因でもあると、もしマッキスコが知っていたら、スノーシューをものともせずに通りを突っきってビリーにつかつかと近づき、体を揺さぶって「おまえ、この野郎！　娘じゃ分不相応だとでも？」とわめき、さらには「ランダル・ペルツァーの息子め、おまえには心ってものがない」みたいな言葉もぶつけてやっただろう。だが、そんなことは知りようがなかったから、何もしなかった。そのときは、ただ通りの向こう側をちらりと見ただけで、ひどい天気のなか急げるだけ急いで郵便局へ向かい、だが残念ながらそこでミルリーン・ビーヴァーズの電報は見つからず、ただ興奮した様子のジングル・ベイツが、電話をしてもずっと話し中だと文句を言っていて、「伝えなきゃいけないことがあるのに、ずっと話し中だったら、どうやって伝えろっていうの？」とぶつぶつ愚痴っていた。マッキスコはがっかりして、まだ電話をかけつづけているジングルを置いて引き返した。

ジングルは同じ番号にずっと電話をかけつづけている。

彼女はアイリーンと連絡をつけようとしていたのだが、そのアイリーンは今もミセス・ラドルの下宿屋に隠れていて、ジングルが彼女を捕まえられないのもそのせいだった。アイリーンはドゥーム・ポスト紙の号外を出すため、休みなくタイプライターを叩いていた。手を止めるのは、煙草に火をつけて電話をかけるときだけ。メリアム・コールドによる思いがけない発見について書くために、まず不動産屋のレイ・リカルドをつかまえ、それからジュールズ町長がいつものように問題のテーマになんとなく関係がある『フォレスト姉妹の事件簿』の捨て駒エピソードのことを書いていたと小耳に挟み、キンバリー・クラーク・ウェイマス課報機関一の腕利きであるミスター・ハウリングの否定的コメントを手に入れた。また、ルイーズ・キャシディ・フェルドマン専門家のロージー・グロシュマンには、ランダル・ゼーン・ペルツァーが物語世界から思いきり逸脱して創りあげたあの店が消えたらファンたちにどんな影響が出るか尋ね、ついでに店の簡単な歴史も教えてもらった。

それから警察署にも電話をした。警察署ではこのことをもう知っているか、何か騒動が起きていないか確認したかっただけだが、コットン署長は不在だった。外出中ですと言われた。ペルツァーの件について何かご存じですか？　もちろんです、と相手は答えた。どうやら誰かが警察に電話をしてきて、ビリー・ペルツァーが家を売りに出したと報告したらしい。ドゥーム・ポスト紙の号外もまもなく配られ、その中でありとあらゆる推測がおこなわれるだろう、とも言われたという。さすがのアイリーンも、そのとおりですと認めるわけにはいかなかった。私の電話の中に小人でも入っていて、方々に情報を広めているの？

そのとおりだった。

ただし広めているのは小人ではない。

ミセス・ラドルだ。

アイリーンが電話を切るたび、即座に彼女の電話が切れる音がするので、すぐにわかった。ラドルさんの下宿屋の壁は、壁以外の何かになら何にでもなりそうだが、けっして壁ではなかった。

警察署には、壁以外の何にでもなりそうなその壁すらなかった。だから、次の会話のあと起きたことは、起きるべくして起きたのだ。確かにコットン署長はちっちゃなキャッツが軟弱で、あんなふうにごり押しでこの警察に来たことにいらいらしてはいたが、まあ受け流していた。でも、人が落ちこんでいるのには耐えられなかった。

ちっちゃなキャッツは落ちこんでいた。

それも相当ひどく。

「キャッツ、原因が男のことなら忘れちゃいな。ばかばかしいよ」何があったかわかって、どうにもならないことだとわかると、最初はそう言っていただけだった。「原因が女でも同じだけど」

コットン署長は思い出す。キャッツはほほ笑んで、つかの間あの不思議な光が目に戻ると、署長は思わず抱きしめてやりたくなった。

最後に誰かを抱きしめたのはいつのことだったか、思い出せなかった。ときどき、夜ショートヘアをブラシで梳かしながら、みんなはどうやっているんだろうと思った。とても簡単そうに見えた。人はただ単純に抱き合っている。でもコットンは、男と寝るときもけっして抱き合わない。どういうことだろう？　そんなに難しいことだろうか。なぜそんなに難しいのか。

実際、とても難しいことだった。

相手がコットン署長では、そう簡単にその腕に飛びこむことなんてできないだろう。だから言った。

「あんたのお父上に、今夜〈ダン・レナード〉で食事をしようと言っておいて」

「凍結湖の？」

「そう」

「つまり、デートしたいと、父に？」

「もしよければ同伴してほしい、と伝えてもらいたい」

「やった！　ほんとに、ダニー？」

キャッツは笑っていた。ついさっきまで瀕死の蘭の花、ひと握りの土くれ、忘れられた玩具だったのが、今ではまたきらきら輝きだした。

「悪くないかもね」コットン署長は気持ちを声に出した。

「ええ、そうですよ」ちっちゃなキャッツは言い、うきうきしながらさっそく家に電話をかけようとしたが、少し離れた場所で、勤勉なビンフィールド刑事、ウィクシー・スポット・ビンフィールドがやはり受話器を持ちあげ、ハウリングさんの番号を押し、そうしてまた別の情報伝達競争が始まったのだ。こちらの主人公はコットン署長とフランシス・マッキスコで、ハウリングさんがまた先頭に返り咲き、これでメリアム・コールドだけでなく、ハウリングの人生をめちゃくちゃにしてやれると無邪気に思っていた尊大なマスチフ犬、不機嫌なジョージも、陰で臍《ほぞ》を噛むことになるのだった。

18

フランシス・マッキスコはコットン署長と念願の食事をするが、ミルリーン・ビーヴァーズとその妙な誤解のことばかり考えてしまい、そもそもなぜ返事の電報が来ないのか、もしかして、なあキャッツ、あの女、まさか死んだとか？

フランシス・ヴァイオレット・マッキスコは猛烈な勢いで仕事をしていた。何百本分にも見える煙草の煙のなか、それが小説の萌芽なのか、短篇にすぎないのかはまだわからないが、例の探偵夫婦と消えたファンにまつわるそれを書き進めていたとき、電話がまた（リイイイン！）鳴りだした。見るからにいらだった様子の作家は受話器を取り、相手が名乗るのも待たずに、また何か新しいニュースについて勝手にしゃべってくる、馬鹿げたうるさい匿名電話だろうと察しをつけて、ガチャンと切った。あるいは、すでに聞いた同じニュースだったのかもしれない。あの連中は、人に電話をかけることに血道をあげているあの連中は、実際、無秩序に何時間も、ときには何日もそこらじゅうにひたすら電話をかけまくり、ついには誰もが出来事について知るようになるばかりか、もう飽き飽きするのがつねなので、作家はいきなり噛みつくように言った。「いい加減にしてくれ。仕事中なんだ！　作家は仕事をしないとでも思ってるのか？　われわれの本がどこから生まれると？　本工場か何かか？　妖精たちがこしらえてるってか？　本気でそう思ってるんだな？　くそったれめ！　地獄に堕ちろ！」そして、直後に切った。ぶつぶつ文句を言い、急に力が抜け、集中力を失った作家は、なんとか執筆に戻ろうと、またすぱすぱと煙草を吸い、襟巻を首のまわりにぎゅっと巻きつけ、頭の中身に再接続しようとしたとき、（くそったれ！）またぞろ電話が（リイイイン！）鳴りだした。

「いい加減にしてくれ！」

「パパ？」

「キャッツ？」

「大丈夫？」

「ああ、キャッツ、大丈夫じゃない」

「大丈夫じゃない？」

「ああ。どうしたらいいかわからない。もう一度ミルリーンに伝言するべきか？　あそこに、郵便局に行ってみたんだ。そしたらあの郵便局員、あの忌々しい娘ときたら、電話を置こうともしなかった。この土地の連中はみんな頭がどうかしたんじゃないのか？　何も届いてない、私宛てには何も、と言われた。信じられるか？」フランシスはくすぶっている煙草の一本を手に取って唇に運び、（フウウ）吸うと、それでひと仕事終えたかのようにまた灰皿へ戻した。「向こうにまだ届いてないのか？　届く前に死んだとか？」

「パパ？」

「ああキャッツ、もしもう死んでいたら？」

「死んでないわ」

「そうかな」

「死んでない」

「じゃあどうして？」

「パパ、コットン署長が〈ダン・レナード〉に同伴してもいいって」

受話器の向こう側がしんとした。

「パパ？」

「今はタイミングがよくない」

「パパ！　どうして？」

「だってそうだろう」黒雲が、そうミルリーン・ビーヴァーズのことが頭から離れない、と言う。

「出かけたら、電報を受け取り損ねるかもしれない」

「何の電報を？」

「ミルリーンのだよ！」

「パパ、夜間に電報を配達する人なんていないわ」

「いつ到着しても不思議じゃない」

「いいえ、時間は決まってる。でも、それで気が済むなら、私がパパの書斎でひと晩過ごすわ。もし必要なら」

「ああ、おまえ、そうしてくれるか？」

「もちろんよ、パパ」

「すばらしい。じゃあお願いしよう。まずテーブルを予約して、おしゃれをして、貴重な一冊のうちどれを彼女にプレゼントするか決めなければ。もちろん初版だぞ」

「パパ、予約は必要ないわ」

「いや、必要さ。それから、何を着るかも決めなければ。新しいコートを着ていこう。ライオンの毛皮のコートだ」

「あれはライオンの毛皮じゃないわ」

「わかってる。だがそう見えないか？　そうだな、エルズミア湖にでも誘おうか、どう思う？　ちょっと気取りすぎかな？」

「パパ、コットン署長は〈ダン・レナード〉で待ってるって」

「〈ダン・レナード〉？　何だそれは？」

「凍結湖よ」

受話器の向こうがまた無言になる。

「凍結湖？」

「そうよ、パパ」

「ああ、だめだ、キャッツ。彼女、スケートがしたいのか？　私はスケートなんてできんよ。だって、死んだらどうする？　私の小説など読んだことがないかもしれんが、もし読んでいたら、私がスケートリンクを怖がる理由がわかるはずだ。私の小説の中で、いったい何人スケートリンクで死んだか？　で、犯人は誰だと思う？　真犯人は誰か？　スケートリンクそのものだよ！」

「パパ」

「ここで生まれ育つってことがどういうことか、誰にもわからんのだ。いったい何度スケートリンクに遠足に行ったと思う？　滑らない場所、寒くない場所には行った記憶がない。だが、問題は寒さじゃない。かならず何かしらスポーツをしなきゃならないってことなんだ」

「パパ」

「アホな教師どもめ！　スポーツ嫌いな人間などいないと思ってるんだ。じゃあ、どうして誰もが作文好きだとは思わない？　不公平だよ、この世は。私はただ、そういう最悪の場所ではそっとしておいてほしいだけなんだ。ただじっと座って執筆ができるように。橇になんて乗りたくないし、雪山にも登りたくないし、スケートもしたくない。おとなしく座って執筆したいだけだ。一度だってそんなことはできなかった。作文好きな子供がいるってことを、なぜ誰も理解しない？　誰もだ」

「パパ、署長はスケートじゃなく食事がしたいだけよ」

　マッキスコは書きかけのページを眺め、いや、実際には列車に乗っているスタンリーを眺め、スタンリーは作文好きではなかったが、臆病な子供だったから、私のことを完璧にわかってくれるだろう、と思い、ほっと息をついた。

「では私の小説を読んだんだな？」彼は額の前髪を払い、電話を持つ手を変えた。「小説に登場する死者の多くがスケートリンクで死んだと知っているんだろう？　だからそこを選んだのか？　きっとコットン署長はフォレスト姉妹を毛嫌いしていて、『ライフルの貴婦人』が模倣だとは思わないだろう」

「さあね。パパ、もう切るわ」

「ああ、待ってくれ、キャッツ」作家はくすぶっている煙草の一本を手に取り、一服するとそれだけでうんざりして消した。（フ、フ、フー）煙を吐きだし、しっかり気を引こうとする。「彼女の前では何役を演じるのがいいかな？　ハンサムなラニアー？　内気なスタンリー・ローズ？　紳士的なメイトランド所長？」

フランシス・ヴァイオレット・マッキスコは、性格にちょっと問題があった。いや、べつに問題でも何でもない。人付き合いがうまくないというわけではないのだ。ただ、現実世界でも、ずっと創造の世界にしがみついていた。フランシスは、執筆中でなくてもキャラクターたちと暮らしている。ある意味、フランシス・ヴァイオレット・マッキスコは執筆しているときだけ、あるいは、たとえばミルリーンとのやり取りのように、執筆について書いているときだけ、フランシス・ヴァイオレット・マッキスコでいられる。それ以外のときは、自分が創造するほかの何者かになった。

「いい考えとは思えないわ、パパ。前回のデートのことを考えて。カラビノ署長のときのことを。シェリルよ、覚えてる？　二度とパパに会おうとしなかった」

「ああ、あの女は何もわかってなかった」

「パパ」

「メイトランド所長の妙なブレザーとラニアー・トーマスのよれよれのシャツを着て、スタンリーが使う、恐ろしい名前の髭用の特別なローションを髭に振りかけてもいい。〈シュナバルト・マン〉って名のローションだ。じつは私の小説のキャラクターの一人が同じ名前なんだよ。このローションを開発した男と同じ名前。やっぱり金持ちだよな？　そう思うだろ、キャッツ？　いつか私の小説を読んでくれるかな。それとももう読んだのか？　今しも私に手紙を書いていると思うか、キャッツ？　私くそ、ミルリーンのやつめ。なぜ返事をよこさないんだ？　私などどうでもいいのか？」

「コットン署長に会うときは、マンクス・ダミングがいいかも」キャッツは折れた。「じゃあね、私もう仕事に戻らないと」

「そうだな！　見てろよ、ケイティ・シモンズ。今夜私は本物の刑事とまた出かけるぞ」ケイティ・シモンズはミステリ作家界最大の権威だが、フランシスとしては、それは彼女が刑事と結婚していること、ただそれだけが理由だと思えた。「マスコミを呼ぶべきかな、キャッツ？」

「じゃあね、パパ」

「ではまた、キャッツ」

そのやけに大げさな会話のあと、フランシスは何百時間とも思える時間をかけて、鏡の前で、あるいは鏡とクローゼットのあいだを、鏡とクローゼットといまだに煙がたちこめている書斎のあいだを行き来して過ごし、書斎では抽斗を開けたり閉めたりし、階段を上がっては下り、プレゼントするのに最適な初版の一冊を選び、〝スタンリーとラニアーがそんなふうになりたいと憧れる刑事、親愛なるコットン署長へ　あなたのしもべ、フランシスより〟と献辞を添え、その後、スノーシューをつけ、細かい雪片に一面覆われたライオンのフェイクファーのコートを羽織って、電話の鳴り響く町に差し迫る夕闇のなか、凍結湖へ向かい、隠れて延々と待った。なぜなら彼は作家であり、席で人を待たせることはあっても人を待つことはけっしてないからだ。その施設の裏庭のような場所で、消え入りそうな街灯のもと本を読もうとしながら、言語を絶する寒さに耐え、一方、建物の中ではコットン署長がしっかりとコットン署長役を演じていた。メニューをじっくり調べ、ビールをぐびぐび飲んでいた。ときどき手袋を見る。その黒い革の手袋を、彼女はたいていはずさない。顔を上げ、周囲を見まわして、きちんと梳かしたブロンドの髪に触れる。

　コットン署長はいつも、今しも士官学校を卒業したばかりのような姿をしている。やけに軍人めいたところが彼女の魅力で、キンバリー・クラーク・ウェイマスの住人のほとんどが思わず心奪われた。仕事はできるのかって？　仕事があればもちろんできるだろうが、キンバリー・クラーク・ウェイマスでは、本気で捜査する必要のある事件など起こったためしがなかった。もちろん、あのポリー・チャルマーズの一件を除けば。しかしその当時コットン署長は署長ではなく、コーヒーを飲みながら書類をめくることしかしないような連中にコーヒーを給仕していた。だからまったく本領を発揮する機会がなかったのだ。やがて、この土地のひどい天候をせいぜい楽しみ、凍りついた一種の終末世界でサバイバルする空想に生きるようになった。夜はペットのリクガメ、ベッツィー・キファー・マニー、静かなキフ夫人にその日一日の出来事を話して聞かせ、ソファーに寝転がって、航空業界の古雑誌を読んだ。両親は二人とも有名なパイロットだった。そうした古雑誌を読むのは、彼女はそこに存在すらしない、まだ過去になっていない過去を旅するようなものだった。

「コットン署長？」

「は？」

彼女は顔を上げた。眼鏡をかけ、まったくごまかそうともしていない新しい差し歯をした若いウェイターがにこにこしながら立っていた。注文書と、左側だけほんの少し伸ばしてアシンメトリーにした署長のブロンドの前髪を交互に見ている。そういう髪型にしているのは、（フン）鼻息を漏らしても変に尊大に見えないようにする、あるいはまったく面白みのないやつに見えないようにする、それだけが目的だった。

「ご注文はお決まりですか」

「いや。待ち合わせなんだ」コットン署長は言った。「じつは、フランシス・マッキスコを待ってるんだよ。フランシス・マッキスコ、知ってる？」

若者は首を横に振った。

「この町でただ一人の作家だよ」

「『ミセス・ポッター』の作者ですか？」

「違う」コットン署長は言った。

「ああ、そうですか」

若者と差し歯は元の場所に戻っていった。

そのときようやくフランシス・ヴァイオレット・マッキスコが、明らかに凍りついているフランシス・ヴァイオレット・マッキスコが、入り口から入ってきた。コットン署長の目が最初に吸い寄せられたのは、馬の形のバックルがあるベルトだった。それから、まさかとは思ったがジーンズ姿だったこと、さらには茶色い革のジャケット、それにモカシンのように見えるぺらぺらなおかしなブーツ。以前会ったときみたいな、ピンストライプの濃紺のスーツに襟に変な紫のスカーフを巻いたスタイルじゃないわけ？　彼女のとまどいをよそに、作家は満足げに周囲を見まわし、奥の予約席に署長の姿を見つけると、うっすらと笑みを浮かべて急ぎ足で近づいてきた。

「遅れて申し訳ない」それが第一声だった。そのあと小さな花束を署長に差しだし、ジャケットを脱いで脇に置くとほほ笑んだ。「食事はもう済みましたか？」作家は席につき、スノーシューを床に置いて、額に落ちた巻き毛を払ったあと、彼女のほうは見ないようにしながらメニューのどこかに視線を注いだ。「ちょっとしたハプニングがありましてね。じつは私のファンがいるんですが、ご存じかな、ミルリーン・ビーヴァーズという女性です。私のいちばんの読者ですよ。魚にしよう。あなたは？　その彼女がどうやら幻滅しているらしくて。それは私もなんです、正直なところ」そこで初めて顔を上げる。「あなたも、あの忌々しいTVドラマシリーズを観てらっしゃいますよね」

コットン署長は作家の小芝居に呆気にとられていた。小説の一場面を再現していることは明らかだったからだ。だから「ハハハハ」とつい笑い声をあげた。作家は眉をひそめ、また困ったようにほほ笑んで言った。

「楽しそうですね」

「ええ、はい」コットン署長は言った。「とても楽しんでます。『フォレスト姉妹』のことですよね？」

「あの忌々しいTVドラマシリーズ、ええ、そうです」

「本当にそんなふうに思ってるんですか、信じられないな」

「じゃあ、そう信じてください。ウェイター？　ところで、花は気に入っていただけましたか？」

コットン署長は花束を見た。

「どうかな」

「どうしたらいいか、あれこれ考えたんですよ」

「へえ、なんでまた？」

「第一印象というやつは、最悪なのがつねなので。とくに私の場合。ウェイター、ワインを頼む。それから私には魚料理を。魚なら何でもいい。こちらのお嬢さんには〝いつもの〟を。コットン署長は〝いつもの〟とおっしゃった。ああ、それだ。大変けっこう。ええと、どこまで話しましたっけ？」

「第一印象が最悪だと」

「ええ、最悪です」

「店はここでよかったかな」

「正直に言うと、ノーです」

コットン署長は笑った。

「何があなたをそうさせるんですか？」

「何のことですか？」

「あなたこそ楽しそうだから」

「いや、私は楽しくはない。幸せでもありませんよ、コットンさん」

「じつは私もです」

「ご冗談を！　あなたは刑事だ。刑事は誰だって幸せ者ですよ」

「ハハハ！　あなたの言うとおりかもしれません。でもそれは、素人探偵だらけの町に住んでいない刑事の話で」

「これもまた、あの忌々しいＴＶシリーズのせいだ」

「そのとおり」

ウェイターがワインを注いだ。

どこかで電話が鳴っている。

「甘ったるいチューインガムみたいなＴＶシリーズとミルリーンは呼んだ」

コットン署長は額に落ちた髪をかきあげ、ワインをひと口飲んだ。

「そのミルリーンというのは恋人なんですか？」

「いいえ、彼女はただ私に手紙を書いてくるだけです」

「手紙？」

「ええ」作家は言った。その〝ええ〟は彼の内側に響いたが、言葉がそこにあるのに感触がなく、どこか幻聴のようだった。「え、ええ」とくり返す。

「その話はしたくないみたいですね」

「ええ、できれば」

「じゃあ、なぜ私がここであなたと食事をすることになったのか話してくれます？」

ああ、それはいかん。

「だめだ」

「だめ？」

「あなたが刑事だからです」

「ええ、そのとおり」コットン署長は驚いたように、でも面白そうに作家を見た。「つまり当てろってこと？　そうしてほしいの、フ、ラ、ン、シ、ス？」

フランシスはあわててワインを飲み干し、また注いで急いで飲み、その不安みたいなものを、なんだかわからないものに浮かされる不安を抑えきれずにワインを喉に詰まらせ（ウック、ゴホ、ゴホ、ゴホ）、文字どおり死にそうになる。そう、小説の中で死ぬことになる登場人物たちみたいに。サンディ・マクギルのおかしな小説に登場する、ほかの探偵の死を捜査しているうちに自分も死にそうになる探偵、どいつもこいつも愉快なくらい抜け作な探偵みたいに。

コットン署長は立ち上がり、作家を助けようとした。でも作家はそれを避け、「大丈夫です、ゴホ、ゴホ、ゴホ、心配、ゴホ、ゴホ、しないで」となんとか言った。

「お気の毒に」署長が言う。

「ご心配なく」

作家はナプキンで口を拭った。

「出鼻をくじかれたようです、コットンさん」

すると、急にそこで気取った男が表に現れたのだ！

彼は手を伸ばしてコットン署長の手を握ると、それを唇に近づけた。

「このひと時をどれだけ待ち焦がれていたことか」

「ああ、だめだめ、やめてください」

「なんですって？」

「あなたの小説を読んだんです」

「はい？」フランシスは彼女を見た。灰色の瞳がぎらぎら光っている。ショックを受けているのがありありとわかる。

「あなたは今、メイトランド所長を演じている」

「どうしてわかるんです？」

「今言いましたよね。あなたの小説を読んだんです」

「それはうれしいな、ミス・コットン。だが、どうやら私にとって幸運だったかと言えばそうも言えないようだ。いや、むしろ逆だな。一つ訊いてもいいですか？」彼女に見抜けないとしたら、そのほうが不思議だろう、メイトランド所長。「仕事は本当のところ、どうなんですか？　本当に嫌いなんですか？」

「ああ、いえ、嫌いではないですよ、所長。ただ、あなたの小説に登場する探偵さんたちほど楽しんではいない、それは確かです。スタンリーとラニアーははっきり言って、うまくやってますよね？」

「おっしゃるほどうまくやってると言っていいかどうか。喧嘩ばかりしているので」

コットン署長は両手をテーブルについて作家の顔に顔を近づけ、なかばふざけて、なかば詮索するように見た。目の奥を見透かすようなまなざしだった。

「今そこには誰がいるの、メイトランド所長」

「何のことですか？」

コットンはワインを注ぎ足して言った。

「私はラニアー・トーマスがいいな、正直に言うと」

「なん……ですって？」

「店に入ってきたときはそう見えた」

「おっしゃっている意味がよくわからないな、ミス・コットン」

「でも、その服装からすると、作家刑事、マンクス・ダミングですよね？　髭が余計だけれど。煙草はお吸いになるの、マッキスコさん」

「ああ、フランシスと呼んでください」

「あるいは、テリー・メイトランドと」

「いえ、フランシスと呼んでもらったほうがいい」

「もっとはっきり言えば」

「は？」

「全員が同時にそこにいる？」

「誰のことですか？」

「あなただよ！　ここに入ってきたときはマンクス・ダミングに見えたけれど、そのあとラニアー・トーマスみたいなしゃべり方で話しはじめ、今は上品ぶったメイトランド所長！」

作家は笑った。

「わざとやってるわけじゃありません」そう言ったが、少しして思い直したらしい。「いや、正直に言うと、わざとやってるんだと思う。髭を剃るべきかな」

「絶対剃ったほうがいい」

「私はつまらない人間なんです」

「今はそう見えないけど」

このままでやっていけるのか？　本当に大丈夫なのか？　あの山のような手紙を抜きにしても、ミルリーン・ビーヴァーズみたいな人間なんて、この世にいないのだ。言い換えれば、フランシスと作品以外のことを話したがる人間などいない、ということだ。だが、この女性は例外なのか？　もしこのままやっていけるとしたら？

「『ライフルの貴婦人』を読んでくださったんですか？」と尋ねる。

「ええ」コットン署長が答えた。

「模倣だと思いましたか？　ミルリーンは模倣だと言うんです。それも、よりによってあのフォレスト姉妹のドラマの真似だと！」マッキスコは首を振った。「本当のことを言いましょうか？　この呪われた町では、私が実際どれだけ有名な作家か、誰も知らない。私があの馬鹿げたシリーズの一話を書いたらもっと売れるのに、とみんなが思っている。何もわかってないんです。そして問題はね、コットン署長、どうしてみんな人に干渉ばかりするのかってことです」

「そのミルリーンという人はここに住んでいるんですか？」

「いいえ、ダーマス・ストーンズです」

「いったいどこにあるんですか？」

「さあ。遠いところでしょう」

「彼女はどうやってあなたのことを見つけたんでしょう？」

「わかりません。ただね、コットン署長、彼女は私の作品をかならず読んでくれる、ありがたい読者なんです。そして、なんだかすぐ近くにいるような気がする、わかりますか？　この町にいると、人はひどく孤独を感じる」ウェイターのジョージ・ボウリングが作ったばかりのぴかぴかの歯を、それでいてひどく鬱々とした歯を見せながら、料理を出した。ああ、魚は私のだ。そしてもう一つはそちらのお嬢さんに。「わかってもらえるかどうかわかりませんが。いろいろ複雑でね」

「ああ、そんなことはけっしてないですよ」コットン署長はナプキンを襟に押しこみ、黒っぽい何かのソースに浸かった無数のカニに食らいつこうとしていた。「ここにいると誰でもすごく孤独を感じるようになると思う」そう言って、ほんの一瞬、二人は見つめ合った。怖くなって目をそらしたのはマッキスコのほうだった。署長は、何も、いっさい何もなかったかのように先を続けた。「でも、正直言って、親愛なるマンクス・ダミング」いったいどこから見つけてきた名前なのかな？　マンクス・ダミングなんて？　ひょっとして私をからかってる？　「作家が孤独を感じるなんて思ってもみませんでした。だって、あなたの中には登場人物がひしめいているでしょう、親愛なるマンクス」

「ああ、ハハハ」

「そうじゃないんですか？」

作家は、話題が変わったことが目に見えて嬉しかったらしく、首を振って言った。

「いや、作家という仕事は世界一孤独ですよ。おっしゃるように作品には人間があふれていますが、結局のところ彼らはみな私なんです。彼らの行動の決定権を持つのは私一人だ」

「それのどこが悪いんですか？　少なくとも、決めるのはあなたでしょう？　私なんて、まわりが私のかわりに決めたことで発狂しないようにただ努めているだけ」署長はカニにかぶりつくと、（グシャ、グシャ、グシャ）噛み砕いて、話を続けた。「あなたみたいにまわりをコントロールできたらどんなに嬉しいか」

「私が連中をコントロールしていると？」

「ご自身でさっきそう言いましたよね？」

「ああ、コントロールできるのは小説の中で起きることだけです。この町では誰も私を知らないが、それを喜んでいるとでも？　ここ以外の世界では、私は超有名人なんだ。ああ、なんて場所に生まれてしまったのか！　この土地が、私に今まで何かしてくれたか？　ここでもたらされるものと言えば、不安だけだ。私の小説に、滑って死ぬ人間が大勢出てくるのはなぜだと思いますか？」

　コットン署長は（フフフフ）笑った。

「笑い事じゃないんだ、コットン署長。恐怖ですよ」

「ああ、そんなに大ごとにしないほうがいいよ、マンクス」

　作家は強くうなずき、それから魚のかけらを口に入れた。作家はいつも魚を細かく刻んで口に入れ、長時間もぐもぐ噛みつづけるので、呑みこむ頃にはほとんどなくなっていた。彼の口は小さくて臆病なシュレッダーだ。そのまわりは髭に囲まれ、そしてファンは一人としていない。

「ああそうだ、町長という味方がいるじゃないか。そうとも、ジュールズ町長が味方だ。だが、何の役に立つ？　あいつは頭がどうかしてる。いや、そもそも頭なんてものがあいつにあったためしがあるのか？　いいですか、あいつは小説を書いて私に押しつけてくるんだ」

「あなたに小説を？　ジュールズ町長が？」

　コットン署長はジュールズ町長をあまり買っていなかった。彼女の目には、友だちのいない育ちすぎた子供のように見えた。

「家に何百というノートを持ってくるんです。アイデア満載のノートを！　ご自分で書けばいいのでは、町長、と尋ねると、どう答えるか？　いやいや、私は小説の書き方など知らないし、あなたに協力したいだけなんだ、マッキスコ。私に協力する？　私に協力者が必要だと思ってるんだ、あいつは！　そう、誰もがそう思ってる。年じゅう言われることがある。ミステリ作家なら、どうして『フォレスト姉妹の事件簿』の一話を書かないんですか？　そうすれば今度こそ有名になれるのに。有名にだと？　大馬鹿な住人たちは、私がじつはとっくに有名人だとは知らず、知っている範囲の知識でしか物事を考えない。あの忌々しいルイーズ・キャシディ・フェルドマンみたいに。あの女はたまたまここに立ち寄り、妙な絵葉書を買って帰り、そう、どこもかしこも氷だらけで子供が滑って頭をかち割って死んだりしない場所にある自宅に戻って、思った。じつはサンタクロースでも何でもないおかしなサンタクロースについてのおかしな話を書こう、そして、あの村と、そこに住む唯一の作家を馬鹿にしてやろうと」

「そんなに興奮しないで、マンクス。私の考えでは、あの作家はキンバリー・クラーク・ウェイマスが実在の場所だってことさえ知らなかったんだと思う。あるときガイドのマクドゥーガルさんが観光客の小さな団体に、冗談半分にそんなことを話すのを聞いたことがあるんです。彼女だって、べつに相手を怒らせようとして言ったわけじゃない。ただ、じつはすでに存在している場所を空想として創造する可能性、かつてそこを訪れた誰かの想像であるかのように創作する可能性はあるんじゃないか、と思ったそうです。作家自身、そこにまた戻れるなんて思ってもみなかった場所。昔からまぼろしでしかないと思っていた場所」

「ハハハ！　煙に巻こうとしても無駄ですよ、コットン署長。あの女は私を馬鹿にしようとしたんです。私にこう言ったも同然だ。お好きなように書きなさい、マッキスコ。でも、この村を代表する作家は私よ」

「でも、その後彼女は二度とここには来ていないよ、フランシス」

「どうして戻ってくる必要がある？　伝説は戻ってくるのか？　いや、伝説というのは、そこから消えるから伝説になるんです。私も消えるべきなのかもしれない。ここの連中みんなに、私の小説の舞台であるビヴァリー・スターク・メックマスはじつはこの町なんだと宣言して、姿をくらます。そうしたら誰もがこぞって私の小説を読むでしょう。ジュールズ町長は、列車の中か、あるいは私の書斎で喧嘩をしているラニアー・トーマスとスタンリー・ローズの銅像を作るでしょうね。マクドゥーガルさんは、私の小説の聖地巡りを計画し、ランダル・ペルツァーみたいなどこぞのファンが、小説の中のありとあらゆる事件にもとづいた土産物で商売を始める。そのとき初めて、自分たちがせっかくの財産を失ったことに気づく。そして、『フォレスト姉妹の事件簿』の一話をどうして書かないのかと私に何百回も尋ねたことを後悔するんです。まったく愚かな連中だ。そのときやつらがどんなに自分たちの愚かさを嚙みしめるか、わかりますか？」

「まあ落ち着いて、メイトランド所長」

初めてのデートと思しき場で、思った以上に自分がべらべらしゃべりつづけたことに気づき、作家はぼそぼそと謝罪した。「すみません。何を考えてたんだか。せっかくこうして会えたのにあなたを退屈させるなんて、本当にとんでもない」

「退屈なんてしてませんよ、マンクス、むしろ逆です。作家という人が、ある意味、そんなふうに興奮することもあるなんて、思ってもみませんでした。世間が嫌いなんですね」

「いいえ、あの女が嫌いなんです」

「彼女が消えてくれたら、世間はあなたが好きになると思います？」

「間違いなく」

コットン署長は額の髪をかきあげ、グラスを持ち上げた。

「ではお祝いしないと」

「お祝い？　何の？」

「電話が来てないんですか？」

「電話?」

「ビリー・ペルツァーが家を売りに出したんです。ここから出ていくつもりなんじゃないかな。もし彼がいなくなったら、ミセス・ポッターも一緒にいなくなる。それであなたの問題はすべて解決するのでは?」そう言ったとたん、(ああ、そうか)宙ぶらりんだった問題が、あの腑抜《ふぬ》けの見習い警官がなぜあんなに落ちこんでいたのかという宙ぶらりんだった未解決の問題が解決した。でも、ここにいるのは、あんなふうに彼女が落ちこんでいたからでは? 「だからキャッツは落ちこんでたのかな」

「キャッツ? つまり私の娘ってことか? まさか、キャッツはけっして落ちこんだりしない。そう、キャッツはキャッツだ。娘がいなかったら、私はどうしたらいいか。ときどきそんなふうに思う。だが、あの子が落ちこんでるだって?」

「そう」コットン署長は言い、この男くらい面白い男はいないと思えてきた。「彼女、なんであんな踏みつけにされた玄関マットみたいな顔をしてたんだろう、と何度も考えたんですけど、これで理由がわかった」

「ハハハ、ご冗談でしょう? つまり、今のあなたは誰なのかな。ドロシア・アチソン? ドロシア・アチソンはとても無礼な女なんです。でも、きっとそうだ。だとしたら、無数にいるおかしな幽霊たちの面倒をみないとかな?」マッキスコは彼女をさえぎって、もしミルリーン・ビーヴァーズがそこにいたら話すような、つまり彼自身が話しそうな会話に軌道修正しようとした。どうしてミルリーンがここにいないのか? 今までのキャッツの上司たちはいったいどうしたのか? 彼に満足しなかったのか? あのカラビノとかいう署長も、キャッツはいい子だし、「こういうことすべて」が彼女にはあんまりだと言ったが、具体的に「こういうことすべて」とは何なんだ? ああ、だめだ。今回もうまくいきそうにない。どう考えてもうまくいかないだろう。「霊媒のドロシア・アチソンのこと、覚えてますか？」と尋ね、コットンが「もちろん」と答えると、彼は一瞬喜び、こう続けた。「彼女を復活させるべきですかね？」

19

アイリーン・マッキニーが急ごしらえした号外で大成功を収めたこと、ポリー・チャルマーズ殺人事件の詳細について、猫を閉じこめるとなぜ（ハハ）臭いがひどくなるのか

例の『ドゥーム・ポスト』紙の編集長にして唯一の編集者であるアイリーン・マッキニーは、編集作業に夢中になると、「ああ、ああ、ああ」だの「来い、来い、来い」だのじつにやかましい。緊急避難したミセス・ラドルの下宿屋の机の上で、アイリーンはまさに職人技の手さばきで、執筆しながら紙面構成をしていた。メリアム・コールドと尊大なマスチフ犬ジョージ・メイソンだかメイソン・ジョージだかのおせっかいに端を発して急遽発行することになった号外制作の作業である。いつもながらアイリーンのまわりは糊やらハサミやら紙切れやらでしっちゃかめっちゃかだ。紙切れというのは、じつは、彼女ではなく特派員たちが書いた記事の切り抜きだ。たとえばその号外では、ミセス・ラッセルが、カースティン・ジェームズ流のラバーダック狩りをするために例の〈ジェイコブ・ホーナー〉ライフルを手に入れたことについて考察する文章を投稿した。タイトルは、《カースティン流

狩り》。それはどこからどう見てもラブレターだった。またほかにも、スタンピー・マクファイルが現れるまでは町で不動産業を独占していたリカルド家の二人が、《われわれは家を売りたいだけなのに、それももうできない》と題した泣き言めいた批判を紙面に寄せた。「無慈悲な」マクファイルのせいで、たとえば、ヴィオラ・ウィザーとかいうデザイナーの手による握りに螺鈿《らでん》細工がほどこされた杖みたいな、ちょっとした趣味の品々を手に入れることもできなくなった、と彼らは文句を並べる。商売が立ち行かなくなったからだ。嘘八百だとアイリーンは知っていた。ウェイン・リカルドは、その手のコレクションを倉庫にたっぷり貯めこんでいるのだ。でも、時間がないから、それを彼女に指摘するためにわざわざ手を止めて電話をかけるようなことはしなかった。ジュールズ町長の記事を糊付けして、そのあと(カタカタ)タイプライターを叩きつづける。

いつものように、ジュールズ町長の記事は、新聞記事というより『フォレスト姉妹の事件簿』の錯乱気味な一話のようだった。今回、フォレスト姉妹は殺人ハウスの捜査をする。何の変哲もない一軒の家が売りに出されるのだが、その家が、内覧に訪れる人をみな食べてしまうのだ。どうやらその家は売家になることが不本意らしく、コニー・フォレストは、家を見たとたんそのことを見抜く。まるで、殺人だらけの村の探偵ではなく、一筋縄ではいかない過去を持つ家々の心を探る心理学者であるかのように。アイリーンはこのジュールズ町長の物語風記事につけるイラストを依頼し、二ページ目に掲載した。その前に載せたのは、観光ガイドのマクドゥーガルさんの恨み節と、ルイーズ・キャシディ・フェルドマン研究者ロージー・グロシュマンによる、ルイーズとこの町とのびっくりするほど短いつながりについての遠慮がちな考察だ。〈ルーズ・カフェ〉のウェイトレスで、かの小説でいちばん有名な登場人物の名にインスピレーションをあたえたアリス・ポッターのインタビューが、中央ページのミニコラムになっている。アリスはいつも口数が少なく、電話インタビューでアイリーンに唯一語ったのは、最近自分のサインを入れた紙ナプキンを販売しはじめ、通信販売もしているということだ。そのアイデアは、例の〈ルパーツ〉の一人からもらったものだった。キンバリー・クラーク・ウェイマスでは、かの小説のファンたちを、ルパート少年にあやかってそう呼んでいるのだ。そのファンは、せっかくキンバリー・クラークを巡礼したのに〈ルーズ・カフェ〉を訪問し忘れた、と残念そうに電話をしてきたのだという。帰りのバスの中で気づいて、運転手に無理やりバスを止めさせ、通りで見つけた電話ボックスから電話をかけた。お願いですから、妻のために紙ナプキンにサインをして、もしよければ、これから申しあげる住所に送っていただけませんか。「本物のミセス・ポッター」のサインなしには家に帰れません。そこで、ちょっとしたお小遣い稼ぎをしたって罰は当たらないだろう、と自分に言い聞かせ、翌日サインをした紙ナプキンを封筒に入れて、ジングル・ベイツの郵便局から送った。その夏のあいだ、アリスはその男とかなり刺激的な文通を続けたらしい。カフェに戻ると、ショーウィンドーに《本物のミセス・ポッターのサインあります。郵送もできます。お友だちに送ってあげませんか？》と書いたポスターを貼ることにした。たいした商売にはならないかもしれないが、ときに文通による熱いアバンチュールに発展する可能性はありそうだった。そしてその出来事は、かつては人形が入っていたトランクの中にパーティ・スマイルが隠している、アリスの名を冠したノートをひそかに賑わすことになったのである。

アイリーン・マッキニーは、ペルツァーの店がなくなったら商売にどんな影響が出ると思うか、とアリスに尋ねた。「たぶん、何も」というのが彼女の答えだった。〈ルーズ・カフェ〉のショーウィンドーにはかの作家とアリス自身が一緒にいる陶人形が飾ってあるとはいえ、一度もあの店に入ったことがないし、たとえ店がなくなっても、サインをねだるファンたちの手紙が途絶えるとはまったく思えないわ。「店がなくなったら、〈ルパーツ〉たちもいなくなるとは思わない？」アイリーンは続けた。「あら、そんなことはないわよ」アリスは答えた。「〈ヘルパーツ〉の連中はけっしていなくならない」彼女が言うには、店があろうとなかろうと、あの追っかけたちはいつまでも追っかけだから、キンバリー・クラーク・ウェイマスに来つづけるそうだ。

あんな店、どうってことない、とウェイトレスは言った。

結局〝本物の〟ミセス・ポッターの言うとおりかもしれない、とアイリーン・マッキニーは思った。こんなにあわてて号外を出しても、無意味かも。ここを出ていくと決めたとしてもペルツァー坊やは何も変わらないし、店がなくなっても村人たちも何も変わらないのかも。でも、影響する可能性も、何もかもが変わってしまう可能性もあるし、その可能性を追及しなければならない。ときどきアイリーンは、前任の大胆不敵な編集者ナタリー・フォーカス・エドムンドから学んだことを思い出す。新聞記事とは、結局は存在するには至らないかもしれないが、万が一出現したときにその存在が必要になる、特定地域の地図を描きだすものだ、と。だから、本物のミセス・ポッターが言ったように何も起こらない可能性を念頭に置きながら、切って貼ってタイプを打つというその晩の作業を続けた。切って貼ってタイプを打つことが、アイリーンの仕事の流儀だからだ。その晩がいつもと違う点はただ一つ、何もかも、いくつかの〝双眼鏡〟にもとづいている（ハックション！）点だ。アイリーンは、今進めている三つの記事の作業を終えたらすぐに、それらの裏を取るつもりでいた。

そう、アイリーンは三つの記事を進めていた。一つは第一面のトピックで、前述した、まさにこの号外を大慌てで作るきっかけとなった、メリアム・コールドとの会話から得た情報だ。そこでアイリーンは今も事実を再構築しているのだが、まるで終わりそうになかった。病的なほど打ちこんでいるので、これで終わりと思えないのだ。だからアイリーンは、バーティ・スマイルの一連の監視について、下世話なモーテル話みたいな調子で書いた。結局のところ、アイリーンはバーティとあの魅力的なホラー作家の写真との関係について知っていた。あの作家こそが、ある意味この町の唯一のモーテル、埃っぽい〈ダン・マーシャル〉の経営を成り立たせていると言える。じつはアイリーンも一度、あまり人には自慢できないことだが、ジョンノウ・マクドーキーと行ったことがあるのだ。

ハ、ハ、ハックション！

もう、うるさいな、忌々しいくしゃみめ！

アイリーンは、今の作業を、ジュールズ町長の記事の糊付けを中断し、二つ目の記事のタイプ打ちを始めた。ペルツァー家に関わる、具体的には一家の歴史に関わる記事を軽く書き直すものだ。それが終わると、三つの中でもいちばん重要な三番目の記事の結論を打ちこんだ。いざ発行したら、あまりにもその紙面にそぐわないので、人々は眉をひそめ、すっかり混乱するかもしれないと思った。一見何の罪もないのほほんとしたその号外で、町の黒歴史が、ルイーズ・キャシディ・フェルドマンをこよなく愛するランダル・ペルツァーが一度だけキンバリー・クラーク・ウェイマスから危うく出ていくところだったあの黒歴史が、掘り起こされているからだ。彼とポリー・チャルマーズ殺人事件とを結びつける黒歴史である。

ポリー・チャルマーズはある日、魔法のようにキンバリー・クラーク・ウェイマスに現れて、やはり魔法のようにしばらくそこで暮らし、そして何者かに殺された。彼女が殺害された丘は、それ以来ポリー・チャルマーズ山と呼ばれている。女優志望だったポリーは、結局一度も演技などせぬままだったが、『ミセス・ポッターはじつはサンタクロースではない』の著者の熱心なファンであることをけっして隠さない人々のように、四六時中、女優になりたいと言いふらしていた。彼女は、ことのほか天気の悪い日にこの町に来た。ダーク・クルコウ・スパイヴィ発のルイーズ・キャシディ・フェルドマンのファンたちによるミニ・ツアー参加者だった。こういうツアーでは、〈ダン・マーシャル〉

モーテルかミセス・ラドルの下宿屋に宿泊しながら一から三日ほどかけて町をめぐり、ランダル・ペルツァーの店で山ほど土産物を買いこんで帰る、という旅程が普通だった。このときもほかのツアー客はそんなふうに行動した。ではポリー・チャルマーズは？　彼女は残ることに決めた。ほかのツアー客はミセス・マクドゥーガルの周遊ツアーに申しこむ程度で、その一環としてかの作家の内気な研究者ロージー・グロシュマンの書斎を訪れて、各国版の『ミセス・ポッターはじつはサンタクロースではない』だけでなく、彼女の好きなあるいは嫌いなありとあらゆる本が揃っているファン垂涎の書棚を眺めた。しかしポリーは町に残ることにしたのだ。理由は謎だった。彼女の説明は人が訊くたびにころころ変わったからだ。

チャルマーズのそういうさまざまな話から犯人にたどり着けないかと思い、アイリーンは証言を全部集めてみた。

なかにはまったく馬鹿げたものもあった。

「動物の歯磨きにもう飽き飽きしちゃったの」と、あるとき、昼間はペットショップだが夜はショットバーになる店の店主、オースティン・ディキンソンに話した。店には、ときどきそこで餌やらいろいろな玩具やらを買いに来る人たちだけが、ときにはペットを連れて集まる。「どういう種類の動物？」とオースティンが尋ねた。彼のところには歯を磨くようなペットはおらず、動物の歯磨き係みたいな仕事があるとはとても思えなかったからだ。するとポリーは、アイリーンの取材によれば、とっさに「イルカ」と答えたという。

しかし、一般に知られているところでは、彼女はクリーニング屋で働いていたが、〈ラブリー・ガンボン・シェンクマン〉という安物の洗剤の匂いにも、店主であるスー族の男の匂いにも耐えられなくなったのだという。その上司とはちょっとした、しかし暴力的な情事におよぶようになったのだが、いつも彼の居心地の悪いトレーラーハウスの珍妙なプラスチック製のトイレで行為にいたり、そういう彼との関係にもうんざりしたらしい。そうポリーから直接聞いたのは、フローレンス・カストリナーという地元葬儀屋の主人であり、恐竜の化石だと本人は信じる、そうに違いないと確信しているものの発掘者でもある女性だ。普段から人の話をまったく聞かないカストリナーは、ポリーの話も話半分に聞いていたので、彼女の遺体を、というか、それが納められていると思われる密封された棺を受け取ったとき、ポリーについて思い出せたのはその安物の洗剤の名前だけだったという。

ポリー・チャルマーズがダーク・クルコウ・スパイヴィに戻るバスに乗らなかった馬鹿げた言い訳の一つが、自分がルイーズ・キャシディ・フェルドマンの「地球一」のファンだと確信したから、というものだった。いざ町に腰を据えると、彼女はランダル・ペルツァーの店に必要以上に入り浸り、カウンターに肘をついて、ルイーズ・キャシディ・フェルドマンだけでなく、店主のランダル・ペルツァーその人に興味を示し、連続TVドラマ流の鋭い勘の持ち主で、『フォレスト姉妹の事件簿』よりはるかに『欲求不満の妻たちとそれ以上に欲求不満の夫たち』のほうを好むフローレンス・カストリナーはとくに、この時点で彼女の目的を疑いだした。あの娘、本当は何をしようとしているんだろう？　ランダルが妻を探しに出かけようとしていると噂されはじめたちょうどこのタイミングで現れたのは、単なる偶然？　なぜそんな噂が流れたのか？　ああ、なぜならランダルみずから、町でたった一人の友人と言えそうなドン・ゲイトリーに何度かその話をし、ゲイトリーは口をつぐんでおけないたちだったばかりに、話はまもなく、ドゥーム・ポスト紙の前身である『ウェイマス・ニッケル』紙の事実上たった一人の編集者で編集長でもあったナタリー・エドムンドの耳に入ったからだ。ナタリーは大げさな表現はしなかったが、あえて普通とはかなり違うやり方で、もしランダル・ペルツァーがいなくなったらキンバリー・クラーク・ウェイマスはどうなるか、と読者に問いかけた。〝親愛なるのんきな同郷のみなさん、どうしますか、ねえ、本当にどうするつもりですか？〟記事の熱い思いは《われわれの無意味で馬鹿げた町は時代の終わりを迎えようとしている》という副題にもうかがえる。そして、見出しそのものはシンプルにこう掲げる。《ペルツァーを失って》

アイリーンは最初から、ポリー・チャルマーズがあまりにもタイミングよく町に現れたことにも、ランダル・ペルツァーとの奇妙な親密さにも疑念を持っていた。ハウリングさんによると、二人は少なくとも二晩は〈ダン・マーシャル〉モーテルで過ごしたというが、でっちあげかもしれないと考えたナタリーはこのことを記事にはしなかった。ランダルは〈ダン・マーシャル〉に泊まるようなタイプの人間ではないし、ダン・マーシャル本人が電話でぼそぼそと語ったこと以外に証拠はない。それでも、ポリーがミルドレッド・ボンク通りにあるランダルの家に移り住んだときには、それについて小さなコラムを載せたので、町の人々はみな、ペルツァー・パパは新しい伴侶を見つけたのだと信じた。そもそもどうも怪しかったのは、その後彼女の名前がつくことになる丘でポリーが何者かにナイフで刺される三晩前、彼女が〈スコッティ・ドゥーム・ドゥーム〉に姿を現し、わざわざこんな噂を広めようとしたことだ。「あのじじい」には「嫌気がさした」から出ていくつもりだ。あいつは「頭がおかしい」。「毎晩」いろいろな役を演じさせられる。「ミセス・ブルック」役をあてがわれたかと思えば、そのあと「ルイーズ・キャシディ・フェルドマン」その人をやらされ、とうとう「白い髭」を買ったから、これで「ミセス・ポッター」役だってできるぞ、と言いだす始末だ。ランダルは彼女を四つん這いにさせて、例のおかしな絵葉書を山のように書かせ、その後それを、避暑妖精たちが休みなく働いている郵便局がわりの靴箱に入れさせ、そのあいだに後ろから彼女に「ありとあらゆること」をするのだという。その絵葉書には、「あの女のこと、あいつの妻、あの絵を送ってくる女」について、彼女が戻ってくることについて、さらには彼女の「死」について書かせた。なぜならあの男は「頭がどうかして」いて、「危険」だから。そしてこの時点にいたると、この一件の調査員たちは、結局のところこの女優志望の女は役を演じているだけなのだから、彼女の言うことはいっさい鵜呑みにするまいと決め、うんうん、とうなずいて、「ほら、また始まった」と心の中でつぶやいた。その夜、ポリーはみんなが耳を傾けていることをきちんと確認してから、「命が危ない」かもしれない、と訴えたからだ。よりによってあの無害なランダル・ペルツァーに、もしここでやっていることを外で漏らしたら「おまえを殺す」と脅されたらしい。三日後、やがて彼女の名前を冠することになる丘で彼女は刺殺され、そう知って言葉も出なかったランダル・ペルツァーに疑いは集中する。その夜、彼は一人で店の棚卸しをしていたらしい。ランダル・ペルツァーが犯人でないとしても、ポリーを殺した人物は、彼がその晩一人で店にいることも、従ってアリバイがないということも知っていたのだろう。

いずれにしても、当時、コットン署長ではなく、ジョン＝ジョン・シンシナティという男が率いていた警察署で見習い刑事をしていた人物によると、第一容疑者であるランダル・ペルツァーとジュールズ町長、ジョン＝ジョン・スペンサー、ミスター・ハウリングの親友の弁護士フィリス・クロード・シャーマンが取調室で一堂に会したあと、証拠はすべて破棄された。見習い刑事がナタリー・エドムンド編集長に話したところでは、その会合で、悲嘆に暮れてめそめそ泣きつづけていたランダルは、容疑を取り下げてやるから、かわりに町から出ていくのを断念するよう強要されたという。当然ながらこれは陰謀をほのめかす発言だが、それを裏づけるのは、ポリー・チャルマーズの年老いた父母に話を聞いたとき、二人は殺害されたとされる娘の死を嘆くより、長らく脇役に甘んじてきた、さまざまな意味で情けない自分たちの役者人生について長々としゃべっていただけでなく、娘の遺体をその町で埋葬することに同意し、しかもそれ以降一度もここに墓参りにさえ来ていないことだ。ミスター

・ハウリングに派遣された弁護士のフィリス・クロードとも会い、かなり踏みこんだ話をしたものの、たいしたことはわからなかった。テレンス・カティモア在住の事件記者で、この州で事件に興味を持った唯一のジャーナリストだったステイシー・ブレイス＝カムウィットは、この一件はどこもかしこも〝閉じこめられた猫の悪臭〟がたちこめていると言った。葬儀屋のフローレンス・カストリナーが、まるでどこか別の葬儀屋の使い古しみたいな密封されたポリーの棺を受け取ったが、キンバリー・クラーク・ウェイマスにはほかに葬儀屋などないという事実一つ取っても疑わしく、やはり〝閉じこめられた猫の悪臭〟がした。もしその殺人というのが、じつは殺人でも何でもなかったとしたら？　ただペルツァー一家が町を出ていくのを阻止するためだけにおこなわれた、ドラマチックではあるが病的で馬鹿げた策略にすぎないとしたら？

アイリーンがこの世間を震撼させる疑問についてタイプしていたとき、またあのくしゃみが、すでに百万回は続いたくしゃみが、まだこの先どうなるかもわからない急ぎの仕事の邪魔をし、今度こそきっぱりやめさせてやる、くしゃみの主を追いだしてやる、と心に決めて立ち上がり、ハリケーンさながらドアに突進して開けると、次のくしゃみを、まるで走ってくる列車に飛び乗ろうとするかのような緊張感で待った。そして、（ハックシュン！）音が響いたとき、ぶるぶると震えたように見えたそのドアのほうへ走り、すぐに開けた。

そこに誰がいたか？

（カタ、カタ）タイプライターのキーを叩いている男だった。

みすぼらしい上着を着て、鼻水をすすっている。聞こえるのは（ジュル、ジュル）鼻をすする音と（カタ、カタ）タイプする音だけ。仕事に没頭していて、アイリーンが現れたことにさえ気づいていない。彼女自身がそうするように、（カタ、カタ）タイプを続けている。

「あなた、いったい誰？」

男は座ったまま びくっとした。家主のラドルさんがどこぞから持ってきた古びてぎしぎしきしむ、例の最低の椅子に座っている。そして、手を止めた。

「僕？　ええと、ハハ」男は半分体をこちらに回した。慎重に、でもどこか面白そうに。目の前にいる野獣を起こすまいと用心はしているが、ユーモアのセンスのありそうな野獣なので話しかけたら喜んでくれそうだと思っている、そんな感じ。「アーク、えーと、エルフィンです、お嬢さん。アーク・エルフィン・スターカダー」そう続けて立ち上がると、おどおどとお辞儀をし、握手の手を差しだした。アイリーンもその手を取る。「あなたは？」

「マッキニーよ」

不信感を隠さない握手だった。たがいに相手をまだ信用してはいけないとわかっている手と手。ありきたりに見えるがそうではない二つの手。人並み以上に書き物をすると手だと、たがいにわかった。そして、相手も自分と同じく先の見えない不安定な状況にある。握ればそういうことがわかるのだ。

「それはどうも、ミスええとマッキニー」アイリーンは机の上のノートに気づいた。何かの質問に対する回答のようなものがいくつか書き殴られている。なに、あのノート？　すごくすてき。赤くて、つやつやしている、完璧な状態の〈リーヴェンロック42〉じゃない？　羨《うらや》ましい。この人、いったいどこの誰？　どうしてそんな古びたぶかぶかの汚いジャケットを着ているの？　それに、机にあるあれはテニスボール？　もう一つ見えるのは、写真？　子供の写真？　子供？　この人も子供じゃないの？　十三歳ぐらいというのが第一印象だったのだが、その後、十三歳では部屋を借りられないだろうと思い、たぶん実際には十五歳で、十七歳のふりをしているのね、と考えた。「このコミュニティに所属している方ですか？」

「いいえ」アイリーンは言った。「ラドルさんの好意で部屋を使わせてもらっているの」アイリーンは写真を示した。写真立てにさえ入っていない。子供が大勢写っている古いモノクロ写真だ。そのそばで蠟燭が灯っている。蠟燭！　いったいどういう執筆スタイルなの？　「それは何？」

「ああ、僕の蠟燭です。いいでしょう？　いつもこうして書くんです。それが習慣で。わが家は大家族なので、電気代を無駄にできない。さもないと、ミスター・スネラーが、わが家のミニ文法学者たちに食事をあたえられなくなってしまう」

「文法……？」

「ああ」若者は、何かはっとしたように例のモノクロ写真を手に取り、子供たちを指さして言った。「マッキニー嬢、ご紹介します。カシック・ルンド、ラファティ・ディー、ミルドレッド＝ローズ、ブルーシー・ジョー、ミランダ・ハーブ」誇らしげににっこりする。「スターカダー家の子供たちです」

「すみませんが？」

「どうして謝るんです？」短く切った金髪はぼさぼさ、まだ髭も生えそろわないような、なんともぶざまな若者の眉がひそめられたが、同じひそめるのでも楽しそうに見えたと言いたいところだ。結局のところ、ナイトテーブルから脱出できてハッピーな眉なのだから。またもや（ハ、ハ）騒々しいくしゃみが飛びだす（ハックシュン）ところだったとしても。「すみません」若者は手の甲で口を拭った。「ええ、わかってます。この土地の気候をちゃんと調べておくべきでした。でも、仕方がないでしょう？　そんな時間さえなかったんだから」少年のような指をしたその手で、またモノクロ写真を叩いた。「子供たち、すごいんですよ、お嬢さん」

「子供たち？　どの子です？」

「ああ、もちろんすべての子供たちがってことじゃない。僕の子供たちです。僕の子供たちがすごいんですよ、ミス・マッキニー。とくにカシックとラファティが。どこに行くにも分厚い本を抱えていく。ときには自分では持てない本だって。そういうとき、誰が持ってやると思います？　いやそれだけじゃない。もっと大変なのは、年じゅう議論をしていることだ。しかも誰にもその内容が理解できない。ミスター・スネラーですら頭がおかしくなる。ああ、でも、どうぞお座りください。僕としたことが、まだ椅子も勧めていなかったなんて！　ようこそ、『不動産完璧読本』のサテライト小編集室へ」アーク・エルフィンは新しい玩具をもらった子供で、その玩具とは自分自身だった。もたもたと机をまわると、自分の椅子をアイリーンに近づけ、もう一つのぐらぐらする椅子をこちら側に置いた。腰かけたとき、あやうく引っくり返るところだった。机に手を置いて、ようやくバランスをとる。「さて」と言ってにっこりする。「お座りください、このコミュニティの一員ではなく、ラドルさんの好意でここにいらっしゃるだけのお嬢さん」

アイリーンは座った。そして、これは夢だと思った。たぶん自分のデスクで居眠りしているのだ。号外のコピーを始めなきゃいけないのに。お馬鹿さん、とっとと目を覚ましなさい。でもアイリーンは座った。だって、ほかに何ができる？　とても妙な男だった。キンバリー・クラーク・ウェイマスでほかに新聞記者なんて見たことがない。ようやくミセス・ポッターが私の願いに気づいてくれたってこと？　アイリーンはあの絵葉書に一度こんなことを書いた覚えがある。〝小編集室がほしい〟。そのとき頭に思い描いていた小編集室とは、編集部員が数名と椅子、タイプライター、コピー機、小オフィスが一つ、電話、観葉植物がいくつかある場所であって、このスターカダーとかいう夢見がちなうぬぼれ屋が一人いるだけの場所ではなかったけれど。

だから、アイリーンはついこうつぶやいた。

「あなたには信じられないでしょうね」

「僕には信じられないって、なぜ？　具体的に何のことです？　ああ、マッキニー嬢、見てください。僕は今さっき、古い年鑑がいっぱいあるのにそれはべつにコレクションじゃないオフィスで、ある人にインタビューしたんです。信じられますか？　でももっとすごいことがあるんです。その人、幽霊屋敷をこしらえるため幽霊と契約するんです。幽霊ですよ！　幽霊屋敷じゃないと家が売れないなんて、信じられます？」

家が、もちろんビリー・ペルツァーの家が、あまり時間がないドゥーム・ポスト紙の唯一の編集者の頭にぱっと思い浮かんだ。

「それって、ビリー・ペルツァーの家のこと？」

アークは目を見開き、その後なかば閉じて、椅子のバランスを取りながら身を乗りだし、アイリーンをじっと見た。

「ウィリアムさんのこと、何か知ってるんですか？」

ずっとほしいと思っていた〝小編集室〟が、まるで小包みたいに本当に自分のところに届いたことが嬉しくて、アイリーンは身を乗りだし、けっこう頭の回転が速いその若者と顔をつき合わせた。

「それ、私のために書いてくれない？」

「何ですって？」

「そのインタビュー記事、私のために書いてくれない？」

「あなたのために？」若者が洟《はな》をすすり、首を振ったとき、またくしゃみが出そうになった。幸い、それは避けられた。「どうもすみません、くそ、風邪なんて引いちまって！」彼は自分がその記事につけた見出しを見た。《幽霊屋敷と探偵村の幽霊にまつわる驚くべき事件》。悪くない。だが、ウィンザーさんははたして気に入るか？　ああもちろん、否だ。ウィンザーさんはつまらないものを好む。

自分の名前が含まれるつまらない見出しを。ウィンザーさんがインタビューをするたび、自分の名前をかならず見出しに入れる。そのインタビューをしたのがアークであっても、だ。だから見出しはたぶんこんな感じになるだろう。《ウィルバーフロス・ウィンザーによる、たいして向こう見ずではない不動産エージェントへのインタビュー》とか、最悪の場合、《驚異のウィルバーフロス・ウィンザーによる、ベンソン夫妻との取引を決めたばかりの不動産エージェントへのインタビュー》とか。ああ、最低だとアーク・エルフィンは思い、そういうぞっとするような見出しばかり想像するのがいやになって、言葉を続けた。「すみません、よく理解できないんですが、僕のインタビュー記事がほしいとおっしゃったんですか？」

「ええ、そう言いましたとも、御大」アイリーンがきっぱり答え、座り心地のよくない椅子に深々と座った。そのときまでは町でたった一人の上昇志向にあふれた新聞記者だった人間が、急にお偉方になったような口調だった。

「わあ！　今僕のこと、御大って呼びました？　ちょっと待ってください、妻に連絡しますから」奥さんもいるの？　そりゃそうよ。奥さんがいなかったら、あの子供たちがどこから生まれたっていうの？　「電話したら、すごく驚くぞ。やっとナイトテーブル卒業だ！」ナイトテーブル？　ああ、単なる言い回しよね。もうわかった。一人っきりの編集者生活に根っから慣れちゃったみたいね。「でも、ミス・マッキニー、どうして僕のインタビュー記事をほしがるんですか？　まさか新聞をお持ちだとか？」

アイリーンはうなずいた。

「新聞をお持ちなんですか？」

アイリーンはまたうなずいた。

「この町最大手の新聞よ」じつは唯一の、というのは言い忘れた。

「へえ！　なんてラッキーな日なんだ！　聞いたか、今の、ジョセフィン？」アーク・エルフィンは立ち上がって、着古したぶかぶかのズボンのポケットに両手をつっこむと、机の上にいる小人か何かに話しかけるかのように言った。「本物の新聞だって」

「ジョセフィン？」

「僕の同僚編集者なんですよ、マッキニー嬢」アーク・エルフィンはにこにこしながらテニスボールを手に取ってみせた。「ジョセフィン・エルフィン・マシューズです」

名案だわ！　この男は天才？　どうして自分はこれを思いつかなかったんだろう。結局のところ、私たちは遭難者であり、孤独な編集者なのだ。仲間がいて、何が悪い？

「初めまして」アイリーンはその馬鹿馬鹿しいほどの妙案に対してお辞儀をした。

アーク・エルフィンは顔をしかめてくしゃみをし、汚れたハンカチで鼻を拭くと、あなたと知り合えて本当に幸運でしたと言った。でも今夜は家に帰れないので、あとで妻に電話をしなければ。ええ、本当はできるだけ早く電話して、就職先を見つけた、本物の新聞なんだ、と報告しないと。だって、それって本物の新聞なんですよね？

ええもちろん、とアイリーンは思ったが、その前にこう言った。

「じゃあ、その記事、私のために書いてくれるのね？」

もちろんですとも！　ジョセフィンと一緒にただちにそこへ、新聞社の編集室へ移り、ハワード・ヨーキー・グラハム賞の年間最優秀向こう見ずな不動産エージェント賞受賞にあと一歩だった人物へのインタビュー記事を書きますよ。いや、じつは受賞してもよかったのでは？　ベンソン夫妻に家を売るなんてちょっとやそっとのことではないし、もし忌々しい探偵気取りの村人たちが邪魔さえしなければ、きっと売れるはず。明日は「大事な日」です。明日あのエージェントが、ベンソン夫妻の担当不動産エージェントがこの町に来て、家を視察するんです。今はまだ幽霊屋敷ではないがまもなくそうなるあの家。不動産エージェントが視察してよしと認めればすぐにそうなるはずだが、よしと認めない可能性はまだある。なぜなら連中がそれを阻止しようとするかもしれないからだ。あのエージェントは、町の住人連中が彼らに何かする可能性があると知っているのか？　つまりミスター・ウィリアムは出発前に、ドブソン・リーとミスター・マクファイルに、連中が何もかも台無しにするかもしれないと伝えたのかな？

「ちょっと待って」アイリーンはあらためて身を乗りだし、問いかけるようにたった一人の部下を見た。「ビリーはもう出発したの？」

「ミスター・ウィリアムのことですか？」アイリーンがうなずく。「ええ、たぶん。僕のミニバンを貸したんです」

「あなたのミニバンを貸した？」

「すぐに戻ると言ったので」

テニスボールが、例のジョセフィン・マシューズが、彼の右手と左手のあいだで行ったり来たりしている。

「一つ頼みたいことがある」アイリーンは立ち上がって言った。「荷物をまとめて」

「は？」

「廊下の奥の部屋に来て。三〇三号室」

「ああ、お嬢さん、それは」（ハ、ハ、ハックション）アーク・エルフィンはくしゃみをし、そのあと、なぜかベビーコロンとリコリスキャンディの匂いがする小さな部屋をうろうろしながら懇願した。

「す、すみません、まったく忌々しい風邪だ！　ええと、ご存じかどうかわかりませんが、僕は既婚者です。ええ、ご存じですよね？　もしジョセフィンが」今は右手にあるそのテニスボールを半分愉快そうに、半分不安そうにちらりと見た。取り調べ中の容疑者が、自分のアリバイを裏づけてくれそうな人に向けるような視線だ。「ジョセフィンがただのテニスボールでなければ妻のリズナーのことを証言してくれるだろうけど、それは無理な話だから、僕が自分で話しますが、でも、もう話しましたよね？　これから家に電話をするところだと。ミスター・スネラーに、今夜は帰らないと妻に伝えてもらわないと。いや、実際には、あのミスター・ウィリアムがどこに行ったか知りませんが、とにかくそこから戻って、僕にミニバンを返してくれるまでは帰れないってことを。ちょっとした不都合かもしれませんが、でも、その部屋にあなたとこもってもけっして何もできないとはっきり言っておきます」アーク・エルフィンは足を止めた。「三〇三号室とおっしゃいましたか？」

　アイリーンは噴きだした。

「おかしいですか？　ちっともおかしくないですけど」

「ああ、おかしいわね」

「いいえ、おかしくないですよ、マッキニー嬢」

「親愛なるミスター・スターカダー、いいえ、スターカダー御大がよければそう呼ぶけど」アイリーンは説明を始めた。「廊下の奥にあるのは私の部屋じゃなくてドゥーム・ポスト紙の編集室よ」彼女の新聞？　いや、僕の新聞だ。「その新聞のためにかのインタビュー記事だけでなく、ビリー・ペルツァーつまりミスター・ウィリアムとの出会いについて署名記事を書いてほしいの。もしあなたが見かけどおり頭が切れる人なら、連載にしてもいい」

「僕の連載記事ですか？」

アイリーンはうなずいた。

「聞いたか、ジョセフィン？　僕の名前入り連載だぞ！　ああ、わが尊敬するブライアン・タップスよ！　どういう見出しにしようか、ジョセフィン？　《アーク・エルフィンの事件簿》？　《ジョセフィン・マシューズはただのテニスボールじゃない》？　《子供のほとんどが文法学者》？」

ジャニスだ、とアイリーンは思った。

私のテニスボールはそう呼ぼう。

ジャニス・テリー・マッキニー。

でも、テニスボールなんて持ってたっけ？

ないな。

あらあなた、べつにテニスボールでなくてもいいじゃない、と頭の中で誰かが言った。テニスボールのジョセフィン・マシューズの声かも。

そうかな、とアイリーンが問い返す。

そうよ、と声が言う。

「ゴルフボールだって全然ＯＫ」と声が続ける。

あなた、アイリーン・マッキニーはいつもゴルフボールを持ってなかった？

そう、もちろん持っている。私にだって、人形たちとミニゴルフをして遊んだ少女時代に逃げこまなきゃやってられないときがある。

アイリーンはほほ笑んだ。

ついに仲間たちの小さな集団ができた。

20

ベンソン夫妻は荷造りをし、みどり君の正体がわかり、フランキー・スコットは、〈ダーマス・ストーンズのとんでもホラー・クイーン〉ベッキー・アンの陰に隠れているのをやめることにする

書斎に引きこもったフランキー・スコット・ベンソンは、部屋の奥で必要な場合に備えて立つ数えきれないほどいる使用人の一人チャールズ・ブラウニー・バカンの前で、手紙を朗読していた。それは、あの尊大で口うるさいミルリーン・ビーヴァーズの名を使って、彼がフランシス・マッキスコ宛てに書いたもので、べつにその内容を、ずっと無視されつづけているかの使用人に聞かせたいわけではない。フランキーにとっては、チャールズ・ブラウニーは壁紙や派手なカーテン、今彼の裸足が埋まっているふかふかの絨毯と何ら変わりがないからだ。フランキーが手紙を読み聞かせている相手は、親友のヘンリー・フォード・クリンプだった。プラネタリウム級の巨大書斎の片隅に置かれた、そのほとんど無名の発明家の大きな胸像に、毎日、四六時中、話をした。とくに妻のベッキー・アンがどんなに頭がおかしいか報告していたが、もちろん、書こうとしている小説の進行具合についてもその

都度語った。その日の朝も、あのシャム双生児が登場する新作について長々と演説した。「頭が二つあるって、どう思う、ヘンリー？　ちょっとやりすぎだと思わないか？　一方はコーヒーが好きで、もう一方は嫌いとか？　映画に行くのはどうだろう？　映画に行くべきかな」するとこう返事がかえってくる。「それはだめだ。絶対に賛成できない。二つの頭はいがみ合ってるんだろう？　一方が好きなものを、もう一方は嫌うんだ」つまり、無意識のうちに、彼は自分の毎日について語っていた。そういうことはときどき起きた。作家というものは、そのときたまたま嫌っているもののことばかり話すものだ。ベンソン夫妻の場合、ずっと嫌っているものについて話している。だからそのひと組の双子がじつはひと組のシャム双生児だったとしたら、つまり頭がそれぞれ二つある二人のスキーヤーだったら、二人のうち一方は、ほかの夫妻がそうであるように（フランキーの意見だが）、自分自身と、つまりもう一つの頭とうまくやっているが、もう一方は、ベンソン夫妻がそうであるように、頭同士たがいにいがみ合っていることにする。これは名案だ。そう思わないか？　「どう思う、ヘンリー？　名案だと思わないか？」胸像に向かってだしぬけに尋ねるが、胸像は答えてはくれないので、フランキーはそのおかしな発明家の妙な声を真似て自分で答える。「ああもちろんだよ、フランシス！」そしてもっと馬鹿みたいな声で続ける。「私の愛するみどり君を賭けてもいい」

みどり君とは、ヘンリー・フォード・クリンプのクマのぬいぐるみだった。

その胸像ではなく、生身のヘンリー・フォード・クリンプの、である。

善人のヘンリーは、一生をかけてやろうとしていた唯一の目標をやり遂げられなかった。ぬいぐるみのクマを成長させることである。クマにどんな機械や布を移植しても、この世界は、教室の隅に座っている内気な天才少年をいつだって無視するこの世界は、彼を競ってあざ笑うばかりだった。背中を丸めたひどく傷んだぬいぐるみのクマ、ベッキー・アンの表現を借りれば鬱病の失業者みたいな大きなぬいぐるみのクマと人がともに暮らすふりなどやはりできないし、結局、遊園地の悲惨なアトラクションみたいにしかならないからだ。

「じゃあ、みどり君を賭けるんだな？」フランキーは尋ねた。彼が何を考えているかなんてどうでもいいことだったし、ましてその石像の考えなんてまるで無意味だと思いながら。どうせベッキー・アンは、そんな提案はむげに却下する。

ベッキー・アンは彼のことはいっさい評価せず、評価するのは自分のことばかりだった。

あまりにも自分自身に引き寄せすぎている、とベッキー・アンは言うだろう。それから自分の書斎にこもり、スーザン・レアード・ジョナサン・レイノルズという、幸い大昔に鬼籍に入った作家を罵倒しまくる。フランキー同様、ベッキー・アンもその作家の胸像を作り、ときどき散歩に連れだす。フクロウ用のケージに入れ、ベビーカーに乗せて一緒に散歩するのだ。この奇妙な習慣については今までさんざん記事にされた。あるときなど、記者がその散歩に同行し、途中でお茶を飲んだ。まさに背筋の寒くなる怪談みたいな記事で、それ以降、誰も夫婦をあざ笑う者はいなくなった。そのセレスト・フィリップ・クームズという記者は夫婦の小説のトーンを真似て一種のホラー短篇を書いた。その中でベッキー・アンは「口の隅についていた人間の子供のかけら」を拭き、「大昔、この世界が世界になったときからこの世にいるような」口調でしゃべり、そのあいだ、もちろん横には、まるで本物の生首のような首があり、というのも、「どこもかしこも丁寧に作りこまれているので、まるでかつては生きていたかに思え、ひょっとして剝製ですか、と尋ねると、彼女はまるでイタチのような顔でひくひくと引き攣った笑いを漏らして肩をすくめただけで、なんだか魔女のように見えた」。ベッキー・アンは記事を気に入り、その記者と少なくともさらに三回は会ったが、やがて記者がじつに妙な状況で死亡し、それでベッキー・アンの伝説がいよいよレベルアップすることになった。もちろんベッキー・アンは彼女の死とはまったく無関係だが、その死亡状況は、彼女が昔むかしに出版した古い短篇に登場する場面から抜きだしてきたかのようだったのだ。

その短篇では、太鼓腹のケーキ職人が、帰宅途中で今まで見たことがなかったケーキ屋を見つけて立ち止まる。中に入って席につき、ウェイトレスにメニューを頼むと、クリームたっぷりの〈シンシア・ジャルター〉という聞いたことのないケーキを注文した。一人も客がいないその店でさっそくそのケーキの味見をしていると、ウェイトレスが姿を消し、どこかで誰かが発砲して、ケーキ職人の喉を弾が貫通した。翌日、隣人が通りの真ん中に横たわる遺体を発見した。遺体は、ケーキ屋が開店する予定はあったものの結局開かれなかった空き家の前にあった。さて、ここまでが短篇の内容だ。そのセレスト・クームズという記者の身に起きた出来事はもう少し単純だ。彼女は、短篇の主人公同様、急にケーキが食べたくなってケーキ屋の前で立ち止まり、注文したケーキが運ばれてきた直後に死んだ。ベッキー・アン・ベンソンの短篇の主人公同様、喉に弾丸が刺さったのである。でも、周囲に銃を持っている者などいなかった。ケーキに銃弾を滑りこませることができたパティシエも一人もいない。というのも、ケーキは現実には存在しなかったと言う人がいたからだ。もちろんそれは噂話にすぎないが、噂話にもときには真実が含まれている。少なくとも、その噂話をこしらえた人が何か妙だと思ったわけで、この場合は、そのケーキ屋がかの不運な新聞記者にシンシア・ジャルターという名前のケーキか何かを提供したという事実である。シンシア・ジャルターとは、ベッキー・アン・ベンソンの短篇に登場することになった、ケーキ屋に取り憑く幽霊の名前だ。その前は、歯医者の診察室でベッキー・アンの直前に呼ばれた女性の名前だった。ちょうど、セレスト・フィリップ・クームズの悲しい話をもとにその短篇を書きはじめた午後のことだった。そしてこの短篇が、幽霊に取り憑かれたベンソン家にささやかな騒動を起こすのである。

フランキー・スコットはその頃、それ以前はそうでなかったとすればの話だが、長らく続いてきたベンソン夫妻のキャリアの中で脇役に退きはじめた。今さら、自分も胸像に語りかけていると告白するとか、「ロの隅」についたキイチゴのケーキの汚れを写真に撮らせるとかしても無意味だった。なぜなら、彼らの筋肉質の文芸エージェントによれば、〝大衆〟は何かもっと新しいものを求めているのに、そんなの古びた歌をうたうことにしかならないからだ。でもフランキーは大衆に何か新しいものを提供してやるつもりはなかった。自分は、一度ならず言われたような「遊園地の悲惨なアトラクション」なんかじゃないからだ。「私は遊園地の悲惨なアトラクションじゃない！」彼は発明家の胸像に訴え、すると、実際には発明家からの答えではない答えが返ってくる。「そりゃそうだ、あんたは偉大なフランキー・ベンソンなのに、遊園地の悲惨なアトラクションのわけがあるもんか」実際にはそれはメガホン越しのような大声で、自分で自分に叫んでいるにすぎないのだが、彼はそれに対して「なあヘンリー、私の書いた章のほうが出来がいいと思わないか？」と尋ねる。胸像は首をひねるが、それは当然だ、フランキー自身、自信がないのだから。本当に自分の書いた章の出来はいいのだろうか？　読者が必要だった。彼の書いた章がどれか正確に知っている、いつもやさしさのない暴力的で攻撃的なものばかり書くベッキー・アンの章と前もって区別できる読者が。だがどうやって見つける？　手紙を書けばいい。運まかせで住所を選び、手紙を書く。私はベンソン夫妻のファンですと自己紹介し、章によって違いがあることに気づいたのですが、どちらの出来がいいかはっきりさせようとしていると伝える。そして相手に、それを裏づけてほしいと頼むのだ。すみませんが、確認していただけないでしょうか？　手紙には、小説からしかるべく抜きだした部分を添付する。そのあと、返事をひたすら待つ。

どんな人間に当たるか、フランキーには見当もつかなかったが、とにかく何十通という手紙を書き、ありとあらゆる場所にランダムに送りつけたが、結局一つも返事が来なかった。彼の知るかぎり、ベンソン夫妻に〝特別な〟関心があるといわれる土地がいくつかあり、だからこそ思いきって試してみたのに。だからこそ、手遅れになるまでガシーことミスター・フィンク＝ノットルのことを疑わなかったのだ。唯一反応してくれた人だったので、その短い文面がどんなに混乱し、大げさで、馬鹿げていても目に入らなかった。来た返事はそれしかなかったから。それが誰にしろ、どんなうぬぼれ屋にせよ――フランキーはときどき想像力をたくましくする練習をするのだが、このとき彼が想像したのは、自己愛のかなり強い若き大学教授で、毎晩浴室の鏡の前で長時間過ごし、短く刈り込んだ髭、軽く盛り上がった二頭筋を、そばかすの散る白い胸を、つやつや光る赤毛の長髪を眺めて、こんな男ほかにいないと内心ほくそ笑んでいる姿だった――最初の手紙に返事をくれ、その後も返答しつづけてくれただけでなく、フランキーの言うことに完全に同意し、一度も反対しなかった。

それってすばらしいだろう？

だがそれも、郊外に住む多忙な主婦である、フィンク＝ノットルとかいう人物の母親が、息子の手紙をチェックした結果、フランキー・スコット宛てに、私の「おちびちゃん」と文通をするなんて「異常者です！」と書いた、簡潔だがショッキングな手紙を出すまでの話だった。

だが、教養ある典型的大学人を「おちびちゃん」と呼ぶだろうか？

ああ、もちろん。その典型的大学人はじつは十歳の洟たれ小僧だったのだから。かの名門クライトン・ハウス校に通うジョビーという名の賢い少年で、フランキー・スコットに彼の書いた章は間違いなく「最高傑作」であり、ほかの部分はやはり間違いなく「最低のくだらなさ」だと華麗に保証し、さらには、本人にとってはほとんど興味のない思索の深い文学エッセーから大仰なフレーズだけを写して書き添えて、みごとにミッションをやり遂げたのだった。内容はいつもわかりにくかったが、その手紙を受け取った日の夜はフランキー・スコットも早く寝つくことができ、ダーマス・ストーンズという無害な土地に所有している、どうしたってお屋敷と呼ばれるようになった家の廊下で馬鹿げたメロディを口笛で吹き、ベッキー・アンを激怒させた。あの頃フランキーは幸せだった。少なくともそう見えたし、何でもできそうな気がした。たとえば読んでいる本のページを自分でめくり、使用人たちに食事を口に運ぶのをやめさせて、その日は仕事をしなくていいので屋敷から下がるように命じて、ベッキー・アンを憤慨させた。彼女は、スプーンを持てと脳みそが手にいちいち命じなければならないと気が散り、アイデアハンティングができないと考えていた。だから、フランキーが何でも自分でやろうとする日は、ベッキー・アンはかんかんだ。私に家事をさせようってわけ？　何百、ことによっては何千というアイデアが手からこぼれ落ちてしまう。彼女はぶつぶつ文句を言った。だがフランキーにはどうでもいいことだった。フランキーは、その家で本物の天才はあなたです、と書かれた紙切れを、つまりその手紙を持って、鼻歌をうたいながらあちこちうろうろした。

あるときなど、担当編集者のフラタリー・バーキーに電話をかけ、会合まで設定した。

それぞれの前にはおいしそうな仔羊肉の料理、そして上等なカベルネ・ソーヴィニョン。そのテーブルで、作家は手紙の一通をバーキーにさしだした。手紙の中では、当時はまだフランキーには謎の大学関係者だと思われたクライトン・ハウス校の幼い生徒が、なんとも混乱した表現で、『タピー・グロソップについて彼らに話したと思う』という小説がフランキーのおかげでどんなにいい作品になったか、あからさまに褒めていた。それは、退屈した幽霊が〈幽霊配置局〉に行き、どこか別の場所への配置を待つ話だ。彼は、〈死者総務省〉によって割り振られた人里離れた城がいやでたまらなかったのだ。雨漏りが嫌いで、子供も大嫌いだったが、その城は子供もたくさんいたし、雨漏りも方々にあった。そのうえ、彼が脅かさなければならないそこに住む一家は、彼を怖がらないばかりか、商売のタネにしたのだ。幽霊城だと宣伝してガイドツアーをおこない、彼に、絵や椅子を動かしたり、抽斗を開け閉めさせたり、灯りを点滅させたり、しまいには矢を射ることまでさせた。さんざんこき使われていたタピー・グロソップにとって死後の暮らしはちょっとした地獄だったが、〈幽霊配置局〉の職員メイベリン・ハリソンと知り合い、彼女がタピーを助ける算段をつける。

「この部分が理解できないな」編集者は首にかけたルーペで手紙を覗きこんだ。字が小さすぎるので、と言い訳しつつ、まあ、いつものことだが、と続けた。「ああ、ここだ。『逃げだすのが助かる唯一の方法だと思いますが、先生、でも無理ですよね。思うに、たとえどの章もひどく融通が利かないとはいえ、ミセス・トラヴァースから離れたくはないのでしょう。でも、環境を変えるのはいい考えです』」編集者のフラタリー・バーキーはここで顔を上げて言った。「愛人がいるのか、スコット?」

「愛人?」

「このミセス・トラヴァースって誰だ?」

「ああ、いや、それは間違いだよ、バーキー」

「じゃあ、ここはどういう意味だろう?」

「ときどき混乱するらしい」

「ミセス・トラヴァースって誰なんだ?」

「誰でもない!」

「でも、ここにミセス・トラヴァースとある」

「バーキー、私が言いたいのは、世間には私の書くものは出来がいいと思う人がいるってことだ。つまり、名声は全部ベッキーが独り占めしているとはいえ、本当は私のほうがうまいんだ。なんであいつばかりが名声を独り占めする?」

「彼女が名声を独り占めしてるかな？」

「そうだろう？」フランキーは笑った。自分からすれば言わずもがなのことには、いつもそんなふうにくり返し神経質に（へへへへ）笑う。「バーキー、あいつが名声を独り占めしてる、違うか？　今だってわれわれはそのベッキー・アンのことをしゃべってるだろう？　〈ダーマス・ストーンズのとんでもホラー・クイーン〉のことを」

ベッキー・アンは、二人が知り合ったときにはすでに、そこそこ名が知れていた。彼女としては、フランキーも、『ダーマス・デイリー』紙によれば〈ダーマス・ストーンズのとんでもホラー・クイーン〉のことを当然知っているものと思っていたのだが、その新聞を読まないフランキーはまるで知らなかった。そしてベッキー・アンのほうも、目の前にいるのが〈ダーマス・ストーンズのとんでもホラー・キング〉だとは思いもよらなかった。なぜなら『ダーマス・デイリー』紙の記者は彼の小説など手に取ったことさえなく、もちろん記事を書けるはずもなく、そうしてフランキー・スコットを無名という名の息の詰まる狭い穴ぐらから引きずりだしてはくれなかったからだ。

「何が望みなんだ、スコット？」

「さあね」

「個人のキャリアか？」

「だとしたら？」

「個人のキャリアができたとしてどうしたいんだ、スコット？」

「さあね、バーキー。勝利宣言？」

編集者は笑った。だがその笑いはしつこい咳に似ていた。彼はあくびか、そのしつこい咳をこらえるように口を手で押さえたが、本当は続けざまに爆笑してしまうのをこらえたのだった。そのせいでへんてこな（ひっく）、その場にそぐわない（ひっく）声が出てしまった。

「申し訳ない、スコット。でも（ゴホン）それは賢明とは思えないな」

「なんでだよ、バーキー。賢明とは思えないなんて。フィンク＝ノットル氏の手紙を読んだだろう？　私の書いた章は意外にもちょー上級《エクスタラティボス》だと言ってる」

「〝エクスタラティボス〟って何だよ、スコット？」

「何だっていいだろう、バーキー。最上級《スーパーラティボス》ってことだ」

「ここには最上級とは書かれてない。〝ちょー上級〟と書かれている。何だ、これは？」

「何だっていいだろう」

「で、このジョビーとかいうやつは誰なんだ？」

「ジョビー？　何だ、ジョビーって」

「あんたの〝誰か知らんが〟氏のことだ」

　フランシスはかっとなって編集者の手から手紙を奪い取り、彼の名前はフィンク＝ノットル氏でジョビーなんかじゃない、愛称はガシーだと訂正してやろうとしたが、目の前にあるそれをよく見たとき、実際そこにジョビーと署名されていることに気づいた。ジョビーっていったい誰なんだ？　ガシーと同じ言葉遣いで書かれ、封筒は、今までのフィンク＝ノットル氏の手紙と同じ郵便局の消印があるというのに、どうして署名がガシーじゃないんだ？

　たしかに疑ってしかるべきだった。

　実際、疑っていた。

　だが、差出人が文法の苦手なクライトン校の生徒で、まず間違いなく友だちのいない十歳のいたずらっ子だ、とまで疑うのはどうだろう？　いやいや、それは絶対にない。

だが、結局そうだったのだ。

翌日、ウェイヴァリー・グロッセ・エドワードとかいうやはり複雑な名前の遠方の土地から新たな手紙が来て、ついに誤解が、フランキーとしてもどう考えていいかわからない誤解が解けたのだ。サー・フィンク＝ノットル氏は「思いがけず実質的な名詞を間違えました、申し訳ありません」と書いてきて、さすがのフランキーも今度ばかりは何のことかさっぱりわからなかった。〝実質的な名詞〞っていったい何だ？　もったいぶりすぎて、〝名前〞って言葉さえ出てこなかったのか？　どうして何でもかんでも〝思いがけず〞なんだ？　もしこのとき誰かに、サー・フィンク＝ノットルは読み書きとタイピングを覚えたばかりのちびっ子だと言われたら、すぐさま信じていただろう。だってそうだろう、ほかに誰がこんなものを書く？　フランキーは、一連の手紙が来るとかならず実行していた儀式さえやめた。書斎の電話が鳴ったようなふりをしてその電話をとり、当のサー・フィンク＝ノットルとおしゃべりする芝居をするのである。

「手紙を受け取りましたよ、サー」

「ああ、それはたいへんよろしい、フランキー」ガシーがそう言ったふりをする。

「すみからすみまで私の意見と一致するはずです、サー」

「ああ、もちろんだよ、フランキー、もちろんだ」

だがその日、フランキーはすっかり落ちこんだ。フラタリー・バーキーが正しい。私が個人のキャリア？　私の書いた章が、あの子供が言ったような〝最上級〞だって保証はどこにある？　そもそも、どれが最上級か誰が決める？　私の書いたものなんて、たぶん何の価値もない。フランキーは安楽椅子で身を丸めて、ある意味、あのジョビー・フィンク＝ノットルはいつの間にか、私自身のみどり君になってしまったんだ、と思った。

私自身のみどり君？

フランキー・スコット・ベンソンにはちょっとした趣味があった。彼と同じように、世間から不当な目に遭っている孤独な人々に手紙を書くのだ。それを始めたのは十歳のときだ。十歳のとき、彼は大好きな発明家に手紙を書いた。その発明家の名はもちろん、ヘンリー・フォード・クリンプである。フランキー少年は、あなたは一人じゃないとヘンリーに知ってほしかった。たとえ彼がぬいぐるみのクマを持っていなかったとしても、もし持っていたら、きっと仲良く成長したかったはずだ。もちろんヘンリーは一度も返事をくれなかった。でもついにフランキーは気づいたのだ。ヘンリーが待っているのは、自分ではなくフランキー少年のぬいぐるみのクマ、みどり君の手紙なのだと。みどり君と言っても緑色ではなく、昔、緑色の水中眼鏡をかけていたからその名がついた。だから、ミニサイズの手紙に一、二、三行くらい何か書いて、みどり君と署名して送った。クリンプに関する記事などには全部目を通していたので、あまりに詳しい内容に初めはクリンプ自身不審に思っていたが、そのうち彼も面白くなってそのゲームに加わり、フランキーとその敬愛する友人とは、不幸にも発明家がこの世を去るまで長年楽しく文通を続けた。

発明家が亡くなると、たまたま新聞で見つけた見ず知らずの失意の人や孤独な人に、折々に山のような手紙を出しはじめた。ヘンリー・フォード・クリンプに対するような同情ややさしさをこめたわけではなく、子供が自分の存在に意味を見出すために友人のいない子供を利用するように、利用したのだ。自分も同じ友人のいない子供なのだと気づかずに済み、ひとかどの人間になったような気がするだけでなく、ある意味、たいていはつまらない彼らの人生を意地悪く操っているような気分になれた。ベッキー・アン自身と、自分にはない彼女の名声が、彼の人生を操るように。では、どうやってそれを実行するのか？　その都度〝みどり君〟をでっちあげるのだ。

「ヘンリー、よく聞いてくれ」そのときも、フランキーはうっとりしながら言った。またしてもヘンリー・クリンプの胸像に、今書いたばかりの手紙を読み聞かせようとしていた。認知度の低さをずっとやけに気にしている、今のところ彼のたった一人の文通友だちだが、場合によっては餌食だとも言えるし、もちろん単なるお楽しみの相手だとも言える、同業の作家に宛てた手紙。「誤解だとわかってうれしく思います。ただ、本当にそうなのか疑問はおおいにありますが。いずれにしても、まもなくあなたのことをごく近くで見守ることができそうです。思いがけない運命のいたずらで、私はあなたの町にまもなく引っ越します。まさかこんなことになるなんて。次は郵便局でばったり会うかもしれませんね」（ヘヘヘヘ）フランキー・スコットは例のあっけらかんとした笑いを放った。毎朝の習慣でベッキー・アンがやってきて、完璧な家が見つかった、もちろんしかるべく幽霊が出る、と連絡が来たとあの忌々しいドブソンから報告があって以来、フランキーは夢見心地だった。そういうわけで、むかつく妻が文字どおり屋敷全体をそのまま移送する指揮を執るあいだ、フランキー・スコット・ベンソンは、彼にとっては壁紙と何ら違いはない、存在感のない使用人に見守られながら手紙に喜々として署名し、空想した。あの夢想家の作家が、そう、フランシス・ヴァイオレット・マッキスコが、書斎で手紙を待っている様子を。彼は、ついに生涯ただ一人の愛しい人を、誰にもまして自分の作品を熱心に読んでくれる女性を見つけたと思っている。作業が終わると、フランキーはにこにこしながら自分の作品をじっくり眺めた。自分ではなくもう一人の〝みどり君〟が署名した作品を、あれこれ要求は多いがスタンリー・ローズとラニアー・トーマスの事件を心から楽しんでいる謎の読者、狂おしいほど残酷なミルリーン・ビーヴァーズが署名した作品を。

21

死者はシリアルをボリボリ噛むのだろうか？　知りたければ、〈臨機応変に幽霊ご用意社〉の幽霊と契約してみることだ。最初は生身の人間に見えたのに、のちにそう見えなくなるとは、これいかに？　さあ、ページをめくって！

その幽霊はちっとも幽霊らしくなかった。透けてもいなかった。目はとろんとして、目というよりコインの投入口が二つあるかのように見え、髭はやけに明るい金色で、小さなダイバーたちがそれ以上に小さな泡と口論しているみたいな模様のあるネクタイを締めている。ダイバーたちはたがいに顔を見合わせ、こんなのまるで意味がないと言っているみたいだ、とスタンピー・マクファイルは思った。死んだと思ったら、妙な死人の首を飾るネクタイの妙な模様になるなんて、と彼らはぶつぶつ言い合っている。〈ディキシー・ヴーム・フレークス〉の箱に手をつっこんではシリアルをつかみだして、ずっとボリボリ噛んでいる死人。ときどき喉を詰まらせて咳こみ、目を白黒させて、唇から何か気味の悪い白っぽいものをぼとぼとこぼすので、スタンピーはその都度目をそらす。唇は詰め物か何かしているようにぽってりして見え、化粧をすればとても格好よく見えるタイプの唇だったが、死人に見せたいとすれば別だった。

「どうしてこんなことしてるんですか？」スタンピーはつい尋ねた。

「今は役になりきってると思うわ」その女性はささやいた。ずっと煙草を吸いつづけ、まわりを見まわしては、クライアントは気に入らないと思う、ちゃんと木材で裏打ちしないと、とべらべらしゃべりどおしだった。避難所が、彼らの言葉を借りればヒュッテが必要なのよ。こんなのヒュッテじゃない。どうしてヒュッテじゃないの？　ここ、一年じゅう凍りついてるんでしょう？　こんな悲惨な場所だってのにヒュッテを建てないなんて、どうかしてる。「死人って、喉を詰まらせるの？」

「死人？」

「アルヴォーソンから電話がなかった？」

「アルヴォーソン？」

「アルヴォーソン、シグスビー・フリッツ」

「ああ、ええ、もらいました」スタンピー・マクファイルはうなずいた。

このドブズとかいう女の依頼で幽霊を供給するという会社の社長ミスター・アルヴォーソンは、あの座席がたくさんあるミニバンのキーがビリーに貸された直後に電話をよこした。

「こちら、アルヴォーソンと申します。ええと、マクファイルさん、あなたがあなたですか？」

「私が私かって？　いったいどなたです？」

「ええと、マクファイルさん、あなたがあなたでしょう」それは電話営業の声、声だけで存在している人の声、電話を通してのみこの世に存在しているため体を必要としない人の声だ。つまり相手はただの電話ということか？「こちら、アルヴォーソンと申します」とくり返す。「アルヴォーソン、シグスビー・フリッツ。ウィシャート、ドブズさんからのご依頼で電話をさしあげております。ドブズさんからご入り用のものについてはうかがっていますが、どうかご心配なく」そこで少し間を置き、（エヘン）喉に痰が絡んだのか、電話に喉のようなものがあるとすればだが、咳ばらいをしてから、こすからい中古車販売員のような声で続けた。「〈臨機応変に幽霊ご用意社〉の幽霊はどんなシチュエーションにも対応できるようトレーニングしています」

「じゃあ本当なんですね？　幽霊をお持ちなんですね？」スタンプはためらいがちに尋ねた。ふいに周囲の空間がぐんと広がったような気がした。彼のオフィスはオフィスではなくなり、広い子供部屋に変わった。あちこちにボール紙の建物が建ち、部分的に灯りに照らされているせいではっきり見えるのだが、隅っこに古い空き家があって、当時の彼の不動産エージェントたち、みんなそれなりにきちんと服を着た小さなゴム製の猫や象や亀の人形たちは、誰一人として売ることができなかった。なぜならそれはおばけ屋敷だったから。「つまり、本物の幽霊なんですか？　死者や魂？　どうやって幽霊になるんです？　というか、どこで彼らを見つけるんですか？」震えあがっていた彼は、つい矢継ぎ早に訊いた。彼はつかのま、大人の世界ではどんなことでも可能で、家とか会社とか城とか子供部屋とか地下室とか納屋とか屋根裏とか図書室とか学校とか数学教室とか船とか、要するにどんな場所でも、幽霊が出るようにしたければそこに幽霊を派遣する会社だって存在するのだ、ということを忘れていた。もちろん、幽霊にはありとあらゆる超常現象のようなものが伴い、誰もさわっていないように見えるのにドアや窓が開閉したり、灯りがついたり消えたりしたり、背筋の寒くなるような隙間風が急に吹きこんできたり、この世のものとは思えないような音が聞こえたりするものだが、幽霊のかわりにそういうことをやってくれる仕掛けがあるのは言わずもがなである。それがあれば、クライアントが選んだ犠牲者候補を怖がらせたり、クライアントの自宅を幽霊屋敷にする場合であれば、幽霊がクライアント自身と話をしたりできる。たとえそれが幽霊らしきものであっても、誰かと一緒に暮らしたいと考える孤独な人もいるのだ。だが、そのときのスタンピー・マクファイルはそういうことに思い至らなかった。彼の頭に浮かんでいたのは、子供部屋にあったミニチュアの空き家のこと、《この家、危険！　立ち入り禁止、幽霊に見つかれば迷子になる》という看板のことだけだ。「その幽霊があなたがたには見えるんですか？」

　相手は黙りこんだ。中古車の電話セールスの声は、家に帰らない。帰る家がないからだ。というのも、じつは相手は電話だけで営業をする電話でしかなく、この場合は幽霊を売りこむ電話だ。とにかく相手は黙りこみ、しばらくしてやっと口を開いた。

「冗談ですよね？」

　その答えに対して、スタンプは「いいえ」と言うこともできた。「以前、知り合いに霊媒がいたんです」というか「以前は霊媒を信じていた」と言ったほうがいい。「ぼくに恐ろしい幽霊が憑いていると言われ、それ以来、幽霊が怖くて怖くて」とくに「実際にそこにいる幽霊が。契約するってことは、そういう幽霊ですよね」。でも、かわりに言ったのは「ええ、もちろんです」で、「ハハハ」と笑い、今しも再訪した子供部屋の幽霊屋敷を頭から追いだすことができたふりをした。

「もちろん見えますよ、マクネイルさん。私たちのもとで働いてもらうんですから」

「ですよね、すみません。こういうの、初めてなんで。でも、もうわかりました」

「ほう、初めてですか。そりゃ驚いた。今まで本当に幽霊が必要になったことがないんですか？　あなたはラッキーですよ。どれくらいこの仕事をなさってるんですか、マクネイルさん？」

　どうしてみんながみんな彼の名前を間違えるのか、スタンプにはわからなかった。そんなに覚えにくい名前か？

「マクネイルじゃありません」

「え、そうなんですか？」

「マクファイルです。スタンプ・マクファイル」

「ああ、すみません！」ふわふわした泡のような電話の声が笑った。「間違えてメモしたに違いありません。私としては、いえ、われわれという意味ですが、これが初仕事だということもあるので」

「え？　ずっとこれを仕事にしているわけじゃないんですか？」私のもとで働いてもらうのだからもちろん幽霊は見えると、今言ったばかりじゃないか。それは、今までも働いてもらっていた、ということじゃないのか？　「からかってるんですか？」

「ああ、違いますよ、マクファイルさん。からかってなどいません。あなたのクライアントとは一度も一緒に仕事をしたことがない、という意味です。正直言って、ずっと念願だったんですよ。知ってのとおり、この仕事では、願ってもないお相手ですから。でも、幽霊を扱うのが初めてということは、ベンソン夫妻との仕事も初めてということですよね？」

「ええ、そのとおりです」

「じつはね、マクファイルさん、〈臨機応変に幽霊ご用意社〉はベンソン夫妻のために生まれた会社なんです。子供の頃から、彼らの幽霊になるのが夢でした。信じられますか？」（フフフ）泡のような声が笑う。「残念ながら、私はミルドレッド・ボンク通りのお屋敷に行けるような立派な幽霊にはいまだになれませんが、同僚のオケーンさんには毎日助言しています。いや、オケーンじゃなくてジェームズさんだ」彼の本名はエディ・オケーンなんですが、ウィリアム・バトラー・ジェームズと呼んでほしがるんです。彼はわが社のスターなんですよ。（フフフ）「ウィシャートさんとは合意に至っていますので、作業に入っています。同僚が演じる幽霊はどうやって死んだのか、お話しいただけますか？」

　スタンピーとしては、演じるとはどういうことなのか、つまりその幽霊というのはクライアントの要請する死者の役を演じる俳優志望者なのか、具体的に訊きたかった。シグスビー・フリッツ・アルヴォーソンの話では、フリーの死者でいい場合、つまり単にその家が幽霊屋敷であればよく、幽霊が演じる役まわりは重要でない場合もあるという。そういうケースでは、〈臨機応変に幽霊ご用意社〉の〝スター〟たちが起用されることが多い。ウィリアム・バトラー・ジェームズは、会社所属の幽霊の中でもずば抜けている数名の優秀な〝フリー〟の一人で、ほかには、たとえば一見羊に似たある犬は演技の天性の才能があり、幽霊犬がどういうものか正確に理解しているといい、また、失業中のある女性弁護士は、自分は本当に死んでいて、自分自身しか演じられない、だってこれは仕事ではなく〝死後の人生〟そのものだから、と訴えていて、彼女の名前は将来、幽霊演技者史上に燦然と輝くようになるだろう、とアルヴォーソンは言った。とはいえ、彼らはみなまだそれほど有名ではない。というのも、幽霊派遣業という闇業界では、〈臨機応変に幽霊ご用意社〉は、その種の会社が集まる広大な砂漠にあっては、小さな砂粒でしかないからだ。だがその砂漠では、それまでドブソン・リーがベンソン夫妻の家に派遣する幽霊をつねに要請していた会社〈ウィアードリー・ロイヤル幽霊社〉が、小さな砂粒が集まった砂漠にそびえる巨大な砂丘というより、堂々たるピラミッドであることをあからさまに主張していた。人知れず存在するその景色の中で、自分こそが唯一崇拝の対象となる、と言わんばかりに。だから、ウィシャートさんが、あの伝説のウィシャート・リー・ドブソンさんが会社に現れ、幽霊を見繕ってほしいと言ったとき、シグスビー・フリッツ・アルヴォーソンは心底驚いたのだという。

「本当に伝説だと思ってたんですよ。それがどうです、目の前にいるじゃないですか。平気な顔で人を威圧し、とんでもなく口うるさい彼女は、世界一有名なとんでもホラー夫婦作家に対抗できる、寒さにびくともしない幽霊を求めてきたんです。そう、この私たちに！」

「なるほど」スタンピー・マクファイルは言った。

「さて、もしできたら教えていただきたいのですが、具体的に幽霊のイメージがあるのか、それともウィリアム・バトラー・ジェームズが、今聞いたシリアルの件にもとづいて自分なりの幽霊像を構築していいのでしょうか？」

スタンプは具体的な幽霊像が必要だと言ったのだが、結局その日現れたのはそうしてずっともぐもぐ反芻を続ける生身の男で、急ごしらえでなんとかなるのだろうか、と不安になった。まったく、体が透けてもいないじゃないか。それで幽霊として通用すると思っているのだろうか？　いったいどういう会社なんだ？　スタンプは、疥癬病みの二匹の犬みたいなスノーシューを脱ぎ、ビルの家の即席のオフィスの机に腰かけた。ひどく寒くて、話をすると白い息が渦を巻いて、彼と幽霊とそのドブズとかいう女性を包みこんだ。ドブズはずっとうろうろ歩きまわり、彼女のチームが取り組まなければならない問題についてぶつぶつつぶやいた。まず全面的な改装が必要ね。もっと品のある場所にしないと。だって、これ見て？　中に入ったとたん、ベッキー・アンがかんかんになるわ。かの不動産エージェントが言い、どうしてですかとスタンピーが尋ねると、相手は答えた。あの夫婦がイメージしているのは、リフトもちゃんとついたスキー・ゲレンデのヒュッテなの。スタンプには、どうしてその作家夫婦にリフトが必要なのかわからなかった。あの丘でスキーができるとでも思っているのかな。そういえばクライアントから、ぼくらはよくよく注意する必要がある、みたいに言われなかったっけ？　村の連中がどんなふうに人を咎めるか、見たことないでしょう？　このドブズとかいう不動産エージェントは、まず壊してからでないと何も建てられないと思っているのだろうか？　クライアントは、村の人たちは「危険だ」とはっきり言ったが、そうは見えなかった。違うか？　というより、あせっているように見える。実際村人たちはあせっていた。なぜなら、ペルツァー坊や、つまりスタンプのクライアントのミスター・ウィリアムが姿を消し、店の鍵も一緒に持っていってしまったからだ。今この瞬間にも、閉まったままの店の入り口の前で、いったい何台のバスが列を作っているか？何百台もだ。だが、そんなことありえるのか？　ドブズとかいう女は平気な顔をしている。関心があるのは幽霊のことだけなのだ。

彼女はその幽霊のことを信用していない。

ちっとも。

いつ何もかも台無しになるかわからない、と彼女は言う。

「ありえない」そのやっつけ仕事ぶりを目にして、彼女は言った。

「ねえウィシャートさん、大丈夫ですよ」幽霊が言った。

「いいえ、なんにも大丈夫じゃない」彼女は言った。

「でも、私はミスター・アルヴォーソンのところでは指折りの幽霊なんですよ」

「そんなことどうでもいいの、ミスター誰かさん、なぜならベンソン夫妻に関しては、やっつけ仕事なんていっさい通用しないのよ」

こうして、スタンピーとその幽霊は、ベンソン夫妻にまつわるすべてがどう機能しているのか知ったのだ。なんと、その屋敷に幽霊が取り憑くだけでは足りず、屋敷を囲む環境すべてが夫妻の望むようなものにならなければならない、つまり、何らかの形で取り憑かれなければならないらしい。とくに近隣の人々にはトレーニングが必要だった。授業を受けるのだ。そして、マニュアルを渡される。『ベンソン夫妻のよき隣人マニュアル』である。このマニュアルには、彼らがどう振る舞うべきか、すべて指示されている。強制ではないが、バービーとキングソルヴァー夫妻、あるいはマンディとブリテン夫妻になりきることが推奨された。それぞれ、ベンソン夫妻が子供だった頃のお隣さんだ。彼らの代用品になれ、ということだった。もちろんその馬鹿げた名前を受け継ぐ必要はないが、もしそのほうが都合がよく、もっと目立ちたいということであれば、彼らの習慣については真似するべきだった。なぜならベンソン夫妻は、自分ですら気づかぬうちに、子供時代に移り住むこと、理由はわからないが、それぞれが自分の頭の中で暮らしはじめたまさにその瞬間にタイムワープすることこそ、住環境において最も重要視しているからだ。

もちろん報酬はある。

どんな場合でもあたえられるが、たとえばマンディとブリテン夫妻の芝刈り法を身につけられた者にはとくにかなりの褒美が出る。マンディとブリテンは芝刈りの天才だった。彼らは芝刈りをしながら口笛を吹くらしいのだが、とくに夫のほうに特別な音楽の才能があり、今していることをメロディに変換せずにいられなかったようだ。ある伝記作家によれば、バービーとキングソルヴァー夫妻の軍隊様式の暮らしと人形への偏愛ぶりも重要要素で、帝国主義的とは言わないまでも秩序を重視する、厭世的なベッキー・アンの世間に向ける視線に影響をあたえている。またマリオネット制作者でもあり、マリオネットをこよなく愛し、あまつさえ〈マンディ・ブリテン〉劇団というシンプルな人形劇をみずから興行していたマンディとブリテンの無数の人形だけが、フランキー・スコットの社会不適合性と孤独を癒した。彼らの人形劇はみずからの人生から、思いがけない災難だらけだからこそ人形劇が必要になるそんな人生から、インスピレーションをもらっていた。『ベンソン夫妻のよき隣人マニュアル』には、最終章として、どういう貢献に対して報奨金がどう増えるのか、ということも書かれている。もちろん、訓練を積んだ隣人たちが何をして何をしなかったか、チェックする人間が配置されるだろう。いずれにしても、求められたとおりにできない者は、一時的に立ち退きさえさせられるおそれがある。

そのドブズという不動産エージェントがこうした話をするあいだ、幽霊は目を大きく見開き、にやにやしながら肩をすくめて、クルーザー風の小さな船をポケットから取りだしていじっていた。〈リーザー・ストーム〉号に見えるし、たぶんそうだが、いずれにしても、そういう場所に住んでいるミニチュアを想像することに慣れているスタンプは、その不運なクルーザーに乗っている怯えた乗客たちに意識を集中させずにいられなかった。たとえ透明でなくてもやはり死人なのだ、いや、本当にあいつは死んでいるのか、などとつらつら考えたくないことが理由の一つだった。

「わかりました、ミスええとドブズ、でも、ここがどういう村かご存じですか？　それを読んだでしょう？　普段ベンソン夫妻をよく受け入れているような場所では喜んでそうするのでしょうが、ここはほかの土地とはまったく違うんです」

「こんなの、ただのチラシだわ」ドブズ、ドゥーム・ポスト紙の号外のことだ。

もちろん二人が話題にしたのは、ドゥーム・ポスト紙の号外のことだ。

このミルドレッド・ボンク通りの屋敷の入り口には何百、何千という人が押しかけ、号外を〈ポン〉〈ポン〉投げつけてきた。生身の幽霊ジェームズも含め、彼ら全員が、家の中に入ろうとしたときに少なくともそれぞれ一人には攻撃を受けたので、そこには号外が三部あった。ドブソン・リーは自分のを大急ぎで読んだ。スタンピーはかろうじて最初のページに目をやった。《ペルツァー坊やが町を出奔》、そして《彼の家が売家に！》、《リカルド一家憤慨》、《原因はかの有名なマック・マッケンジー》といった見出しが並ぶ。中を開けば自分の名前もあるだろうか。もしあったら、母に電話して、ついに自分も見出しになったと伝えられるかも。

「そうかもしれませんが、ジェームズさんのことはどうなんですか？　つまり、どう見ても死んではいないですよね。私やあなたのように生身だけど死者、というものが存在するんですか？　ベンソン夫妻みずから訓練するんでしょうけど、そういうふうに訓練ができる人たちなんですか？　だってジェームズさん、わからないのは、あなたは死んでいるのにちっとも透けていない。それじゃあ、壁を通り抜けられないですよね？」

「ハハハ」幽霊は笑った。「あなた、俺をからかってるんですよね？」

スタンプは首を横に振った。

「いいえ」そう言って、お腹のあたりに不器用なピアニストのような手を重ね、かなり長くなりそうな話を聞く覚悟を決めた。

「は？」幽霊は面白そうにドブズのほうを見た。「真面目な話なんですか？」ドブズは答えず、そちらをじろりと睨んだだけだった。その視線は、私はここにリフトを設置しなきゃならないんだから、くだらない話はさっさと終わらせて、と伝えていた。どうやら幽霊にはその視線の言葉がしっかりと伝わったらしい。彼はお払い箱になるのが怖くて、すぐにその目をスタンプに戻した。「マクファイルさん、もしかしてプロの幽霊がしゃべるのを聞いたことがないんですか？」

その〝もしかして〟だ、まさに。実際、一度も聞いたことがない。スタンピーは今の今まで、このエディ・オケーンのような、報酬をもらって死者のふりをするような人が存在するなんて、まったく知らずに生きてきた。

だがそんなことは、プロの幽霊が幽霊に見えないこととは何の関係もない。たとえ生身の人間でも、プロなら幽霊に見えるべきでは？

スタンプはドブズに言った。

「すみませんが、ミス・ウィシャート、どうしてもわからないんです」

「何もわかる必要はないわ、ラルフ」

「ラルフではありません」スタンプは訂正しようとした。

「もちろんあなたはラルフよ」ドブズが断言する。

「ラルフって誰だ？」幽霊が尋ねる。

「すみませんが、やっぱりわからない」

「ああ、もういいわ」ドブズはぶつぶつ言いながらうんざりして腰を下ろした。こういうくだらない問答はさっさと終わらせたいようだった。「で、何がわからないの」と呻いて、あの目でスタンプを睨みつけ、それでも私はここにリフトを設置しなきゃならないのよ、わかる？　と視線で伝えたが、スタンプは平気で尋ねだした。「彼ら、そのドブソン夫妻はほかでもない作家、そう、作家だというのに、こんな幽霊を信じるものなんですか？　こんな風体だったら、とても本物の幽霊として通用するわけがない。その人たち、頭がお留守なんですか？」

「その人たちって誰だ？」幽霊が尋ねる。

「あなたがわが家に現れて幽霊のふりをしたとして、私が信じると思いますか？　どこの世界にそんなおかしなことがあるかな。やっぱり頭がお留守なんじゃ？」

「言わせてもらえば、あなた幽霊なんか一度も見たことがないでしょう、マクファイルさん」エディとかいう幽霊が言った。「どういうふうに事が運ぶのか、わかってると思ってたんだけどな。俺がこうして山のようにシリアルを食べては喉に詰まらせているのは、役作りのため、ただそれだけなんだ。今回はほとんど時間がないんでね」

「そのことと、この女性と同じくあなたがたも生身の人間にすぎないという事実とのあいだに、どんな関係があるんです？」スタンピーはドゥーム・ポスト紙を持ち上げ、メリアム・コールドと高慢ちきな犬の写真を幽霊に見せた。「そのロイヤル・ウィアードリーなんとかっていう会社の人たちも、やはり透きとおってないんですか、ミス・リー？」

「もうたくさん」ドブズは言った。ロイヤル・ウィアードリー幽霊社ができること、できないことみたいな話は聞きたくなかったし、前回連中がしかるべきようにしていたら、今回こんなに果てしなく時間がかかることはなかったのだし、彼女もベンソン夫妻も得体のしれない誰かの手に運命を握られるようなこともなかったのだ。誰だっけ、いつかはベンソン夫妻の要求にきちんと応えられるようになるかもしれない、このおかしな会社を作った誰か。彼女たちの運命を握るその手は、はたしてまともな手なのか？

ドブズは立ち上がり、荷物をまとめた。

「いいですか、ハハハ、マクファイルさん、まだよくご理解いただけていないようだ。俺たちにはここに、ほら、ちょうどここにボタンがついているんです」幽霊は胸に触れた。乳首をマッサージしているみたいな、ちょっと淫《みだ》らに見える動作だ。「ほら、ここ」まだマッサージを続けている。いったい何をしてるんだ？　ドブズとかいう女は準備をして行ってしまったが、スタンピーは立ち去りたくなかった。だめだだめだ、行くわけにはいかない、まだ契約書にサインもしていないのに、つまりこれはもうおしまい、ってことなのか？　待ってくれ、とわめきたかったが、できなかった。なぜなら乳首をマッサージしている男を見ていたからだ。嘘だろう？　目の錯覚か？　何だ、これは？　目の前にいるその男が（ああ、海神よ！）消えていくように見える。「少し時間はかかるが、ほら、効果が現れてるでしょう？　俺がもうあまりはっきり見えないんじゃないですか？」

「いったいどうやって？　だって、あなたが消えかけてる！」

「違いますよ、マクファイルさん」幽霊は笑った。立ち上がり、くるりとその場で一回転してみせる。楽しそうだった。スタンピーは信じられず、その目を、その小さな目をこすった。たいしたものは見てこなかった、いや、はっきり言うと何も見てこなかった目。自作のミニチュアの水中都市であれこれ、いや何かしらは見たことを勘定に入れなければ、の話だが。それでも、人が消えるところは見たことがない。だが、目の前にいるその男は確かに姿が消えつつある。だんだんぼんやりと透けはじめている。急に。いったいどうやってこんなことが？「少し霧をかけているだけです。霧はある町で作られている。ええと何て名前だっけ、ああ、ミルセンブリッジだ！ミルセンブリッジ・ダッキー・ホームロイド。変な名前ですよね。聞いたことありますか？われわれの仕事の揺籃期のことです。それから最初のプロ幽霊たちが現れた。長年、その町の住人たちは、おたがいに本当に存在するんだろうかと疑問に思ってたんですよ、信じられますか？町は恐ろしいほど濃い霧に包まれている。霧は川から生じるんです。巨大な川、魔法の川です」

「魔法の川なんて存在しないわ」ドブソン・リーがぴしゃりと否定した。

彼女は依然として部屋の真ん中に立っていた。どこにも行っていなかった。じつはスタンピーの気を散らして、その隙にドゥーム・ポスト紙を彼から拝借しようとしていたのだ。

「驚きましたよ、ミス・ウィシャート！まだ出ていっていなかったなんて」スタンプは立ち上がり、ドブズに近づいて、少しでも逃げようというそぶりをしたら阻止するつもりだった。「あなたがたの熟練の技について疑ってしまい、申し訳ありませんでした。でも、おわかりいただきたいのは、幽霊屋敷が必要という条件は私にはちょっと手に余るものでした。こんな仕掛けが存在するなんて、思ってもみなかった」もちろんそれは、ウィリアム・バトラー・ジェームズなる目の前の男が人間でありながら姿をぼやかすことができるボタンのことを指した。「でも、ジェームズさんが今派遣できる中では最高の幽霊で、ベンソン夫妻はきっとこの幽霊屋敷におおいに満足するとよくわかりました」スタンプは幽霊に目をやってにっこりし、幽霊のほうもにっこり笑い返した。本物の幽霊のように見えた。何でも通り抜けられそうだった。今腕を伸ばしたら、いきなり体をすっと通り抜けそうだと思えた。それってすごくないか？　幽霊がそこに現れるなんて、すごいじゃないか。「では、契約を完了しましょうか？」

「契約はもう完了してるわ、ラ、ル、フ」ドブズは立ち去る前にじつにそっけないメモを渡してきた。

〝ベンソン夫妻は明日早朝にここに到着するので、契約書を準備のこと。それまでに屋敷に幽霊を準備する必要あり。条件が整っていることが確認できたら、契約書に署名ののち手続きを進める。そこであなたには立ち去ってもらい、あとのことは私がすべて引き受ける。あの情けない幽霊のことは私が近くで見張るので、心配ご無用。私たちがロイヤル・ウィアードリー幽霊社を使わないことにした理由については嗅ぎまわらないこと。幽霊がまた必要になってもそこは使わないほうが身のため〟。そのあと彼の胸にドゥーム・ポスト紙を投げてよこし、こう続けた。「手をまわすのがずいぶん早いわね、〈奇跡の不動産屋〉さん」

「奇跡の、何ですって？」スタンピーには訳がわからなかったが、声をあげるのが遅すぎた。ドブズが立ち去り、幽霊さえ姿を消してしまったからというより、大工の一団が居間にどかどかとわがもの顔で入ってきて、壁を丸太小屋用みたいに見える無数の木の板でどんどん覆っていったからだ。何なんだ、これは、競争でもしてるのか？　そして彼は一人に、完全に一人になっていた。「奇跡の不動産屋っていったい何のことだ」そうつぶやきながら、ドゥーム・ポスト紙をめくるうちに、まもなくあのスターカダーとかいう男が着ていた上着みたいに古びて汚れたカメラで撮られた自分の肖像写真と、《ペルツァー坊やの家を売ったのはこの男！》という見出しが目に飛びこんできた。「いったいどうして？　ああ、信じられない」『不動産完璧読本』に掲載されるはずだったインタビュー記事の中で、彼は「蝶ネクタイをつけた色男」で、「信じられないほど甘い」コーヒーを飲み、賞をあと一歩のところで獲り損ねたが、こんなキンバリー・クラーク・ウェイマスといううどう考えても誰も住みたがらないような場所に引っ越してきたのだから、賞を獲ってしかるべきだったと書かれていた。

「あいつめ！　ウィルバーに電話しないと」とつぶやき、どこかで電話を見つけようと思いながら新聞を置いて立ち上がり、荷物をまとめ、まだ履いていたスノーシューの音（ペタペタペタ）をたてながら戸口へ向かった。新聞、というか実際は噂話ばかりの汚らわしいパンフレットだが、それを開き、じろじろ見て気まぐれにあらゆる文章を拾い集め、ところどころで「うわ！（くそったれスノードームめ）」という興奮の声を漏らしながら、さっきドブズが言っていた「奇跡の不動産屋」だとか、自分が口にした「唯一わかっているのは、床がきしみ、壁は隙間風が入るような家がお好みだということ」という言葉だとか、「幽霊屋敷」だとか「幽霊」だとか、しまいには「新しい入居者」は「有名な作家夫婦」になりそうだというひと言も目にした。スタンプはどうしていいかわからなかった。この記事を読めば、これから事態がどうなるにしろ、犯人は彼だと誰もが考えるだろうし、村人たちは、変にねじくれた理由から、きっと制裁をあたえようとするに違いない。だがその一方で、新聞の見出しに自分の名前が出たのはこれが初めてだし、まわりでうるさい連中が振りまわす、何百部、もしかすると何千部も印刷されただろうその新聞に顔が掲載されたのも事実で、つまり彼は有名になったと言っていいのでは？　そう、たぶんそうだ。なにしろ、結局のところ彼は偉大なるミルティ・ビスクル・マクファイルの息子なのだ。これは悪くないぞ。そうとも、（うわ！　くそったれスノードームめ）ぜんぜん悪くない。

22

ビルは、今まで自分がミセス・ポッターに唯一お願いしたのは、彼女の小さな郵便局にある小さなエレベーターみたいなエレベーターだったことを思い出し、もしかしてこの座席がどっさりあるミニバンこそがそのエレベーターになるのではないか、だって、こうして行きたいところに自分を運んでくれるのだから、と思う

あの汚れた上着を着ていた男、テニスボールとしゃべっていた男のミニバンは、玩具でいっぱいだった。なんだかミセス・ポッターの小さなエレベーターみたいだ。そう、ミセス・ポッターのミルドレッド・ボンク通りの家には小さなエレベーターがあったのだ。いや、もっと正確に言えば、その家自体にあるのではなく、小さな郵便局にそれはあった。その小さな郵便局で、ミセス・ポッターが触れたとたん小さく縮む魔法の絵葉書を手に、あっちにうろうろこっちにうろうろする彼女の使い魔たち、避暑中の妖精が働いている。もちろん小さな郵便局のエレベーターは普通のエレベーターではない。郵便局より小さく、避暑妖精とほぼ同じ大きさで、玩具でいっぱいであるうえ、やはり妖精たちと同じように、どの方向にも移動できる。実際、エレベーターは郵便局の主要移動手段だった。つま

り避暑妖精たちは、小さいのにどこまでも広がっている郵便局内を移動するだけでなく、魔法の絵葉書を送ってくる子供たちの家に行くのにもそれを使った。子供の頃、ビルはときどきその靴箱の中、つまりミセス・ポッターの郵便局の中で目を覚まし、ポッターのしもべである避暑妖精たちの小さな住処と自在に行き来する夢を見た。あんまり何度もその夢を見たので、ビルは地下に住むサリー、サリー・フィッップスという小人と友だちにさえなった。

その別世界ではビルも小人になっていて、サリーの部屋にある小さなテレビで、あちらの世界の様子を、つまり彼のいないあちらの世界での両親の暮らしぶりや周囲の様子を眺めた。ビル少年は、友だちのサリーみたいに自分の部屋に小さいテレビを置いて、あちらの世界にアンテナを合わせたかった。もちろんそこに出入りするにはあの玩具でいっぱいのエレベーターを使う。その当時、母がしゃべらなくなってひたすら絵を描きだし、父ではなく壊れた〈お願い何でもかなえるマシン〉であるかのように父を眺めては、がっかりしていたその当時、ビルはこのさい永遠に小人になって、何でもうまくいくミニチュアの別世界に移住したいと思っていた。サリーはいいやつで、あんなにいいやつとはこちらの世界では会ったことがなかったし、彼の住処も好きだったし、魔法のテレビを通じて傷つかずに家族とコンタクトもできる。ビルは幸せだった。少なくともそう思っていた。母がときどき家を留守にしはじめるまでは。

どこかに行ってしまったわけではなく、単に家にいないのだ。

それまでビルはいつもにこにこしていた。最初は小さな歯が見えていたけれど、のちにもっと大きくて隙間のあいた、ある意味ちょっと悲しい歯にかわった笑顔。自分は世界一すてきな場所に住んでいると思っていた。ずっと雪が積もっているから、いつだってクリスマスになりうる町。だから、もしそうしたければ、毎日、今日はサンタクロースが、あるいはミセス・ポッターがツリーの下に贈り物を置いていってくれる日だ、というふりができた。キンバリー・クラーク・ウェイマスでは、クリスマスツリーは片づけないのが普通で、どの家でもツリーが家族の一員のようになっていたし、その下がきれいに包装されたプレゼントでいっぱいになるのをいつでも夢見ていた。ときにはそれが本当に実現した。つまり、キンバリー・クラーク・ウェイマスは、サンタクロースかミセス・ポッターが頻繁に現れる世界でたった一つの場所であり、それはクリスマス精神がけっして町から消えないからだった。

もちろん、この町が世間に知られるようになったのは、サンタクロースその人と張り合う主人公が登場する小説のおかげであり、だからこそ通りの電飾はけっしてなくならないし、少なくともそうならないように努めている。だって、観光客や、ここに巡礼に来る読者たち、勇気ある読者たち、子供の読者たちはバスや車に乗って、人里離れたキンバリー・クラーク・ウェイマスまで長い時間がかかったと悪路を揺られてきて、到着したときには、そこはいつだってクリスマスなのだからどこもかしこもクリスマスの電飾だらけのはずだと期待しているからだ。かつて町には公式サンタクロース、つまりつねにサンタクロースを演じるために雇われた人だけでなく、ミセス・ポッター役までいたのである。つねにミセス・ポッターを演じ、どこに行くにも靴箱を、すなわち郵便局を抱えていく。ビルが何度もその中のエレベーターであちこち行き来した、あのミニ郵便局だ。

「パパ、サリーはあの中にいると思う？」

「あの中？」

「郵便局の中だよ、パパ」

遠い昔、父ランダル・ペルツァーは混乱した表情で方々を見まわした。いったい何の話だ？　妻はもう何週間も自分と話をしない。同様に何週間もひたすら絵を描きつづけている。そしてランダルは、もうほかのことが何も考えられなかった。だから彼は通りの真ん中で息子といるのに、そこにいなかった。

「あそこにいるの、ミセス・ポッターじゃないの、パパ？」

ミセス・ポッター、実際にはジェスター・ペリング・エドワーズという女優志望の内気な女は人工毛アレルギーで、通りの向こう側のベンチで靴箱らしきものを膝にのせてくしゃみをしていた。くしゃみをしているのはもちろん白い付け髭のせいで、ベンチに一人で座っているのは、そういう恰好で人と会話を始めると大変なことになるので、知り合いと会わないようにするためだった。靴箱はもちろん、ビル少年が今話題にしていた郵便局だ。

まだ混乱していたランダルだったが、自分の大きな失敗には気づいた。そのときジェスター・エドワーズがくしゃみをしていたとすれば、それは彼のせいだった。ランダルは大げさに額を叩いて（バシン！）、「そうとも、なんてことだ。悪かったな、おまえ。いったい何を考えてたのか」と言いながら、必死に思い出そうとした。考えろ、ランダル、〝あの中にいる〟サリーっていうのは誰のことか、正解を答えるために考えろ。俺があの小説に取り憑かれているせいで、ジェスター・エドワーズがそのときくしゃみをしているのだから、責任は自分にある。これはある意味、フルタイムの仕事だった。俺はけっして人をがっかりさせるわけにいかない。つねにそう心得ておくべきなのだ。結局のところ、この町が今みたいになったのは俺のせいなのだから。ランダル・ペルツァーであるということ、町が求めてもいなかった名声を得てしまったその重責を両肩に背負うことがどういうことか、誰も知らない。そして町は、最悪の敵のしわざで、こうして永遠に寒いままなのだ。

「サリーはあの中にはいないよ」ランディはなんとか笑みを繕《つくろ》って、思いきってそう言った。別珍の上着のポケットに両手を入れ、眉は雪にまみれている。「ときに物事とは、一見そんなふうに見えても、実際はそんなことはないものなんだ」

息子は眉をひそめた。

「もうわかっただろう」ランダルは言った。

「わかんないよ、パパ」

「いいか、坊主」ランダルは髭をぽりぽり掻いてほほ笑み、時間を稼ごうとした。やはりいつも雪が降っている脳みその中で何か決断を余儀なくされるたびに、小人たちが議論を始めるからだ。本物のミセス・ポッターなんて誰も一度として見たことがなく、それゆえ、あのくしゃみをしている女が本物のミセス・ポッターであるはずがないのだ、とこの際はっきり伝えるべきかどうか。だが結局たいして時間はかからなかった。というのも、妻が彼と話をしようとせず、ひたすら絵ばかり描いている今、ほかのことはもはやどうでもいいという結論に達したからだ。「あの女の人がミセス・ポッターみたいに見えるからといって、ミセス・ポッターとは限らないってことだ」

息子はますます眉をひそめた。

「そのものじゃないのに、そう見えるなんてことがあるの、パパ？」

「そのとおりだよ、坊主」

「でも、そのものじゃないのに、どうしてそう見せたいって思うの？」

「うーん、わからないな。物事はときに難しいものなんだ。たとえば、あの女の人のことを考えてごらん」ジェスターのことを考えろ、あの哀れなジェスターのことを。こんな劇場一つない町で、いったいどこで女優の仕事が見つかる？「あそこで一人きりだろう？」少年はうなずいた。「一人にならずに済む、たぶんそれだけのためにミセス・ポッターになってるんじゃないかな」

「それでも一人だよ、パパ」

「違うよ」

「一人でベンチでくしゃみしてるよ」

「冗談だろう、ビル。今パパに、サリーのことを尋ねたばかりじゃないか。あの中にサリーがいるかどうか知りたいんだろう？」

「うん」

「で、そのサリーっていったい誰なんだ」

「友だちだよ、パパ。エレベーターの妖精なんだ」

ああ、エレベーターか、なるほど。ランダルはようやく思い出した。ビルから夢の話を聞かされていた。すばらしい話だとランダルには思えた。一つだけ気になったのは、息子が夢を見るようになったタイミングだ。母親が話をしなくなったときとほぼ同時だった。

ああ、マデリン！　いったいどうしたんだ？

どうして戻ってこない？

ランダルは今や必死だった。

「パパ？」

「ああ、そうか。サリーはおまえの友だちなんだよな」

「サリーのエレベーター、好きなんだ。玩具でいっぱいなんだよ」

「そうだな、玩具でいっぱいなんだよな」

「どうして玩具でいっぱいなの？」

「ああ、避暑妖精は少々忘れっぽくて、移動の途中でときどき玩具を置き忘れるんだ。サリーはエレベーターの中で何をしてるんだね、ビル？」

「サリーはまだ避暑妖精にはなってないんだよ。たぶん、僕みたいな子供なんだ。でも、学校に行ってるかどうか知らない。妖精の子供も学校に行くの、パパ？　行ってないと思うな、僕は。部屋にリュックが見当たらないもん。あの子の部屋にあるのはテレビだけだ。サリーは部屋にテレビがあるんだよ、パパ」

「テレビ？　ミニチュアのテレビが？」

息子は肩をすくめた。

「たぶんね。地下世界では何もかもが小さいんだ。僕だって小さくなる」

「そうだよな、坊主、そのとおりだ」

「面白いんだよ、パパ」

「小さくなることが？」

「違う。パパをテレビで観るのが」

「俺をテレビで観るのか？」

少年は強くうなずいた。

「へえ、地下世界では俺は有名人だってことなのかな、ビル？」

「うーん」少年は立ち止まり、父親とつないでいる手の揺れも止まった。考えこんでいるようだ。

「わかんない。地下世界のテレビに出たら、パパは有名ってことなのかな。ママも出てるよ」

「へえ！」ランダルは面白がっているふりをしようとしたが、何か重くて巨大なものが、かつては大切だったものが、かさばる別珍の上着の下でこなごなに砕けた。「じゃあ、二人とも有名なんだな。二人は何をしてる？　インタビューでも受けてるのかな」

「ううん。ママは絵を描いてる。パパはお店にいる。ときどき二人とも家にいる。パパは肘掛け椅子に座ってる。ママは部屋で絵を描いてる。二人それぞれ違う場所で一人きりでいるときもある。一度、ママがスケートしてるのを見たことがあるよ。ママがスケートできるなんて知らなかった」

「そうだよ、ママはスケートがうまいんだ」

「パパはやらない。パパはスケートしないんだ。でもわかるよ。僕、パパの気持ちがわかる、ってサリーに言った。サリーは僕に『へえ、どうして』って言った。だって僕もスケートするの怖いもん、って答えた。スケートって、これからどうなるかわからないものに足を置かなきゃならない」

それからビルは、知らず知らずのうちに〝悲しい〟子供になった。小さな乳歯を全部見せて、何があってもいつでも笑っている。なぜならそのサリー・フィップスのテレビにチャンネルを合わせて、両親を観られるようになったからだ。二人の様子をたくさん見ているというわけではない。つまりどこかよその場所から、実際の二人の様子をたっぷり見ているというわけではなく、そこから二人を見ることとそのものが好きなのだ。つまりビルが見ているものは、純粋に空想の産物だった。ほかの父親や母親と同じようにふるまっている、息子が想像する理想の両親。いつだってたがいに会話し、笑みを交わし、ハッピー。たがいに相手にしてほしいと思うことをしているからだ。相手をほとんど無視することも、いるべき場所におらずいつもそれぞれ別の場所で別の誰かと一緒にいるせいで、相手に文句を言ったり攻撃したりすることもない。そう、父親は絵が嫌いで、とりわけ、長年母が絵を習っていた先生たちを嫌っていたし、母はルイーズ・キャシディ・フェルドマンを嫌い、母に言わせれば父の本当の結婚相手である土産物店も毛嫌いしていた。でも、サリーのテレビで観る世界にいる両親は違う。そこでは、父は仕事から帰ると母の絵を誇らしげに褒め、母は母で店であったことを全部聞きたがり、ビルは、小さく縮んだビルは友人のサリーのベッドの上で小さな短い脚をぶらぶらさせながら、母の絵に描かれた人物と父が店で相手をした客をまぜこぜにし、胸に小さくて温かい灯りがともるのを感じ、ついにっこりして、友人のサリーが「君は幸運だよ」と言うのを聞き、ビルはそうだなと思い、胸の温かい灯りはきっと〝幸運〟だと感じ、でも同時に、地下世界にいないときには、その幸運が小さく縮んで消え、あるいはマッチ棒の炎のように燃え尽きるのがわかった。だから地下世界にいたいのだ。なぜなら地下世界にいれば両親はハッピーで、でもそれは、ビルがそうであってほしいと願うからこそそうなのだった。母も父ものんびりと、気持ちよくパイプをくゆらすのは、そうしていると楽しそうだとビルが思うからだ。二人は帽子をかぶり、スケートに行く。テレビの中に自分がいないのは、それが現実だと思いたいから、自分がそこにいないときはそんなふうなのだと願っているから、戻ったときに目にする、二人のあいだのぞっとするような無言のいがみ合いは、自分がそこにいるときにだけ起きることだと思いたいからだった。

「これからどうなるかわからないものか」父はあの日言った。雪は降りつづけていた。歩くたびに地面で（サク、サク）音がした。「なるほど、おまえの言うとおりだ。俺はこれからもスケート靴なんて絶対に履かない」

「地下世界にいるとき、地上では何もかもうまくいってるんだよ、パパ」息子が言ったが、父親はもう聞いていなかった。頭にあったのは、足元の（サク、サク）音、まわりの光、そしてもちろん、つねに頭から離れない、なぜか自分と話をしなくなった妻のこと、彼が夕食の支度をし、食事の用意ができたよと呼んでも妻は絵を描きつづけること、出かけるとそのまままなかなか帰ってこず、ひたすら姿をくらまそうとしているかのように見えること。とにかく彼には理由がわからなかった。どうしてここにいないんだ、マデリン？　それが悩みの種で、ほかには何も考えられず、地下にいるときはすべて問題ないと息子は言ったが、すべて問題ないだって？　ビルはそうは言っていなかったのだが、ランダルにはそう聞こえ、息子は頭がどうかしてしまったのだ、それもこれも自分とマデリンとあんなふうに妙に家の中が静まり返っていることのせいだと思い、帰宅したら妻の部屋に行き、頼むから話をしてくれ、どうしてしまったのか言ってくれ、そうすればたぶん直すところは直せると思う、息子は地下世界があると思いこんでいて、そこでは夫婦円満で、君はスケートをし、私はスケートをひどく怖がっていると話すんだよ、マデリン、と言おうと思い、実際にそう告げたが、言わなければよかったんだ、なぜなら翌日マデリンは荷造りをし、家を出ていったからだ。彼女はランダルと息子を置いて家を出ていき、ランダルはずっとスケート靴を履いているような気分で、あの晩、思っていたことを妻に告げるあいだ、彼女は黙りこくり、絵筆を濡らし、目を赤く腫らして絵を描きつづけ、何もしゃべらず、そしてついに口を開いたとき「ごめんなさい。ごめんなさい、ランダル」と言って、荷物をまとめはじめ、だから彼は息子を寝かしつけに行き、店に戻って、手紙を、ルイーズ・キャシディ・フェルドマンに手紙を書いたのだ。「この世界は複雑です。でも幸い、ああ本当に幸い、ミセス・ポッターがいてくれました。そして、ご存じでしょうか、私ことランダル・ゼーン・ペルツァーはミセス・ポッターに敬意を表して凍てついたキンバリー・クラーク・ウェイマスに店を開いたのです」そしてさらに手紙の中で、費用はすべてこちらでもつので、どうかここに来ていただけませんか、と彼女を招待した。今彼に必要なのは彼女に会うこと、自分は一人ではないと感じることだった。無駄に妻の人生を台無しにしてしまった、報われない愛に無意味に没頭して家族を犠牲にした、と思いたくなかった。マデリンが彼を愛してくれたようには、けっして愛してはくれない相手に。だが、マデリンは彼を愛していたのだろうか。たしかに愛してはくれたが、やがてその愛は消え、飽き飽きしはじめ、何もかも無意味よ、ここにあるものは何一つ私に関係ない、私の人生が私のものじゃなくなってしまった、私の人生はどこにあるのと訴えた。

彼女の人生はどこにもなかった。

母が家を出ると、ビルはサリー・フィップスのテレビを観なくなった。サリー・フィップスの夢自体を見なくなったのだ。でも、とにかく早めにベッドに入り、地下の夢を見られないなら見ているふりをし、母を眺めているふりをした。母はもう家にいないけれどどこかの部屋にいて、絵を描き、ビルに長い手紙を書いていた。ビルがどうしているか様子を尋ねる手紙。学校では何をしたのか、歯は、ずらりと並んだ小さな乳歯はまだ抜けていないのか。母が家を出ていったときにはまだ一本も抜けておらず、全部そのままの場所にあったのだ。それから彼は、以前夢の中でサリーの部屋を訪れたときにはしなかったことをした。ベッドから下りて机の前に座り、手紙を書いたのだ。母への返事だ。ママが恋しいと書き、その日学校であったことを話した。でも、周囲の景色は、いつも見えていた景色ではなかった。サリーの部屋はもうサリーの部屋ではなく、自分の部屋だった。テレビもテレビではなかった。それは母の自画像で、ほほ笑むふりをし、私は幸せよ、ビル、何もかもうまくいってると自分で自分に言い聞かせているようだったが、ビルには何もかもうまくいっているとは思えなかった。まわりは何一つうまくいっているようには見えない。だって、母は出ていってしまったのだから。

ビルも父としゃべらなくなった。父は父で、ルイーズ・キャシディ・フェルドマンにひたすら手紙を書きつづけていた。そしてしばらくビルは、悪いのは彼女だと思っていた。彼女のせいで、父と彼女のあいだに起きたことのせいで、母は出ていったのだと。同時に、きっと母を取り戻せると信じていた。ちっちゃなビルはずっとにこにこしていた。自分がにこにこしているのを見れば、母は帰ってくる、どこにいようと母には僕が見える、母もあのテレビに、あるいはテレビに似た何かに、遠くに行ってしまった絵描きの母親たちのためのテレビにチャンネルを合わせ、わが子を見て、きっと帰ってくる。だって、にこにこしているわが子を見たら、いても立ってもいられずに駆け寄り、抱きしめて、「私の乳歯ちゃん、どんなにあなたが恋しかったか」と言うはずだから。そして、いつものあの匂いを嗅ぐことができるはず。母が出ていってからは、母の絵に鼻をくっつけて目を閉じ、あの偽物のミセス・ポッターがしてみせるように、物事がそのとおりでないふりをした。母はどこにも行ってはおらず、今も家にいて、目を開けばそこにいて、ビルと同じようににこにこしている、そんなふりをしたのだ。

ちっちゃなビルはそうしてにこにこしていたが、ある日やめた。遠くに行ってしまった絵描きの母親のためのサリー・フィップス風テレビなんてどこにもないし、そもそもサリー・フィップスのテレビなど今までもこれからも存在しないと気づいたからだ。それでも、もはや自分が何かの別世界に住んでいると想像せずには金輪際眠れなくなってしまった。やがてそこは、父も母も、あの忌々しい店も、今も届きつづける絵も、何もかも存在しない世界と化した。そこに存在するのは、マックおばさんと、家に帰りたくなくて、ちびのコーヴェットの玩具がしまってあるクローゼットに隠れていたあの午後だけだ。そこは、ショーン・ロビン・ペックノルドに残って、伝説のメアリー・マーガレット・マッケンジーのすばらしい助手になることができたまぼろしの世界だ。

『ビルビルの一生　ピエロになれなかったピエロウサギ』という本を手に入れたのはその頃だった。ビルビルという名のウサギのフィクションの伝記で、ジェイコブ・プライス・フラッドという奇術師のシルクハットから取りだされる役目を担っていたビルビルだが、ウサギにとってとても名誉な仕事であるにもかかわらず、退職してピエロになる夢をかなえようとする。ブルームブルーム飼育場のほかのウサギたちからすると、とても信じられなかった。頭がどうかしたんじゃないのか？　主人はもののわかった奇術師で、ショーが終わるとかならず小さなビルビルを褒め称えた。でも、ビルビルはそれでは満足できなかった。ご主人の助手になっただけでは飽き足らず、ピエロになりたいと夢見ていたのだ。ウサギのピエロ？　ウサギがどうやってピエロに？　ああ、簡単だ。ビルビルは全部きちんと計画していた。偉大なるヴァニーニ・フォン・ハーディーニに倣えばそれでいいのだ。彼の公演をすべて観に行き、小型本の回想録を読み、本人のトレーラーハウスを訪ねて、修行のためどんなことでも手伝うと申してるのだ。実際、簡単だった。ビルビルはできる準備はすべてしたが、いよいよヴァニーニに手を貸そうとしたそのとき、貸せる手がないことに気づいた。偉大なるヴァニーニはビルビルがいることをとても喜んでいて、ぜひずっとそばにいてほしいと言った。ええ、もちろんですとも！　だけど、どんなお手伝いを？　ああ、何もしなくていい、と偉大なるヴァニーニは何度も言った。何も？　ピエロの人生とはさながら人形の人生だ、とヴァニーニは言った。人形の人生ですか、と小さなビルビルは困ったように尋ねた。われわれがすることは、ひたすら人を楽しませることだからね、偉大なるヴァニーニは言った。悲しいのはそのあとだよ、と続ける。そのあとどうなるんですか、偉大なるヴァニーニ？　われわれはぽつんと一人取り残されるんだ、小さなビルビル。いずれにしても、助手の人形はご入用ですか？　いや、助手にできることといえば、先生が一人ぼっちにならないように寄り添うことぐらいだ。だって、人を楽しませていないとき、人形はずっと一人ぼっちなんだから。ピエロにはそういう人生しかないんだよ、小さなビルビル。そう言ったとき、偉大なるヴァニーニはしょんぼりして見えたが、そうではなかった。だが、それってすばらしい人生じゃないか。ああ、すばらしい人生だとも、偉大なるヴァニーニは妙な形に色を塗りたくった唇でにっこり笑った。みんなを幸せにできるなんて、これ以上すばらしいことはないだろう？　ピエロのことだって幸せにする、と小さなビルビルは思ったが、口には出さず、くり返しうなずいて、うまくいきますようにと祈りながら同じように唇に不器用に色を塗って大げさな笑い顔を作り、その滑稽なしぐさに偉大なるヴァニーニは思わず笑みを漏らして、小さなビルビルはつかのま人形のための人形になった。それ以来ずっと小さなビルビルは、ピエロがけっして一人ぼっちにならないよう、ピエロにはならずにピエロになった。ときどき、本当ならそうして一生を過ごしたはずだった、シルクハットのウサギだった頃のことを懐かしく思い出す。ショーのあと小さなトレーラーハウスに戻ると、奇術師のジェイコブにとても風味豊かなハーブのリキュールを一杯注いで夜遅くまでおしゃべりし、あんなにみごとなショーはほかにないと思った。ブルームブルーム飼育場のウサギたちは彼がどうしてその職を捨てたのか相変わらず理解してくれなかったが、彼は彼で、結局ピエロにはならなかったピエロウサギとしての生き方に満足していた。

そういう伝記、ビルが延々と読みつづけた助手や脇役の伝記、たとえば探偵の助手だけをひたすら続けてきたコリソン・バレット・キンドや、執事の助手だけをひたすら続けてきた若きメレディス・ボーン・ステットソンの伝記にビルがこれほど執着したのは、結局古典にはならなかったこの児童文学の古典を読んでいたことが根底にあったからに違いない。それ以来、ある意味ちっちゃなビルは、寒い冬の夜に眠そうな子犬がビロードのふわふわのクッションにぬくもりを求めるように、多くの人にとっては中身がなく、どうでもいいように思える『ビルビルの一生　ピエロになれなかったピエロウサギ』で描かれた、とても狭いけれど強烈な世界にのめりこんでいった。父ランダル・ペルツァーは奇術師ジェイコブに、おばのマック・マッケンジーは偉大なるヴァニーニになった。そして、空中ブランコ乗りとあらゆる猛獣使いの助手になりたいという気持ちが、いよいよ募っていった。だから、友人サリー・フィリップスのテレビのように、マックおばさんが旅した世界に空想のチャンネルを合わせはじめた。ビルはマックおばさんが必要としそうなものを一つひとつメモし、おばさんと一緒に〝あちらの世界〟に行ったときのために準備をした。その夜ミニバンを運転しながら、ビルはミセス・ポッターに、郵便局にあるようなエレベーターをくださいとお願いする手紙を書いたことを思い出した。〝親愛なるミセス・ポッターへ〟という書きだしでそれは始まる。〝あなたの郵便局にあるようなエレベーターをいただけたら、これ以上の喜びはありません。〈地上世界〉の僕の家に、という意味ですけど、いろいろな場所にもあるといいなと思います。それがどんなふうに動くか知っています。〈地下世界〉には何度も行ったことがあります。どうやって体が縮むのかわからないけれど、とにかくできちゃうんです。僕のかわりにサリー・フィップスに訊いてみてください。サリーの部屋でテレビを観ます。あれは魔法のテレビで、ほしいなとときどき思うけど、もし自分の部屋にあれがあったら地下世界に行く理由がなくなるなとも思います。本当のことを言うと、僕は地下世界に行くのが好きなんです。地下世界にいると、そこにいるのにいないような感じがときどきします。地下にいると何でもできるんです。そこにずっといたいと頼むこともできるけど、そうしたらパパが恋しくなるでしょう。でも本当のところはわかりません。パパが恋しくなるというより、サリーと地下に残るのが怖いんじゃないかな。でも、ママのことは恋しいから、パパのことも恋しくなると思います。ミセス・ポッター、ママのことがすごく恋しいです。ママをここに返してとお願いしようかとも思ったけど、魔法のお願いしかできないと知ってるし、ママは魔法とは関係ない。第一、ママは自分で家を出ていったのだから、無理やり連れ戻すのは正しくないと思います。ダッツィーが僕をスケートに誘い、僕は死ぬほど怖いのに行くしかなくなる、みたいなものでしょう。わからないけど。だけど僕にはマックおばさんがいます。マックおばさんは伝説のマック・マッケンジーなんです。猛獣使いの名人です。猛獣使いになる前は空中ブランコ乗りでした。僕はマックおばさんみたいになりたい。マックおばさんは楽しいし、くよくよしないし、いつもハッピーです。実際には、おばさんみたいにはなれないでしょう。いつもハッピーでいるにはどうすればいいかわからないし、勇敢でもない。でも、おばさんも、偉大なるヴァニーニと同じような感じなんじゃないかと思ってるんです。つまり、助手が必要なんじゃないか、と。僕は、ウサギのビルビルみたいになれないかな、と思ってます。ウサギのビルビルの話、聞いたことありますか、ミセス・ポッター？　ウサギのビルビルはピエロになりたかったけど、やがてピエロよりもっといいものになれると気づくんです。つまりミセス・ポッター、マックおばさんのウサギのビルビルになるためには、おばさんの住んでいる場所に行かなきゃならないんです。マックおばさんはうちからとても遠いところに住んでます。何本もバスを乗り継がなきゃなりません。大人になったらバスに乗ったり降りたりできるとパパは言うけれど、それでマックおばさんの家に行っても、おばさんには僕だとわからないかも。そしたら、いったいどうしたらいい？　わからないと答えるしかないけど、でも、マックおばさんが僕だとわからないなんてありえないとも言えます。だって僕はおばさんのお気に入りの甥っ子だし、じつはたった一人の甥っ子でもあります。たった一人の甥っ子がわからないなんて、ありえないでしょう？　つまり、あなたのエレベーターがあれば、一瞬でそこに行けるってことです。そうしたいなら、今すぐにでも。同じように、おばさんがいる世界じゅうのどこへでも移動できます。おばさんはときどき家を留守にして、世界のよその場所にいることがあるからです。それで僕は何になるか？　有名な助手です。そう、偉大なるビルビルです！　地上世界にあなたのと同じエレベーターをいただけませんか？　どんなことでもしますから〝手紙は〝どうぞよろしくお願いします、ミセス・ポッター〟で締めくくり、〝未来の偉大なるビルビル・ペルツァー〟と署名した。

ビルの手紙の送り方もやはり変わっていた。

ミセス・ポッターは絵葉書しか受け取らない、それも彼女のポストの底に届いたとたんに縮む魔法の絵葉書しか受け取らないので、ビルは、絵葉書の裏に彼の手紙を潜ませる小さなポケットを手作りした。もちろん絵葉書は〈ミセス・ポッターはここにいた〉土産物店の売れ筋商品なのでいくらでもある。ある日の夕方、店がとくに空いているときに、ビルはポストに、もちろん偽物だけれどビルは本物だと思っていたポストに、手紙をそっと滑りこませた。その妙にかさばる巨大絵葉書を、父に気づかれないようこっそりとポストに。ビルは、秘密を隠すちょっとした言い訳さえこしらえていなかった。だって、その晩のうちに部屋にエレベーターが現れるかもしれないし、ビルがそれに乗りこむのを父がわざわざ止めようとするとも思えなかった。どうせ父は気づかない。いや、これからだって気づかないだろう。父はいつものようにうわの空だ。父の言う〝用事〟とやらにかかりきりだから。

その当時、父はルイーズ・キャシディ・フェルドマンにひたすら手紙を書いていた。その日一日についてちまちま記したり、例の小説やときにはほかの作品についてあれこれ尋ねたりする本当に退屈でつまらない手紙だ。そうして手紙を書きながら、ランダル自身、どこかよく晴れてはいるが比較的風の強い、けっして天気の安定しない場所の、古いポストのそばの古いポーチにそれが積み上がっているさまを想像していたが、その一方で、ずっと前から、本当に遠い昔から、ロージー・グロシュマンがどうかなりそうなほど彼に熱を上げていたことにはまるで気づいていなかった。彼女がランダルに熱烈に恋していることは誰の目にも明らかだった。お気に入りの作家ルイーズ・キャシディ・フェルドマンについて、自分が朝目を覚ます唯一の理由であり、すっかり惚れこんでいる作家について、話ができるたった一人の男性、いや、たった一人の人間、ランダル。誰もがそうわかっていたが、ランダルだけは気づいておらず、だが、まわりが見えていないことに何か問題が？　何も問題などない。何一つ！　だからランダルは手紙を書きつづけ、一方でビルは不安を胸に毎日毎晩口の中をからからにしながら、キンコンという音が聞こえるのを、エレベーターが現れるのを、今か今かと待っていた。そうしてただただ待ちつづけたが、エレベーターはけっして現れなかった。初めビルは、父が手をまわしたのだろうと思った。父とミセス・ポッターは友だちだから、彼女から父に連絡があり、「ランダル！」とは呼ばずに、きっと「ホウホウホウホウ、ランダル！」と言ったはずだが、じつはサンタクロースではないけれどサンタクロースみたいに白い髭を掻きながら、例の三音節のおかしな笑い声を折に触れて響かせ、「ビルビルが私に願い事をしてきたの、ご存じ？」と尋ね、父はいつもながら頭がお留守だったので、最初はビルビルというのが誰のことかわからず、その後、何もしないでほしいと頼んだのではないか。それでミセス・ポッターは何もしなかったのかもしれない。ビルとしては、彼女には抵抗してほしかった。父に、私はミセス・ポッターであり、ミセス・ポッターは人の願いをかなえるのが仕事で、願いをかなえたらあなたが困ったことになるとしても、やはり全力でかなえなければならない、と突っぱねてほしかった。でも頭に浮かぶのは、ビルの馬鹿げた絵葉書を見て鼻で笑っている彼女の姿ばかりだった。ミセス・ポッターはビルのことを馬鹿にし、父は父で、手紙を書くことばかりに精を出して、そんなことには気づきもしなかった。

ビル少年は父を、あのおかしな土産物屋をしばらく憎んだ。その後、憎ったらしいダッツィー・タウンズ、ダッツィー・ジェイムシー・タウンズがビルを、ミセス・ポッターなんかいるわけないのにいまだに信じてる「哺乳瓶くわえた赤ん坊」と呼んだとき、おいおいビル、やめろよ、髭面女？　ちっちゃな妖精たち？　願いをかなえる髭面女とちっちゃな妖精たち？　哺乳瓶くわえた赤ん坊みたいなこと言うなよ、ビル！　と言ってきたとき、存在しないミセス・ポッターのことを、今までも存在しなかったし、これからもけっして存在しないものを、郵便局やら友人サリー・フィップスやら何やかやを勝手に創作したルイーズ・キャシディ・フェルドマンのことを憎んだ。それがあれば、おばの有名な助手になるために、偉大なるビルビルになるためにショーン・ロビン・ペックノルドにだって行けると思っていた馬鹿げたエレベーターだって、あいつが作りだしたのだ。その貴重な瞬間まではそこにいた子供をなんとか守ろうとする空しい抵抗として、生意気なダッツィー・タウンズとちょっとした喧嘩になったあと、ビルは一人つぶやいた。存在しているのは、結局のところその最悪の町だけだった、ちかちかと光る電飾やむかつくクリスマス飾り、もはや贈り物にも飽き飽きした樅の木だけだったんだ、と。年がら年中祝っていたら、一度でも本気で祝うタイミングなんてないと、誰も気づかなかったのか？

「ビル、覚えてるか？　あのエレベーターに乗ってドアが開くたび、そこはたしかに僕の部屋じゃなくて、だけど僕らが行きたかった場所でもなく、小さなフクロウの工房だとか、若き賢者ミーンズの隠遁所だったりしたことを」

「サリーか？」

「覚えてるか？」

ダッツィーとの喧嘩のあと、ビルはサリーと話すようになった。もちろん本物のサリーではない。本物のサリーは最初から存在しなかったのだから。空想上の小さなサリーはどこにでもついてきて、そのサリーと話をする。ビルはよく、シャツのボタンに座っているサリーの小さな足がぶらぶらしている様子を想像する。あるいは彼の肩でうつぶせになって、本をめくっていたり、テレビを観ていたりするサリー。今は、座席と玩具がたくさんあるミニバンで、助手席に座り、小さなCDコレクションを整理している。

「うん」

「たぶん、車を停めたほうがいい」

「どうして？」

「まだ気づかないのか？　まったくビルときたら！」サリーは笑った。サリーの笑いはいかにも楽しそうでいながら、癪《しゃく》にさわった。それは（ホフ、ホフ、ホフ）まるで咳きこんでいるみたいだ。とうとう子供の避暑妖精みたいな小さな胸をドンドン叩かなければならなくなった。「ビル、まだわからないのかよ。もっと玩具がたくさんないとだめなのか」

「玩具？　玩具って？」

「正確にはそう見えない。そういう形をしていないからね。同じ形をしているとでも思うのか？　魔法のエレベーターを現実世界に持ってきたら、同じ姿にはできないよ、ビル」

「やめてくれよ、サリー」ビルはほほ笑んだ。「これはエレベーターじゃない。ミニバンだ」

「やめてくれよ、ビル。これはミニバンじゃない。君のエレベーターだ。だって、行きたいと思うところに運んでくれてるだろ？　ミセス・ポッターはかならず約束を守る」

「ハ！　ミセス・ポッターか」

「何だよ？　約束を守っただろ？」

「サリー、これはエレベーターじゃなく、ミニバンだ」ビルはくり返した。

「君のエレベーターだよ」

「じゃあ、そうだとして、届くのが遅すぎたね、あまりにも。それにミニバンのふりをするのがうますぎるな。自分で運転しなきゃならないエレベーターに乗ったのはこれが初めてだよ。それとも、やっぱりエレベーターじゃないのかな？」

　サリーはしばし黙りこんだ。でも心配そうには見えない。ちっとも。何かを待っているように見える。

「運転していると君は思っているけど、じつは運転していないんだ」とうとうそう言った。

「おいおい、運転してないだって？」

「そうだ」

「じゃあ、僕は何してるんだよ、サリー」

「運転していると思ってる」

「もちろん」

「ほらね」

「何がほらねだ。じゃあ、すっ飛んでこうか？　空中をずどんと」

「いや、もっといい考えがある」

「もっといい考え？」

「若き賢者ミーンズの隠遁所を覚えてるか、ビル？」

「いや、覚えてないよ、なんにも」

「ビル、停めてくれ、今すぐ」

「だめだ」

「あそこだ」

遠くに古い看板が現れた。〈ハドリー・ガソリンスタンド〉。一瞬、車がそれを見たように思えた。速度が落ちはじめ、キキーッとタイヤがきしむ。

「何だよ、これ」

「若き賢人ミーンズだよ、ビル」

ミニバンではなく、座席がたくさんある例の巨大な代物ではなく、回転するエレベーターに変身したかのように、本当はエレベーターだったのに、ビルによって操縦され、ビルの思いどおりの速度で思いどおりの方向に向かうふりを今までずっとしていたかのように、いまだに周囲は一面の雪景色ではあったが、それは突然小さなガソリンスタンドの三台ある給油機のひとつの近くに勝手に停まった。どうやらそのガソリンスタンドは、にこにこ顔の若者によって経営されているらしく、若者はかなり薄着で、上から下まで青い色の服を無頓着に着て、シャツにもTシャツにも、その朝着ていたセーターにまで、自分の名前が刺繍されているのだが、その名前というのが、まさに〝ミーンズ〟だった。

23

ここで満を持して、編集者ニコル・フラタリー・バーキーを紹介し、その驚くべき嗅覚と、ルイーズ・キャシディ・フェルドマンが彼のオフィスに押しかけ、ベンソン夫妻を町から追いだせと（うう、蛆虫《うじむし》め！）命じた件について、詳しくお話しする

ときに気取らないのにクリエイティブで、ときに無慈悲なくらい尊大で、でもつねにうらやましいほど自由奔放なテレンス・カティモアの町には、どんなに避けたくても、何らかの形で本の世界と関わりのある人とかならず出会ってしまう地区がある。たとえば、朝食をとっている高飛車な作家、昼食中のその作家の編集者、子供を迎えに行く途中の、堅実だがうっかりしている何百人という校正者の一人、夕方になれば書物（もちろん）を携えたユーモアのセンスのある宅配業者に少なくとも二人は会うだろうし、厳格な編集者が、夕食中に、あるいはそのあとの、あるいはその前の一杯を飲んでいるときに、その宅配業者から本を受け取る。歩道は狭く、ひょろっとした並木が伸び、コーヒーが湯気をたてているこの地区に、まだ女性だったときのニコル・フラタリー・バーキーが移り住んだ。

ニコルは、緑の丘に囲まれた、ヒルサイドという居心地のいい夢見がちな小さな町の出身で、本がどっさり詰まった少々目立つ暗褐色のスーツケースをいくつか引きずってテレンス・カティモアにやってきた。当時すでにみっしり生やしていた髭に、本のページからめったに目を離さずに通りを行き来する熱心なプロ読書家たちは、気づきもしなかった。大げさな作家キース・ホワイトヘッドが編集者とはかくたるものと考える編集者像を再現する格好、つまり大昔の布人形みたいな太鼓腹の紳士のような格好、コーデュロイのジャケットにチョッキ、ぶかぶかのズボン、もっとぶかぶかなドタ靴、懐中時計、パイプ、拡大鏡、格子柄の帽子に至るまで全部身に着け、尋常ではないそういう服装についてありとあらゆる的はずれな助言を避けようとすることに慣れっこになっていたニコルにとって、その場所は足を踏み入れた瞬間からわが家のようだと感じた。アパートメントを借り、書棚をたくさん買いこんで本を並べ、いちばん目立つ特別席にキース・ホワイトヘッドの小説コレクションを置いた。お気に入りの小説の中には、編集者についてこんな描写がある。彼女はまだずいぶん小さいうちから、まわりの女の子たちから、もちろん男の子たちからもはみだしていたという。それはそうだろう、布人形みたいに見える大人になりたいと夢見る子供なんて、そうそういない。そんなのどうかしている。問題の小説は『やせっぽち星の太っちょスミス』という題名で、ニコル独特の行動と同じようにばかばかしくて大いに笑える内容だが、彼女が自分を独特だと思っていたのはテレンス・カティモアにやって来るまでの話だった。人生とは、運がよければ、自分で自分の役が選べるゲームだと考えていたのは、それまでは彼女だけだったからだ。

そうしてニコルは編集者役を選んだわけだが、変わり種の服装をして、小さなオフィスを構えた彼は、作家の才能を嗅ぎつけるみごとな嗅覚の持ち主だった。つまりニコル・バーキーは、外に出て空気の匂いをくんくん嗅いだだけで、そこを通ったばかりの作家の残り香を嗅ぎ分けることができた。

たいていは、自分が作家だということに気づいてさえいない作家で、ニコルは匂いを追跡してその人物を見つける。そして名刺を渡すのだ。そこには〈編集者　フラタリー・バーキー〉と書かれ、「今何か書いていらっしゃいますよね」とか、「何か書こうと思っていますよね」とか「あなたが今書いていらっしゃるものは傑作だと知っています」とか、相手がまだタイプライターに指を置いたことがない場合、「あなたが今書こうと思っているものは傑作だと知っています」と言い、目を丸くした作家志望者あるいはまだ志望さえしていない誰かに向かってこう続ける。「書き方がわからなくても大丈夫。私がわかっているので」

ニコルは次々に成功を収め、有名になり、その嗅覚という財産はテレンス・カティモアの小さな出版業界だけでなく、それ以外の場でも羨望の的となった。彼の担当作家カタログに並ぶ綺羅星のような名前一つひとつをどんなふうに獲得したか、さまざまな伝説が世界じゅうに広まった。たとえば、ベンソン夫妻の場合、ダーマス・ストーンズ近くにあるガソリンスタンドでその匂いを嗅ぎつけたという。ベッキー・アンもフランキー・スコットもそのガソリンスタンドには足を踏み入れたことさえなかったのだが、近くのその小さな村に二人が居を構えているというだけでニコルの鼻はピンときて、私の嗅覚はけっして裏切らない、これはものすごく大きな見つけものだ、と確信し、その小さな村に向かったらしい。そして、いざそこにたどり着くと、ありとあらゆる場所にその匂いがして驚き、ここは〝作家の源泉〟か何かだろうかと思って、忙しそうな様子の店員に通りの真ん中でいきなり尋ねたところ、彼女は鷹揚に笑った。

「まさか、幸いなことにね！」

「幸いなことに、と今言いました？」ニコルは大げさに目をぱちくりさせた。「作家を〝生みだす〟場所に住むなんてぞっとする、ってことですか？」

「そのとおりですよ」

「どうして？」

「ベッキー・アン・ベンソンをご存じないようですね」

「作家なんですか？」

「ええ、残念ながらね、旦那。ぞっとするような小説ばかり。ほら、怪物とか幽霊とか、そういうたぐいの恐ろしい話。怖いやつですよ」

「怖いやつ？」

「あたしの頭に何が浮かんでいるかわかります？」

「いいえ」

「ドラキュラ伯爵みたいなの」

「その女性が？」

「そう、ベッキー・アンが」

「なぜ？」

ここに至って、伝説によると、その店員、ときに玩具屋でときに食品店で働いているというその店員は声を落とし、ベッキー・アン・ベンソンについてニコルに語った。あくまで彼女の意見だが、ベッキーはドラキュラ伯爵のように使用人を食べているというのだ。

「ドラキュラ伯爵って人を食べたんでしょ？」

「そうなんですか？」

「知らないわよ、旦那、とにかくあたしに言えるのは、あの恐ろしい女は村に下りてくるたび、違う使用人を連れてくるってこと、信じられる？　あの山の上の家にあるのは何なの？　使用人製造工場？」

「山の上？」

「このあたりでいちばん高い丘の上にある、お屋敷に住んでるの。たしかドラキュラ伯爵もそうじゃなかった？　あたりでいちばん高い丘の上に住んでたって」

「さあ、でも、この近辺に住んでいる作家は彼女だけですか？」

「ああ、夫も小説を書くと聞いたけど、ここの新聞でインタビューされるのは彼女だけね」

「どの新聞ですか？」

「むかつく『ダーマス・デイリー』よ」

「むかつく？」

「一度、そこの記者とデートしたことがあるの」

「記者は一人なんですか？」

「この村をちゃんと見た？　通りが七本しかないのよ」

伝説によれば、そのあとニコルは問題の丘の上の屋敷に行き、到着すると、使用人の一人に、ご主人たちが物書きだというのは本当かと尋ねた。使用人は、ご主人様たちはそれ以外何もしませんと答えた。いよいよベッキー・アンとフランキー・スコットとじかに会ったとき、ニコルはいつもの文句を口にした。

「お二人がお書きになっているものが傑作だと私にはわかります」

「へえ、今傑作と言った？　スコット、この紳士に〈ダーマス・ストーンズのとんでもホラー・クィーン〉は誰か教えてやって。それから、ここでいったい何をしているのか訊いて」

「もう耳に入ったと思うよ、ベッキー」

「本当に耳に入ったかどうか、私にはわからないわ、スコット」

「ベッキー」

「もちろんちゃんと耳に入りました」

「じゃあどうして返事しないの？」

「なぜそう知っているか、お二人がお尋ねになるだろうと思って」

「そんなこと、知るはずがない。そう言ってやって、スコット」

「ベッキー」

伝説によると、ここでニコルがブリーフケースから、キース・ホワイトヘッドの例の小説で編集者衣装の一要素として描かれていた古い金メッキのブリーフケースから、『ブックリー・テレンス』誌に掲載された、文学の才能を持つダイヤモンドの原石を正確に見つけるニコルの不思議な嗅覚に関する記事を取りだし、これを読んだフランキー・スコットは大興奮したが、ベッキー・アンはまるで興味を示さなかった。ベンソン夫妻の捕獲はそう簡単ではなかったらしい。ニコルが二人のために最初の幽霊屋敷を用意してくれたら、当時すでに羨望の的となっていた作家カタログに自分を載せることを許可する、とベッキー・アンが告げたのだ。ニコルは二人に言ったという。

「お二人とも、幽霊屋敷で小説が書けるんですか？」

「今の聞いた、スコット？　この人、幽霊屋敷が現実にあると思ってるみたい」

「ベッキー、やめなさい」

「もちろんありますよ」

「そんなものないわ、スコット、そう言ってやって」

「もう聞こえたと思うよ、ベッキー」

「もし見つけてきたら、契約してくださいますか？」

「絶対に見つからないと言ってやって、スコット」

「本当に手に入るんですか、ミセス・バーキー？」

「今、ミセスって言ったの、スコッティ？　どうしてミセスなんて言うの？」

「かならず幽霊を手に入れます。一週間以内に契約して、家の鍵をお渡ししますよ。どうか、〈B級ホラー小説史上最も有名な夫婦作家〉になる覚悟をしておいてください」

伝説はしばしばここで終わる。書店に二人の最初の合作小説が並ぶ夜まで続く場合もある。テレビでも取りあげられ、あらゆる場所に人が押しかけてきた。書評家たちも大騒ぎだ。〝どんでもなく魅力的。新時代の幕を切って落とす初めての傑作。つまりベンソン夫妻の時代だ〟、〝予想外、不条理、不思議な傑作〟、〝恐ろしくて理不尽、すばらしい幽霊〟。どれもこれも賞賛だ。そして肝心の屋敷は？　その〝ぎょっとするほど恐ろしい〟小説が生みだされた屋敷、ベンソン夫妻の初めての幽霊屋敷は、出版日翌日、その一帯ではいまだにそれを超える売買契約がないほどの金額で売却された。新たな所有者はそのとんでもないホラー小説にすっかり惚れこんだ億万長者で、そこに住むために妻子も持ち馬も捨てて、小説の主人公である幽霊夫婦小説家、テンソン夫妻の熱烈なファン、コルトン・アデリン・ジェイスになりきった。

テンソン夫妻とは、もちろんベンソン夫妻のもじりである。名前を見れば、誰にでもわかるだろう。小説の中でそのテンソン夫妻は、生きているあいだに何百というホラーを書いたものの、コルトン・アデリンを除けば誰の目にも留まらなかった。ただしそれも二人が死ぬまでの話だ。二人がこの世を去ったとき、奇跡的に魂はそこに残った。つまり、空き家に見えるその小さな家にとどまり、同じように奇跡的に幽霊になったタイプライターを叩きつづけたのだ。でも、二人と一緒に死んだわけではなく、二人が命を落とした翌日、驚いたことに幽霊行商人がその家のドアを叩き、二人のタイプライターを幽霊にしてくれるマシンを手ごろな値段で提供してくれたのである。

「どうやって幽霊に？　タイプライターを殺すの？」ディッキー・アンつまり小説版ベッキー・アンが尋ねた。それは小説の中でも有名なシーンだ。「タイプライターを殺せるとは思わないわ」

「ディッキー」フランキー・スコット、つまり小説の中ではグランキー・スポッドが言った。

「何よ」

「ちゃんと説明を聞こう」

「スポッド、その人は死んでいて、家具を殺そうとしてる。死んで、家具を殺そうとする人なんているっ？」

「すみません、ミスター……」

「モートンです。メリー・モートン」

「すみません、ミスター・モートン」

「いえ、おっしゃるとおりです」

「はい？」

「奥様のおっしゃるとおりです」

「家具を殺したいわけじゃない？」

「もちろん違います。家具を殺したい人なんていると思いますか、旦那様」

「ねえ、スポッド」

「なんだい？」

「何でもいいから、それ買って」

「ありがとうございます、奥様」

男はやおら帽子を脱いだ。帽子をかぶっていたのだ。もちろん幽霊帽子だ。男は、テンソン夫妻と同じようにぼやけた色をしていた。夫婦が初めて彼を見たとき、まぼろしかと思った。ハハ、死者の前にまぼろしが現れるとは！　その後、例のファン、コルトン・ジェイスが姿を見せる。とても上品な感じだ。遠方から参りました、と彼は言う。お二人の小説がとても好きです、どの小説も全部。お二人がいなくなったらとても恋しく思うでしょう。彼がどうやって家に入ったのかはわからない。居間で熱弁をふるっている。居間にはほかに誰もいないように見える。ディッキー・アンとグランキー・スポッドは半分ほどになった煙草を吸っている。幽霊行商人から買った煙草だ。（フウウ）煙草を吸っているあいだ、目の前で起きていることについて二人のしかめた眉が議論している。

眉たちが言う。

「頭がどうかしてる」

「でも、役に立つかもしれないわよ」

「何の役に立つって言うんだ、ディッキー」

「作家がするべきことを続けるために」

「書くためにこの男が必要になるって言いたいのか？」

「違うわよ、馬鹿ね。出版するためによ」

「この男が？」

「モートンから買ったあれ、どこに置いたっけ」

「幽霊化マシン？」

「あの馬鹿げたスプレーよ」

「ああ、整理箪笥じゃないか」

「持ってきて」

「僕が？」

「あんたじゃなくて、あんたのお馬鹿なご主人が、よ。眉毛には無理でしょ」

これが、妻子や持ち馬もすべて手放して、単に二人が小説を書いたというだけの家に住みこんだ億万長者が、いつか二人の幽霊が現れてくれるのを待っている理由だ。

そして、二人は実際にそれをやってみせたのである。

ベンソン夫妻合作の最初の小説『史上最も有名な幽霊夫婦』に登場する幽霊夫婦作家、テンソン夫妻は、編集者ニコル・フラタリー・バーキーがベンソン夫妻をリクルートしたときにした約束に図々しく目配せするかのように、契約の日に姿を現し、台詞どおり、オリファント、そう、その億万長者はオリファント・スウィーティー・マローンという名前なのだが、そのオリファントに対し、私たちの家で何をしてるの、と尋ねたのである。オリファントはあんまり嬉しくて思わず笑ってしまい、どんなつまらないことにでも飛び上がって「やっぱり！」と叫んでしまうほどで、お待ちかねの二人の幽霊に、やっぱり本当にいたんだ、だって君たちは最初からずっとここにいたんだからね、と答えた。幽霊作家と思われる二人は、当時はまだ駆け出しだった〈ウィアードリー・ロイヤル幽霊社〉の初期のプロ幽霊たちだった。特別なディナーや夜のためにプロ幽霊を派遣して細々と経営を続けていたその会社を、若い野心家の不動産エージェントがたまたま見つけた。ニコルの生まれ育った居心地のいい小さな町ヒルサイドで、これならまあいいか、と思えた唯一の屋敷の売買を担当したのがそのエージェントだった。とにかく、その家に現れた二人の幽霊作家は、オリファントに答えた。ええ、もちろん、最初からずっとここにいましたよ。

そんなつまらない家をすぐさま高値で転売できるとあって、そう、若い野心家の不動産エージェント、ほかでもない、誰もが羨むかの有名なドブソン・リー・ウィシャートのおかげですぐさま転売が決まりそうだとあって、ニコルは、次の居住人のためその家を妥当な期間、つまり三か月ほど幽霊屋敷にする料金を気前よく前払いした。そのあいだにその居住人と接触して、二人の幽霊たちとの契約を更新してもらえばいい。幽霊たちとはいえ、実際は、あのエディ・オケーンのようにボタンを押して、小説の中でテンソン夫妻が死後に色褪せたのと同じく、体の色をぼんやりさせる、ミルセンブリッジ・ダッキー・ホームロイド産の霧を発生させている、二人の役者にすぎないのだが。

ベンソン夫妻の第一作目の小説が成功したあと、編集者ニコル・フラタリー・バーキーの人生は一変した。ますます髭が濃くなっていく彼のオフィスは翌朝には拡大しはじめ、テレンス・カティモアに移り住むや蔵書を並べた部屋のあるあのヴィクトリア朝の巨大な建物のアパートメントを一つ、また一つと呑みこんでいった。そうしてまもなくオフィスはオフィス群と化し、まだ女性だった当時——とはいえ、ときどき自分でも思い出すのだが、べつに女性性を捨てたわけではなく、女性のままでは、編集者たるもの紳士をかたどった昔の布人形のような姿格好であるべしとする、大げさなキース・ホワイトヘッドの編集者像に近づけないからだ——に故郷のヒルサイドを発《た》った太鼓腹の編集者の名声はうなぎのぼりで、毎朝編集部の入り口の前に、ニコルに匂いを嗅いでもらえるなら何でもすると思いつめた作家志望者が列をなした。

もちろん、これはものになると判明したためしはない。

それでも最初の数か月はオフィスのドアをみずから開けて、一人ひとり中に通し、匂いを嗅いでみていた。もちろん時間の無駄だった。そんなふうにはいかないものだからだ。自分は作家だと信じてもなれるわけではないし、未来を幻視するニコルの嗅覚センサーが、その人を世界の歴史を否応なく変える一大事件として認め、ぱっと歴史を変えてくれるわけでもない。その前にいくらでもやることがあるのだ。やってくる連中は誰もそれをやっていなかった。まず、本気で何かを書いてもいない。たいていはメモ帳に何ごとか書きこみ、作家らしいと思う恰好をして、思い上がりもはなはだしいが、作家らしいと思う振る舞いをしようとするだけだ。そういうことをし、あとはニコルに匂いを嗅いでもらえば、自分は作家になれると思っているのだ。だがもしそうはならなかったら？　嗅覚センサーによる選抜のためニコルは彼らの周囲をひと巡りする。だが、時とともに、列を作るのでは足りなくなって、裏庭に作家志望者待合所を作り、名前と来訪日時を書かせてそこで待たせ、そのたびに「残念ですが、あなたは作家ではありません」と告げる。すると、実際には作家になる可能性など少しもなかった作家志望者がそれまで安住していた惑星が、とたんに大爆発するだろう。結局そうやって拒絶されるしかなかった何者でもない自分を信じたくなくて、腹を立ててその場を去る。たいていの場合、ニコルは志望者のまわりをぐるっとひとまわりして、残酷にも言葉一つかけずに見限るんだ、と彼らは言い、かえって意固地に自分の才能を信じて、あの大男があたりをくんくん嗅ぎまわる〝とにかく不当な〟システムには吐き気がすると知人たちに訴えた。まるでへんてこな犬みたいなんだ。ときどきパイプをくゆらせ、首には首輪のかわりに虫眼鏡をさげている、途方もなく大きなブラッドハウンド。

　そしてまた連中は、鼻で作家を選ぶ編集者が出版するものも毛嫌いした。編集者仲間は実際ニコルの鼻を羨んでいるし、批評界も、ニコルが発掘してはみごと成功する新たな才能に感服して、なぜそんなことができるのか理由は説明できないがやはりニコルの嗅覚を歓迎しているというのに。業界人は、ニコルの仕事ぶりはときに不快だとはいえ、発掘した作品はやはりとても面白いので歓迎しているのである。しかしニコル自身には、そんなことはすべてどうでもよかった。ニコルにとっては毎日が同じことのくり返しだった。ただし、その日みたいに、不格好なハイキングブーツが、しかもルイーズ・キャシディ・フェルドマンの不格好なハイキングブーツがどたどたと怒りもあらわにオフィスに乗りこんできたりすれば別だ。その勢いは、せっかく走りだしていた列車をいきなり乱暴に止めてしまう。ああ、ニコルには食堂車の食器が怯えてカチカチ音を鳴らすのがはっきり聞こえる。それは冬にしばしばあるよく晴れた特別な朝で、オフィスはいつになく明るい雰囲気で、編集者もいつもと変わらぬ心地のいいルーティンにとりかかっていた。

「いったい何考えてたの、ニック？」

作家とその悲惨なブーツは受付を避け、あいだにある無数のオフィスもまんまとすり抜けて、ニコルのオフィスにたどり着き、慌てて追いかけてきた少なくとも三人の従業員はニコルに「すみません、ええと、彼女はご存じのように、ええと、私たちは彼女を、ええと」でも、結局止められなくて、というのも、とても止められなかったんです、と謝った。実際、作家がニコルのオフィスにたどり着いたとき、「いったい何考えてたの、ニック？」とわめく前にまずやったことは、荷物を入れすぎて正直もうぼろぼろになった白い革のブリーフケースをそこにあるデスクに投げだすことだった。それはまるで携帯用の塹壕のように機能した。そこから発砲できるだけでなく、戦闘がどれだけ続くにせよ、相手の陣地にそうやって侵攻し、最終的には占領してしまうのだ。

「ああ、おはよう、ルイーズ」ニコルは言い、わずかな親衛隊を身振りで下がらせた。それはあきらめの身振りでもあった。何をしても、これから起きようとしていることを止められはしないとわかっていたからだ。「わざわざここまでお運びに？」

「いったい何考えてたの、ニック？」

「私はニコルだよ」

「そして蛆虫野郎ね」

「おやおや、ハハ、それはないだろう」

「それはない？　ないですって？」ルイーズは、腕を腕ではなく、まるで銛《もり》みたいに振りまわした。着ているのはコートのようなものと、胸でトナカイとホッキョクグマがテーブルを囲んでいるタートルネックのセーター、髪はぼさぼさだ。彼女はいつも髪を梳かさない。髪を伸ばしっぱなしにし、その様がなんだかいやになると自分で切る。そのときは少し短くなっていたが、梳かさなくてもいいほど短くはなかった。「自分の唯一の持ち物を奪った相手を、あんたならどう呼ぶ、ニコル？」

「ルイーズ、目が回るよ」

「何？」

「君の腕のせいで」

「話をそらさないで、フラッ、ト」

「今度はフラットか」

食堂車では食器が怯えてカチカチ音を鳴らしているが食器はどうせ消えてなくなりっこないし、曲がりなりにも列車をこのまま走らせつづけるには、方法は一つしかない、と思いながら、編集者は立ちあがり、コーヒーの用意をした。ルイーズを相手にするには冷静さが大切なのだ。

「話を聞く気があるの、それともままごとでもするつもり？」

「話は聞くよ、ルイーズ、だがコーヒーをいかがかなと思ってね」

「話を聞きなさい、フラット」

編集者は腰を下ろし、そのいやな臭いのする不快なブリーフケースの上にカップを二つ置いた。デスクの上にはほかに場所がなかった。向こう側にある椅子を彼女に勧める。作家は足を踏み鳴らし、理由はいまだ不明だが腹立ちまぎれに銛のような両腕を方々に振りまわしてから、しぶしぶ座った。

「砂糖は？」

「けっこうよ、フラット」

「了解」状況をうまくコントロールしている自分に満足していた。あんたには塹壕があるが、私には乗客を乗せた列車がある、といつだって不満たらたらで戦闘的な作家に、心の中でつぶやいた。「話をうかがおうか」

「いいえ、フラット、話すのはあんたよ」

「私が？」

「私の唯一の持ち物を奪った理由を聞かせて」

「あなたの唯一の持ち物？ あなたにはたった一つどころか、たくさん持ち物があると思うがね。ところで、愛車の〝ジェイク〟は元気か？」

「話をそらさないで、フラット」

「ああ、申し訳ない。じゃあ訊くが、私があなたから何を奪った？」

「あの呪われた村よ」

「呪われた村って？」

「あの凍りついた場所。忌まわしきキンバリー・ウェイマスのこと。どうしてあそこを私から奪ったの？ 何でもかんでも自分のものだとでも思ってるわけ？」

「意味がわからないな、ルイーズ。あの村をどこかへ持ち去ったとでも？ 私はどの村もどこへもやってないぞ」

「私を相手に冗談はやめて、フラット」

「ニックのほうがまだましだ」

「フラット、理由をはっきりさせなさい」

「フラットは名前でも何でもないだろう。フラットっていったい何だ？」

「ああ、フラット！　あんたのくだらない名前なんてどうでもいい。ベンソン夫妻の話よ。どうしてなの、フラット？　なんであいつらがいつも全部かっさらって、あとの人には何も残らないわけ？」

「ルイーズ、君に何も残ってないとはとても言えないだろう、正確なところ」

「質問に答えなさい、フラット」

「質問？　ベッキー・アンとフランク・スコットが行きたい場所に引っ越すのを私が止められるとでも？　私を誰だと思ってる？　二人のパパか？」

「面白くもなんともないわね、フラット」

「それはそうだろう。君は面白いのか？　私はちっとも面白くない」

「今すぐその電話をとって、二人に電話しなさい。電話して、あんたたちは間違ってると言って。死ぬほど寒いあの村に引っ越すなんて、最悪の考えだと。もっといい場所を、もっとはるかにいい場所を見つけてやると言って。あの村にはもう先客がいるんだから。『ああ、それは間違いだよ、君たち』って。そんな言い方はしない？　じゃあ『あの村はすでにフェルドマンの領土です』でもいい」

作家は立ち上がって受話器を取り、ニコルに差しだした。

「やりなよ、蛆虫」

「ふん！」

「フラット！」

作家の目は沸騰していた。怒りで沸騰し、その視線で人さえ殺せそうだった。それが壊れた巨大な鼈甲縁の眼鏡越しの小さな目でなかったら、ニコル・バーキーぐらい大柄な人間でも殺せただろう。

「それはできないよ、ルイーズ」

「どうして？」

「世の中はそういうふうにできてない」

「そんなことない。世の中は二人の思いどおりになるようにできてる。そうでしょう？」

「君はあの村が嫌いじゃないか」

「最低の場所だもの」

「じゃあ、かまわないだろう」

「どうして？　あそこは私の唯一の持ち物なのよ、フラット」

「それは違う」

「違う？」

「違うね」

「あそこにはね、私が書いた本のうちある一冊がなかったら存在しえなかったものを売る、素っ頓狂な男がいるのよ、フラット」

「つまり、君のミセス・ポッターがなかったら存在しなかったものを売る素っ頓狂な男のほうが、君が書いたほかの幾多の作品より大事ってことか？」

「まさか。私の書いたものは全部重要よ。あの男が重要？」ああ、やめてくれ、とニコルは思った。

彼女、崩れ落ちそうだ。今にも。「いいえ、ちっとも」崩壊しつつある、とニコルは思った。座っている姿勢が、小さな干からびた手が、ああ、どこにいても物を書くその手が、どんどん小さくなっていく、いや、そう見えるが実際には違って、実際には、目をこするたびにその手が子供の手みたいに、眠そうな子供の手みたいになっていく。「大事なのは、あの馬鹿げた小説だけ」

「おいおい、ルイーズ」

「どうして私の作品が重要じゃないの、フラット？」

今にも泣きだしそうだ。

「そんなこと、誰も言ってないじゃないか」

「どうして誰も教えてくれないの、フラット？　どうして誰も言わないの、『本を出すなら気をつけろ、おまえが死なずに永遠に書きつづけようとおまえのことなどみんな忘れて、残るのはそのくだらない作品だけなんだ』と」

「ミセス・ポッターはくだらなくないよ、ルイーズ」

ルイーズは立ち上がった。また両腕を振りまわしている。ニコルは目を閉じた。本当に目が回って眩暈がした。ルイーズのセーターのシロクマとトナカイのことを考え、会話をするところを想像する。一方が一方に告げる。またやってるよ、ダスティ。何のことだい、ベン？　あの腕を振りまわすやつだよ。ああ、ほんとだ、いとこのアーニーの話じゃ、この女は頭がどうかしてるらしい。かもな。ママに手紙を書いて、言うよ。ママ、ダスティと僕は今、頭のおかしい作家のセーターの中に住んでいるって。きっと君のママは、まだよかったじゃない、と言うな。ああ、もちろんそうだな、ダスティ、まだよかった。

「腕を振りまわすのをやめたら教えてくれ」

「ちょっとあんたね……ああ！　くそっ！」

編集者の耳に何か大きな音が聞こえた。ルイーズがまた腰を下ろしたのだろう、と思い、目を開ける。彼女はコーヒーを飲んだところだった。

「もう冷めてる」と言った。

「それは残念」

ルイーズは椅子にふんぞり返った。何か思い出したらしい。コートのように見える上着のポケットを手探りし、お目当てのものを見つけた。パイプだった。それを取りだして煙草を詰め、火をつける。

（スパ、スパ）

「わからないわ、ニコル」

「私もだよ、ルイーズ」

「でしゃばり夫婦」

「君はあの場所のこと、嫌ってるじゃないか、ルイーズ」

作家は相手を見た。挑むような視線だが、確信の視線でもあった。あんたの企みはわかってるのよ、お馬鹿さん、でも、あいつらの側につこうなんて思わないことね。

「嫌いじゃないとは言ってないけど、あそこは私のたった一つの領土なのよ、ニック」

「ニコルだ」

「ニック」

編集者はほほ笑んだ。

まだデスクの上にあるブリーフケースを（トン、トン）叩く。

「で、これは？」

「その男、（スパ）私に手紙を送ってきたの」

「その男？」

「私のファンよ」

「いつ？」

「さあ。何百通とある（スパ、スパ）」

「へえ」

「一度も返事を書いてない」

「ひどいな、ルイーズ」

「気が滅入る手紙なのよ、ニック。ただでさえ私の人生、気が滅入るのに。妻が（スパ、スパ）家を出ていったんだって。たぶん私のせいで。この人、あの呪われた本に夢中だったの」

「で、彼に会いに行くつもりなのか？」

「いいえ。この手紙を全部（スパ）あんたのお友だちのところに持っていこうと思って。あの村にはすでに主がいるとわからせるために」

「いい考えとは思えないな、ルイーズ」

「もちろんそうでしょう。ただし、あんたが一緒に来てくれれば話は別」

「私が？」

行先はわからないが、とにかく無礼な作家などどこにもいない、いかにもハッピーな日のハッピーなオフィスならではの行先に向かって、そろそろとまた走りだしていた列車だったが、次の発言が彼の耳に入ったとたん、食堂車の食器コレクションから怯えていた貴重な皿が少なくとも二枚、落ちて割れた。

「あんた、私に一つ借りがあるでしょ、ニコル」

24

キャッツ・マッキスコはビルに、祖父母は「ブーツ」だとときどき感じると言おうと思えば言えたが言わず、でもみなさんの予想どおり、なんとか話そうとするが、ビルはそれに気づかない（でもみなさんは気づく）

ビルはミニバンに乗って、ひょっとしてひょっとするとミセス・ポッターがずっと前に彼に贈ってくれたエレベーターかもしれないあのミニバンに乗って、ショーン・ロビン・ペックノルドに向かう前に、キャサリン・マッキスコに電話をした。ある意味不当なことをしていると思えて心配になり、何度か警察署の番号に電話をしては、彼女が取る前に切ってしまった。声が出そうになかった。彼女に何か頼めた義理か？　とうとう相手が電話を取って、「クロッカー見習い捜査官です！」と受話器の向こう側で名乗る声がした。聞こえてきたのはほほ笑んでいるような声、どこか子供っぽい、警察バッジをつけることを初めて夢見たときからその瞬間まで、そう、その電話を取る瞬間まで、一度も傷ついたことがない人みたいな声だ。ときどき、その日の午後のように電話に出ても受話器の向こうに誰もいないことがあり、それでも何か役に立ちたくて、明るく大声で「見習い捜査官のクロッカーです！　ご用は何でしょうか？」と言う。そんな彼女にビルが何か頼んでいいものだろうか？　あんなことをしたというのに、頼み事なんて不当では？　だが正確には、彼女に何をした？　ああ、あの最悪の手袋のことがある、とビルはつぶやいた。それでも、時間がないからさっさと済ませなきゃと思い、それで心を決めたのだ。〝よし、いくぞ〟。

「クロッカー見習い捜査官です！　ご用は何でしょうか？」

「キャッツ？」

「ビル？」

ビルが何か言ったが、キャッツにはお馬鹿な心臓が（ドキン、ドキン）高鳴るおかしな音しか（ドキン、ドキン、ドキン、ドキン）聞こえなかった。何かしゃべってる？　と思う。彼がしゃべっているのに、どうして聞こえないの？　そう思いながら、あの最悪の手袋を彼がずっとはずさなかったことしか考えられなかった。なぜならビルは彼女のことなど何とも思っていないから、そう、これっぽっちも。彼は少しでも誰かを大切に思ったことはあるのだろうか。私はどうしてこんなにとんまなの？　どうして誰も私のことを真剣に考えてくれないの？　あの最悪の手袋を取ろうともしなかったくせに、と思う。よくも私に電話なんてかけてこられたわね。断りなさい。断りなさいよ、キャッツ。

「ビル？　まだそこにいる？」

もちろんいるわよね。

「ビル、そこにいるってわかってる」

するとビルがようやく言った。「マックおばさんが亡くなったんだよ、キャッツ」

「あなたのおばさん？」

「うん」

「ビル、あなたのおばさんが誰かなんて、私は知らない」

「知らない？」

「知らないわ、ビル」

知ってる、ビル？　キャッツは思った。世界はあなたを中心に回ってるわけじゃないのよ。でも、彼女がどう考えているかなど重要ではなかった。ビルはそう考えているのだから。彼は言ったのだ。電話をしたのは、僕が出ていったら、サム・ブリーヴォートのことを気にかけてやってほしいからなんだ。

「サム・ブリーヴォート？」キャッツは言った。「私を笑いものにしたいの？　サムは、人に気にかけてもらう必要なんかない。山のようにライフルを持ってるじゃない」彼女の声に初めて怒りが滲んだ。

「ごめんよ、キャッツ。手袋のことは悪かった」

「このことと手袋には何の関係もない」

「そうなのか」

「そうよ。あなたが出ていったら、彼女の身に何が起きるっていうの？　つまり、これは真面目な話？　サムの身に何か起きる可能性があるわけ？　あの人に声をかける気にさえなれない。なんだか怖くて。あなたがいなくたってサムには何も起きないわよ、ビル」

するとビルがポリー・チャルマーズについて話しだしたのだ。それはボディブローのような一撃だった。なぜならキャッツはすでに〝断らなきゃ〟と考えるのをやめていたし、ポリー・チャルマーズの名前を聞いたり、そのよそよそしい町で何か恐ろしいことが起きるかもと人がほのめかしたりするたび、首なし死体が頭に浮かぶからだ。

（ドキ、ドキ）

（ドキ、ドキ）

「ビル、もっとはっきり言ってほしい」キャッツは今もむかむかしていたが、だんだん怖くなりはじめてもいた。サムを殺そうとしている人がいるってこと？　なぜ？　どうやってそんなことを？

「誰もサムを殺したりしない。そうよね？」

「わからないよ、キャッツ。そんなこと起きないとは思うけど。だって無意味だから。サムを殺したって、僕は戻らない。でも、僕を無理やり連れ戻すために、彼女が何かされるかもしれない」

「戻る？　どうしてあなたを連れ戻そうとするの？」

事実上、町では新参者で、父親と同様おのれのことしか考えていないように見えるその凍りついた土地に、はっきり言ってまだ根を下ろしきっていないキャッツ・マッキスコは、町がどれだけペルッァー家に依存してきたか知らない。ビルはそれを説明しようとし、ポリー・チャルマーズ事件に関する自分の疑念について、ポリー・チャルマーズが不自然にそこに現れた当時、父と彼が町を出ていこうとしていたことについて、キャッツに話した。父は何週間も荷造りをしていたんだよ。父は母を見つけたんだ、だからどこかで母と会うつもりなんだ、とビルは思うようになった。ところがあの娘の遺体が発見され、父は警察に拘留された。帰宅すると、荷をほどき、中身を元に戻した。僕らは結局どこにも行かなかった。

どうして？

ミセス・ポッターを終了させるわけにいかないからさ。

（ドキ、ドキ）

（ドキ、ドキ）

「つまり、罠にかけられたってこと？　お父さんを罠にかけるために彼女が殺された、と？　具体的な犯人は？　町全体？」

「そう、この町だよ、キャッツ。でも、じつは誰も殺されてないと思う。だから事件を誰も捜査しなかった。だって、殺人なんて起きなかったんだから」

そうよね、ビル、とキャッツは思った。世界はあなたを中心に回り、女の子を殺すふりをする。なぜならあなたには自分が、あのへんてこな手袋が、あなたの忌まわしい店だけが大事だから。そうでしょ。

「たぶんちらりと確認しには行くけど、サムは自分の面倒を自分で見られないとあなたが考えていると知ったら、いやがると思う」（ドキ、ドキ）（ドキ、ドキ）「趣味の悪い冗談だと感じるんじゃないかな。だって、あなた何様？　ここを出ていくとき、せめてあの絵は持っていくわよね、ビル」

「絵って？」

「あれもあなたにはどうでもいいわけ？」

「どうして今そんな話を持ちだすんだよ」

「あの晩、あなたが私に言ったことよ、ビル。あのときあなたはあの絵をあげようかと言った。私に。あなたが何とも思っていない相手に！」（ドキ、ドキ、ドキ、ドキ）「あんまりよ、ビル。なぜかわかる？　あなたには、お母さんは出ていったけど、それでも残ろうとしている理由がわかってない。私の父もそこに残っていると思う？　そこにいるからといって、本当にそこにいると思う？」

（ドキ、ドキ）

（ドキ、ドキ、ドキ）

「ごめんよ、キャッツ。こんなこと頼むべきじゃなかった」

「ええ、そうね、ビル。あの晩私が言ったことは忘れて。本気で言ったんじゃなかったと思う。たとえそうだったとしても」（ドキ、ドキ、ドキ、ドキ）「もうどうでもいいことよ」

キャッツ、とビルは言い、彼女は、さよならビル、と告げて電話を切った。そのあと荷物をまとめ、ブーツを引きずるようにして、目をこすりながら帰宅した。ああ！　私のことを大事に思ってくれる人は誰もいないの？　誰もこれっぽっちも？

たぶん、私はもう一人のマッキスコに似すぎているのだ。たぶん母が正しいのだ。

そう、やはり警官だった祖父のフランシス・キャロライン・マッキスコに。

キャッツは、彼女が祖父の制服を、母に言わせると邪悪な制服を着ているところを両親に見つかった夜のことを、よく覚えている。両親はときどき二人とも出かけてしまい、そうするとキャッツは一人家に残されて、ごっこ遊びをしながら家の中を探索した。偉大な作家とその使用人の役を交互に演じるのだ。使用人には、ミジェイク・カテリーナ、ミジェイク・カテリーナ・チチコフという名をつけた。その晩、ミジェイク・カテリーナはご主人様のご先祖の簞笥で制服を見つけた。何かの軍服のように見えた。ミジェイクには知る由もなかったが、じつはそれは、サリヴァン・ルーピン・ウォンスという小さな町の昔の警官の制服だった。制服にはバッジと階級章、星、それに小さなカンガルーの刺繡がついていた。ミジェイクはその制服に惚れこんでしまった。シャツのボタンを慎重にはずし、試着してみた。大人用なので少女の手は袖に隠れてしまったし、体もその薄っぺらな鎧の中にすっぽりと収まって、ある意味見えなくなった。もちろん鏡の前に立ってみたらミジェイクには、つまりちっちゃなキャッツにはちっとも似合っていなかったけれど、そんなことはどうでもよかった。それを着ていれば、もう安全だと思えたのだ。

なぜ？

さあ、理由はわからない。

とにかくその夜、キャッツが演じていたミジェイクはマッキスコ刑事に変身し、家の中を歩きまわって犯罪者を次々に逮捕していった。犯罪者はあらゆるところにいて、姿かたちもさまざまだし、犯罪者にしろ容疑者にしろ、ありとあらゆる悪事を働いていた。乱暴にカップにのせられて、そこに落っことされたティースプーンは、カップを殺そうとしたのでは？　だって、カップってそうやって殺されるものでしょう？　本棚にあったほかの本のかわりにそこに入れられた本は、もともとそこにあった本を事前に消したってことよね？　ミジェイク・マッキスコ刑事は優秀なので、その晩たくさんのものを牢屋に入れた。おまけに軽率にも、その新しい鎧を着たままうっかり眠ってしまい、帰ってきた両親に怒られた。それもものすごい剣幕で。両親はキャッツに腹を立てただけでなく、たがいにも腹を立てた。二人がいないあいだに起きたことについて、長々と悪しざまに罵り合った。たがいのことが急に軽率に思えはじめたのか、家に大人がいなかったことを相手のせいにした。いったい何をしていたのか、母親に尋ねられたとき、キャッツにはどう答えていいかわからなかった。だって、何が言える？　ママ、あたしときどき偉大な作家やその使用人になったふりをして遊ぶんだけど、使用人になると、自分で家を好きなように整えられるの、つまり、ママたちがいないときに。そう言えばよかったのだろう。でも、キャッツが言ったのは、「わかんない」の一言だった。母はいよいよ腹を立てた。「わからないってどういうことなの、キャサリン？」「いい加減にしろ、リリアン」「頭ん中に何入れたの、ヴァイオレット？」「何も入れてない！」「この子、この制服を着てるのよ、ヴァイオレット」「だから？」「こんなものとっくに捨てていれば、この子が着たりすることなかったのよ」「どうして私がこれを捨てる？　この子がこれで遊んで何が悪いんだ、リリアン？」「ほら！

この制服は邪悪だって自分でもわかってるのよ、ヴァイオレット」「この制服は邪悪でも何でもない」「あの人、一人ぼっちだったわ」「そのことと制服と何の関係があるんだ、リリアン？」「ずっと脱がなかったでしょう？」「脱がなかったのはあのブーツだよ、リリアン」「ああ、あのぞっとするブーツ！　女もののブーツじゃなかった？」「そう、女もののブーツだった」「頭がどうかしてたのよ」「それが制服のせいなのか？」「もちろんよ、ヴィオ」「ヴィオと呼ぶな！」「その制服のせいよ、ヴィオ」「馬鹿言うな、リリアン！　本気で、あのくそったれ《マルディート》な制服を着たせいで、われわれの娘が一人ぼっちになって、頭がおかしくなると思ってるのか？」「今はっきり言ったのはあなただからね、ヴァイオレット。あの制服、呪われ《マルディート》てるのよ」「呪われ《マルディート》てなんかいない。ただくそったれ《アルディート》なだけだ。ああああ！　さあキャッツ、パパがベッドまでついていくよ」

キャッツはどうして両親が喧嘩をしているのか尋ねたが、父はあのくそったれ《マルディート》な制服のことだと言ったただけだった。

「あの制服は呪われ《マルディート》てるの、パパ」

「いや、くそったれなだけだよ」父はそうくり返した。

「でも、そのせいで誰かの頭がおかしくなったんでしょう？」

「ああ、違うんだ。制服はべつに誰にも悪さはしない。自分に悪さをするのは、それを着ている人間のほうだ。制服を着ている人間は他人を助けることばかり考えて、ときには自分自身も人事にしなきゃってこと、忘れてしまうんだ」

「だから一人ぼっちになるの？」

「そばにいてくれるのはブーツだけ、そんなふうになることもある」

「自分のブーツ？」

「コーデュロイのブーツだよ、キャッツ」

「コーデュロイのブーツってどんなのか知らないよ、パパ」

「行ってしまった人が持っていくのを忘れたブーツさ」

「行ってしまった人って誰？」

父親は首を横に振った。その話をするタイミングじゃない、と父はそのとき言ったに違いない。そして、その制服で刑事ごっこをするといいよ、キャッツ、と言った。幼いキャッツはマッキスコ刑事に扮したミジェイク・カテリーナのことを考えてにっこりし、うなずいた。ミステリ作家の顔が誇らしきもので輝いた。それは、コットン署長と出かけたあの夜、上品ぶった自分を演出するため細心の注意を払っていたヴァイオレットよりはるかに若く、そう気難しそうにも見えない、かつてのヴァイオレットだった。そのかつてのヴァイオレットはちっちゃなキャッツを腕に抱え（ヒュウウウ！）空飛ぶ貨物列車のように、車輪ではなく腕のある列車のように、ベッドまで運んだのだった。

「濡れちゃったスプーンを逮捕したんだよ、パパ」

「へえ！　殺人犯のスプーンがわが家にいるのか。で、もしわかれば教えてほしいんだが、被害者は誰だい、マッキスコ刑事？」

「ティーカップを殺したの」

「連続殺人だな！　すごいアイデアだぞ、キャッツ。そう思わないか？」娘は（ヒヒヒ）笑った。

「どこかにメモしておこう」作家はそう言うと、まずズボンのポケットに、そのあとブレザーのポケットに、さらにキャッツにはわからないどこか別のポケットに手を入れ、とうとう小さなメモ帳を見つけ、よし、と言った。「おまえは誰になりたい？　スタンリー・ローズかラニアー・トーマスか」

小さなキャッツは人さし指を唇に押しつけ、父が何か真剣に考えているときにいつもそうするように、わざとらしく天井を睨んで何か名案はないか考えるポーズをしていたが、やがてベッドに座り、クッションに背中をもたせかけ、ナイトテーブルのランプをつけて、いつのまにか眠ってしまうまで本を読む態勢をすでに整えてから、こう言った。

「ミジェイク・チチコフになってもいい？」

もちろんだよ、と父は言った。何でも好きなものになればいい。ちっちゃなキャッツは笑い、父は娘の髪を、当時はショートカットに、それもとても短いショートカットにしていた髪をくしゃっと撫でた。そして、もう一人のキャッツ、山のような雪を踏み踏み帰宅したキャッツは考える。そんな楽しい父が、この世のすべてをけっして解き終わらないパズルのピースにして遊んでいた父が、つまらない毎日を積み木のように積み上げたり崩したりする子供みたいだった父が、いったいどうしてあんなふうに気取った、近寄りがたい、不平の多い男に、おそらくは存在すらしない気難しいファンのことばかり気にする男に変わってしまったのか？

帰宅すると、キャッツは帽子を脱ぎ、自分のために何杯も酒を注いでから、父はあの制服をまだ捨てていないはずと考えて、父がいないこの隙に探すことにした。たぶんそろそろ帰ってくるとは思うけれど、だから何？　ちっともかまいやしない。実際、コットン署長は父のことを笑い飛ばしているだろう。あの署長ならそうに決まっている。そうよ、あの居丈高な署長なら。署長は私のことを嫌ってる。嫌われてるって私が知らないとでも思ってるのかな。父がまるで大勢のわがままな子供の集合体みたいな難しい人なのだとすれば、それはキャッツのせいなのだろうか。キャッツはミジェイクの声でしゃべる。「本当にそうだったのか？　あの制服は呪われていたのか？　だから私は一人ぼっちになるのか？　本当に、ほんの子供でしかなかった頃あの制服を着てみたから、私は一人ぼっちになるのか？」見習い警官は、まるでそこにもう一人誰かいるみたいに、この時間ならもう自室に引っこんでいる偉大なマダムの使用人がそこにいるみたいに、自分に向かってしゃべりかけ、父の部屋のほうへよろよろと向かって、自分のことは棚に上げて他人のことばかり考えてとうとう一人ぼっちになり、そばにいてくれるのはブーツだけとなった男のことを思う。コーデュロイのブーツは男のではなく妻のものだ。頭のおかしな祖父フランシス・キャロラインはその女もののブーツを履き、けっして脱がなかった。まわりにどう言われようと気にしないし、そのブーツは大の親友だったから、どこに行くにも一緒に行くのは当然だ。キャッツは父の洋服箪笥を漁ったが制服は見つからず、抽斗を一つひとつ開けていったがやはり見つからず、ベッドの下を見たが何もない。いったいどこに隠した？　父の身になって考えてみる。キャッツの髪をくしゃっとして、悪名高きスプーン殺人鬼クラニベル・クランストンを見つけるために人生を賭けている玩具の刑事を考えてくれたあの父ではなく、怒りっぽくてうぬぼれ屋のミステリ作家である父として。そして、きっと鍵のかかる場所に隠したんだ、とキャッツは思った。とうとう制服は呪われていると認めて、怖くなり、隠したのかもしれない。じゃあ、なぜ捨てなかったのか？　自分のことしか大事にしないあのもう一人の父は迷信深く、もし捨てたらある晩父親の幽霊が現れて、そこに居つくかもと思ったのだろう。二度とそこから消えず、いつでもどんなことでも手伝おうとする、幽霊版の呪われた制服と女もののブーツを身に着けている父親の幽霊。そして、存在する刑事《デテクティベ》より存在しない探偵《デテクティベ》のほうが今も好きなのかと尋ねてくる。ヴァイオレットは、ええもちろん、でも、いずれにしても存在する刑事は私には関係ない、と言うだろう。じゃあ、何と関係があるんだ、と祖父は尋ねたかもしれない。「おまえは具体的に何と関係があるんだ、息子よ。現実世界におまえを必要とする人間が誰かいるのか、ヴァイオレット？」「さあ、わかりませんよ、パパ。いるとすれば、私の本を読む人かもしれません」「物事はそういかないよ、ヴァイオレット」「たぶん、あなたにとっては、物事はそういうふうにはいかないんでしょうね、パパ」キャッツは、そんなありえない会話について考え直した。死者はここに戻ってはこないし、物事にはさまざまな側面があるものだと言ってやりたくてもその方法がない。そうしながら父の洋服箪笥をひっかきまわし、そのあと書斎じゅうを隅々まで探して、とうとう鍵のかかった小さなトランクを見つけて、ヤットコやコルク抜き、安全ピン、ハンマー、針などを持ってきてなんとかこじ開けたが、そこにあったのは制服ではなく、祖父が親友だと思っていた女もののブーツだった。でも親友には見えなかった。ただのブーツだ。赤みがかった茶色のコーデュロイの珍しいブーツ。キャッツは、それを眺めるあいだ飲んでいたミルクベースのカクテルをごくりと飲んだ。今まで見たことがないほど履き古されてはいるが、それでいて入念に手入れされているように見える。ヒールは低いがすり減ってはいない。靴底もだ。祖父は定期的に底や踵を張り替えていたのだろう。コーデュロイにも、それが可能なのかどうかわからないが、ときどきブラシをかけていたようだ。手持ちのブーツがそれだけなら、手放すわけにいかなかったからだろう。

「履いてみなさい、ミジェイク」もちろんそのときはミジェイクを演じていたのだが、ご主人の真似をしているミジェイクだ。たくさんの部屋で何時間も眠る、お城に住む偉大な女主人。「そのブーツは、おまえがいまだ持ちえなかったものをあたえてくれますよ」キャッツはブーツを慎重にトランクから取りだしながら話しつづける。「価値です。ミジェイク、それはおまえに価値をあたえる」まず片方の足を、続いてもう片方も差し入れる。「価値ある人間になったと思いますか、ミジェイク？」本棚を支えに、立ち上がってみる。とても、驚くほど履き心地がいい。「どんな種類の価値か言ってなかったわね、ミジェイク」絨毯敷きの書斎を歩きまわってみる。サイズが大きいので、脱げそうになる。背筋をぴんとして、大股でてきぱきと歩かなければならない。「何か貴重なもの、という意味ですよ」

そうやってしばらく歩き、しゃべりつづけた。それから眠りに落ちた。夢の中でキャッツは十歳に戻り、とにかくあのサリヴァン・ルーピン・ウォンスという町で警官をしていて、オフィスを構え、いくつもの事件を解決し、そのオフィスにある棚にはあのブーツがしまってある。それは、そのブーツが祖父のものだったからではなく、ブーツ自体が祖父と祖母だからだ。そのサリヴァン・ルーピン・ウォンスという町では、警官が、刑事が、コーデュロイのブーツの子孫だということはごく普通らしい。それに、あらゆる犯罪者たちを捕らえに行く前に、彼らと言葉を交わすことも。その一足のブーツのおかげでちっちゃなキャッツはいつもいい仕事ができる。「邪悪なスプーンをとっつかまえにいけ」とか「おまえの言うとおりだ、ティーカップが犯人だ」とか「ここではおまえほど優秀な刑事はいない」などと声をかけてくれ、ほかの刑事たちと違ってキャッツだけが小さな子供でもちっとも気にならなかった。現場に出てしまえば、キャッツは彼らと何も差がないようにふるまった。シャッツは、彼女のサイズより何百倍も大きく見えたとはいえ。結局のところ、それは例のシャツ、あのもう一人のマッキスコ警官の、必要以上に他人のことばかり考え、そのせいで一人ぼっちになり、しゃべるブーツになってしまったあの男の制服なのだから。その後、夢の中の毎日が正しく、楽々と過ぎていくなか、じつは祖父母であるそのブーツの前で、長いあいだつぶっていた目を開けようとこころみるのだが、それがどうしてもできなかった。ブーツが話しかけてきて、彼女は「ちょっとまって、もうすぐだから」と答えるが、やはり目が開かず、ブーツもそれに気づくけれどなんとか「心配するな、嬢ちゃん。今はタイミングがよくないだけだ」と言い、背景で何か低い音が、椅子を引く音、足音、ドスンという音、（マアアアッツ）ひと言呼ぶ声、（アウウウウウ）どこかよその惑星から聞こえてくるようなうなり声がして、その惑星には狼か何か吠え声をあげる動物がいて、ありきたりな声では吠えずに、誰かに向かって（見りょ）こっちを見ろと（マッツ？）言っているかのように吠えているのだが、キャッツはやはり夢の中で目が覚めず、たぶん今はタイミングがよくないとブーツは言いつづけ、すると何かが、あの吠えていた何かが彼女を揺さぶりだし、今度ははっきりと「当ててごらん、キャッツ」と言い、とうとう彼女の目が開いて、そのあと一度、二度、三度、しまいに五度、六度、七度とまばたきした。（ああ、私の目、なんでちゃんと自分の仕事ができないの？）キャッツは目に命じ、酒を飲んだせいで頭が馬鹿みたいにずきずきして不機嫌になる。（わかりました、頑張ります）両目はそう言ったのかもしれない。その直後、ぴくぴくとまぶたが動いて、向こう側で待っていた何百という目に見えない光線の針を出迎えた。

「キャッツ？」父のエナメル靴がそう言ったような気がした。目に入ったのはそれだけだったからだ。キャッツは、右頰を父の書斎の絨毯に押しつけて、床に横たわっていた。私、一晩じゅうここにいたの？　もう朝なの？

「パパ？」

「当ててごらん、キャッツ」

嘘でしょ。キャッツは慌てて起き上がった。やはり父の書斎でひと晩過ごしてしまったのだ。でも、それなら父はどこで？　父がコットン署長と夜を過ごしたなんてこと、ありえる？　署長は頭がどうかしたんじゃないかな。

「今帰ってきたの、パパ？」

見るからに誇らしげにフランシス・ヴァイオレット・マッキスコがうなずいた。

「だがそんなことは重要じゃない」と続けて言う。

「そうなの？」

「重要なのは、ミルリーンがまた連絡をくれたということだ」ヴァイオレットは娘の顔の前でミルリーン・ビーヴァーズからの電報を振った。もちろんそれを書いたのはフランキー・スコット・ベンソンだ。

「コットン署長の家でひと晩過ごしたの、パパ？」

ヴァイオレットは自慢げにほほ笑み、「アハハ」と笑ってさらに続けた。

「じつはコットン署長は私の作品にかなり通じているんだよ、キャッツ。だが実際のところ、彼女はずっとその話をしたいわけじゃないらしい。どうしてずっと作品の話をしちゃいけないんだ？　ミルリーンなんて、作品の話以外しないだろう、キャッツ」

「コットン署長と寝たの、パパ？」

「キャッツ、物事はときに見かけどおりとはいかない」

「私はもう子供じゃないのよ、パパ」

「ああキャッツ。本当のところ、私はミセス・キフを撫でながら寝ていた」

「ミセス・キフ？　誰なの、いったい？」

「ミセス・キフはコットン署長が飼っている亀だ。とても愉快な亀でね。フルネームはベッツィー・キファー・マニーという。だがはっきり言って、私はコットン署長があまり好きじゃないんだ。玄関マットの比喩を使ってひどいことを言った。以前のカラビノ署長と同じだよ。私に興味があるらしいのに、おまえのことばかり話したがる。わけがわからない。おまえは今、何か悲しい思いをしてるわけじゃないよな、キャッツ？」

「悲しい？」

ああパパ、パパにとって世界は悲しくないのね。だって世界はパパを中心に回っているから。ビルみたいに。たぶん私は彼に絵を送ってくるあの女の人とそう違わないんだ。たぶん彼女は、価値を認めてもらえない自分に嫌気がさしたから出ていったんだ。重要な人間じゃないってことに嫌気がさしたんだよ、パパ。ビルは絵を置いてここを出たと思うけど、私はあの絵と一緒に残るべきだよね？祖父なら残るだろう。マッキスコお祖父ちゃんは〝絵〟のことをきっと心配するだろう。そして絵を安全な場所に運ぶはず。博物館のような場所に。だって、絵は博物館に置くべきでしょう？　キンバリー・クラーク・ウェイマスにも博物館があるわよね？　たしかにあるが、何が収められているか誰もはっきりとは知らない。ルイーズ・キャシディ・フェルドマンがここに来たあの歴史的瞬間に関係することや、ミニチュアのスキーやマフラー、そのときどきの町長が愛したマフラーみたいな馬鹿げたコレクションがせいぜいだ。町で最も多作なアーティストについて知ってもらうだけでなく、この際彼女を理解してもらうため、この博物館で回顧展を開いてはどうだろう。彼女を〝重要な存在〟にしてあげられないだろうか。ねえパパ、知ってる、マッキスコお祖父ちゃんはじつはけっして一人ぼっちじゃなかったし、今では私もそうだ。じゃあ、あの絵の女性は？　あの女性だってもう一人じゃない。

「パパは、お前が悲しんでなどいないと思うが、まあそれはもうどうでもいい」そう、本当にどうでもいいのよ、パパ。「今大事なのは、ミルリーンがこちらに向かっているということだ。信じられるか？　運命の巡り合わせで、彼女がこの町に来るというんだ。そして、フォレスト姉妹のことが何もかも誤解だったことを喜んでいる！」

キャッツはブーツに目を落とした。

おまえといつも一緒にいるよ、と言っているような気がした。

「おじいちゃんの制服を捨ててないよね？」

その朝は、空想ばかりして何か起きないかといつもうずうずしている町キンバリー・クラーク・ウェイマスで、まさにありとあらゆることが同時に起きることになる。ベンソン夫妻の訓練された最初の隣人たちがいくつか特定の家を訪ねる。大勢の作業員たちがリフトを建設しようとするが、かなりの数の子供たちが、それはじつはリフトではなく初の遊園地を建設しようとしているのだと思って、そこにやってくる。ミルドレッド・ボンク通りのビルの家はありがたくヒュッテに生まれ変わろうとしていて、町のことを人が話すとき誰もが話題にする絵葉書の光景そのものになろうと誇らしげに準備している。スタンピー・マクファイルは、あのつまらない家の所有者をがらりと変え、さらに〝おっどろき〟の金額に変える契約書を作る。キャッツ・マッキスコは小さなパトカーにまだ開けてもいない段ボール箱を天井まで積みこみ、その箱というのは、まもなくベンソン夫妻の新たな幽霊屋敷となるあの家の玄関先にずぶ濡れのまま打ち捨てられているのをキャッツが発見したもので、みずから運転してどこか安全な場所へ移そうとする。彼女はそれをライフル店に行く途中でたまたま見つけるのだが、履いていたブーツが「ちょっと待って、あの箱はいったい何だ？　あの女性じゃないか、キャッツ？　おまえの友人の母親だよ。手を貸してやったらどうだ、キャッツ。サム・ブリーヴォートに会いに行くのはそのあとでいいじゃないか」と言うのを聞くのだ。ビルは、例の醜い手袋を道連れにどこへ行ってしまうかわからないし。ああ、もちろんパパのこともある。だって私はたしかに悲しんでいるし、なぜ悲しいかといえば、たぶんコットン署長が言っていた玄関マットの話は私のことだってことも、パパの言うことを聞いていないときに私がすることとも関係がある。でも、ビルの母親を、あの奇妙な、でも安全な博物館へ運ぶのは、それとは関係ない。彼女はパパ、あなたとは違う。あの巨大な行方知れずの母親は、生身の人間ではない。カンバスと描線と絵具と木枠でできた謎めいた投影像だ。実際、絵具やら何やらの粒子でできていて、その都度異なる形をとるが、完全な形ではない。なぜならそれは彼女自身ではないから。画商はけっして彼女を見つけられないかもしれないが、それはそれでかまわない。なぜならあの女性はどこかしらにいて、それはあの場所、あの呪われた博物館で、そこに行けば誰でもその不完全な絵を、不在の母親を、否応なく細切れに存在している母親を見ることができるからだ。

そうなったとして、ビルは喜ぶだろうか。

いや、きっと喜ばない。でも、だから何？

ビルはここを出ていき、彼女はここに残る。

ある種の謎めいたいきさつで、彼女はここに残るのだ。

訳者略歴　東京外国語大学外国語学部スペイン語学科卒，翻訳家　訳書『トレモア海岸最後の夜』ミケル・サンティアゴ，『ブエノスアイレスに消えた』グスタボ・マラホビッチ，『ネルーダ事件』ロベルト・アンプエロ，『宙の地図』フェリクス・J・パルマ（以上早川書房刊），『救出の距離』サマンタ・シュウェブリン他多数

ミセス・ポッターとクリスマスの町《まち》
〔上〕

2024年10月20日　初版印刷
2024年10月25日　初版発行

著者　ラウラ・フェルナンデス

訳者　宮﨑真紀《みやざきまき》

発行者　早川　浩

発行所　株式会社早川書房
東京都千代田区神田多町2－2
電話　03－3252－3111
振替　00160－3－47799
https://www.hayakawa-online.co.jp

印刷所　株式会社亨有堂印刷所
製本所　大口製本印刷株式会社

Printed and bound in Japan

ISBN978-4-15-210371-0 C0097

乱丁・落丁本は小社制作部宛お送り下さい。
送料小社負担にてお取りかえいたします。

本書のコピー、スキャン、デジタル化等の無断複製は
著作権法上の例外を除き禁じられています。